저승길을 물어서 간다

저승길을 물어서 간다

초판 1쇄 발행 2016년 11월 30일

지은이 박선목
펴낸이 강수걸
편집장 권경옥
편집 정선재 윤은미
디자인 권문경 구혜림
펴낸곳 산지니
등록 2005년 2월 7일 제14-49호
주소 부산광역시 연제구 법원남로15번길 26 위너스빌딩 203호
전화 051-504-7070 | 팩스 051-507-7543
홈페이지 www.sanzinibook.com
전자우편 sanzini@sanzinibook.com
블로그 http://sanzinibook.tistory.com

ISBN 978-89-6545-383-3 03810

*책값은 뒤표지에 있습니다.
*이 도서의 국립중앙도서관 출판예정도서목록(CIP)은 서지정보유통지원시스템 홈페이지
(http://seoji.nl.go.kr)와 국가자료공동목록시스템(http://www.nl.go.kr/kolisnet)에서
이용하실 수 있습니다.(CIP 제어번호: CIP2016026451)

저승길을
물어서
간다

박선목 수필집

산지니

서문

나의 존재는 팔천만 국민에 비교하면 한 솔잎에 불과하다. 팔십 평생을 살아오면서 배우고 글을 쓰고 가르치며 좋은 일과 궂은일을 주워 담아 작은 흔적을 남기는 것도 개인의 삶에 있어서 뜻있는 일이라 생각된다. 입학과 정년을 학교에서 보낸 나의 건강은 부모님의 덕분이라 생각되고 등산과 여행의 취미 생활을 통해 세계의 동서남북 땅끝에 서보고 63개 국가의 지형과 문화를 체험하면서 국경 없는 무차별의 세상을 여행하는 동안 오직 내 나라 북쪽에만 가볼 수 없었다. 알프스, 안데스, 에베레스트 산맥을 넘나드는 트래킹 체험에서 세계는 넓고 높고 아름답고 신비로운 신의 작품이라는 것을 느끼었고 자연 그 자체는 인류의 원초적 보호자이며 교만과 죽음을 일깨워주는 스승임을 알게 되었다. 자연법칙에는 예외가 없는 것처럼 늙어가는 사람들의 생명에 대한 애착은 젊은 사람들에게 말할 수 없는 공공연한 비밀인 것이다. 젊은이의 희망에 대비되는 것이 노인들의 추억인데 아름다웠던 추억은 지워지고 후회스러웠던 추억들만이 저승길의 물음 속에 남는 것이다. 저승길의 물음은 책 속에 있는 것도 아니고 사후 세계에 답이 있는 것도 아니다. 인생의 종말은 수평선의 돛단배처럼 서서히 사라지는 모습이지만 붉게 타는 저녁노을에 잠깐 머물면서 자신에게 되묻고 싶은 것이 '무엇을 하였는가?', '저승길을 가기 위해 무엇을 준비하였는가?', '되돌아보는 삶이 부끄럽지 않았는가?' 하는 회안에 잠길 것이다.

나의 삶의 시간은 책장 넘기는 소리였고 삶의 공간은 책과 대화하는 서재와 나의 생명의 기를 살려주는 자연이었다. 더불어 사는 세상 다른 사람들과 만남에 있어서 나의 정서적 안정과 상대방의 기분을 망가뜨리는 연속적 삶의 공간에 대한 레테(망각) 강을 준비하는 것이 제2수필집을 내게 된 동기이다. 글을 쓰는 것은 혼자 쓰는 것이 아니고 책과 함께 사랑을 주고받은 시간이다. 내가 책을 사랑하니까 책은 저절로 나의 벗이 되어 주었고 평생으로 함께 살아왔지만 미움으로 헤어진 적이 없었으며 서재의 주인은 책이었지만 나는 늘 책의 주인이 되어 주었다. 아무리 오래된 책이라도 독자들을 통해 살아 있는 생명으로 실존하면서 사람들의 정신적 욕망을 요구하는 만큼 채워준다. 나는 알고자 하는 것과 쓰고자 하는 것이 있으면 책을 찾아가 물어본다. 책은 자신을 위해 있는 것이 아니며 남을 위해 늘 봉사하는 것이다. 생각대로 살아가고 생각대로 되지 않으며 살아가는 대로 생각하면 우리의 인생은 물 흐르듯 흐를 것이다. 책은 참으로 자비로운 존재이다. 묻는 자에게 삶의 길을 열어주고 요구하는 자에게 모든 것을 주면서 그 대가는 바라지 않는 것이 책이다.

정년을 한 지 17년이 되었다. 평생의 정년으로 살아가는 나에게는 시간과 공간의 제한이 없기에 자유로운 삶인 것이다. 수필 동우회에 몇 편의 글을 쓰는 것, 생각 밖의 원고 청탁에 짬을 내는 것, 그리고 인정적 관계와 사회적 관계에서 살아가다 보니 시간은 나의 편에 서 있지 않고 노인과 손을 잡고 가속으로 달리고 있다. 젊음의 팽팽했던 욕망들이 바람 빠진 고무풍선처럼 탄력 없는 생활이지만 누구를 위한 생활이 아니라 자신을 되찾는 반성의 생활이었기에 언제나 즐거운 시간이었고 즐겁다 함은 받고 주는 것을 떠나 건강의 재보를 자연으로 돌려 여행을 하고 나 자신의 주인으로 살아가기 때문이다.

처음에 앞산을 넘다가 세계 일주 여행을 하고 나서 국내여행 계획을 세워 친구 5명과 승용차로 3면의 해안선과 휴전선을 따라 일주여행을 하였다. 부산을 출발하여 여수, 나로도, 땅끝, 목포를 거쳐 법성포, 변산 반도, 당진의 석포 방조제의 석양은 우리 자연의 신비로움이었다. 인천, 파주, 자운서원, 한탄강을 거쳐 설악산 미시령을 넘어 화진포에 들렀다. 삼천리금수강산이 가는 곳마다 꽃동산이다. 세계의 서쪽 땅끝 포르투 갈의 까보다로까 절벽 위에 바다가 시작되는 표시판이 있고 관광객을 위한 전망대 밑의 파도가 바람인지 바람이 파도인지 저 멀리 큰 바다는 너무나 조용하였지만, 화진포와 동해바다 아름다운 풍경에 세워진 이 승만, 이기붕, 김일성의 별장에 보름달이 떠오를 때 그들의 영혼들이 통 일을 논하고 있다면 팔천만 민족의 희망일 것이다. 경포대와 관동팔경 을 거쳐 포항, 호미곶, 방어진, 울산, 해운대의 일주여행 중 우리의 아름 다운 강산을 세계여행에 비교한들 무엇이 부족할까? 살아온 희로애락 의 팔십 평생을 일일이 설명할 수도 없고 남은 인생 아무것도 감추지 않 고 노인답게 살아갈 뿐이다.

이 책의 출판을 맡아준 강수걸 사장님과 권경옥, 정선재 외 관계자들 께 감사의 뜻을 전한다.

2016년 10월

저승길을 물어서 간다

  병원에서 인위적으로 연명치료를 하는 것은 상업적일 수도 있고 생명의 존엄성과 윤리적 의식에서 살 가망이 없는 부모나 자식을 위해 재산을 떨어가면서 의료비를 감당하는 것은 생명윤리에 일치하는 것이 아닐 것이며 죽음을 맞이하는 당사자들에게도 품위 있는 죽음이라 할 수 없을 것이다. 죽음은 생명의 탄생에 있는 것이며 어떠한 전제와 조건도 그리고 어떠한 목적도 없이 생을 마감하는 것이다. 사람들의 죽음에 현대 의료진이 개입하여 죽음을 상품화하는 것은 물질사회의 한 단면이라 할 것이다. 백세인생 노래처럼 오래 살려고 하는 것은 생명의 본질이고 또한 건강하고 오래 사는 것은 행복지수를 높이는 것이라 할 것이다. 삶과 죽음은 서로 모순개념이지만 삶 자체가 죽음에의 존재이고 죽음은 본래적으로 삶 속에 들어 있기 때문에 삶은 죽음 속의 삶이고 죽음은 삶 속에 언제나 미래적 존재로 주어져 있는 것이다. 그래서 삶은 죽음을 예고하는 것이며 죽음은 삶의 의미를 단 한번으로 평가하는 것이다. 사람은 우연히 무목적으로 이 세상에 던져져 자신의 삶을 목적적으로 기획하는 이성적 존재라 할 때 유한적 존재이기에 죽음을 준비하는 것이 삶의 의미라 할 수 있을 것이다.

  우리의 삶은 한 순간이나 한 세대 그리고 여러 단계를 분리하여 논하는 것이 아니고 삶과 죽음의 연속성에서 파악되는 것이다. 하이덱거의 주장처럼 사람은 죽음에로 가는 존재이지만 죽음을 직접 체험할 수 있는 것도 아니고 다른 사람의 죽음을 통해 피할 수 없는 각자의 것임을 알게 된다. 또한 자신의 죽음과 교섭할 수 없고 자신의 뜻대로 죽음의 주체가 될 수 있는 것이 아니라는 것을 알게 된다. 그리고 필연적으로 닥쳐올 것인데도 언제 올 것인지 알 수 없고 어느 누구도 죽음을 뛰어넘을 수 없다는 것을 알고 있다. 그럼에도 불구하고 사람들은 일상생활에서 죽음을 잊어버리고 살아가며 삶에 질주하는 자기 상실의 삶으로 치닫고 있는 것이다. 하지만 사람들은 반성적 의식으로 되돌아가 대결 투쟁 퇴폐의 일상에서 벗어나 양심의 소리에 귀를 기울여 죽음으로 가는 본래적 삶을 되찾으러 결단을 내리게 되는 것이다. 달리 말하면 처음 올 때는 남의 수레에 실려 왔지만 사는 것도 남의 수레에 실려 가는 삶이 되지 않게끔 주체적 삶을 되찾는 것이 바로 저승길을 물어서 가는 것이다. 실제로 저승길은 삶을 거쳐 가는 것이며 저승길을 묻는다는 것은 자신의 죽음을 자각한다는 것이다. 사람이 만물의 영장이라 하는 것은 생명체의 제일 위쪽에 있다는 것이며 유한적 존재이면서 영적인 존재임을 뜻하는 것이고 정신과 육체를 가진 이중적 존재임을 말하는 것이다. 그런데 정신은 사고 활동의 총체로서 인지의 능력, 미감적인 정서활동의 능력 그리고 행위의 주체인 의지의 능력을 갖고 있는데 우리는 지, 정, 의, 세 가지로 나누어 설명하고 있다. 사람은 지적 활동을 떠나 살 수 없으며 정서적 활동을 피할 수 없고 도덕적 의식을 가슴에 담고 살아간다. 달리 말하면 지적욕망, 정서적 욕망 그리고 의지의 욕망을 채우려고 실존적 사명에서 창조적 활동과 자연과의 대화, 덕목을 수행하기 위해 끊임없이 노력하고 있지만 욕망 그 자체는 채워가는 과정일 뿐 완전히 채워지는 것이 아니다. 그래서 사람들은 삶의 질을 높이는 욕망을 실현하기 위해 대목이 집을 짓기 위해 나무를 다듬는 것처럼 자신의 삶의 능력을 점검하고 일상적 생활을 반성하며 정서적 삶이 되도록 스스로 기획하지 않을 수 없는 것이다. 그런데 욕망의 근원적 지향은 행복한 삶, 사람다운 삶에 도달하는 것인데 행복이란 기준과 사람다움의 기준은 과학적 개념이 아닌, 모든 사람들의 얼굴이 다른 것처럼 천차만별의 삶의 방식이다. 즉 삶에는 체계적 형식이 있는 것도 아니며 역사적·문화적인 인습에서 살아가는 것도, 다른 사람들의 지도나 모방으로 살아가는 것도 아니다. 하지만 사람은 채워지지 않는 욕망과 채우려고 하는 욕망의 갈등에서 때로는 사람답게 살려는 의지와 때로는 일상적 생활 지평에서 퇴폐적인 삶 또는 자기상실의 삶과 투쟁적 관계를 갖게 된다. 그러나 사람은 투쟁과 갈등에서 새로운 삶의 유형을 찾으려는 이성적 본능으로 지혜로운 삶, 자유로운 삶, 예술적·종교적 삶에 접근하고자 각자의 실존적 욕망에 귀를 기울이는 것이다.

생명은 자연의 품에 있는 존재이다. 아무리 풍요로운 물질적 상류사회라 하더라도 구성원들을 만족하게 하는 사회구조는 없는 것이다. 생산과 소비생활에서 욕구 충족과 물질에 의한 행복지수를 찾으려 하는 삶이란 언제나 욕구만큼의 결핍 속에서 질투, 갈등, 기쁨과 괴로움, 남을 업신여기는 교만과 자기 반성적 낮춤의 교차적 삶인 것이다. 모든 생물들은 본능적으로 주어진 능력에서 살아가지만 오직 사람만은 그 한계를 넘어서 이성적 삶을 교란시키고 있다 처음에는 걸어서 다녔고 다음에는 소와 말을 타고 다니다가 수레를 만들었으며 물질문명의 효능이 극대화되면서 자동차, 기차, 기선, 비행기 등의 이동 수단이 사람의 욕망을 더욱 부추기고 있다. 자연의 속살이 사람들의 생활도구로 응용되는 과정에서 이성의 역할이 모든 기술을 이끌어왔지만 이제는 가장 사람다운 상징으로 여겨왔던 이성이 오히려 사람을 지배하는 도구로 전략되어 다른 사람의 인격을 자신의 삶의 수단으로 삼는 인격전도의 시대가 되고 있다. 그래서 문화적 생활의 편리함과 과잉공급의 영상매체 그리고 첨단기술의 소화불량에서 문화 자체가 사람의 정신적 생활을 파괴하는 도구로 작용하고 있다. 사람이 물질적 삶의 편의에 탐익되면 될수록 편의에 대한 강박관념을 갖게 되며 최첨단의 물질문명에 따르지 못하는 세대들은 앱을 통해 자신의 문제를 해결하려 하는 기계의 노예가 되어가는 사회가 조성되고 있다. 건전한 삶의 욕망은 희망의 길이지만 지나친 욕망은 멸망의 길이기에 저승길을 물어 가는 지혜로운 사람이 되어야 할 것이다.

사람은 욕망의 굴레에서 살아가면서도 자신의 문제를 스스로 해결하는 생의 주체가 되기를 원하고 있으며 누구의 간섭도 없이 자유롭게 살고픈 본능을 갔고 있다. 그 자유로움이란 신체적 자유, 행위의 자유, 가짐의 자유를 의미하지만 순수실천이성의 자기활동에 의한 모든 행위를 말하는 것이다. 달리 말하면 도덕법을 입법하는 것과 도덕법을 실천하는 것이 자유이다. 자유는 결과가 아니고 제일 원인이며 어떤 전제도 없는 행위의 시작인데 결과로 연결되는 과정에서 일어나는 유익성과 해로움에 대한 책임을 지는 행위를 말하는 것이다. 주관적 의지는 개인적 욕망을 실현하는 주체이지만 순수의지는 선의지로서 의지의 자유이며 도덕법을 입법하는 의지이다. 우리는 자유를 경험적으로 알 수 없기에 도덕법을 통해 알 수 있을 뿐이고 또한 자유가 있기 때문에 도덕법이 입법되는 것이다. 도덕법이란 부모를 공경하는 것, 필요한 자에게 자선을 베푸는 것, 도덕법을 실천하는 것, 의무를 실천하는 것, 남의 인격을 자신의 삶의 수단으로 삼지 않는 것, 실천이성을 모든 행위의 동기로 삼는 것, 선을 행위의 궁극적 대상으로 삼는 것 등 어떤 전제조건도 없는 실천적 법칙이며 자유로운 법칙이다. 실제로 도덕법칙은 모든 욕망을 순화하는 선천적인 법칙이며 사람은 도덕법을 실천함으로써 자유로운 존재가 되는 것이다. 자신의 자유를 실천한다는 것은 다른 사람에게 덕을 베푸는 것이며 무제한적으로 자유롭게 행할 수 있는 것이다. 그런데 삶의 길을 기획하는 것도 자유이며 저승길을 물어보는 것도 자유이기에 저승길을 묻는다는 것은 지금 살고 있는 삶을 자유롭고 뜻있게 살아가고자 함이며 현명한 삶으로 나아가고자 함이다.

　사람은 정서적으로 즐겁게 살려고 하는 욕망을 갖고 있는데 이를 미감적 활동이라 한다. 누구나 알려는 욕망과 선을 실천하려는 욕망 그리고 아름답고 쾌적한 삶을 갖고자 하는 선천적 욕망을 갖고 있다. 취미 판단 또는 미적 판단은 아름다움을 판정하는 예술적 행위이다. 그런데 사람의 천재적 역할은 창조적 예술의 행위이며 미를 창조하는 것이다. 미란 개념적 대상이 아니라 만족을 주는 형상이며 감상하는 주제로 하여금 즐거움을 느끼게 하고 감정을 이입시키는 미적 대상이다. 사람은 누구나 취미 활동을 선택하는데 취미는 즐거움을 얻기 위한 정서적 활동이다. 선을 실천하려는 도덕적 이념과 취미활동에서 만족감을 얻으려는 것은 모두 자유로운 행위이며 일상적 삶으로부터 그리고 위선적·형식적·세속적 삶의 갈림길에서 내가 나의 과제를 선택하는 행위이다. 지식은 남과의 소통에서 얻어지는 것이며 도덕적 행위는 자유로운 의지의 활동이고 예술적 행위는 주관적 취미로서의 행위이다. 따라서 그림을 그리고 조각을 하는 것은 개인적이고 자유로운 천재적인 행위이며 목적의식이 없는 무관심적 행위이고 쾌와 불쾌감에 연관되는 주관의 미감적 행위이다. 감정은 쾌와 불쾌의 원인성의 감정이기 때문에 감정적 행위로서 가장 가치로움이 취미활동이며 미적인 창조활동은 독창적인 취미활동인 것이고 무형식적이며 가장 자유로운 활동이다. 예술적 행위는 개인적인 취미에 몰입하는 것이며 이러한 미적 활동에서 자신의 유한성을 각성하는 동시에 걸어온 삶 전체를 정리하고 반성하는 물음 즉 저승길을 묻지 않을 수 없는 것이다.

우리는 종교적 삶을 생활의 한 축으로 여기고 있다. 종교적 삶이란 앎의 영역, 행위의 영역 그리고 예술의 영역과는 다른 믿음의 영역이다. 절대적인 신을 상정하고 신의 전능과 권위 그리고 신의 계시에 복종하며 그곳으로 귀의하려는 심리적 활동인데 경험적 대상으로 물어 가는 것이 아니라 오직 주관적인 믿음으로 숭배와 복종 그리고 제사의식을 행하는 것이다. 사람들은 과학적으로 해결할 수 없는 자연의 신비성 뒤에 신이 있다는 것, 자연의 제1원인이 신이라는 신화적 관념을 갖고 있다. 그런데 사람들은 신의 존재를 자신들의 유한적 삶과 연관시켜 삶을 통제하려는 경전, 성경, 코란 같은 종교적 교리를 제시하여 천당과 지옥, 극락과 연옥 같은 저승세계를 상정하여 현실적 삶을 정화하려 하고 있다. 우리는 믿음의 생활에서 영적·신체적 결핍을 치유하려는 자신의 기도와 소원의 생활에서 많은 위로와 기쁨을 얻는 것도, 교리에 따르고 복종하면 행복이 온다는 것도 자유로운 개인적인 생활감정에서 찾는 것이다. 이것은 마음이 즐거우면 현실적으로 어려운 문제가 해결된다는 삶의 개인적·교훈적 원인을 신의 절대성에 돌리는 것이고 자신의 힘으로 해결할 수 없는 신변의 문제를 전능한 신에게 의뢰하는 기도에 대한 절대 믿음을 삶의 근본으로 삼는 것이다. 따라서 종교적 삶 자체가 절대자와의 영적인 교감에서 사랑, 봉사, 희생적 정신을 실천하는 것이기에 저승세계를 위한 준비과정이고 천당, 극락을 갈 수 있는 자질을 닦는 것이기 때문에 저

승길을 물어 가는 삶이 되는 것이다

앞에서 논의한 바와 같이 지적, 윤리적, 예술적, 종교적 삶의 유형에서 자신의 현실적 삶의 실행 가능성의 조건을 열심히 실천하려 함을 설명하였다. 삶은 주체적인 결단을 요구하는 상황의 연속이며 그 상황은 항상 자신에게 유리하도록 전개되는 것이 아니기 때문에 나의 실용적·의도적 삶과 일치하는 상황을 만들기 위해 경험적 지혜를 도구화해야 하는 것이다. 실제로 삶은 현실적인 것이며 실체적인 사실이기 때문에 경험적인 과거와 경험적인 현실 그리고 경험적 미래를 조화롭게 활용해야 하는 것이다. 즉 경험적 과거를 현실개조의 도구로 삼고 현실적 경험의 대상인 복잡한 관심사를 해결하기 위해 주위 환경이나 사회 구성원들과 끊임없는 교섭을 해야 할 것이며 미래적 경험을 관념화하여 예측 가능한 지속적인 삶의 가치를 개발하는 것이 오늘의 삶인 것이다. 사람은 과거, 현재, 미래의 존재이며 죽음으로 가는 존재이다 모든 식물이 꽃을 피우고 열매를 맺기 위해 주위환경에 순응하면서 생존적인 투쟁을 하는 것처럼 사람 역시 삶이란 환경과의 공존, 사람들과의 교섭에서 단순한 흐름이 아니라 높은 단계로 올라가는 능동적인 행위이며 학문과 종교를 형성해내며 선의 실현을 위해 자기수양을 해야 하는 것이다.

인생의 길은 저승길과 연결된다. 사람은 자신의 삶을 기획하고 자신의 삶에 깊은 관심을 가지는 순간 유한적 존재임을 알게 된다. 달리 말하면 죽음 자체가 자신이 어떤 존재인가를 일깨워주는 씨앗이 되는 것이다. 그런데 자신의 존재를 문제 삼는 것은 지금 여기에서 다시 과거와 미래를 함께 문제 삼는 것이요 과거는 반성의 대상인 데 비해 미래는 죽음과 연관되는 것이다. 저승길은 삶을 거쳐 가는 길이기 때문에 저승길을 묻는 것은 삶의 길이 흩어지지 않게 닦는 것을 말하는 것이며 부끄럽지 않고 그리고 아름답게 살고자 함은 죽음을 대비하고자 함이다. 사람들은 저승길을 두려워하지만 눈을 감고 가는 길이기에 얼마나 쉬운 길인가! 러시아의 극작가 골고리는 죽음이 없다면 인생은 아름답지 않을 것이라 하였는데 이것은 죽음이 삶을 아름답게 만드는 것이고 진실한 삶의 가치가 죽음의 아름다움을 예고하는 것이다. 빅톨 위고는 죽음은 자신에 대한 위대한 선물이라 하였는데 호랑이는 죽으면 가죽을 남기고 사람은 죽으면 이름을 남긴다는 우리의 속담과 같은 뜻으로, 그 사람의 일상적 삶의 과정이 공공의 삶에 가치로 주어졌음을 말하는 것이다. 사람들은 삶과 죽음을 별개의 것으로 생각하고 있으며 실제로 삶은 현실적인 사실이고 죽음은 무 그것이기에 두 개념은 서로 부정적인 것이다. 그럼에도 죽음은 삶에서 시작되는 것이고 삶의 과정을 총정리하는 삶의 정점이며 삶은 죽음에서 자신의 사명을 마감하는 것이다. 실존주의 철학에서는 사람이 존재 목적에 따라 태어난 것이 아니라고 하며 이성의 씨앗으로 동물의 경향을 사람다움의 방향으로 그리고 신적인 영역으로 무한히 접근하려는 존재라 했다. 이 세상에 주어졌기 때문에 살아가는 것이 아니라 만물의 영장처럼 자신의 문제를 스스로 해결하는 과정에서 사회적 공존의 체계에서 그 구성원으로서 무엇을 해야 하는가를 찾아가는 존재인 것이다. 사람은 아름다운 질서를 만들고 모두에게 유익한 공존의 사회를 만들기 위해 지속적인 타인과의 동적인 교섭과 배려에서 자신의 자유로운 삶을 살아가는 것이다.

이 세상에서 죽음을 이겨낼 수 있는 생명은 없을 것이다. 우리는 다만 죽음이 무엇인지 물을 수밖에 없는 것이며 그것도 죽음 앞에서 사후세계를 묻는 것이 아니라 날 때부터 살아가는 과정에서 죽는 것이 무서운 공포라고 하는 것보다는 오히려 무서워하는 것이 훨씬 괴로움이라는 것을 알고 있기 때문에 삶에 대한 물음은 저승길을 묻는 것과 연관되는 것이다. 우리가 저승길을 묻는 것은 저승길이 있기 때문도 아니고 저승길을 알고 있는 도인이 있기 때문도 아니다. 저승길을 묻는 것은 자문자답이다. 즉 삶의 과정에서 창조적 존재로서 공존의 사회에 얼마나 기여하였는가, 도덕적 의식의 주체로서 얼마나 자유롭게 살았는가, 미감적 활동을 통해 다른 사람과 더불어 얼마나 감동적으로 살았는가를 자문하는 것이며, 그 해답은 자신의 저승길에서 주어지는 것이다.

영원한 명성을 남긴 죽음은 살아 있는 모든 사람들의 가슴에 잔잔한 감동을 줄 것이며 인류의 스승으로 영원히 살아갈 것이다.

차례

제1부

생활의 돋보기

어머님 학교에 다녀오겠습니다

　나는 9살에 초등학교에 들어가 66살에 대학문을 나왔다 군대 생활 3
년을 제외하고 53년간을 학교와 책 속에서 살았다. 중학교, 고등학교,
군대 생활, 대학에서 공부하고 연구하고 가르친 것이 나의 인생의 전부
이다. 일제 때 초등학교에 들어가 명랑하고 씩씩하게 자랐으며, 동네 개
구쟁이 대장으로 골목과 학교를 누비면서 전쟁놀이를 한 기억들이 생생
하다. 학교를 마치고 산으로 소를 먹이러 갔을 때 이웃 동네 아이들과
패싸움, 씨름, 공기 줍기 대회를 한 것도 지워지지 않는 기억이다.

　중학 1학년 때 6·25전쟁이 일어났다. 1950년 6월 25일 일요일 5시
에 선전 포고 없이 김일성 군대가 남쪽으로 쳐내려왔다. 소련과 중국 공
산당이 주축이 되어 세계 공산당이 세력을 넓혀갈 때 김일성은 남한의
해방을 명분으로 삼아 남침을 한 것이다. 동서 이데올로기의 최전선이
었던 한반도에서 세계 전쟁의 대리전이 일어난 것이다. 그러나 침략자
의 꿈은 실패로 돌아가고 역사를 되바꾸는 비극이 민족의 한으로 이어
졌다. 전쟁이 터진 지 한 달 십 일 만에 마산 외각까지 점령지가 되었다.
나는 한 달간 인민군 점령지에서 피란을 했다. 함께 저녁을 먹던 동네
사람들이 포격에 쓰러져 죽던 그 바로 옆에서 살아남은 것은 합리적으
로 설명이 불가능한 것이다. 죽음과 고통은 생명이 있는 자에게 따라다
니는 것이다. 그러나 그 죽음은 나이와 관계없이 언제 어디서나 기다리
고 있는 것이다. 또 죽음은 자신의 의지와 다른 별개의 차원에서 이루어
지는 것이다. 같은 장소, 같은 시간에서 살아남은 것을 운명이라고 말할

수 있을까? 전쟁에서의 죽음은 양민에 있어서는 승리의 대가가 아닌 참혹한 슬픔인 것이다.

전선은 서울로 올라가고 두 달 만에 폐허가 된 집으로 돌아왔다. 다른 나라들의 원조에 의해 사회가 차차로 질서를 찾게 되었고 학교에 다시 갈 수 있었다. 이때부터 우리 부모님은 자식들을 교육하기 위해 모진 고생을 하였다. 생활의 모든 초점이 우리들의 교육에 있었다는 것을 뒤늦게 알았다. 무식한 우리 부모님들은 다른 사람의 핀잔을 들어가면서 교육적이고 교훈적인 가르침도 주지 못하면서 중·고등학교의 뒷바라지를 한 것이다. 배워야 성공할 수 있다는 신념, 앎 속에 삶의 길이 있다는 생각과 배우지 못한 부모님들의 한을 나에게 심어주려고 한 것을 아버지가 돌아가신 뒤 알게 되었다. 이때는 내가 군 복무를 마치고 대학에서 공부를 하던 시절이다. 어머니로부터 더 이상 학비를 지원받을 수 없는 상태에서 졸업을 했다.

나는 어릴 때 다른 친구들의 어머니와 달리 어머님이 글을 모른다는 것에 굉장히 부끄러워했다. 친구들이 모자간에 편지로 정을 주고받을 때 많은 부러움을 느꼈다. 하지만 철이 들고 보니 아무리 무식한 어머니라도 높은 산처럼 우뚝 서 있는 모습이었다. 부처가 말이 없어도 중생을 구제하는 것처럼 우리 어머님은 무식하여도 언제나 나에게 열심히 살려고 하는 의지를 가지라는 교훈을 던져준 분이다. 성격은 담백하셨고 다혈질적이었으며, 이성적 사고는 부족하였지만 생명의 근원에 따라 근면과 절약 정신으로 사신 분이다. 사실 삶의 진리를 터득하여 지혜롭게 사신 분이 아니고 전형적인 가난한 농촌 살림살이의 주인공으로 사신 분이다.

70년대 초에 전임 교수의 생활이 시작되었다. 대학 생활이 데모로 시작되었고 전임 강사도 데모로 시작되었다. 특히 철학과의 학생들이 데

모에 앞장서는 주동자가 되었으나 철학과 교수들은 제일 앞장서서 데모를 막아야 했다. 학생들이 경찰서 창문을 난도질하면 학교는 그것을 말끔히 보상하고, 교수들은 주모자들과 경찰서 취조실에서 설득을 하는 세월이 봄 여름 가을로 이어졌다. 교수들의 일과는 연구가 아니라 항상 대기 시간이었다. 결국 그 당시 교수들의 시간은 무엇을 얻기 위한 것이 아니라 시대상의 노예가 되어 사회갈등의 희생물이 되었다. 이러한 학교생활에서 시골 계신 어머님을 부산으로 모셔 함께 살게 되었다. 객지를 돌아다닌 16년 만에 서로 한 집에서 살게 되었다. 이제까지는 어머니가 가정의 주인이었는데 30대 중반에 자식이 어머님을 모시게 된 것이다. 당시 어머님의 연세는 65세였지만 이때부터 나는 초등학교 일학년으로 되돌아갔다. 나는 평생을 학교 밖을 나가지 않고 배우고 연구하고 가르치는 것으로써 정년퇴임을 했다. 이처럼 직장이 학교이다 보니 아침에는 어머님께 "학교 다녀오겠습니다."고 인사하고 저녁에는 학교 다녀왔다고 인사하니 집에서는 30년간 초등학생 노릇을 한 것이다. 따라서 나의 하루 일은 학교에 간다는 인사에서 시작되어 학교에 갔다 왔습니다의 인사로서 끝나는 것이었다.

우리 어머님의 일생에서 재미있는 일화도 있다. 어머님은 내가 어떤 대학에서 무엇을 강의하는지 알려 하지 않았고 나도 알려드리지 않았다. 손녀들의 이야기를 듣고 척척박사라는 것만 알고 있었다. 하루는 더운 여름에 학생들이 찾아와 사이다를 사 오라고 하였는데 안주는 무엇을 사야 하느냐고 묻기도 하셨다. 술과 사이다를 구별 못한 것이 아니라 사이다라도 안주가 있어야 될 것이라 생각하였기 때문이다. 또 한 번은 빨래를 씻어 플라스틱 대야에 넣어 연탄불 위에 얹어놓아 아내가 혼이 난 적이 있다. 용돈을 주면 항상 손자손녀들에게 도둑을 맞기에 서재에 있는 나의 책 속에 넣어두기도 하였는데, 그것도 찾지 못할 때가 있어 돌아가신 뒤에 내가 쓰기도 하였다. 단순한 삶, 순박한 삶, 과학의 뒤안길에서 성질이 나면 참지 못하고 생각대로 표현하는 삶에서 과거의 질박한 욕심과 질투의 마음들이 녹아내리고 있었다. 연세가 들면 들수록 자식과 대화를 갖고 싶어 했다. 그런데 대화에는 항상 주체가 없었다. 집안과 시골 친척에 대한 이야기를 듣고 나에게 전달할 때면 대화 속의 주인공이 없었다. 이것은 평생을 함께 살고 있으니 대화 속 주인공은 너도 알 것이라는 선입견을 가졌기 때문이다.

우리 어머님은 철저하게 장남 선호 사상을 갖고 있었고, 장손 선호 사상도 갖고 있었다. 자식들을 키울 때 열 손가락이 다 아팠겠지만 그 손가락들이 제 갈 길로 가고 나니 큰 손가락 곁에 있는 것이 가장 안전할 것이라는 노인의 슬기로움이 본능처럼 나타난 것이 아닌가 생각된다. 물론 함께 오래 살다 보니 사소한 일에 마찰이 생기기도 하였다. 그래서 집안에 아이와 노인이 있으면 자식은 때릴 수 있는 아이이지만 어머님은 때릴 수 없는 아이라고 표현하기도 하였다. 내가 늙어 회갑 진갑을 다 지나고 보니 90을 넘은 어머님의 위치가 더 돋보여 보였다. 나이는 가정을 지키고 형제간의 거래와 우애를 가져오는 주인공이기 때문이다. 뿐만 아니라 세상에서 제일 으뜸가는 스승이 부모인 것이다. 가장 가까운 감정이 진실을 가르쳐주기 때문이며, 거짓은 남이 먼저 가르쳐주기 때문이다. 대부분의 남자들은 결혼을 하게 되면 어머니와 거리를 갖게 된다. 어머니가 질투하는 여성으로 보일 때도 있고 반대로 어머니가 여성으로 변했을 때 자식을 생활의 도구로 삼아 온갖 못된 짓을 시킬 수도 있는 것이다. 우리 어머님은 제일가는 스승도, 자식을 질투하는 여성도 아니었다. 내가 나이 들어가니 나에 앞서 늙어가는 것뿐이었다.

어머님이 어떤 모습으로 시집을 왔는지 알 수 없다. 30살에 나를 낳았으니 그 앞의 모습도 알 수 없다. 다만 평생 화장품을 쓰는 것을 보지 못하였다. 90을 넘어서니 모성애와 여성이란 본능이 사라지고 있었다. 가끔 며느리의 일을 나에게 고자질하기도 하였지만 그것도 없어지고 때로는 돌아가신 아버지를 되새기기도 하였다. 그리고 아침에 먼저 나에게 학교 잘 다녀오라고 인사를 건네기도 하였다. 한 방에 잠을 함께 잤더니 그렇게 기뻐함을 본 적이 없었다. 어머님은 돌아가실 때까지 건강하셨다. 몸을 위해 보약을 챙긴 적도 없었다. 노모를 모신 우리들은 너무나 편한 느낌이었다. 생일 때마다 자녀들이 모두 모이면 어디서 숨었던 기력인지 하루 종일 즐겁게 지내시는 모습은 노모를 모신 자식의 기쁨일 것이다. 가끔 딸들이 "오마 어서 죽어라." 하고 말하면 "이 좋은 세상 내가 왜 죽어." 하시는 것이었다.

어머님은 내가 정년퇴임을 일 년 앞둔 95세에 돌아가셨다. 먼동이 틀 무렵 자는 듯 숨을 거두셨다. 그날이 자신의 생일날이었다. 아무런 아쉬움 없는 맑은 표현의 주검 옆에 앉은 식구들은 말없이 긴 이별을 지키고 있었다.

그 뒤, 일 년 동안 학교에 나가면서 겨우 일학년 졸업을 한 것이다. 어머님 학교에 다녀오겠습니다란 말 대신에 생시에 못 다한 자식 된 도리가 나만의 마음속에 피어오르는 연기처럼 내내 솟고 있었다.

한가한 오후

세월은 가족들을 갈라놓았다. 골동품 집에 골동품 두 늙은이만 있을
뿐이고, 서재에는 갈 곳 없는 옛날 책들, 냄새나는 원서들 그리고 안방
에는 칠 벗겨진 자개농과 소매 닳은 양복들, 쓸모없는 골동품들만 있다.
혈기가 없으니 싸움도 없고, 하는 일 없으니 미움도 사랑도 출렁거리지
않는다. 아침에 할 일 없이 밥상차림에 도움을 주면 몇 가지를 더 시키
면서 잘했다 못했다고 평가를 하니, 그전 같으면 반격이 나올 법하지만
꾹꾹 참고 웃음으로 부엌을 나선다.

아내는 창가학회에서 알려진 신도이다. 새벽부터 불당 앞에서 일본말
로 된 기도문을 암송하면서 두 시간의 근행을 올린다. 낮에는 포교 활
동, 간부 회의에 참석하는 것이 일과이고, 활동이 없는 날에는 불당 앞
에서 빌고 비는 소원이 하루 종일 이어지고, 잠자기 전에 두 시간 이상
근행이 행하여지니, 생활의 90%가 신앙과 연관된다. 그리고 아침 8시가
넘어서면 신앙에 대한 자문과 믿음의 지침을 받기 위해 계속 전화가 걸
려 온다. 아내는 아침 전화벨 소리로부터 하루의 일과가 시작되는 것이
다. 때로는 대전, 서울, 진천으로 전국적 종교 집회에 참석하기 위해 하
루해를 보내기도 한다. 신앙생활은 스스로 하는 것이기 때문에 지칠 줄
모르고 더 깊어만 가는 일방적 생활이다.

믿음은 개인적 확신이며 증명을 할 수 없는 주관적 진리이다. 그리고
어떤 비판도 없는 절대적 복종이기 때문에 생활 전체가 신앙에 몰두하
게 된다. 자기만의 진리, 자기만의 독선적 주장과 신앙생활에서 남편과

의 충돌이 없을 수가 없는 것이다. 하지만 이제 나로서는 무간섭주의, 무대응주의로 상대방의 신앙의 자유를 인정하게 되니 서로의 정신생활이 편할 뿐이다. 남에게 피해를 주지 않고 떳떳하게 살아가겠다는 신념, 그리고 고통스러운 사람에게 위로를 주겠다는 아내의 삶에 굳이 간섭할 이유가 없는 것이다.

나는 가정, 직장, 제3의 생활에서 벗어나 가정과 만남의 장소만 찾는 이분법적 생활뿐이니 황금을 욕망하는 것도, 출세를 꿈꾸는 생활도 아니다. 디오게네스가 되겠다는 것도, 석가가 되겠다는 것도, 평생으로 칸트 철학에 심취했던 것도, 이제는 마시는 술 한 잔에 녹은 보석일 뿐이다. 나는 아내의 광신적 생활에 대비해 완전한 술쟁이이다. 아내가 나의 술생활을 간섭할 수 없는 것처럼 나도 아내의 신앙생활을 도와주지는 못하더라도 방해하지 않기로 한 것이다. 종교도 술처럼 중독되기도 하지만, 만인이 공감하는 신앙생활의 길을 가게 될 때 큰사람이 되는 것이다. 그러나 술꾼은 마시면 마실수록 주정뱅이로 떨어지는 것이 보통이기에, 나의 술 인생도 옛날 선비들의 호탕하고 품위 있는 것처럼 흘러왔을까 반성하게 하는 점이 있는 것이다. 어떤 것에서든지 자기만의 주장을 하게 되면 세인들부터 멀어지는 것과 같이, 아내의 신앙적 주장에 일체 무관심하는 생활에서 골동품 두 늙은이가 서로의 위치에서 조화롭게 살아가고 있다.

소크라테스의 주장처럼, 학문을 하는 사람들은 자기의 아내를 악처로 만든다고 했다. 철학이나 학문 속에 악처가 들어 있는 것이 아니고, 학문이 현실을 외면하는 데서 악처가 생기게 되는 것이다. 나는 나의 일생 속에서 아내를 나쁜 여자로 만들지 않았고, 아내 역시 성공적으로 살아온 가정 부인이었는데, 흔들림 없이 살아온 그 원천이 오로지 종교의 힘이라고만 하니, 남편으로서 섭섭할 때가 있었다. 물론 아내도 자기의 종교적 진리에 따라 허영과 가식이 없이 독실하게 살아왔다. 그런데 일 년 새 도둑이 세 번이나 들어 패물과 옷가지를 들고 갔으니, 그 허전함이 삶의 허무와 연결되기도 하였다. 삶에는 종교의 유무에 관계없이 아름다울 때도 고뇌에 빠질 때도 있기에, 자연으로 돌아가라고 외쳤던 룻소는 모든 것이 신의 손에 있을 때는 아름다웠던 것이 사람의 손에 닿기만 하면 여지없이 파괴된다고 하였다. 자연은 진실된 삶의 원형인 것처럼 우리 부부도 요즘 늙음의 길목에서 자연의 흐름에 따라 살아간다. 배고프면 밥 먹고 졸음에 따라 잠자며 고독에 따라 독서한다. 그러나 아내는 일주일에 다섯 번은 바깥 활동에 나선다. 사실 바깥에서 어떤 내용의 활동을 하는지 알려고 하지 않는다. 나도 오후가 되면 바깥으로 잘 나간다. 정년 뒤 3년까지는 무척이나 바쁜 시간이었지만, 이제는 저녁도 집에서 먹는 시간이 많아졌다.

아내는 저녁 준비 시간에는 반드시 돌아온다. 그러나 나는 외식이 없는 날에는 저녁이 무척 기다려진다. 술 생각도 나고, 그동안 소원했던 친구들도 생각난다. 저녁에는 주로 식은 밥이다. 나는 원래 식성이 까다롭지 않기에 음식에 있어서는 아내를 편안하게 하였다. 아내는 가끔 저녁에 외식을 제의한다. 시간적으로 식사 준비를 하지 않았을 때 나가서 저녁을 먹게 된다. 그러면 술도 한 잔 하게 되니 아내와의 대화가 저절로 이어진다. 저녁의 종류는 아내가 정할 때도 있고, 나보고 메뉴를 찾도록 하는 때도 있다. 평생을 한솥밥을 먹으면서 단 둘이서 외식을 할 때 그것은 모두 새로운 기분이다. 첫 잔은 아내의 고마움, 둘째 잔은 나의 답례, 셋째 넷째 잔은… 애주가의 멋일 것이다.

그런데 아내가 늦게 온다고 해서 반드시 외식을 하는 것은 아니다. 밖에서 일찍 들어오거나 아예 집에 있을 때 혼자서 저녁밥에 대한 공상을 한다. 오늘은 아내가 늦게 들어오니 외식을 하자고 제의할 것이고, 그렇다면 외식에 대한 준비를 혼자서 열심히 생각한다. 보신탕, 삼계탕, 장어구이, 돌솥밥, 보쌈, 생선회, 술 한 잔 하는 데 어떤 식사가 좋을지 선택의 사치스러움 속에서 한참 뒹굴고 있을 때 초인종 소리가 들린다. 오늘은 늦어서 미안하지만 집에서 식사를 해야 한다는 것이다. 아침 반찬과 식은 밥이 많기 때문에 나갈 수 없다는 것이다. 이때 황혼처럼 빛나던 나의 희망은 술 익는 마을을 그냥 지나가는 허전한 나그네 신세가 되는 것이다. 저녁 밥상의 기대가 물거품이 되었을 때 역시 내가 차린 밥상은 인정미가 없는 식은 밥상으로 변해버린다. 저녁 밥상이 하나의 공상으로 이어질 때 오후의 시간이 이렇게 허전할까.

아파트의 비밀번호

살림살이가 살아갈수록 기계화되어가며 복잡하게 변하고 있다. 세상의 변화도 어지럽게 흘러가며 정신문화는 물질문명의 꼬리를 잡고 허우적거린다. 아침의 정보가 저녁에는 휴지조각이 되어가는 세상, 생활양식이 혁명적 변화를 하고 있다. 그럼에도 도시의 이웃집에 누가 살고 있는지 서로가 모르고 살아간다. 모두가 밀폐공포증 환자처럼 비밀열쇠를 갖고 살아간다.

옛날에는 사립문으로 경계를 삼아 막대기를 걸쳐놓으면 주인이 없다는 것을 알게 되고 열어놓으면 동물들을 비롯하여 사람들이 들락날락했지만 지금은 비밀 자물쇠가 장치되어 주인도 열쇠 번호를 모르면 들어갈 수가 없다. 이것은 기계가 주인이 되고 주인은 노예가 되는 생활적 모순이며, 노예화되는 삶에 만족을 느껴가는 젊은 세대들은 세상이 더 빨리 변화되기를 갈망하는 것 같다. 그러나 변화를 싫어하는 보수골통들은 앞을 보지 않고 흘러간 옛것들만 되새기고 있다. 60년 전의 군번을 비롯하여 자기 고유번호인 주민등록 숫자만 머릿속에 넣고 살아간다. 뿐만 아니라 은행의 비밀번호를 알아야 돈을 찾을 수 있으니 통장번호 끝에 비밀번호를 적어두지 않을 수 없다.

열쇠는 지금 살아가는 사람들의 삶의 필수적 도구이다. 유럽 선진국에서는 열쇠 없이 살 수 있는 세상은 이미 지나갔고 지금은 숫자로 된 비밀번호를 머릿속에 넣고 살아간다. 그것도 잊어버릴 염려가 되어 아예 손끝에 아파트 열쇠가 지문으로 입력되어 있는 것이다. 신이 놀랄 정도의 무서운 세상이다. 고대 그리스 철학자 헤라클레이토스는 모든 존재가 변하고 있다는 그 자체가 만고의 진리라 하였고 또한 피타고라스는 수(數)가 만물의 존재 근거이며 인식의 근거라 했다. 이제 우리는 수의 개념을 떠나서는 도시 생활을 할 수 없는 지경이다. 다시 2500년 전의 두 철학자를 되새겨본다. 그러면 자연의 비밀은 누가 풀어주는가? 신비주의자들은 무당이라 생각할 것이다. 의학은 생명의 비밀을 풀어가고 있으며 주역은 사람의 길흉을 풀어주며 심리학은 사람의 마음을, 과학은 자연의 비밀을 찾아간다. 종교는 신의 비밀을 찾아 나선다. 고대 그리스 문화는 신들의 활동 속에서 피어난 문화이다. 척박한 땅에서 살아남기 위해 여신들의 지혜를 빌려 아테네 문화를 건설했다.

대영박물관에 가면 로제타 돌(Rosetta Stone)이 박물관의 상징으로 입구에 서 있다. 이 돌에 새겨져 있는 상형문자의 비밀을 해독하게 됨으로써 세계역사를 다시 쓰게 되었던 것이다. 이집트 로제타 지방에서 발견된 이 비석의 상형문자는 이집트 상형문자 해독의 열쇠가 된 비석이다. 문화적 비밀의 열쇠 외에 또 다른 비밀의 열쇠가 있다. 중세에는 정조대가 있었다. 여성의 음부를 가려 성교를 못하도록 자물쇠를 채운 금속 밴드이다. 은, 철, 그리고 가죽으로 만들어졌는데 비너스대라고도 하고 그것을 만들었던 이탈리아의 벨가모 지방의 이름을 따서 벨가모 열쇠라고도 한다. 중세 때 남성들이 몇 년간씩 십자군으로 원정을 갈 때 부인들 또는 애인들의 정조를 지키도록 하기 위하여 이 정조대를 채워 열쇠는 남성들이 가져갔다고 한다. 이것은 당시의 성문제가 얼마나 문란하였던가를 알게 하는 것이며 힘센 남성들의 행위와 의식이 얼마나 야만적이었던가 그리고 마녀사냥과 같은 종교적 탄압이 얼마나 극심하였는가를 알게 하는 것들이다. 이러한 성 문란 속에서 정조대를 제작한 장인들은 몰래 비밀열쇠를 만들어두었다가 그것을 요구하는 여성에게 비밀리에 팔았다고 하니 여성의 정조대에 성적 불안감을 해소하려는 남성들의 성적인 허무감이 얼마나 어리석은 일인가?

몇 년 전에 중국 황산으로 관광을 갔다. 정상에 1500년이 된 소나무가 있고 대표적인 신비한 바위 비래석이 있는데 만지면 소원성취 한다는 전설이 서려 있다. 그곳에는 사랑의 자물쇠가 수없이 달려 있다. 연인들끼리 와서 사랑을 맹세하고 그 영원한 사랑을 풀지 못하게 비밀의 자물쇠로 잠가놓고 열쇠는 산에 던져버리고 간다는 것이다. 이러한 유행이 우리나라에도 상륙하여 관광지마다 사랑의 자물쇠가 오히려 자연을 훼손하고 흉물로 추락하고 있다는 것이다. 그 영원한 사랑의 자물쇠를 누가 풀었기에 이렇게 이혼율이 많아지고 있는가? 사랑은 사람의 본성이고 자물쇠는 인위적인 도구이다. 사랑이 사람들의 행복을 위해 있는 것이 아니며 자물쇠가 사랑을 위해 있는 것이 아니라 어머니의 사랑처럼, 헬렌 켈러를 위한 설리번 선생의 사랑처럼 눈으로 보는 사랑보다 마음으로 느끼는 사랑과 같이 자기희생적 사랑을 열쇠로 푸는 것이 오늘의 삶이 지혜일 것이다.

단독주택에서 아파트로 이사 온 지 1년이 지났다. 도둑을 피해 이사를 한 것이다. 편리하게 살아가고 있지만 비밀열쇠 숫자 때문에 애를 먹고 있다. 아직도 아파트 현관의 비밀번호를 모른다. 카드를 갖고 다니지만 집에 놓고 외출하였을 때 일일이 경비원 신세를 진다. 오히려 옛날의 자물통 같으면 더 편할 것 같다. 자물쇠는 BC 2000년 전부터 이집트에서 사용되어왔고 2300년경 중국에서도 자물쇠를 사용해왔다. 이것은 재산을 보호하기 위한 도구였다. 로마 시대의 자물쇠는 지금과 같은 작은 것이 사용되었다고 하며 중세에는 자물쇠가 장식용 예술 작품 그리고 부를 상징하는 생활용품으로 사용되었다고 한다. 지금은 열쇠가 없는 비밀 자물쇠다. 생활의 변화처럼 자물쇠의 문화도 현대 아파트 생활에 편리하도록 변화되고 있다. 하지만 늙은이들에게는 비밀의 열쇠가 편안한 생활정서를 유발시키지 못하는 느낌이다.

노인들은 늙을수록 보수적 의식으로 회귀하지만 젊은 사람들은 물질적 생활감정에 민감하고 익숙해지면 질수록 주위의 다른 사람들과는 의사불통인 비밀의 열쇠 속에 살고 있는 것이다. 아파트 엘리베이터에서 노인들은 열심히 인사를 한다. 젊은이들 중에는 인사를 정성껏 받아주는 사람, 마지못해 받아주는 척하는 사람 그리고 아예 눈도 마주치지 않는 사람도 있다. 물품보관함에 가서 작동 방법을 몰라 중학생 또래의 지나가는 학생들에게 도움을 청하면 정서가 안정된 학생은 친절히 도와주고 가지만 어떤 학생은 비밀의 공포 속에 노출된 것처럼 냉대적 눈초리를 던지면서 지나가 버린다. 사람들은 자신의 찢겨진 상처의 비밀번호를 갖고 있다. 그것을 삶의 순화 과정에서 풀어낸다면 지성적 삶에 들어가는 문턱이 될 것이다. 물론 우리의 삶은 열어야 할 자물쇠도 아니며 풀어야 할 대화를 갖고 살아가는 것도 아니다. 아파트 안에서 어떤 일이 일어나고 있는지 알바가 아니다. 아파트의 공간은 밀폐된 비밀의 자물쇠 속에 있기에 평화롭게 보이지만 진달래 피고 평생 친구를 만들 수 있는 고향이 없는 곳이다.

아파트는 물질적 삶의 최첨단에 와 있는 주택의 구조이다. 아파트는 몇십 층으로 포개진 집이며 창문을 열고 바깥을 보면 포개진 창문만 보일뿐 그 속에 살고 있는 가족들의 가정적 행복을 알 수가 없다. 이것은 비밀의 자물쇠 때문이 아니라 마음의 창문을 닫아버렸기 때문이다. 실제로 마음의 창문은 비밀번호가 없기에 누구든지 드나들 수 있는 나눔의 문인데도 비밀의 열쇠를 가져야만 하는 아파트 생활에서는 육체의 주인으로 떨어지고 마는 것이다. 나 역시 삶을 찬미하고 사랑하며 나의 권력 의지를 마음껏 펴면서 남의 이웃으로 살고 싶음을 보여주고 싶지만 아파트에 들어서면 여러 가지 갈등 속에서 마음의 편안함을 얻고자 함이 간절하다. 무엇이 마음의 편안함인지 알 수 없다. 이미 이곳 아파트에서는 나의 마음이 비밀의 자물쇠 속으로 들어가고 있기 때문이다.

내가 죽으면 나의 커피는 누가 끓이나?

선문답 같은 제목이다. 아내와 같이 살면서 늘 나의 커피는 내가 끓여 마셨고 손님이 왔을 때도 커피 서비스는 나의 몫이었다. 이렇게 아침 커피 마시기 수십 년 동안 어느 날 아침 내가 죽으면 누가 나의 커피를 끓여 줄 것인가? 하는 생각이 떠올랐다. 이것은 세월을 증오하는 감정이었다. 식후에 커피를 마시지 않으면 사후에 지옥 간다는 농담도 있듯이 하루도 빠지지 않고 커피를 마셔왔지만 오후에는 밤잠과 연결되어 마시지 않는다. 나는 커피 한술과 프리마 그리고 설탕 대신에 홍삼분말 2봉을 넣고 위스키를 약간 섞어 양치질 뒤에 마시는 것이다. 이처럼 나의 하루 일과의 시작은 커피 향기 가득한 서재에서 시작된다.

커피는 열대 지방에서 자라는 나무의 열매이다. 익으면 붉은 앵두알 같다. 향이 너무 좋아 가공되어 사람들의 음용적 기호품으로 널리 사용되고 있다. 높은 문화수준을 향유하는 사람일수록 커피를 즐겨 마시는 것이 세계적인 추세인 것이다. BC 800년경에 아프리카 에티오피아에서 커피가 양치기에 의해 처음으로 발견되어 술을 빚어 마시게 되었지만 1454년 터키의 이스탄불에서 오늘과 같은 가공 음료수로 마시게 되었기에 이를 터키 음료라 하였던 것이다. 그러나 세계에서 처음으로 커피점으로 문을 연 것은 1652년 런던의 「바고니아 커피점」이라 한다. 우리나라에서는 고종황제가 커피를 즐겨 마셨다고 전해지고 있는데 당시 고종의 총애를 받던 독일계 여성 손탁이 있었는데 그녀를 위해 1902년에 호텔을 열도록 하였고 그곳에서 처음으로 커피를 팔았으며 그 뒤

3 · 1운동이 지난 다음 일본사람이 명동에서 「멕시코」란 단독 다방을 열어 문인들의 환담장소가 되기도 하였다. 세월이 흘러 6 · 25 전쟁 이후로 도시의 변화적 발전에 의해 곳곳에 다방이 생기게 되었다. 그때의 다방은 정치적 무대가 되었고 문인들의 쉼터가 되었으며 건달들의 놀이터이기도 했다. 또한 유한마담들과의 사교장이었던 당시의 다방은 문화공간의 중심지가 되었으며 한때는 미인들의 집합소가 되기도 하였고 만남의 장소, 약속의 장소였다.

전쟁은 문화의 지름길이고 경제는 문명 변화의 힘인 것처럼 미인들의 물장사인 다방 문화는 세월처럼 변해갔다. 가정에 숭늉이 없어지면서 커피가 그 자리를 메웠다. 나의 아침 생활도 커피 끓이는 것부터 시작된다. 나는 역사적 존재이면서 일상적 삶에 있어서 실존적 존재이다. 아침밥을 먹은 뒤 커피를 끓여 마시는 시간의 흐름에서 나의 실존을 느낀다. 사람은 만물의 영장이란 교만에서 달을 정복하고 자연을 지배하며 때로는 자연을 살육하면서 살아가고 있다. 그러면서도 자신과 끊임없이 싸우면서 자신만을 지배하지 못하는 존재이다. 산 속에 있는 열 도둑은 잡아도 제 마음 속에 있는 한 도둑은 잡지 못하는 것이 사람이지만 모든 악조건을 극복할 수 있는 이념적 존재이다. 자유와 평화를 갈구하면서 선을 실천하려 하며 종교적 신성함에 도달하려 하는 것이다. 모든 사람은 자신의 행위에 대한 주체이다. 아침에 커피를 마시는 것은 역사적 행위도 창조적 행위도 아니며 봉사적 행위도 아니다. 그냥 나 자신에 대한 습관적 행위이다. 그런데 이 커피의 시간은 내가 지금 여기에 있다고 하는 것을 절실하게 느끼게 하는 계기인 것이다. 사실 산다는 것은 내가 내 자신의 외부에 있는 것이다. 지금 이 시간에 나는 나의 커피 잔 속에 있는 상황이다. 지금 커피 잔 속에 있는 나는 어제 그 시간의 나와 내일 있게 될 그 시간 속의 나와는 전혀 다른 나이다. 그러면서도 아침의 커피 끓이는 시간은 지극히 일상적인 생활이다.

나는 지금 나 아닌 다른 사물들 속에 앉아 있다. 그것은 커피와의 대화이다. 그리고 나를 쌓고 있는 환경에서 또 다른 나를 발견한다. 나는 이 좁은 공간의 시간에서 즐거움을 느끼며 건강을 자랑하며 커피 향에 도취된다. 커피를 마시는 쾌감보다는 커피를 끓이는 자유로움이 나의 실존이다. 강의를 준비하는 것도 아니고 글을 쓰기 위해 낱말을 정리하는 것도 아니다. 부엌에서 끓인 커피를 들고 서재로 자리를 옮긴다. 커피 향이 방의 많은 책들 속으로 스며들고 창밖의 경치들이 커피 잔 속으로 모여든다. 내가 커피를 운전하는 것이 아니라 커피가 나인 나를 자기 속으로 빨아들인다. 시간을 초월한 순수한 나는 커피 향 속에 있으면서 나의 감각적 맛 샘이 커피를 음미한다. 이 순간에 커피가 없다면 나와 육체적 나는 있음이 아니라 한갓 사물에 불가한 것이다. 커피와 마주했던 나는 잠시 뒤 다시 나에로 돌아가 나는 나 아닌 책들과 대화를 시작한다.

도대체 나란 어떤 존재인가? 사람만이 자신을 형상화하여 분석하고 비판하며 의미를 부여한다. 데까르뜨는 "나는 생각한다. 고로 나는 존재한다."는 합리적 대명제를 제시했다. 사물의 존재는 유용성의 가치로 평가되지만 사람은 값으로 평가될 수 없다. 칸트가 사람의 존재를 목적에 부합되어 있는 존재라 한 것처럼 산다는 것은 삶의 본질을 현실화하는 것이다. 즉 내가 나를 발견하는 환경에서 나의 의지를 실행하는 것이다. 뿐만 아니라 나는 나의 기쁨, 고뇌, 노동과 오락 그리고 이웃과의 담론에서 자신의 위치와 조건을 정립하는 주체이면서 풀지 못하는 비밀을 갖고 있다. 시간의 흐름에 따라 비밀이 풀리고 비밀이 풀리는 단계 단계가 세계와의 공존관계에서 세계 안의 존재임을 확인하는 것이다. 나는 신이 나에게 자유를 주었다고 하여도 신과의 관계를 지우지 않고 서재에 앉아 있는 현존재를 만끽할 뿐이다. 나의 실존은 신을 불러올 이유도 없는 것이며, 서재에 머물고 있을 때 가장 자유로운 존재이다. 사실 나는 주위와의 관계에서 자신의 존재가 축소되며 독립성을 잃게 되는 것이다. 무위자연적 생명 보존의 조건에서 가장 자유로운 생명을 느낄 수 있지만 단 커피를 끓이는 순간 나는 내 존재의 한계와 생명의 비밀 속에 숨어든다.

커피 잔 속에 몰입하면서 자유를 향유하지만 나 자신의 한계에 부딪친다. 결국 그 한계의 비밀은 죽음이다. 나는 죽음에의 존재이다. 죽음은 뛰어넘을 수도 없고 거절할 수도 없는 각자의 운명임에도 사람들은 그것을 잊고 살아간다. 죽음은 현실적인 것이지만 어떻게 설명할 수 없는 형이상학적인 존재이다. 죽음 앞에서 흥정이나 타협할 수 있는 여지가 있는 것이 아니다. 어느 누구도 죽음을 끌어당기거나 막아줄 수 없는 것이다. 우리는 죽음으로 쉬지 않고 걸어가고 있다. 아니 죽음이 쉬지 않고 나에게로 다가오고 있다. 나의 죽음은 나의 현존재를 알리는 단독의 암호이다. 이 죽음이 나의 참된 모습이며 비밀의 문을 열어주는 것이다. 죽음은 70살에 오는 것도 80살에 오는 것도 아니며 태어 날때부터 어디에나 따라다니는 나의 존재이다. 그래서 죽음은 남에게 가는 것도 아니고 오직 자기 자신에게로 되돌아가는 존재이다. 우리는 죽음을 돌아갔다고 표현한다. 본래 온 곳으로 간다는 것인데 온 곳이 어딘지 모르기에 가는 곳도 어딘지 알 수 없다. 이 자체가 죽음 자신의 모습이기 때문에 삶과 죽음은 같은 것이다.

홀로 커피를 마시면 고독감을 느낄까? 다른 사람들로부터 소외감을 느낄까? 아침 커피의 잔잔한 향기에 하루의 할 일을 물어보면 저절로 늙었다는 확실한 증거가 드러난다. 늙음에는 고독이 들어 있지만 아침 커피가 고독이나 소외감을 만들지는 않는다. 오히려 고독보다는 단독자로서 나의 위치를 죽음 앞에 세워본다. 편안한 마음으로서 아파트 창문에서 분주한 보도를 내려다본다. 푸른 신호등에 사람들이 홍수처럼 흘러간다. 고독을 유쾌한 것으로 독립시킬 수는 없지만 커피와 대화하는 순간 "나 하늘로 돌아가리라 아름다운 이 세상 소풍 끝내는 날, 가서 아름다웠다고 말하리라"고 읊는 천상병의 시구가 떠오른다. 내일 아침, 모래 아침에도 커피와 대화하면서 내가 죽으면 나의 커피는 누가 마실까 하는 생각이 떠오른다.

6 · 25 전쟁 때 두 아버지

전쟁과 평화는 서로를 배척한다. 평화란 개념은 있는 것이 아니고 있어야 할 존재이다. 그러나 전쟁은 없어야 할 존재이지만 늘 있는 것이다. 전쟁은 평화를 파괴하고 평화에 대한 의지가 더 강해지면 전쟁을 일으킨다. 전쟁에는 언제나 핑계가 있지만 평화에는 순수하고 어리석은 사람들의 욕망의 대상이면서 반드시 자유가 전제된다. 나는 초등학교 1학년 때 대동아 전쟁의 종말을 보았고 중학교 1학년 때 6 · 25 전쟁을 만났다. 나의 시간을 육십년 전으로 되돌려본다. 대동아 전쟁은 동양의 일부를 집어삼킨 일본 제국주의가 미국을 침략한 전쟁이고 6 · 25 전쟁은 김일성이 스탈린과 모택동의 도움으로 남한을 침범한 전쟁이다.

일본으로부터 해방된 지 5년 만에 북한으로부터 선전포고 없는 침략을 받았으니 그것도 우리 군인들이 외출을 나간 일요일 새벽에 상상을 초월한 소련제 탱크와 병력으로 내려왔으니 하루아침에 서울은 불바다가 되었다. 대동아 전쟁은 일본의 패망으로 우리 민족에게 나라를 되찾게 해주었지만 6 · 25 전쟁은 공산주의 혁명을 앞세운 김일성의 야욕을 현실화시키기 위하여 민족끼리 살육하는 한반도의 비극적인 전쟁이었다. 굶주린 피난민은 먼저 남쪽으로 내려왔고 괴뢰 인민군들은 한 달 만에 낙동강 전선까지 내려왔다. 국군과 인민군의 전쟁은 임진왜란 때 조선과 일본의 전쟁처럼 다른 민족의 침입이 아니라 우리끼리의 전쟁이었다. 6 · 25 전쟁이 비극이라 하는 것은 자유와 공산주의 이념의 틈바구니에서 같은 핏줄의 이웃끼리 벌인 싸움이었기 때문이다. 사실 전쟁은 한꺼번에 모든 것을 얻기 위해 모든 장애를 없애려는 대량학살이다. 일본으로부터 해방 분단된 우리 땅을 적화 통일하려는 김일성의 야욕이 6·25 전쟁이다.

전쟁이 일어난 지 한 달이 조금 지난 8월 2일 아침에 마산의 변두리에 있는 우리 동네에 인민군이 들어왔다. 그들은 겁에 질린 동민들에게 동네 아버지, 동네 어머니 부르고 다니면서 아주 훈련된 대민 유화적 행동을 하고 다녔고 우리 집에 들어온 인민군은 아무런 말도 없이 방으로 들어가 농을 뒤져 삼베와 무명 베를 꺼내 천으로 된 신발을 벗고 물에 젖은 무명 발싸개를 벗기고 새 무명으로 뚱뚱 붇은 발을 감싸고 나가는 것이었다. 그들은 양말도 신지 않았고 군화도 아닌 신발이었다. 당시 나는 중학교 1학년으로서 인민군의 행동이 이상도 하고 불쌍하기도 했다. 조금 지나니 마을 앞에서 총소리가 나고 정찰기가 날아다니고 대포 소리도 났다. 인민군들은 바람처럼 사라졌다 저녁이 되니 다시 나타났다. 부인들과 청년들을 불러 밥을 짓게 하고 동리 소를 잡아 요리를 만들어 청년들을 짐꾼으로 삼아 어디론지 떠났다. 나는 그들의 전선이 함안 쪽의 서북산과 진동 쪽의 옥녀봉인 것을 알았다. 낮에는 국군의 지역이 밤에는 인민군의 전선으로 뒤바뀌고 있었다. 그들의 무기는 다발총과 99식 장총이었다. 처음에는 동민을 위협하지 않고 편안하게 대해주었지만 날이 갈수록 전쟁의 적군으로 변해갔다. 아군의 함포 사격과 폭격으로 동민들은 뿔뿔이 흩어져 피난길에 올랐다.

우리 가족을 비롯한 대부분의 동민들은 피난을 가지 않고 동리에 남아 있었다. 인민군들은 3일 안에 마산과 부산을 점령하여 완전해방이 된다고 했다. 낮에는 군인과 경찰부대가 우리 마을을 장악했고 밤이면 인민군 세상이 되는 전선이 되었다. 공격과 방어의 전쟁터에서 양민들은 군인들보다 더 비참하게 죽어가고 있었지만 군인들은 자신들이 이

긴다고 거짓말을 하고 있었다.

전날 밤에 인민군들이 설치고 간 뒷날 아침이었다. 8월 13일이다. 비가 많이 온 뒤에 그친 날씨였다. 인민군들이 밤에 민가에 오는 것은 소, 닭, 밥, 등 보급품을 조달하기 위한 것이고, 낮에 전투경찰들이 우리 마을에 들어온 것은 지난밤에 인민군들에게 보급품을 협조한 사람들을 찾기 위한 것이며, 인민군으로 가장하기도 하였다. 이날 아침에 전투경찰 두 명이 우리 집에 들어왔다. 그때 앞집의 젊은 청년이 우리 집에 와 있었다. 경찰관이 젊은 앞집 청년에게 도민증을 보여 달라고 하니 앞집 사람이니까 집에 가서 가져오겠다고 하면서 청년은 자기 집으로 가지 않고 뒷산으로 도망을 쳐버렸다.

기다리던 경찰관들은 나의 아버지에게 당신 아들이 거짓말을 하고 도망을 쳤으니 가서 빨리 찾아오라는 명령을 내렸다. 내 아들이 아니라고 해도 소용이 없었다. 아버지는 청년을 찾아 뒷산으로 갔지만 찾을 수가 없어 자신도 도망을 치기로 했다. 그러나 순간적으로 도망을 치느냐 집으로 그냥 돌아가느냐의 갈등에 빠져들었다. 도망간 사람을 찾지 못했으니 도망을 치면 그만이지만 집에 인질로 잡혀 있는 나와 가족의 운명이 떠올랐던 것이다. 아버지는 도망간 남의 아들 때문에 집에 있는 나의 아들을 죽일 수 없다는 판단에 한참 뒤에 되돌아오셨다. 중학생이었던 나로서는 이러한 절박한 상황을 느끼지 못하고 아버지만 기다리고 있었다. 홀로 돌아온 아버지에게 경찰은 도망간 청년 대신에 나와 아버지가 함께 가야겠다고 명령했다. 우리가 간 곳은 권씨 문중의 큰 재실이었다. 재실 마루에는 피난민 들이 가득 있었고 마당에는 나의 종형이 서 있었다. 부대 지휘관인 경찰이 어제 저녁에 인민군들에게 협조한 동민을 잡아왔다고 연설을 했고 부슬비가 내리고 있었다. 나와 아버지, 종형 세 사람은 마루 축대 밑에서 비를 맞으며 서 있었다. 대문간에도 전투경찰들이 서 있고 왔다 갔다 하는 경찰관도 있었다.

순간적인 시간이었다. 지휘관은 나의 종형을 불러 나무 밑에 서라 하였다. 나무 밑으로 이동하여 서는 순간 총살 명령이 내려지고 대문간에 서 있던 경찰관 한 명이 종형의 등 뒤에서 총을 쏘았다. 한마디 비명으로 종형은 앞으로 쓰러졌다. 죄명은 어제 저녁에 인민군에게 협조하였다는 것이다. 재실 전체에는 무거운 침묵이 흘렀다. 나와 아버지를 데리고 간 경찰관이 아버지를 불러 어서 집으로 가라는 지시를 내렸다. 그때 아버님의 심정은 어떠했는지 어린 나로서는 알 수 없었다. 우리는 어떤 생각으로 집으로 돌아왔는지 생각이 나지 않는다. 마루에 걸터앉은 아버지께서는 내가 돌아오지 않았더라면 자식들이 어떻게 되었을까! 외마디 긴 한숨뿐이었다. 밤이 되면 인민군들이 와서 소 잡고 밥하게 하는 명령에 거절할 사람이 누가 있겠는가! 눈치 빠른 사람들은 빠져나갔지만 종형은 유도심문에 걸려든 것이었다. 전쟁에서 민간인들의 생명은 비극의 씨앗이다. 하늘이 주는 잔인함이 아니라 증오를 불러일으키는 잔인함이다. 전쟁은 더 치열해졌다. 동리 사람들은 피난을 떠나지 않을 수 없었다.

나는 동생과 함께 이미 인민군 점령지에 들어간 고성군 거류면으로 가족들과 헤어져 외갓집으로 갔다. 그곳에는 괴뢰군 명령으로 조직된 치안대가 민간인들의 질서를 잡고 있었다. 완장을 찬 치안대원의 힘은 총보다 더 무서운 존재였다. 소도 먹이고 땔나무도 하면서 피난생활을 하였다. 언덕에 소를 몰고 앉아 있으면 우리 마을 전선에서는 비행기 공습과 대포 소리가 들려오고 검은 연기가 솟아오를 때도 있었다. 9월 16일 아침에 소를 몰고 들녘에 나갔다. 태극기를 총 끝에 달고 무장한 군인 두 사람이 마을 쪽으로 오고 있었다. 그때 무덤가 작은 굴에서 동리 젊은 청년 한 사람이 나타나 그 군인들을 향해 인민군 동무, 지금 국군들이 오고 있으니 빨리 이 굴로 와서 숨으라고 외쳐댔다. 두 군인은 총에 단 태극기를 흔들며 우리는 국군이라고 대꾸했다. 그래도 그 청년은 몇 번이고 손짓을 하며 인민군 동무라 불러대었다. 나와 동생은 이 기막힌 사건을 지켜보았다. 들녘에는 벼가 평화롭게 익어가고 있으며 아침의 고요한 산기슭이었다. 화가 난 군인들은 청년 앞에 다가와 무릎을 꿇게 하고 총을 겨누었다. 그제야 청년은 국군임을 알아차렸다. 총살 직전이었다. 국군의 다리를 붙잡고 살려달라 애원했다. 그때 동리 사람들과 그 청년의 아버지, 어머니도 나왔다. 국군은 동리 사람들에게 청년의 행동을 알리고 총살을 선언했다. 청년은 체념한 듯 사색이 되어 주저앉아 있었다. 총을 겨누는 순간 청년의 아버지가 뛰어들어 나를 대신 죽여달라고 애원하며 군인을 붙들고 몸부림친다. 국군은 아버지를 뿌리치고 또 청년에게 총을 겨누었다. 아버지는 죽음을 초월한 희생적 자식 사랑으로 또 국군을 막아서면서 나를 대신 죽여달라고 울부짖는다. 아들의 죽음을 대신하려는 아버지의 감동적인 최후의 몸부림이었다. 한 사람의 죽음은 피할 수 없는 상황이었지만 국군의 분노는 서서히 가라앉았다.

총대에 매달린 두 태극기는 들판으로 사라지고 동민들은 감동의 눈물을 흘렸다. 그날 오후 나와 동생은 피난처에서 집으로 돌아왔다. 집은 반쯤 불타 있었고 피로에 지친 아버지와 어머니가 우리를 맞이했다. 면소재지 큰 동내는 거의 불타버렸지만 들판의 벼농사는 참새들의 피해도 없이 잘도 익어가고 있었다. 피난길에 나섰던 사람들이 모두 돌아왔다. 그러나 어릴 때 친하게 지내던 황진구, 이오달 두 친구의 가족은 영영 돌아오지 않았다. 나는 왜 돌아오지 않았는지 그 이유를 알고 있다. 아이들의 고향을 버리고 전쟁을 계기로 삶의 터전을 옮겨야 하는 부모들의 쓰라린 심정을 갖게 한 원인은 우리의 양반 문화에서 비롯된 것이다. 청소년으로 커가면서 발랄했던 두 친구가 생각났으며 지금은 어디서 늙어가고 있는지 더 궁금하다. 전쟁으로 이산가족의 아픔이 시작되었지만 나는 6·25 전쟁을 통해 자식을 위한 두 아버지의 죽음을 초월한 희생정신을 길이 알리고 싶을 뿐이다.

군대일기

　중학교 일학년부터 일기를 써왔지만 6·25 난리통에 잃어버렸다. 고등학교에서 일기를 짬짬이 썼지만 1958년 군에 입대하면서 금지된 일기를 숨어서 써왔다. 나의 일기는 나의 익지 않는 삶의 행적이었고 사춘기의 반항으로 부모의 꾸중을 들었던 일, 그 당시의 가난하게 살았던 삶의 모습, 잊을 수 없이 피어오른 우정의 동심, 남의 선망의 대상이었던 학창시절의 기록이었다. 안정된 직업인의 일기도 아니고 목적의식에서 쓰려고 한 일기도 아니었으며 글에 대한 남다른 호기심과 시간 흐름을 글로 채워보려는 욕심이었다. 또한 1961년 1월에 제대할 때까지 3년간 일기를 꾸준히 써왔고 일기를 쓰는 그 자체가 군생활의 피로감을 달래는 유일한 길이었다. 한편 일기를 쓰게 되니 독서를 하게 되었고 군생활 동안 철학, 문학 책을 많이도 읽었다. 당시 군에서는 공공연하게 일기를 쓸 수 없었기에 일기를 쓰는 하사관은 거의 없었고 군의 서무병으로 근무했기 때문에 시간의 여유와 일기용품을 마련할 수 있었다.

　나는 1958년 4월 2일 논산 훈련소에 입소했다. 당시에는 군 기피자가 많았으며 신체검사 과정에서 군의관과 결탁하여 부정 판정을 받는 비리와 그 밖의 병무 행정이 사회적 부정으로 떠오를 때였다. 나 역시 종형의 주선으로 군의관과 결탁하여 최종 판정에서 가슴이 아프다는 신호로 신체검사 불합격으로 합의되었지만 나는 군의관의 어디가 아프냐는 최종질문에 단호히 아픈 곳이 없다는 답변으로 종형과의 약속을 깨고 군에 입대하였다. 발에 맞지 않는 군화를 신고 떨어진 군복을 입고 2개월간 신병 훈련을 받는 동안 훈련장소 철조망 밖에서는 10세 전후의 소녀에서부터 60세 전후의 아주머니들의 소위 말하는 이동주부들이 훈련병을 상대로 먹는 것과 필수품을 팔았다. 심지어 용변을 보는 데까지 따라와 음식을 팔았으며 낡은 군복 차림의 허수아비로서 인격의 존재가 아니었던 훈련병의 모습은 사람과 구별되는 군인이었다. 당시에는 군인과 사람을 구별했고 울고 있는 어린 딸애들의 울음을 그치게 하는 말 "너 계속 울면 나중에 훈련병에게 시집보낼 거다" 하는 유행어도 있었다. 그만큼 인기 없는 훈련병들의 고된 훈련, 기압, 구타, 욕설, 배고픔에도 명령 복종의 군인 신분으로, 훈련소를 떠날 때 새로운 시련을 예측하는 군인은 아무도 없을 것이다.

1958년 4월 2일

이른 아침 강경역이었다. 훈련소 밥이 아닌 첫 군대 밥이라 먹고 싶은 생각은 없었지만 호기심에 먹어보았다. 수용연대 2대대 8중대에 배치되어 3소대 향도를 맡게 되었다. 입소병에게 돈을 거두어 선임하사에게 담배를 사준 것이 발각되어 대대 정보과에 불려가 매를 맞고 돌아오면서 다시는 관부를 맞지 않겠다고 다짐했다.

8월 2일

후반기 정훈학교 교육을 마치고 전곡에 있는 최전방 부대 28사단 80년대로 배치되어 가는 길에 위장한 전투탱크들을 보는 순간 무서움이 왈칵 났다. 보충대에 들어서니 아무런 도구도 주지 않고 산에서 땔감을 해 오라는 명령이다. 어처구니없는 일이지만 군대란 의식에 압도되었다. 그날 밤 탈영병이 생겨 남은 병사들에게 모진 기압이 내려졌고 몸에 배인 사회적 감정에 눈물이 솟구쳤다.

나의 군대 생활은 전곡 한탄강 주변이다. 당시 부대 주변에는 작은 술집들이 많았고 술은 막걸리였다. 밤이면 부대 장병들이 서로 어울려 술집으로 모여들었다. 실제로 선임 하사와 함께 술집에서 한잔 마시고 내무반에 들어가면 편하게 잘 수 있지만 선임하사와 어울리지 못한 사병들은 기압을 받느라 잠을 잘 수 없는 경우도 있었다. 그때의 술집들은 장병들의 위안소 역할을 하였고 북촌 마을에는 직업 군인들의 가족들이 살고 있었으며 전국적으로 모여든 술집 아가씨들의 생활전선 이었다. 부대 주변의 사람 사는 오두막집에는 반드시 술과 아가씨들이 있었고 그곳은 가족들과 군인들의 면회 장소이었다. 그런데 이곳 꼬마들은 소꿉놀이를 할 때 다른 지역 아이들과는 다르게 판에 둘러앉아 젓가락으로 판을 두드리며 노래를 불렀고, 전쟁놀이를 하였다. 부대 주변의 생활상이 아이들에게 그대로 전달되는 현상이 안타까울 뿐이었다.

12월 16일

겨울 기동훈련이 시작되었다. 전투를 위한 완전무장을 하고 가상의 전선으로 부대 이동을 한다. 칡넝쿨처럼 전선줄이 깔려 있고 곳곳에서 연기가 피어오른다. 여기저기 포성 소리와 소총 소리가 들리고 전사자가 발생하였다는 보고가 연속이다. 진군과 고지점령의 명령이 하달된다. 날씨는 왜 이렇게 추운지 집 생각이 간절하다.

12월 31일

군인의 시간과 공간은 명령과 작업이지만 오늘은 여유로운 시간이다. 군 업무로 전곡을 세 번을 왔다 갔다 하면서 목욕을 하려고 했지만 허탕을 쳤다. 차가운 별빛 아래서 대구집 식당의 떡국과 막걸리를 마시면서 흘러간 일 년의 군 생활을 되돌아본다. 하루하루는 긴장된 훈련이었지만 일 년의 긴 시간이 하루의 지루함이다. 군대 생활이 지루함을 주는 것은 늘 같은 일을 반복하기 때문이다. 마지막 불침번으로 병사들의 잠결을 경계하면서 그들의 단꿈이 나의 일기장을 메운다.

1959년 1월 2일

새해이다. 선임병 강상사는 참으로 마음씨 고운 분이다. 자신의 집으로 몇몇 병사를 불러 막걸리 파티를 열었다. 1차를 마치고 또 몇 명은 2차로 대구집으로 갔다.

술은 긴장을 풀어주는 광기인데 돌아가는 곳은 차가운 내무반이다. 군인들은 죄인이 아닌 죄인이다. 늘 철조망 안에서 생활하고 있기 때문이다. 주막집 불빛이 희미해지니 술 취한 죄인들 내무반으로 가는 길이 열린다. 병사들은 사랑을 주제로 하는 영화를 보고 있지만 나는 까뮤의 실존주의 문고를 읽었다.

3월 8일

한탄 강변에 해숙이란 제주도 아가씨 술집이 있다. 나비들은 낮에 꽃을 찾지만 주졸들은 밤에 꽃집 주막을 찾는다. 주막을 가는 길도 철조망을 넘고 강을 건너 구렁길을 간다. 주막집 촛불이 희미할수록 매력적이다. 피곤한 육체를 마음이 다스려야 할 시간이다. 해숙 씨는 병사들의 외상 차용증을 웃으면서 받아준다. 당시에는 사회에서처럼 군인을 상대로 한 차용증이 통용되었다.

차 용 증

품목	단위	수량	가격
탁주	되	5	1,000환
유과	개	100	500환

상기 품목을 정히 영수함

4292년 3월 8일

보병 80년대 인사과   발간계 일등병 정윤재

5월 9일

오늘 전곡에서 키나카우스란 영화를 보았다. 헌병의 눈을 피하느라 숨어 다니는 골목길에 어둠이 깔린다. 책임도 권한도 없는 졸병들에게 헌병들의 존재는 고기전의 파리처럼 귀찮은 것이다. 희미한 별빛을 밟으면서 군인들을 유혹하는 사창가 여성들의 분홍빛 웃음에 욕망의 꿈을 꾸어본다. 프랑스 작가 죠르류 쌍드의 「마귀의 늪」을 읽으면서 조양과 함께 사랑할 수 없는 부드러운 시간을 보낸다.

5월 19일

한탄강에 외나무다리가 있다. 밤이면 장병들이 술집으로 가는 길이다. 옆에 철조망이 쳐 있고 철조망에는 개구멍이 나 있지만 아무도 그것을 막지 않는다.

장교들, 선임하사, 상인들, 별별 사람들이 건너 다니는 외나무다리. 겨울에 얼음을 깨지 않고 건널 수 있다. 근처에 '고향암'이란 바위가 있다

푸른 소나무에 학이 날아들고 흰 눈꽃도 피고 구름도 쉬어 가는 곳. 한 병사가 고향을 그리워하다가 바위에서 뛰어내렸다. 그 뒤로부터 그 바위를 '고향암'이라 불렀다.

9월 12일 (토)

위조 외출증을 만들어 서울로 나갔는데 목적지도 없다. 토요일 애인이 기다린다는 망상의 기분을 달래기 위해서다. 서울은 복잡하면서 고향도 어머니도 없는 전국에서 모여든 사람들의 거대한 경쟁적 삶터였다. 그런데 서울에서는 언제나 군인들은 열외의 존재이다. 토, 일요일의 군인들의 외출은 사춘기에 집을 나선 반항아 기분이지만 시간의 반환점에 전곡행 기차를 탄다. 기차는 칙칙 푹푹 하면서 달린다. 북쪽으로 간다고 칙칙 북북 하는 것 같다. 한탄강 언저리에 코스모스가 흐드러지게 피어 있다.

12월 23일

북진리 술집에서 헌병에게 각개 점호증을 빼앗겼다. 애걸해보았지만 허사였다. 헌병들이 떴다 하면 사병들과 술집은 비상이다. 북진리 주변은 졸병들이 드나드는 휴식공간이다. 전국에서 눈이 가장 많이 오는 곳으로 되어 있다. 군화와 흰 눈은 어울리지 않는다. 김진섭 수필가의 백설부가 떠오른다. 김일성 모습의 눈사람을 만들어 조롱하고 싶은 심정이다. 크리스마스를 알리는 종소리가 들리는 순간 상부에서 인권옹호란 전통문이 내려온다.

1960년 1월 5일

한가한 화요일이다. 까뮤의 실존사상을 읽으면서 교통사고로 일찍 죽은 그의 운명을 되새겨본다. 하이덱거와 싸르뜨르의 실존사상이 우리에게 소개되고 있다. 장병문 대위와 돼지찌개로 밤술을 마신다. 군의 본질을 떠나 두 사람의 실존적 시간이다.

부대로 돌아오니 복무태만이란 출두명령의 벨이 울렸다. 영창이란 순간 공갈 전화임을 알게 된다. 군대에서 이런 장난이 가끔 있는 것이다.

나는 불침번을 자청하여 20세기의 철학을 읽고 있다.

3월 11~20일

나는 휴가를 와서 맹장 증세를 느껴 군에 복귀하여 사단 의무중대에 입원했다. 병원에 누워 있는 것이 참으로 초라했다. 펄벅의 『대지』를 읽었다. 왕릉 오란 황부잣집 연회와 두견에 얽힌 이야기로 병실의 시간을 메운다. 3월 15일 대통령 선거일인데 나의 투표권은 어떻게 되었는지 소식이 없다. 당시 반항적인 군인에게는 아예 투표권을 주지 않았다. 이승만, 이기붕이 정부통령에 당선되었다는 방송이지만 국민들의 저항적 감정이 곳곳에서 터져 나왔다. 나는 20일 만에 6야전 병원으로 이송되었다. 급성 이었다면 벌써 수술하였을 것인데 만성염이었다. 나에게 친절을 배풀어주는 간호장교 이판남 소위의 흰 가운에 정서적 안정과 동시에 연정을 느낀다. 군인 신분은 없어지고 종일 독서와 잠자는 것뿐이다. 시간에 따라 약 먹고 누워만 있는 것으로 시간을 메운다. 병동에 내리는 비는 외로움에 잠겨 있는 환자들의 마음을 향수에 젖게 한다.

4월 3일

군목의 설교에 오전시간을 채우고 펄벅의 『대지』로써 오후시간을 매우고 실존주의 문고로써 텅 빈 마음을 채운다. 뚜렷한 병세도 없이 입원해 있는 나일론 환자들은 뒷동산 진달래 꽃밭으로 산책을 간다. 고개

숙인 할미꽃 옆에 앉아 몇 달 전에 돌아가신 외할머니 생각에 잠긴다. 부드럽고 싱싱한 꽃을 왜 할미꽃이라 부를까? 어제 옆 병동에서 한 병사가 죽었다. 그 억센 시체가 부드럽고 고운 간호장교의 손에 의해 수습되었다. 천사 같은 간호장교가 남의 남자 시체를 만지는 것이 측은하고 안타까웠다. 나는 간호장교의 요청에 따라 병동 실장이 되어 병동 업무를 대신했고 또한 병동은 나의 독서실이 되었다.

4월 9일

까뮈의 『이방인』을 읽다가 잠이 들었는데 이 소위가 『사상계』를 나의 머리맡에 살짝 두고 갔다. 서로 좋아하고 관심을 주고받는 순간들이다. 사랑함이 움트는 순간이라 할까! 나는 이 소위와 함께 화단을 가꾸며 작은 돌탑을 세우고 실내 화병에 여러 봄꽃들을 꺾어 꼽기도 한다. 봄을 찬미하는 병동의 외로움이 남녀 간의 연정을 교환하는 순간들이다. 그녀는 간호장교 계급장을 떼고 내 옆에 와서 시를 읽어준다. 내가 읽는 것보다 더 감동적이고 아름다움을 느낀다. 봄도 가는 들판에 늦게 핀 꽃이 일찍 핀 꽃보다 아름답구나…… 그대 같이 헤어질 때 만날 때보다 간절하구나, 파스킨의 시이다. 서로 책을 교환하며 읽고 며칠 뒤 책을 또 교환한다. 책을 통하여 사랑이 오고 가는 병동의 생활이다.

4월 16일

군에 있으면서 어머니로부터 두 번째 편지를 받았다. 글을 모르는 어머니이기에 대필 편지이다. 봄꽃들이 떨어지는 병동에서 어머니의 마음을 그리는 향수에 젖는다. 점심을 먹고 이 소위와 뒷동산으로 산책을 갔다. 재미있는 이야기를 해달라고 내 팔에 매달린다. 그러나 서로의 다른 사연을 갖고 행운의 열쇠를 찾지 못하고 군인의 신분으로 돌아간다.

토요일 외출 나갈 때가 부럽다고 하면 외출 신고를 하면서 등산을 하라고 위로해준다.

4월 19일~24일

병동의 하루 시간이 열리면 다른 환자들이 나를 부러워한다. 수술 소식이 들려왔다. 이 소위의 주선으로 수술이 시작됨을 직감적으로 느끼었다, 당황함, 무서움으로 어머님의 영상이 떠오른다. 그리고 수술대 위에서 죽어가는 병사들의 모습이 지나간다. 수술을 하지 않아도 되는 맹장 환자인데 수술대에 오르니 이 소위가 직접 마취주사를 놓아주고 사랑과 정성으로 위로하면서 천사의 날개로 나를 품어준다. 정신을 차려보니 다른 병동에 와 있었고 구토로써 정신이 혼미했다. 병원에서 처음으로 환자의 고통을 느끼면서 싸르뜨르의 『구토』가 생각난다. 배창자가 당기고 고통스러워하는 동안 내 곁을 떠나지 않는다. 수술 뒤의 삼일째이다. 이 소위가 와서 어린애 같다고 웃겨준다. 나는 환자로서 너무 행복함을 느끼는 순간 데비드의 아그네스를 읽어준다. 담당 간호장교가 아니라 위로 하는 연인이다. 시간마다 체온기와 맥박을 체크하고 약을 입에 넣어준다. 내 자신도 사랑하고 있다는 표정을 지울 수 없었다. 4·19 소식이 병원으로 들려온다. 격려의 시와 글들이 신문을 장식하고 총칼 앞에 쓰러지는 데모대의 모습이 연일 보도되고 있다. 이기붕 일가가 육 군단으로 피신 오겠다고 제의하였지만 군에서 거절했다는 소식도 있다. 그 뒤로 그 일가는 경무대로 들어갔다. 이미 시민 의식은 혁명의 길로 가고 있는 것이 분명하다.

모든 보도 기관들은 시민의 편에서 뉴스를 전하고 있으며 시민들은 서로 헌혈하면서 데모대의 행렬에 동참하고 있다. 워즈워즈 말처럼 4월은 잔인한 달이다. 민중의 소망처럼 학생들의 흘린 피가 혁명의 깃발이 되기를 기원해본다. 나 역시 4월 19일에 수술대에서 피 흘려 나의 병을 고치었다. 6월 1일 퇴원할 때까지 2개월 13일간 간호장교와 사랑을 나누는 환자 생활은 짝사랑이 아닌 실제로 서로 사랑하고 싶었던 병동이었다. 사랑의 끝으로 이어지는 순간에 영국의 여류시인 크리스티나 요시데의 송가를 되새겨본다. 내가 죽을 때 내가 제일 좋아하는 슬픈 노래를 부르지 말고 나의 머리맡에 나무도 장미도 심지 말라. 군인의 죽음에는 송가도 없는 육 야전병원에서 사랑의 송가를 불러본다.

성불을 위한 아내의 마중물

나와 아내는 새벽 4시가 지나면 일어난다. 나는 변소에 들러 현관에서 신문을 가져오고, 아내는 작은 방에 설단되어 있는 자기만의 불단 앞으로 간다. 우리는 이 시간부터 같은 아파트 공간에서 지구인과 외계인처럼 서로 다른 생각으로 서로의 일과를 시작한다. 나는 8시 식사 시간까지 신문 읽기, 뉴스 듣기, 팔다리 근육운동과 몸풀기 운동을 하면서 시간을 보낸다. 아내 역시 자신의 공간 불단 앞에서 2시간 동안 소리 내어 근행창제를 암송한다. 서방정토 왕생을 염원하는 명호인 나무아미타불의 일본식 명호인 남묘호렌게쿄의 염불을 7시까지 계속한다.

세월은 시작과 끝없이 흐를 뿐이다. 눈 깜빡하면 하루가 지나가고 꽃 지고 서리 내리면 1년이 부처님 한 번 웃는 순간 10년이 흘러간다. 자동차는 매연 뿜는 소리로 달리고 있지만 지구는 소리 없이 우주여행을 한다. 아내와의 만남도 50년이 지나간다. 처음 만났을 때는 신앙적 냄새가 진하지 않았는데 이사 한 번 할 때마다 종교적 행보가 생활의 한 축으로 나타났다. 습관은 만지면 커지는 법, 나이가 들수록 종교에 심취하는 모습이 만병통치의 약초를 들고 향을 피우는 모습이다. 종교를 비판하고 의심하면 믿음이 우러나오지 않는 것처럼 조건 없이 남묘호렌게쿄를 창제하는 근행을 올리는 것 자체가 무병의 길이고 가정 화합의 길이며 행복의 길이라는 것이다. 뿐만 아니라 미래의 소망을 이루는 방편이며 위급할 때 6자의 명구를 암송하면 그 효력이 현실화된다는 살아 있는 종교라는 것이다. 나는 한 지붕 밑에서 이성과 신앙의 부딪침으로 오랫

동안 아내와 갈등을 겪어왔지만 결국 이성이 믿음에 지고 말았다. 이성이 신앙을 인정해주지 않으면 믿음은 종교의 의미를 갖지 못한다고 하는 것은 이성이 믿음을 이론화해주기 때문이다. 그런데 믿음은 때로는 이성보다 강한 힘을 갖고 있다. 믿음은 합리적 사고로써 있는 것을 믿고 설명하는 것이 아니라 과학적으로 설명할 수 없는 개인적 심정으로 신의 존재와 무한한 능력을 상정하고 자신의 신앙적 활동의 체험을 통해 그 초월적 절대자의 섭리를 승인하고 그것에 절대 복종하고 따르는 예배의식이다. 따라서 믿는다는 것은 생각하는 것보다 강한 의지를 갖고 있는 것이다.

이와 같이 이성과 믿음의 공존의 어려움 속에서 세월이 흘러 자식들은 제 갈 행로로 떠나고 남은 두 늙은이의 아침은 어머니와 아버지의 역할 없이 생명의 유지를 위한 자연적인 일과가 시작된다. 아침 8시경에 식사가 끝나면 아내의 일과는 전화벨 소리로 시작된다. 만남의 시간과 장소 그리고 역할분담이 결정되면 외출 준비가 시작된다. 이때가 나에게는 커피 시간이다. 나는 30년 동안 내 방식대로 직접 커피를 끓여 마신다. 나의 일과는 서재에서 커피로써 시작된다. 두 사람의 일과는 가벼운 인사로써 저녁 시간까지 이별로 이어진다. 아내가 바깥에서 어떤 종교적 활동을 하는지 알 수도 없고 알려고 하지 않는다. 오후에 돌아오는 아내 얼굴의 표정은 맑고 건강할 뿐이다. 개개인의 인간 혁명을 일으켜 무병장수하고 가정의 평화를 이루게 하는 이케다 회장의 지도말씀을 회원들에게 심어주는 것이 아내에게는 영광의 사명이라 생각되는 것이다. 때로는 나와의 평화를 깨면서도 가정화합과 평화를 위한 종교라 주장한다. 아내의 제1남편은 불법이고 나는 제2남편인 것 같은 느낌이다. 시도 때도 없이 제목 삼창하는 것이 광기 중의 광기로 보인다. 그러나 밤낮으로의 제목 삼창은 자신의 순수한 종교적 활동이며 일상적 생활이고 내세 성불을 위한 공덕의 닦음이라 믿기에 주위의 시선을 초월하여 자신만의 평화롭고 안정된 자세로 보인다. 번뇌와 좌절의 광기도 아니며 저주와 차별, 누구를 원망하는 광기도 아니고 오직 믿음과 소망이 담긴 행복의 광기로 보인다. 아내의 광기는 종교적 명상 그 자체이며 정서적 안정감을 보여주는 종교적 회심이다. 저녁 근행은 10시까지 이어지며 하루의 일과 중 잠자는 시간을 제외하고는 묘법의 수행으로써 자타의 성불에 전념한다. 아내가 즐겨 읽는 책은 『인간혁명』, 『법련』, 『법화경』, 『이케다 전집』, 그리고 『화광신문』이다. 불경을 연구하는 학자도 아니며 종교 이론가도 아니고 교육을 받은 전도사도 아니다. 회원들과 상담하고 멘토하는 그 자체가 자신의 일상적 행복이며 때로는 신기 들린 무당 같은 제목 창제이지만 자기에게는 회심의 기도인 것이다. 그렇게 자기 믿음에 심취되어 가정에서나 바깥에서 종교적 활동을 하는 자체가 나의 생활에 지장을 주는 것도 아니기에 늙은 남편으로서 간섭할 수도 없고 종교적 자유에 간섭해야 할 일도 아닌 것 같다.

마르크스는 종교를 아편이라 하였지만 아내의 믿음은 인간적 욕망에 중독되어 상처받은 마음들을 신앙의 길로 안내하고자 하는 것이다. 괴테가 종교를 앞으로의 희망이라 표현한 것처럼 아내의 믿음은 성불이라는 결과에 대한 확신을 가진 행보인 것 같았다. 사실 평화, 행복, 성불, 천당, 극락의 개념은 있는 것이 아니고 있어야 할 존재 개념이다. 믿음의 대상 역시 현실적 존재가 아니라 초월적 존재인데도 있다는 확신과 소망이 이루어진다는 믿음으로써 하루를 즐겁게 살아가는 아내의 신앙생활이 불법의 진리를 실천하는 것으로 보인다. 공자가 아는 것은 좋아하는 것보다 못하고 좋아하는 것은 즐기는 것보다 못하다고 한 것처럼 아내 역시 광선유포의 하루하루 실천 그 자체를 자신의 삶의 즐거움으로 여긴다. 문명이 미개한 국민일수록, 가난한 국민일수록, 그리고 남자보다는 나이 든 여자일수록 정신적 불안과 병적인 치료에, 심리적 치료와 의학적 치료보다는 미신적 치료와 종교적 치료에 의존하는 경향이 있다. 원하는 사람에게 원하는 것을 주는 것이 자선인 것처럼 사람들의 하소연을 들어주고 고통과 슬픔을 함께하며 상담하는 과정에서 회원들을 섬기는 그 자체가 믿음의 기쁨이 아니겠는가?

사실 믿음은 살아 있는 정신적 활동이기에 신도들이 없는 활동은 꺼져가는 모닥불과 같은 것이다. 오늘도 아내는 꺼지지 않는 모닥불을 피우기 위해 회관으로 향한다. 아침의 전화벨은 아내의 하루 일과를 열린 마음으로 변함없이 광선유포의 꿈을 실현하는 전령인데 나에게는 그러한 전화가 오지 않는다. 내가 아내로부터 사랑을 받고 존경을 받을 수 있는 길은 새벽에 함께 제목 삼창하는 것이며 창가학회 회원이 되어 밤 좌담회에 참석하여 회원들의 불심을 일깨워주고 청년회원들에게 희망의 꿈을 심어주는 것에 동참하는 것이다. 하지만 평생으로 같은 종교를 믿어온 부부라 하여 가장 이상적인 행복한 가정이라 할 수 있을까? 부부간에 완전 일치할 수 있는 공식적인 기술이 있을까? 종교적 매듭 없이 팔순까지 살아온 우리 부부에게는 아직도 서로의 수양이 요구되고 있다. 간디는 18세에 동갑의 처녀와 결혼하여 36세 때 아내와 부부 관계를 중단하는 계약서를 썼다. 간디는 인도 노동자의 압박에 투쟁하기 위해 인권 변호사로서 인도의 독립과 노동자들의 권익을 위한 비폭력 저항 운동을 시작했다. 그는 노동운동의 목적을 달성하기 위해 순결주의와 금욕주의 생활을 선언하면서 아내와 금욕생활 계약을 쓴 것이다 그는 아내가 하고자 하는 일에는 방해를 하지 않았지만, 아내는 지성적인 차이로 인해 자신의 일에 많은 방해를 하였다고 불만을 털어놓았다. 그는 아내의 잘못을 인정하면서 아내에게 신뢰를 주었고, 섹스 없는 부부로 살았지만 죽을 때까지 부부의 연을 끊지 않았다. 평생 부부이면서 서로의 욕망을 강요하지 않았기 때문에 비폭력적인 금욕주의 가정생활이 가능했으며, 또한 이는 종교적 이념과 도덕적 원리에 대한 간디주의의 실현인 것이다.

나는 모든 가치판단을 자신의 종교에 대입시키는 아내와 살아오면서 교조적인 사상을 넓은 방향으로 돌려보려 노력을 하였지만 믿음으로 무장한 갑옷을 벗길 수 없었다. 그렇다고 나마저 갑옷을 입을 수 없기에 나 스스로 소크라테스가 되는 것보다는 창가학회에 대해 닫혀 있던 나의 마음의 문을 열고 아내의 종교생활에 방해가 되지 않는 동반자가 되기로 하였다. 사람은 누구나 아내가 원하는 남편이 되기는 쉽지 않은 일이기에 나 스스로 손해가 되지 않는 남편이 되고자 한 것이다. 여자는 늙을수록 남편으로부터 자유로워지기를 원하며 남편의 어머니가 되기를 원하지 않는 것이다. 일상생활에서 자기만의 이익만 챙긴다면 세상은 그만큼 좁아지고 부부간에도 옹졸한 사람이 되는 것이다. 남을 배려하고 남들 속에서 나를 인정하는 것이 삶의 지혜인 것처럼 늙은 가정의 안정과 평화는 아내의 타자적 인격체를 존중하는 것이다. 팔순에 들어서니 아내의 위치가 큰 그릇임을 알게 되었고, 일상의 종교적 활동에 불간섭주의를 결심하게 되니 세상은 넓어지고 부부간의 마음이 서로 닮아감을 알게 되었다. 결혼은 쉽고 가정은 어렵다는 탈무드의 교훈처럼 지난날을 회고하면서 아내의 종교 활동에 도움을 주는 것이 나의 건강이며 마음의 안정임을 알게 되니 이심동체 자행화타의 불법이 실천되는 것 같으며 가정의 평화, 나라의 평화, 세계의 평화가 이 불법 속에 있는 것으로 보인다.

길

　사람이 다니는 길만 길이 아니라 마음이 다니는 길도 있다. 봄맞이의 꽃길도 있는 것이며 부모 살아생전에 효도를 못 다하여 뉘우침을 갖는 것도 하나의 길이다. 사람이 다니는 모든 길은 보이는 길이며 정신이 인도하는 길은 보이지 않는 길 즉, 마음의 길이다. 보이는 길은 목적을 위한 수단적 길이며 끝이 있는 길이지만 마음의 길은 목적적 길이며 끝없는 길이고 누구나 마땅히 찾아가야 할 길이다. 내가 찾는 길은 내가 찾기를 원하기 때문에 찾아가는 길이며 찾은 길을 따라야 함은 자신이 정한 자유의 길 즉, 도덕적인 규범이기 때문이다. 길을 찾는 것도 쉽지 않지만 길을 가는 것도 쉬운 일이 아니다. 법이 무서워 법대로 살아가는 길은 법을 피해 가는 소극적인 길이지만 양심의 판단에 따라 가는 길은 자유로운 길이며 적극적인 길이다.

　사람들이 길을 따라가는 것은 길이 있기 때문이다. 이러한 길은 민속과 문화 그리고 생활에 연결되는 삶의 도구이다. 라퐁테인은 로마의 번영과 영광을 말할 때 "모든 길은 로마로 통한다"고 했다. 로마에는 콜로세움을 중심으로 하여 최초의 고속도로라 할 수 있는 아피아의 길이 있었으며 이 길을 길의 여왕이라 한다. BC 312년 당시 집정관 아피우스 클라우디이스에 의해 건설된 군용도로이며 지금은 아스팔트로 포장되어 있지만 일부는 옛모습대로 보존되어 있는 길이다. 이 길은 고대 로마의 수많은 영웅들의 승리의 길이며 콘스탄티누스 대제의 개선문을 통과하여 콜로세움에 이르는 길이다. 이 길은 군사적 작전의 길이며 문화의 길 그리고 모든 길의 상징적 길이다.

1954년 이탈리아에서 길이란 영화가 제작되었다. 안소니 퀸 줄이에타 마시나가 주연인 이 영화는 천사 같은 마음씨 고운 소녀 젤소미나가 악독한 곡예사 잠포나의 조수로 팔려 간다. 잠포나는 자신의 가슴에 묶여 있는 쇠사슬을 푸는 마술적 연기를 하고 젤소미나는 그 옆에서 북을 치고 춤을 춘다. 부드러운 생활감정을 느껴보지 못한 젤소미나는 눈 오는 날 밤에 악마의 곡예사가 잠든 사이 자유의 길을 찾아 나섰지만 방황하는 길에서 죽음을 맞이한다. 뒤늦게 뉘우친 잠포나는 젤소미나의 죽음에 찾아와 참회의 눈물을 흘리면서 새로운 길을 찾는 영화이다. 당시에는 우리나라에서도 인기 절정의 영화였다.

우리 모두는 길 위의 인생이다. 길은 삶의 본질을 인도한다. 생명에는 본래 길이 들어 있다. 우리는 길을 갖고 태어났기 때문에 길을 만들어 살아간다. 길은 노동의 수단이며 삶의 기본적 도구이다. 길이 만들어질 수 없는 곳에는 사람도 살 수 없는 것이다. 작은 길에서 큰 길로 이어지고 육지의 길에서 바닷길, 하늘길로 연결되는 것이 역사이며 문명의 사회이다. 처음에는 우리의 말과 언어를 전하는 것이 전화였지만 지금은 전파가 모든 문화적 소통을 전하는 길이다. 공간은 물리적 길의 존재근거이며 시간은 정신적 길의 존재근거이다. 이처럼 길은 시간과 공간 안의 존재이다. 우리가 시공을 떠나 살 수 없다고 하는 것은 길을 떠나 살 수 없기 때문이다. 삶의 여정 자체가 길이며 삶의 시작도 삶의 끝도 길이다. 땅을 밟는다는 것은 길 위에 서 있다는 것이고 물을 건너기 위해 다리를 놓고 산을 넘어가기 위해 굴을 뚫는다. 땅이 땅이 아니라 길이 있어야 땅이며 길은 길이 아니라 사람이 다녀야 길인 것처럼 길은 삶의 안내자인 것이다.

지구는 생명이 존재하는 땅이다. 히말라야 산맥과 인더스 강을 따라

칼라코람 고속도로가 있다. 말이 고속도로이지 바위와 자갈이 떨어지는 좁고 위험한 길이다. 옛날 사람들이 왕래하던 실크로드의 현대 길이다. 길가에는 원주민이 가난하게 살고 있으며 그들은 그곳 양떼와 함께 살고 있기 때문에 그곳을 떠날 수 없는 것이다. 네팔의 포칼라에서 안나푸르나 산 밑까지 등산길이 나 있다. 그곳 사람들은 등산인들의 짐을 나르며 살아간다. 길은 그들의 생명줄이다. 하지만 그들의 마음의 길은 순박한 자연의 길일 뿐이다. 안데스 산맥에도 길들이 나 있다. 잉카족들이 살았던 곳이며 지금은 관광객과 등산인들이 지나가는 길이다. 나는 안나푸르나 산으로 가는 등산길과 아타카마 사막을 지나 라파스와 쿠스코로 가는 안데스 산맥의 높은 길을 걸어보았다. 이것은 살기 위해 간 것이 아니고 세계여행의 한 과정이었다. 여행은 길 위의 배움이다.

리오데자네이로에서 안데스를 넘어 북쪽 페루의 리마까지 멀고 험한 한달간의 고생의 길이었지만 자연을 학습하는 생활이었기에 추억에 지워지지 않는 길이었다.

길은 먼 곳을 가깝게 하기도 하고 가까운 곳을 멀게 하기도 한다. 사막에는 길이 없기 때문에 사람들이 더 호기심을 갖는다. 생명을 거부한 사막에서 길을 내고 사람들은 안내하는 캬라반들은 그들의 인생길을 찾는 사람들이다. 길에는 언제나 고개가 있는 것처럼 인생길에도 고비가 있는 것이다. 고개는 길의 정점이며 전환점이고 기후와 환경 민족과 문명의 갈림길이다. 높은 지형과 높은 산에는 높은 고갯길이 있다. 고개가 높다 함은 아주 먼 길을 의미한다. 세계에서 제일 높은 고갯길은 파키스탄과 중국의 국경지대에 있는 카라코람 고개인데 5,574m이고 알프스에서 전쟁의 영웅들이 넘나들었던 2,472m의 그랑상베르나 고개가 있다. 그리고 안데스 산맥에는 4,880m의 타코라 고개가 있다. 하지만 지금은 고개 대신 터널을 뚫어 길을 짧게 건설하고 있는데 세계에서 제일 긴 터널이 노르웨이 고두방겐에 있는 24.5km의 라스달 터널이다. 고개는 자연의 길이지만 터널은 문명의 길이며, 지하철과 터널은 대량 수송의 길이다.

땅끝에는 뱃길이 있으며 공중에는 하늘길이 있다. 이 두 길은 비용을 투자해 닦을 수 없는 길이다. 비행기가 하늘을 지나가고 배가 바다를 지나가지만 그 흔적이 없다. 자연 그대로를 이용하는 길이기 때문이다. 공기를 이용하는 하늘길, 물을 이용하는 바다의 길은 물과 공기가 길의 매개체인데 물과 공기는 개인의 소유물이 아니며 사람의 욕망을 채울 수 있는 재물이 아니라 사람의 생명 그 자체이다. 물과 공기는 자유로운 존재이기에, 꿰맬 수 있는 존재가 아니기에 길을 닦을 수 있는 시간과 공간을 주지 않는 것이다. 고대 철학 사상에서 공기와 물은 만물의 근원이라고 전해지고 있다. 인위적으로 만들어지는 물질이 아니기에 부족함이 없는 원래적 자연의 채움이다. 우리가 길을 간다는 것은 부족함을 채우기 위한 것도 되지만 하늘길과 물길은 지나간 흔적이 없기에 비움의 길이라 할 수 있을 것이다. 비행기와 배는 채움의 도구가 될 수 있지만 하늘길과 물길은 흔적 없는 길로서 모든 것을 포용하는 길이라 할 것이다. 하늘을 올라가는 사다리가 없고 물속으로 내려가는 다리가 없는 것은 욕망의 길이 아니기 때문이다.

어린아이의 길은 어머니의 가슴이다. 어머니 가슴에서 애증의 싹을 틔워 더 큰 욕망의 길로 나선다. 가정에서 벗어나는 길은 욕망을 실현하기 위한 성장의 길이지만 무거운 짐을 지고 가는 어려운 길이다. 삶의 길은 항상 새로운 어려움의 길을 만나게 되며 더 좋은 삶의 길을 찾는 것이 생의 본능인 것이다. 발은 땅을 딛고 걸어가지만 마음의 길은 채워야 할 욕망의 길을 정리하고 스스로 조절해야 한다. 동양사상에서 도는 마음의 길이다. 맛을 찾아가는 길, 건강을 찾아가는 길, 재물을 찾아가는 길도 아니며 시작과 끝이 있는 길도 아니다. 지식을 넓히는 것은 재물을 모으는 것이고 도를 닦는 것은 재물을 버리는 것처럼 마음의 길은 보이지 않는 길로서 자기 스스로를 다스리는 길이다. 그러나 마음의 길은 내 마음속에 있는 것이 아니라 나 밖의 생활 속에 있는 길이다. 즉 육체적 욕망을 올바르게 다스리는 길이다. 육체의 길이 고통의 길이라 한다면 마음의 길은 고뇌의 길이며 자기를 버리면서 자연적 삶의 본질을 찾아가는 길이다. 삶의 길은 직선으로 가는 길이 아니라 불행과 행복의 변증법적 회전의 길이다. 태어날 때 불행하게 태어나지 않는 이상 삶의 고통과 행복은 자기 노력에 달려 있다. 모든 사람들은 공동체가 닦아준 길 위에서 살아가고 있지만 그 길을 가고 있는 자신을 다스리는 또 다른 마음의 길이 있는 것이다. 육체가 땅을 딛고 걷고 있는 것처럼 사람의 인격 즉 도덕적 행위를 하지 않고서는 살아갈 수 없는 것이다. 아무리 눈이 밝고 지혜로운 사람이라도 마음의 길을 찾지 못하면 캄캄한 밤길을 걷는 것이다. 고개를 넘으면 쉬운 길이 나오는 것처럼 인격수양과 선의지에 따라 자유로운 길을 갖게 되면 비움 자체가 채움의 길이 되는 것이다.

우리에게는 믿음의 길도 있다. 사람은 자신의 미완성과 삶의 유한성을 알고 있기 때문에 인격적 절대자를 상정하여 그것을 신이라 지칭하고 신에 귀의하면 자신의 모든 소망이 이루어진다는 마음의 길이 신앙의 길, 믿음의 길이다. 믿음의 길은 종결이 없는 끝없는 길이며 실체적 절대자가 증명되지 않는 일방적인 신앙의 길이다. 그러나 믿음의 길은 자기 확신이기 때문에 흔들림 없이 일관된 신앙생활을 할 수 있는 것이다. 그리스도교는 신에 귀의하여 자기 죄를 회계하고 유일신에 의지해 사랑을 실천하면 죽은 뒤에 천당에 가서 영생하는 길이며 불교는 깨우침과 고뇌를 통해 자신 속에 있는 불성을 용출시켜 열반의 세계에 들어

가는 길이다. 이 모두가 개인적 신앙심과 의지에 달려 있지만 결국 믿음의 길은 선택의 길이다. 신앙의 자유란 개인의 믿음을 말하는 것이며 모든 종교적 실천 강령은 개인적인 종교 활동을 통해 자신을 정화하고 밝은 사회를 만들어가는 길이다.

길이 걷는 사람을 선택하는 것이 아니라 사람이 길을 선택한다. 공자는 사색의 길은 가장 높은 길이고 경험의 길은 가장 어려운 길이며 모방의 길은 가장 쉬운 길이라 하였는데 이 세 길을 통해 가장 보람찬 삶의 경지에 도달한다고 했다. 나이를 거꾸로 먹을 수 없는 것처럼 건너뛸 수도 없는 것이다. 세상에는 오직 가야 할 길과 버려야 할 길이 있는 것이다. 편안한 마음으로 갈 수 있는 질서로운 길이 있기에 혼탁한 마음을 가진 사람에게는 모든 길이 어렵게만 느껴질 것이다. 바른 길은 그림자처럼 바로 자기 옆에 있는 것이다.

기다림

간절한 기다림을 가져보지 못한 사람은 인생의 참맛을 모른다 할 것이다. 이처럼 기다림은 생명을 이어가는 힘이고 생명을 소모하는 시간이다. 사실 기다림 없는 생명은 삶의 정지이며, 끊임없이 솟아나는 기다림은 창의적 삶의 원동력이다. 일상생활에서 사람마다의 기다림은 의지의 목적에 따라 천차만별이 될 것이고, 구체적인 기다림, 막연한 기다림 그리고 공포의 기다림도 될 것이다. 자연도 기다림의 질서이다. 비는 구름을 기다리고, 생명은 햇빛을 기다리며 꽃은 나비를 기다린다. 뿐만 아니라 열매는 시간을 기다리고 비를 기다리다 지쳐 사막으로 변하는 땅도 있다. 그러나 자연의 기다림은 시간과 공간에 대한 순종이기에 자연 질서는 비약이 없고 낭비가 없다.

사람의 속성에는 자연이 들어 있다. 자연의 삼라만상을 시간과 공간이 통제하듯이 사람의 온갖 욕망은 기다림에서 정리되고, 선을 최후의 목적으로 하는 의지의 활동에 의해 통제된다. 의도적 기다림은 중단될 수 있지만 삶의 기다림은 중단되지 않는다. 사업가의 기다림은 더 큰 이윤이고 부모의 기다림은 자식들이 단단한 의지로써 지혜로운 삶에 익숙해가는 모습이며, 손발이 닳도록 쏟은 정성이 자식에게 전달되어 되돌아오는 기쁨일 것이다. 술꾼들의 기다림은 저녁노을이며 농부들의 기다림은 가을이다. 이처럼 사람들은 기다림을 만들고 기다림의 단계에서 자기 앞에 놓인 삶의 문제를 해결한다. 희랍의 철학자 소포클레스는 늙어가는 사람만큼 인생을 사랑하는 사람은 없다고 했다. 이 사랑은 기다림의 실천이다. 망망대해를 항해하는 선원들은 항구의 불빛을 지치도록 기다린다. 이것은 인내심의 실천이며 인내심의 한계에 대한 기다림이다. 사랑도 기다림 속의 결과를 애정으로 표현하는 것이다. 즉, 나의 애정에 대한 기다림이다. 삶에 있어서 연속되는 즐거움은 없다. 그러나 기다림은 연속적인 것이다. 기다림의 연속적 관념은 이성적 삶의 본질이다. 기다림의 대상이 되지 않는 죽음에서 새로운 기다림의 싹이 움트고 있다.

욕망의 성취가 바로 기다림의 현실화이다. 그런데 화려한 욕망에서의 기다림, 절박한 결핍에서의 기다림, 애절한 사랑에서의 기다림뿐만 아니라 생이별한 피붙이에 대한 기다림은 부모의 한으로 가슴을 저리게 한다. 1978년 8월 군산기계고등학교 1학년 김영남 군이 북한 간첩 김광현에 의해 납치되어 흔적 없이 사라졌다. 그 어머니 최계월 여사는 28년 동안 죽었을 것이라는 절망과 함께 그래도 살아 있을 것이라는 모정의 가을빛 햇살처럼 기다림의 세월 속에서 살아왔다. 그 기다림이 기적적으로 현실화되었다. 북한에 의해 납치된 일본 여학생 요코다 메구미와 북한에서 결혼하여 딸을 낳고 45살의 나이로 살고 있다. 이제는 살아 있으리라는 기다림에서 만남의 기다림으로 바뀐 것이다. 2006년 6월 24일 이산가족 만남에서 상봉이 이루어지게 되었다. 그러나 그 만남도 또 다른 더 아픔의 기다림으로 이어지게 될 것이다.

우리의 삶에서는 도저히 이룰 수 없는 허황된 기다림도 있다. 사람들은 가끔 신을 바라보는 기다림을 갖는다. 사람의 자유 의지로서는 신과 같이 되기를 목표 삼아 그것을 기다릴 수 있다. 허나 이것은 유한자의 허황된 꿈일 뿐이다. 늙은 톨스토이는(1828~1910)는 과거를 뉘우치고 한때 금욕 생활을 했다. 허황된 욕망과 과도한 기다림 때문에 생활 질서가 파괴되었기 때문이다. 성각자들의 생활은 자기반성에서 정립된다.

그러나 보통 사람들이 모두 금욕 생활을 한다면 건전한 사회 질서가 무너지게 될 것이다. 이렇게 되면 욕망도 기다림도 금욕적 생활도 없어지게 될 것이다. 만약 사람의 본성에서 기다림이 자신의 욕망으로 바뀐다면 세상의 모든 것이 제 것으로 될 것이라는 기대감을 갖게 될 것이고, 거룩한 기다림은 사생활의 흐름이 될 것이다.

'바다는 물이 부족하다고 하여 더 많아지기를 기다린다.'는 영국의 속담처럼 기다림은 삶에 있어서 그 한계가 없는 것이고, 결국 기다림이 되지 않는 죽음에서 기다림의 의식이 끝나는 것이다.

기다림은 삶의 연속이다. 아침밥 뒤에 저녁밥이 기다려짐은 생의 본질이고, 어제 만난 술친구가 오늘도 기다려짐은 삶의 정이며, 정열적인 사랑을 하다가 헤어지면 불륜의 면사포가 찢어지도록 그리워지는 것은 남녀의 욕정이다. 시한부 인생도 병상에 누워서 무엇을 간절하게 기다린다. 사실 기다림의 대상이 무엇인지 알 수 없지만 마치 아무것도 하는 것 없는 사람이 기다림에서 살아가는 것처럼 죽음 앞에서 무엇을 그렇게 간절하게 기다릴까! 지난날을 뒤돌아보며 못 다한 일을 해야 하는 기다림일까? 임종의 자리를 채우지 못한 자식을 기다리는 것일까? 평소에 그려두었던 하늘나라로 가고 싶은 기다림일까?

이 세상에서 가장 멋진 기다림은 창조적 기다림일 것이다. 청소년이 위인전을 읽으면서 위대한 사람이 되기를 기다리는 마음, 이것은 모든 사회적인 부정적 요인들이 자기 의식에 되새기기 전에 선의 자질과 사회적 공인의 도덕성을 기르고자 하는 기다림일 것이고, 예술가들의 기다림은 신의 손길처럼 정교한 자연을 재창조하고픈 기다림일 것이다. 그러나 여기에 소박한 농부의 기다림도 있다. 가을 수확을 하기 전에 학비를 마련하려면 한 푼의 차비도 아껴야 할 어려운 처지에서 자식 보고 싶은 심정을 감추어두고, 추석에도 못 오게 당부한 아버지의 마음, 그러나 추석날 밥상을 함께 할 자식을 기다리는 마음에서 추석 전날 오후부터 차부에 나가 지나가는 버스를 바라보는 아버지의 기다림은 내 인생에서 지워질 수 없는 아버지의 인상이다.

등산에서 시작된 삶

나는 두메산골에서 태어났다. 소 먹이고 풀 베면서 초등학교에 입학하였고 대학을 졸업한 이후 학교에서 정년퇴임을 하였으니 나의 인생은 학교에서 시작하여 학교에서 끝을 맺었다. 한평생 학교 밖을 나간 적이 없는 삶이었다. 그러나 가정과 학교 외의 제3의 생활공간은 산과 연결된 등산이었다. 그래서 등산은 나의 인생의 동반자이고 나의 삶의 모습이기에 내 스스로 달메라는 호를 짓게 되었다. 사실 등산은 나의 학문과는 관계없는 것이며 학술적 목적에서 시작한 것이 아니고 취미에 의해 시작한 것이다. 그렇다고 취미에 의해서 등산을 한 것은 아니고 등산을 하다 보니 취미가 된 것이며 또한 등산과 연관된 여행이 나의 스포츠가 된 것이다.

정치인들은 권력에서 물러나면 스스로 외로움을 느끼게 되고 할 일 없는 시간을 메꾸기 위해 등산을 간다는 이야기를 들었으며 정년을 한 늙은이들도 등산으로써 시간을 보낸다고 하였다. 나의 등산은 고독에서의 등산이 아니었고 건강을 위한 등산이 아니었으며 종교적인 신앙에 의한 등산도 아니었다. 30살 이후 우연의 인연에서 아무런 목적 없이 등산을 시작한 것이 40년을 넘어서게 되었으며 등산을 통한 여행이 나의 취미로 정착된 것이다. 내가 왜 산을 좋아했는가. 남성의 정복심의 발동도 아니었다. 1924년 에베레스트 산 등반에 나섰던 조지 마로리이가 왜 산에 가느냐의 질문에 거기 산이 있기 때문이라 답한 것처럼 산의 부름이 너무나 아름답고 순수하였으며 인자했기 때문이라 답할 것이다.

산은 사람의 생활을 불편하게 하기도 하지만 자연의 형태이고 자연의 실체이다. 그리고 생명의 모체, 생명의 보호자, 생명의 터전이다. 그래서 사람들이 산을 찾는 것은 사람의 본능으로서 신비성과 아름다움을 갖고 있기 때문일 것이다. 사실 산에 오르는 사람들이 위험해 부딪쳤을 때 죽음에 버금가는 후회를 하면서도 또 산에 오르는 것은 그만큼 산이 매력적이고 오르는 자의 욕망을 들어주기 때문이다. 산은 산을 사랑하는 사람들에게 주어지는 것이고 또한 우정으로 대해주면서 어떤 사람도 품어주는 대 자비로운 생명체이다. 사실 산은 죽음을 보람 있게 연습하는 수련장이다. 사람들은 산에서 생명을 단련하고 인내력을 키우고 봉사를 실행하면서 심신을 달련한다. 북한산에 가면 당시 대한산악회연맹 회장이었던 이은상 회장께서 먼저 간 산우회원을 추모하는 비석에 "그렇게 산을 좋아하더니 끝내 산으로 갔다"고 한 것처럼 자연에서 얻은 생명 자연으로 돌아가는 것이 생명의 본질이며 등산의 묘미인 것이다.

나는 시인도 아니고 자연과학자도 그리고 재벌가도 아니다. 또한 세계인 기록을 남기고 다니는 직업적인 산악인도 아니다. 그래서 40년의 등산길은 신의 예술작품인 자연과의 순수한 대화이었고 나의 신체적 비밀과 정신적 불안정성을 차근차근 매워가는 세월이었다. 아내와도 등산을 했고 친구들, 직장 교수들 그리고 학생들과도 등산을 했다. 그 뒤 산악회가 조직되어 전국의 산을 누비고 다녔다. 사실 등산에는 거절이 있을 수 없다. 언제 어디서든 산에 갈 준비가 되어 있었고 친구가 가자 하니, 거기 산이 있으니 등산을 한 것이다. 물론 산은 사람들의 생명을 앗아간다. 죽음의 고통도 체험하게 된다. 그러나 자연은 정직하고 속임수가 없기에 등산에서 일어나는 모든 것은 산에 가는 사람의 책임인 것이다. 나는 자연을 사랑하기 때문에 위험한 산행을 하지 않았고 자연이 나를 싫어할까 봐 겸손한 자세로 산행을 한 국내의 산행길이 2000년까지 11만km가 되었다. 사실 산이 사람들에게 길어 내어주지 않으면 그것은 산이 아니라 한갓 돌무더기, 얼음 덩어리, 흙 덩어리에 불가한 것이다. 말이 없는 사회에서 의사소통이 되지 않는 것처럼 산에 길이 없다면 사람들에게 행복을 줄 수 없었을 것이다.

2000년 이후에는 나라 밖의 산에 등산을 갔다. 물론 여행과 함께하는 등산이었다. 일본의 북알프스 도야마 호다카 산에 올랐다. 백두산 천지에 손발을 씻어보았고 폭풍우 속에 대만 옥산에 도전도 해보았다. 중국 장가계의 12만 봉, 황산의 구름 속 선경도 그리고 사람들의 문화적 욕망에 가공된 태산도 가보았다. 중국의 산들은 한결같이 등산적 의미의 정복이 아니라 문화적 정복이었다. 일본의 후지 산과 몽고의 체첸궁 산은 등산다운 산 오름이었다. 하지만 보루네오의 키나발루(4,019m) 등산은 나의 등산 일생에서 가장 감명 깊은 산행이었다. 밧줄에 의존한 새벽길, 산소 부족증, 정상에서의 해맞이와 한 잔의 달콤한 포도주 맛, 피로에 싸인 하산길, 지루한 정글의 숲길, 이 모든 체험은 산에 오르는 사람에만 주어지는 보석이었다. 실크로드의 쿰자랍 고개(4,700m), 아프리카 킬리만자로(5,895m) 중턱의 산길, 남아메리카 안데스 산맥에 있는 오소르노의 산길들은 여행과 관광에 속한 등산이었기에 자연의 포근한 치마폭을 도는 느낌이었다. 사실 등산과 자연 여행, 환경을 이야기하다 보니 술에 대한 고마움을 소개하지 못하였다.

여행과 등산이 나의 인생 동반자인 것처럼 술도 내 인생의 활력소이었다. 나는 등반을 하기 훨씬 이전부터 술을 사랑하였다. 나에게는 술이 없는 산행은 있지 아니하였다. 산과 나는 거리감을 두었고 매일 만나지 않았다. 그러나 지금도 늘 술과 대화를 하고 있다. 특히 산에 가는 날에는 술이 산에 오르는 에너지이다. 낮에는 산으로 등산을 하지만 산에서 내려오면 술 등산을 한다. 등산의 정복감, 목적에 대한 성취감에서의 술 한잔, 낯선 주막집에서의 막걸리 한잔, 세월에 젖은 억센 손에 쥐어주는 한 점의 안주, 나의 모든 인격과 체면은 자연으로 돌아가고 지방색 특유의 술 인정에 산행의 모든 피로가 사라지는 것이다. 산행에 있어서 술은 긴급 구호식품이다. 산에서의 술은 지하실 구석에서 마시는 것보다, 치맛자락 들썩이며 권하는 잔과는 비교가 되지 않는 신이 권하는 술, 자연이 권하는 술, 그리고 순수한 선의 의지가 권하는 술이다. 이슬이 빚은 소주, 아낙네의 정성이 빚은 막걸리, 보리가 희생되어 만들어진 맥주, 이 모두가 산길을 즐겁게 하고 여행에서 낯선 여인과 나누는 대화만큼 아름다운 것이다. 그래서 나는 길을 떠날 때면 나그네의 주인인 술을 언제나 가져간다. 술이 만들어낸 우정, 밤새워 정을 나누었지만 이튿날 오후 다시 만나도 어제보다 더 정다운 벗에 새로운 여행길이 시작된다.

산과 자연은 아름답고 숭고한 존재이다. 자연의 아름다움은 무차별적 아름다움이다. 알프스가 아름다운가? 에베레스트가 더 아름다운가? 지리산과 설악산 중 어느 쪽이 더 아름다운가? 여기에는 정언적 판단의 답이 없다. 모든 산은 각자의 아름다움을 지니고 있다. 그래서 칸트는 자연의 아름다움을 비교적 아름다움이 아니라 했다. 그리고 자연은 숭고의 대상이다. 우리의 상상을 초월한 에베레스트의 웅장함, 사람의 능력을 앞도하는 폭풍우, 우리는 그것에 생명의 위협을 느끼면서도 그 위력에 경의와 감탄을 가진다. 이것이 자연의 위대함이며 미학적 표현에서 숭고함이다. 세계에서 큰 산이라고 하는 곳 그 언저리에는 다 가보았다. 넓은 바다, 큰 들에도 그리고 문명을 만들어낸 큰 강, 큰 사막에도 가보았다. 우리나라 산골짝마다 다녀보았다. 그러나 이제 발목의 인대가 늘어나 등산과 여행의 한계에 들어서니 발 대신 손으로 술잔과 함께 등산하는 시간이 즐거울 뿐이다. 나는 등산을 회고하면서 정상에서 느꼈던 시 한 구절 읊어본다.

> 산 위의 산에는 산이 보이네
> 큰 산 작은 산 서로 손잡고
> 가는 길 오는 길 안내해 주면서
> 정상에 오른 사람 반갑게 맞이하네

팔순을 되돌아보면서

　사람이 산다는 것은 생리적 현상의 반복적인 움직임과 환경적 생활에서 자신의 의도적인 뜻을 실현해가는 두 가지일 것이다. 뒷 것은 누구에게도 주어진 것이지만 개별적이고 특수한 상황이고 앞 것은 누구나 피할 수 없는 자연적 현상인 것이다. 럿셀은 예나 지금이나 사람의 먹고 사는 문제가 해결되어야만 한정된 생활의 울타리 안에서 살아갈 수 있을 것이며 그 근간이 되는 두 제도는 가족제도와 사회적 제도인데 어느 쪽이 더 중요하다고 말할 수 없다고 하였다. 나 역시 팔십 평생을 살아오면서 사람은 더불어 사는 사회적 가족이기 때문에 내 자신이 안정된 삶을 살기 위해서는 먼저 가족, 이웃, 사회에 나의 지적 능력과 선의지로써 최선의 봉사활동을 하는 것이 삶의 바탕이라 생각해왔다. 물론 삶에는 공식적 유형이 있는 것도 아니며 풍속과 제도 속에서의 자유로운 삶이기 때문에 외적인 힘, 제도적인 간섭, 전통적인 풍속, 유행되고 있는 무의식적 생활에 구애받을 필요가 없는 것이며, 또 삶의 자체에 무거운 짐을 지운다면 삶의 참뜻을 잊어버리게 될 것이다.

　우리는 삶의 유형을 정리할 수 있을 것이다. 첫째 자신과 가족을 위해 남에게 부담되는 일을 하지 않고 자신의 앞만 보고 열심히 살아가는 사람, 둘째 자신의 가족, 이웃 그리고 족보를 같이하는 혈통을 챙기면서 가족사회의 민속과 전통문화에 관심을 갖는 보수적인 생활양식을 고집하는 사람, 끝으로 뛰어난 지성적 사고로써 사회와 국가 더 나아가 인류를 위해 위대한 업적으로 연결되는 헌신적 삶을 살아온 삶의 유형일 것이다. 가정은 경제적 바탕에서 부모형제의 위계질서와 사랑과 희생정신으로 가족문화가 형성되어왔고 사회와 국가는 제도에 의해 운영되어 왔다. 그러나 제도에는 순기능과 역기능이 있는 것인데 제도는 약한 자에게는 촘촘한 그물이고 강한 자에게는 듬성듬성한 그물코가 되는 것이다. 도덕적 의식은 자율적 생활의 근원이지만 백성들에게 제도를 강요하는 것은 정치적 무능을 알리는 지름길인 것이다. 그래서 선량한 백성들은 제도에 구애됨이 없이 지름길이 없는 자연 질서에 따르는 생활을 하려고 하며 신앙적·종교적 제도를 피해 양심대로 살아가려고 하는 것이다.

시골의 한 노인이 임종을 맞이했다. 자식들과의 마지막 대화에서 죽기 전에 앞산에 한번 올라가 보고 싶었지만 그 뜻을 이루지 못하여 마음에 걸린다고 하였다. 참으로 자연에 의지하여 소박하고 평화롭게 살아온 농부이었다. 앞산은 마을을 지켜주는 수호신이 있는 명산이다. 단오절과 칠석날에 사람들이 올라가 당제를 지내고 심신의 단련으로 여가를 즐기고 있을 때 이 노인은 농사일에만 열중한 것이었다. 아침에 앞산을 돌아 일터에 나갔다가 저녁이면 앞산을 돌아 집에 오면서 늘 앞산 먼댕이가 이 노인에게는 어린 시절의 삶의 정서를 제공해준 에덴동산이었다. 그러나 그곳에는 아무것도 없다. 저승으로 돌아가는 맨손의 길에 가족을 위해 소박하게 살아왔던 것처럼 자신의 소박한 소원이 앞산에 오르는 것이었다. 우리들의 선조들은 이렇게 살아왔으며 조상신인 성주를 모시고 가족을 위해 앞만 보고 온 삶이었다. 사실 자연법칙은 지배법칙이 아니라 상생의 법칙이다. 자연 속의 생명들은 거짓과 비약이 없는 자연의 명령에 순종하였으며 자연의 순수성을 지키려 하였다. 또 자연은 있는 것을 없게 할 수도 없고 없는 것을 있게 할 수도 없다. 사람들에게 이렇게 하라 저렇게 하지 말라고 명령하지 않는다.

그러나 사람들은 만인과 만인의 투쟁으로 살아가며 차별화된 삶을 찾아 나선다. 성장하면서 가족을 떠나 새롭고 더 넓은 이념의 세계를 찾아 나서는 사회 지향적 삶은 사회가 바라는 가치로운 삶의 유형이다. 나는 집성촌 농가에서 태어났다. 나는 이 마을에서 제일 먼저 중학교, 고등학교, 대학교를 졸업했다. 초등학교를 들어간 뒤 정년을 할 때까지 학교 밖을 나가본 적이 없고 정년 뒤 15년이 나의 사회생활 전부이다. 수구초심(首丘初心)이란 여우가 죽을 때 자신이 태어난 굴로 향해 머리를 둔다는 말인데 사람도 죽을 때가 되면 고향을 향해 과거를 되새기는 회심을 갖게 된다. 고향에는 친족들이 살고 있고 선산이 있으며 고향은 나의 죽음을 맞이할 곳이다. 세상 사람들은 나의 죽음을 알 수 없겠지만 고향 사람들은 나의 죽음을 평가할 것이다. 나는 정년 뒤에 나의 삶의 방향을 두 가지로 정했다. 하나는 고향의 가족사회의 화합과 결속 그리고 가문의 전통문화 복원에 관한 것이며 다른 하나는 나 자신의 취미생활에 관한 것이다.

　산업사회로 전환되면서 우리의 농경문화가 소멸되어가고 있으며 씨족가문의 마을 단위 구심력이 허물어지고 있어서 우리 문중에서는 재실을 건립하여 문중의 화합을 되찾도록 하였다. 이 문화사업에 앞장서서 큰돈을 희사하여 종원들의 뜻을 결집시켰으며 한문으로 된 문중서책을 국문으로 번역하여 재실의 현판을 달게 하였고 여러 곳에 흩어져 있는 조상들 묘를 한곳에 모아 공원묘지 조성에 성심껏 참여하였다. 그리고 나의 소문중의 묘지를 공원묘원으로 조성하여 조경 사업을 하였으며 그곳에 육각정을 세워 아담한 쉼터를 만들었다. 이 사업 역시 나의 종제들과 함께 대부분의 사업경비를 조달한 것이다. 이렇게 앞장서서 문중일을 적극적으로 지도함으로써 친족들이 그들의 능력에 따라 종중사업에 헌신적으로 참여하게 돼서 우리 문중은 하나의 사회단체로서 지역의 모범적인 가문으로 자리 매김을 한 것이다. 한 가문의 발전이 지역사회의 발전인 것처럼 이러한 나의 뜻은 지역사회의 발전에 도움이 되고자한 것이며 정년을 하면서 학과에 소정의 장학금을 기탁한 것, 특별한 학생들에게 개인적으로 장학금을 지급한 것도 지역사회에 기여하고자 한나의 작은 뜻이었다.

정년은 소임이 없는 자유로운 삶이지만 삶을 위한 삶이 되지 않기 위해 나 개인의 자연스런 삶으로 살아가기로 했다. 나는 50년 동안 등산을 하고 있으며 40년 동안 세계여행을 하고 있다. 나라 안의 모든 산들과 이름 있는 세계 산들을 정복하였지만 지금은 두세 시간의 등산이다. 1973년 독일 유학길에서 여행을 시작하여 46차례 해외여행을 통해 63개 국가를 다녀왔다. 제일 가까운 대마도에서 시작하여 남아프리카 희망봉, 서쪽 끝 포르투갈 까보다로까, 노르웨이의 베르겐, 극동의 블라디보스토크, 알라스카, 남미의 리오데자네이로, 하와이, 호주, 뉴질랜드, 스리랑카, 지중해와 중동국가들을 여행했다. 그리고 제일 높은 곳으로는 티베트 쪽의 에베레스트 베이스캠프인 5600m, 롱포샤에 올랐다. 이모든 곳이 나의 마음의 자연이었기에 나의 시간, 나의 건강, 나의 취미와 일치했던 것이다. 물론 이렇게 소개하는 것은 자랑을 위한 것이 아니라 나의 뜻과 연관된 행복한 삶을 말하고자 하는 것이며 니이체의 표현처럼 건강하고 자랑스럽게 죽음을 맞이하겠다는 의미이다.

삶을 되새기는 시점에서 사람마다 버켓리스트(Burcutlist 죽음을 앞두고 하고 싶은 일을 적은 목록)가 있을 것이다. 나의 여행목록은 나의 건강과 금전문제 그리고 시간과 취미에 연관되는 개인의 문제인 것이다. 목적을 두고 여행을 한 것은 아니고 출발할 수 있었기에 여행을 계속하였으며 노후의 생활에 열정을 가졌기 때문에 정년이 없는 여행길에 나섰던 것이다. 자유로운 삶의 제일 정점에 있는 여행은 시간과 공간의 조화로운 자유이며 정신과 육체의 즐거움이다. 그렇지만 여행도 개인적으로 한계에 부딪치며 노인생활의 흐름이 잠 안 오는 밤으로 연결된다. 노인들의 불면증은 고독의 베개 위에서 고통과 번뇌의 어두운 터널을 걷게 한다. 나는 잠 안 오는 밤이면 여행일기를 읽는다. 그것도 불편하면 다녀왔던 여행지를 선택하여 가령 인도, 중국, 스페인의 지형과 역사적 유물을 영상으로 읽어간다. 실제로 나의 여행은 지금 겪고 있는 불면증의 간호사이며 세계지도는 나의 불면증의 처방전인 것이다.

또 하나의 삶의 유형을 소개하고자 한다. 보통 사람들은 죽음에 즈음하여 자신을 되돌아보고 반성하는 글을 남기지만 이 사람은 거의 1세기를 살아가면서 죽을 때까지 창의적인 사회적 사상과 문제를 제기하였고 반전 반핵 운동을 이끌어가면서 자신에 대한 삶을 돌보지 않았던 영국의 철학자이다.

버트란트 럿셀은 1872년 5월 18일 영국의 귀족 가문에서 태어났지만 두 살 때 어머니를, 세 살 때는 아버지를 여의고 종교적 자유주의자로 키워달라는 아버지의 유언에도 불구하고 엄격한 청교도 신자인 할머니 손에서 자라 98세까지 살았다. 그는 캠브리지 대학에서 수학을 전공하였으며 논리학과 철학을 공부하였다. 한때는 수학 때문에 자살을 할 수 없다고 할 정도로 고민스러운 사춘기를 보내기도 하였다. 럿셀은 반그리스도주의자로서 동서고금을 막론하고 사회적 문제로 제기되었던 성윤리 문제를 가족, 종교, 산업사회와 연계시켜 논쟁의 대상으로 삼았고 성개방론자, 간통죄 옹호론자로 많은 비난을 받기도 했다. 그는 앎을 실천으로 옮기는 행동주의자이었고 미래사회의 평화와 안정을 위한 확실한 지식과 상황에 따른 문제해결을 위해 명확한 사고의 수단으로서 수학공부를 해야 한다고 하였다. 또한 사상가이었으며 교육자이었고 당시의 사회개혁을 위한 진보주의자이었다. 특히 반징병주의와 반전쟁주의, 반핵주의 운동을 평생으로 전개하였으며 1950년에는 권위와 개인의 자유, 조정 등 여러 작품으로 노벨 문학상을 받기도 하였다.

럿셀은 1·2차 세계대전을 거치면서 적대국을 가리지 않고 반전운동에 앞장섰고 세계 각국을 끊임없이 여행하면서 진보사상을 강의하였으며 미국에서는 도덕적인 성생활의 전통성을 비판하고 가톨릭의 고해성사와 기독교의 간음죄를 비판함으로써 교수직 박탈과 추방을 당하기도 하였다. 그는 성을 죄악시하는 것은 기독교의 문화에서 비롯된 것이라 하였고 성적 충동을 은폐하거나 죄의식으로 몰아가서는 안 된다고 하였으며 청소년들의 개방적인 성교육을 주장하였다. 그는 자신의 사상을 사회 전반으로 연결시켜 세계 어느 곳이든 여행을 하면서 교양 및 사상 강연을 하였으며 2차 세계대전에서 영국의 징병문제와 반전운동으로 6개월 간 감옥생활을 시작하여 대전이 끝난 뒤에 노동운동에 뛰어들어 노동당 의원선거에서 낙선하기도 하였다.

그에게는 새로운 자유시간이 감옥생활이었고 그곳에서 많은 책을 썼는데 주된 저서로는『수학의 원리』,『서양철학사』,『결혼과 도덕』이 있으며 그가 주장하는 사상들이 모두 영국 지성인들의 사상과 일치하는 것은 아니었고 파쇼와 나치 그리고 마르크스주의의 적극적인 반대운동에 앞장섰던 것이다. 그는 많은 반대 논자들로부터 간통을 옹호하는 사람, 외설가, 반종교인, 불경·편협·해방에 빠진 사람이라 비난을 받으면서도 영국국왕이 수여하는 명예 훈장을 받았으며 80세에는 영국 노인 존경상을 받았다. 럿셀에게 나이와 건강은 삶의 문제가 아니었다. 건강을 위해 음식을 선택하는 것이 아니고 좋아하기 때문에 술과 파이프를 가까이하였으며 행복을 찾는 것보다는 인내를 감내하는 것이 인생의 길이라 하였다.

럿셀은 98세까지 살았다. 5번이나 결혼을 하였으며 수소폭탄 반대운동, 핵전쟁 반대운동, 90세에는 군축운동을 주동하다가 부인과 함께 몇 번이고 구금되기도 했다. 한국 전쟁이 터지자 3차 세계대전을 경고하기도 하였으며 그는 핵으로 죽기보다는 적의 노예로 사는 것이 더 평화적인 것이라 하였다. 럿셀경은 죽기 전에 럿셀평화재단을 설립하였으며 사람들은 그를 걸어 다니는 백과사전이라 하였고 스스로를 되돌아보는 반성적 생활보다는 앞으로의 핵 없는 인류 평화에 전 생애를 걸었던 것이다. 럿셀은 철학을 위한 철학자가 아니었고 확실한 것을 탐구하기 위해 수학에 매진하였으며 사상과 이념을 실천으로 옮겨가는 전 생애의 흐름 자체가 그의 삶의 운동이었다.

제2부

생각대로 살아가는 즐거움

철학의 아픔

어릴 때 꿈은 희망이었다. 희망의 내용은 훌륭한 사람이 되겠다는 것이었다. 그 두 가지 길은 돈으로써 자신의 뜻을 펴는 것과 훌륭한 학자가 되는 길이었다. 나는 관상학적으로 돈과는 거리가 먼 사람이라 생각되었기에, 문학도가 되고 싶었다. 그때 나에게 떠오르는 것이 철학이었다. 철학적인 지식이 있어야 문학을 제대로 할 수 있고, 비중 있는 작품을 쓸 수 있다고 생각하여, 철학을 먼저 해야겠다는 생각에서 대학 철학과에 입학을 하였다.

그런데 4년간 철학 공부를 하면서 그만 철학과 친하게 되었다. 철학이 학문 중의 학문이며 제일 으뜸가는 학문임을 알게 되었다. 그리하여나의 길은 순수철학으로 접어들게 되었다.

철학의 어원적 의미는 '지혜를 사랑한다'는 뜻이며, 사랑은 실천을 뜻한다. 소크라테스는 지혜에 대한 사랑을 자신에 대한 사랑, 즉 자신의모름에서 출발해야 함을 강조하였다. 사람들은 자신의 무지를 알지 못하면서 넓고 넓은 진리의 세계를 말하는 모순의 세계에 빠져 있다고 주장했다. 자신의 무지에서 출발한 철학은 삶의 본질 존재, 즉 세계의 본질, 그리고 종교의 본질을 논하는 학문으로 발전되어 왔다.

나는 2,500년간의 철학사를 뒤돌아보면서, 50년간의 철학을 연구하고 가르쳐 오면서 아직도 인생과 세계, 그리고 종교 문제의 언저리에 머물고 있다. 철학 자체는 모든 의심의 영역을 종합하여 하나의 진리를 제시하려 하지만, 우리들은 그것에 접근하지 못하고 갈림길에서 헤매고 있다. 그래서 철학을 끝없는 학문이라고 하는 것이다.

사실 철학은 죽음이 무엇인지 알려 주지 않고, 죽음으로 가는 바른 길을 안내하고 있다. 이것이 종교와 다른 점이다. 종교는 삶의 종말을 천당과 지옥, 또는 극락과 연옥으로 양분시켜 사람들로 하여금 무서움을 갖게 한다. 그러나 철학은 삶의 과정과 삶의 종말을 선과 악으로 분류하여, 선을 실천하고 악을 멀리하라고 주장한다.

철학은 다른 학문과의 관계에서 경계가 없다. 가령, 다른 일반 학문들은 자신의 영역을 갖고 있다. 경제학은 삶을 윤택하게 하기 위한 학문이고, 자연 과학은 삶을 편리하게 하기 위한 것이다. 생물학은 생명의 근원을 연구하는 학문이다. 그리고 의학은 생의 물리적 고통을 해소하는 실천적 과학이다. 하지만 철학은 생각하는 학문, 반성하는 학문, 실천하는 학문이다. 바른 생각을 하게 하고 가치 있는 일들을 실천하게 한다. 정신적이고 본질적인 가치를 실천하게 하는 것이 철학의 의무이다. 따라서 철학은 모든 개별 학문을 넘어서 인류 전체에 유용한 학문이다. 철학보다 앞선 학문은 없으며, 철학보다 더 위에 있는 학문은 없다. 모든 학문의 시작은 철학적 가치의 실현과 삶의 욕망을 실현하려는 데서 시작되었다. 그러므로 철학을 전제하지 않은 개별 과학은 있을 수 없다.

오늘의 사회는 기술적으로는 앞으로 나아가는 사회가 되겠지만, 정신적 인본적인 입장에서는 뒷걸음치는 사회이다. 산업 사회를 거쳐 정보 전자 사회로 접어들면서, 물질적 세계가 삶의 전반에 나서고 있다. 이제는 개별적 행락과 개별적인 육체적 욕망의 실현 시대가 펼쳐지고 있다. 이러한 원천적 육체적 욕망 시대에서 철학은 그 넓은 영역을 개별 과학에 넘겨주고 늙은 고아가 되어 버렸다. 마치 부모가 자식들에게 재산을 넘겨주고 고통받는 늙은 고아처럼, 철학의 자태도 다른 학문으로부터 조롱받는 신세가 되고 말았다. 요즘 철학의 알맹이는 모든 사람들로부터 업신여겨지고 있으며 무시당하고 있다. 가령 개똥철학, 빌어먹을 철학, 귀신 철학, 걸레 철학, 손금이나 보아 주는 철학으로 매도당하고 있다.

더 기가 막히는 것은, 철학을 강의하는 대학 교수들로부터 철학이 무시당하고 있다는 것이다. 교수들이 강의를 하면서 학생들에게 인기를 얻기 위해서, 또한 자신의 저서를 대중에게 알리고 새롭게 한다는 차원에서, 철학의 본질을 그릇되게 표현하고 새로운 물질 정신에 아부하고 있다. 『공자야 놀자』, 『공자가 죽어야 나라가 산다』, 『소설 속의 철학』 같은 것은 그 내용이 아무리 훌륭하다고 하더라도, 우선 철학을 업신여기는 느낌을 주게 한다. 철학을 흥미 본위로 이끌어 갈 수 있고, 철학을 아전인수격으로 받아들일 수도 있기 때문이다.

철학은 생활 속에서 제일 많이 사용되는 단어이다. 사람들은 철학의 본질을 잘 모르면서, 철학적 사유와 생활을 하지 않으면서, 철학이란 용어를 제 마음대로 예사롭게 쓰고 있다. 경제 철학, 정치 철학, 문화 철학 등등의 용어를 사용하고 있지만, 과연 철학적 진리처럼 정치, 경제, 문화가 전개되고 실천되는지 의심하지 않을 수 없는 노릇이다. 물론 철학적 용어와 사고가 함부로 남용되고 있다는 것은, 우리 사회에서 철학이 절실히 요구되고 있음을 의미하는 것이다.

오늘의 사회에는 각종의 질병이 인류를 괴롭히고 있다. 인류의 의학적 괴로움을 치료하기 위해 인간 복제와 줄기 세포 문제까지 나오고 있다. 병든 사람을 치료하기 위해, 인류의 본질을 무시하고 생명의 존엄성마저 부정하는 온갖 수단들이 동원되고 있다. 하지만 사람의 정신적 고뇌를 치료할 수 있는 철학은 사회 전반에서 무시당하고 있다. 이것이 철학의 위기이며 사회의 불안이며 삶의 고통이다. 철학적 진리는 먼 데 있는 것이 아니고 바로 자신에 있는 것이다. 자신 본위에서 사물과 사건을 판단하지 말고 양심의 소리로써 이해관계를 판단하며, 내 탓 네 탓의 갈림길에서 내 탓을 앞세우는 의식의 전환이 우리 모두에게 요구되는 것이다. 나의 어릴 적 문학에 대한 꿈을 아직도 버리지 못하고 있다는 것은, 내 탓을 앞세우지 못하고 아직도 철학의 주변을 헤매고 있다는 것을 뜻한다.

잃어버린 양심

민심은 보편적 국민들의 생활의 정서이다. 더 근원적으로 순수한 국민들의 양심의 소리이다. 양심의 소리는 귀로 들을 수 있는 것이 아니라 마음으로 들을 수 있는 소리이다. 국민들의 생활정서를 다스리기 위해서는 인본적인 정치와 법의 정신에 의한 정치 그리고 정의로운 정치가 있어야 하는데 근간에는 민심을 어지럽게 하는 선동적 선심을 외치는 정치인들이 우글거리고 있다. 한강에 배가 지나가고 공중에 새가 날아가도 아무런 흔적이 없지만 정치인들이 지나가는 곳에는 비린내 나는 지푸라기에 파리떼 날아들 듯 나라를 팔아먹는 복지의 소리가 난무하고 있다. 권력의 하수인 놀음을 하고 있는 정치인들은 삶의 값진 복지이념에 양심을 팔고 있으며 선거를 앞둔 이 시점에 갑자기 반값 정치가 난무하고 있는 것이다. 참으로 우리 모두가 반성할 문제이다.

여기에는 근본적으로 교육적인 사회적·정치적 문제가 있는 것이다.

지금 우리 사회에는 살인과 불륜, 강도와 더불어 사회전반의 부정적 행위가 도를 넘어서고 있다. 이것은 우리가 지녀야 할 양심이 땅에 떨어졌기 때문이다. 사람은 동물과 구별되는 종차(種差) 즉 순수의지인 양심을 갖고 있기 때문에 만물의 영장이라 한다. 정신은 아주 넓은 심적 작용이며 물질에 대비되는 개념이고 이성은 감성과 정서에 대비되는 것으로서 합리적 사고를 이끌어 가는 순수사유의 본질이다. 그러나 양심은 정신과 이성의 깊은 곳에 있는 사람다운 기능으로서 선·악을 판별하는 능력이다. 양심은 지적으로는 선을 인식하는 능력이고 양심의 정적 활동은 선·악을 체득하는 능력이며 양심의 의지적 활동은 양심을 실천하는 능력이다.

양심은 윤리적 의식이다. 칸트는 자기 자신에 대한 선천적인 의무의식이라 했다. 결국 도덕적 판단력이 양심인 것이다. 사람은 누구나 양심의 씨앗을 갖고 태어난다. 성악설을 주장하는 사람들도 있지만 사회적 환경에서 양심을 얻을 수는 없는 것이며 다만 사회적 바탕에서 양심을 길러가는 것이다. 그리고 양심은 사람마다 갖고 있는 선천적인 기질이다. 양심의 씨앗은 가정, 학교, 사회적 바탕에서 배양되는 것이지 교육에 의해서 찾아지는 것이 아니기에 우리는 일상생활에서 윤리적 의식과 도덕심을 실천하는 훈련이 필요한 것이다.

훈련의 실험실은 첫째, 가정이며 둘째는 학교 그리고 사회인 것이다. 가정에서 양심의 실천적 훈련이 되어 있지 않으면 초등학교에서부터 도덕교육이 철저히 이루어져야 되고 성인이 되어 가는 과정에서 스스로 양심의 실천 여부에 대한 가책을 느끼도록 하는 사회적 공동선의 공감대가 필요한 것이다. 선을 실천하는 것은 한계점이 있을 수 없는 것이며 도덕률의 실천은 무상명령으로 주어지는 것이기에 자신의 자유의지에 따른 행위이다.

사회는 모든 사람들에게 공평하고 정의롭게 주어진 삶의 터전이며, 그 기능을 운영하는 실체는 국가이고 국가를 이끌어 가는 사람들은 정치인들이다. 그런데 정치인들의 양심 속에는 악의 소질이 들어 있다는 것이 60년의 헌정 속에서 계속 정치적 부정으로 드러나고 있다.

옛날에는 개인적 비리에 양심을 팔아먹었지만 지금은 집단적, 당파적 헛된 공약으로 나라를 팔아먹을 듯 하는 반양심적 정치활동을 하고 있다. 정치인들이 복지정책을 펴는 것은 가장 기본적이고 필수적인 정치활동이다. 그런데 그 정책수립의 밑바탕에는 피해자를 극소화하고 수혜자를 극대화하는 공정의 원칙과 도덕적, 정치적, 종교적 책임을 스스로 짊어지는 양심의 원칙이 있어야 하는 것이다. 따라서 특권을 가진 정치인들은 정책수립과 정책수행에 있어서 정치적 의무와 책무에 대한 양심을 길러야 할 것이다.

자연에서 일어나고 있는 역학적 현상은 자연법칙에 의해 질서 지워진다. 그런데 자연만큼 다양한 사람들의 욕망을 질서 지우는 법칙은 자유법칙, 즉 도덕법이다. 이것은 인과성의 법칙 즉 강제적 법이 아니라 스스로 결단을 내리는 법칙이며 그 결단의 능력이 양심의 소리이다. 양심의 유형은 눈으로 볼 수 있는 것이 아니라 본래적 마음씨이며, 우리에게 무상명령으로 주어진다. 하지만 그 명령을 실천하는 것은 자신의 자유의지이다. 도덕적 행위는 수단적, 조건적 행위가 아니라 양심에 따른 선의 동기에 의한 행위이므로 언제나 결과에 대해 책임을 지는 행위이다. 어린이들이 부모나 선생님들에게 거짓말을 하였을 때는 얼굴이 붉어지고 당황해하는 경우를 본다. 이것은 거짓말에 대한 양심의 가책인데 배워서 아는 것이 아니라 사람의 본성으로써 스스로 느끼는 것이다. 그러나 사람들이 나쁜 짓을 하고 속임수를 쓰면서도 눈 하나 깜짝하지 않는 것은 양심의 의식을 거부하거나 자신의 거짓에 대한 반성이 없음을 말하는 것이다. 양심은 그 기능을 쓰는 것에 사회적 가치를 두어야 하며 이 기적 의식이 자리 잡기 전부터 훈련이 되어 있어야 하는 것이다. 법에 의해 생활하는 것보다는 도덕률에 따라 살아간다면 아주 자유롭고 모두에게 편안함을 주는 생활이 될 것이다. 교육은 그 과정에 따라 내용이 달라지지만 도덕교육은 가정, 학교, 사회 전반에 걸쳐서 요구되는 것이며 특히 때 묻지 않는 어린 심성에 하루빨리 도덕의식을 심어 주어야 할 것이다.

일전에 몽골의 수도 울란바토르에 갔을 때 하나의 살인사건을 두고 일주일 동안 기사화하는 것을 보았다. 이것은 살인사건이 얼마나 국가적 악인가를 말해주는 것이다. 존속살인, 성적인 살인, 살인강도, 묻지마 살인, 책임 있는 특권층들의 근절되지 않는 뇌물사건, 재벌들의 탈법 탈세, 시민들의 좀도둑, 인터넷의 묻지 마 비방에 이르기까지 사회적 비리가 끊임없이 일어나고 있다. 요즘은 상인들이 원산지 속이기, 품질 속이기로 그들의 양심을 물물교환 하는 시대이다. 사람들은 도덕의식이 땅에 떨어졌다고 한탄하면서 사회적, 법적 대응책을 제시하기도 한다.

그런데 사회적 온갖 비리와 부정부패를 방지하기 위해 법을 제정하고 강화한다면 법의 정신이 훼손되며 악법이 될 수 있는 것이다. 플라톤은 그의 저서에서 법은 강자를 위해서 있는 것이고 도덕률은 약자를 위해서 있는 것이라 했다. 이제 우리는 삶의 질을 높이고 사회정의를 위해 인류성 회복으로 되돌아가야 할 것이다. 이것은 바로 양심을 행위의 중심으로 삼는 일이다. 선을 행하는 기능이 양심이다. 선은 모든 행위의 순수한 동기이면서 궁극적인 목표이다. 반면에 악은 미움의 대상이다. 우리가 삶에 있어서 윤리적 의식을 강조하는 것은 선을 멀리하며 양심을 잃어가고 있기 때문이다. 모든 사람들이 양심적으로만 살 수 있는 것은 아니다. 그러나 윤리교육과 도덕의식이 홀대를 받고 있다는 사실은 현실 사회를 통해 뼈저리게 느끼고 있는 것이다. 우리의 인류성이 삶의 큰 반향타가 되어야 하고 물질적 가치를 지혜롭게 추구하여 최대의 수혜자가 되어야 할 것이다. 사실 물질적 이익 추구와 분배적 상호관계에 있어서 양심이 꼭 필요한 것이다. 그래서 양심은 스스로의 문제이고 상호관계의 문제이다. 죄의 의식이 우리의 삶에 있어서 보편화되어 있기에 사람들을 유혹하는 제1의 대상이다. 오늘날 우리는 개인주의와 물질적 탐욕에서 일어나고 있는 죄의 홍수 속에서 고통받고 있다. 특히 선거를 의식한 정치인들의 반양심적 복지정책의 외침에 국민들은 나라의 장래를 걱정하고 있다. 이 모두가 사회제도의 정의롭지 못한 것에서 비롯된 것이다.

양심은 이성적 존재의 제1근거이다. 양심은 사람의 신성성의 표현이며 모든 사람들이 종교를 갖는 것도 양심의 소리를 듣기 위한 것이다. 사람들은 그동안 윤리적 의식에 의한 삶의 덕목을 너무나 무시하고 살아 왔다. 기술과 경제적 풍요로움이 생의 필수적 조건이고 국력의 제1목표이기 때문에 과학기술의 발전과 부의 창출을 위한 세계적 경쟁에서 살아남기 위해 국가적 개인적 노력을 쏟아왔다. 그러나 정의는 사회제도의 제1덕목이고 양심은 삶의 제1덕목이다. 하지만 우리는 정의와 양심을 얼마나 멀리하였으며 무시하고 가볍게 생각하였던가? 우리 모두는 양심과 삶의 본질적 의식을 잊고 살아왔다. 이제부터 우리는 교육의 기본이념에 국가정책의 밑바탕에 경제적 활동의 근저에 양심의 씨앗을 심고 사회정의를 키워가야 할 것이다.

행위의 열매로서의 선과 악

선은 행위의 긍정적 기준이고 악은 행위의 부정적 기준이다. 구약성서에 의하면 선과 악은 에덴동산에서 시작된다. 에덴의 낙원 제일 중앙에 생명의 나무와 선과 악을 알게 하는 나무가 있다. 이곳의 주인이 된 아담과 이브는 좋은 과일, 아름다운 꽃들, 여러 종류의 짐승들과 함께 살면서 어떤 나무가 선과 악의 나무인지 알지 못했다. 동산 자체가 선한 곳이며 그들 자체가 순수한 선의 존재였다. 그런데 인류의 조상인 아담과 이브를 지극히 사랑한 하나님은 그들에게 동산의 한가운데 있는 나무의 열매만은 먹지도 만지지도 말라는 계율을 내렸다. 그 열매를 먹으면 죽음을 알고 선과 악을 알게 된다는 것이다. 그러나 호기심이 많은 이브는 뱀의 꼬임에 넘어가 그 열매를 따 먹고 또 아담에게도 따 먹도록 권하였다. 금단의 열매를 따 먹은 그들은 선과 악을 알게 되었고 질투와 부끄러움 속에서 각자의 욕심을 갖게 되고 죽음에 맞서는 유한적 사람으로 거듭나게 되었다.

에덴동산에는 사람이 있기 이전에 선과 악이 있는 곳이기에 선과 악은 온갖 생명과 더불어 있는 형상적 존재이며 에덴동산으로부터 처음 알게 되었다. 노아의 홍수는 선한 사람과 악한 사람을 심판하는 하나님의 섭리사관이다. 하나님은 노아의 가족에게 큰 방주를 만들어 앞으로 있을 홍수를 대비하게 하였다. 이 방주에는 노아의 가족과 더불어 모든 생명의 한 쌍식 타게 되었고 우상을 섬기고 하나님의 계율을 어긴 모든 사람들은 탈 수 없었다. 그런데 그때 선이 와서 함께 타자고 하니 노아는 짝이 없으면 태울 수가 없다고 하였다. 그래서 선은 숲속으로 가서 악을 짝으로 데리고 와 함께 방주를 타게 되었다. 이러한 이유에서 선이 있는 곳에는 반드시 악이 있는 것이다. 페르시아의 조로아스터교에서는 선을 밝은 세상이라 하고 악을 어둠의 세상이라 하니 선과 악은 떨어질 수가 없는 존재이다. 하지만 선과 악은 공기와 생명처럼 공생의 존재가 아니라 물과 불처럼 대립과 투쟁의 관계이다. 그런데 희랍 철학자 헤라클레이토스는 선과 악의 투쟁에는 새로운 건설이 있다고 보았으며 투쟁은 건설의 아버지라는 격언을 남기기도 하였다.

철학적인 의미에서의 선과 악은 이미 플라톤과 아리스토텔레스에서 정의된 바 있다. 소크라테스는 이성적인 사고의 실천이 선이라 했다. 그는 영혼의 본질이 이성적 사유이며 이성적 사유의 본질은 덕을 실천하는 힘이고 덕은 바른 앎인데 덕의 실천이 행복이라 했다. 결국 앎이 선이며 덕이요 앎의 활동이 이성적 삶이다. 즉 선과 덕은 사람들이 실천하고자 하는 목적이며 동시에 삶의 근원적 동기이다. 플라톤에 있어서 선은 모든 경험적 형상들의 궁극적 원형이다. 플라톤은 이를 이데아라 한다. 가령 개별적 사람들은 윤리적 존재, 성격적 존재, 그리고 유한적 존재인 데 비해 사람의 이데아는 훼손되지 않는 사람일반 즉 인식을 초월한 사람의 원형이다. 그런데 경험적인 모든 현상들은 그 종의 최고 형상인 하나의 이데아를 갖고 있기에 현상들을 초월한 이데아의 세계가 있고 이 이데아들의 최고 위치에 있는 것이 선의 이데아이다. 따라서 선의 이데아는 모든 만물들의 최고 정점으로서 신과 같은 존재이다. 플라톤에 있어서 선은 모든 만물의 존재근거이며 특히 사람에 있어서 선은 행위의 궁극의 대상이고 윤리적 실천의 기본적 내용이다. 선은 실천적 행위의 대상이고 미적 활동의 대상이며 모든 선한 것들을 규정하는 이데아이다.

아리스토텔레스에 있어서 선은 의도적인 활동 또는 행위의 대상이며 목적이다. 우리가 일상생활에서 무엇을 하려고 할 때 그 실천의 대상이 기술이든 운동이든 탐구의 활동이든 의술과 전술이든 예술과 오락이든, 뿐만 아니라 정치적 활동이든 경제적 활동이든 간에 이 추구의 최종 목적은 선을 전제로 한 것이다. 즉 선은 행위의 최초의 동기이며 최후의 목적이다. 가령 우리의 삶에 있어서 여러 가지 행위의 목적이 있다. 의술의 목적은 건강, 전술의 목적은 승리, 경제적 활동의 목적은 삶의 풍요로움, 학문적 활동과 정치적 활동의 목적은 개인적 삶의 인권과 삶의 질을 높이기 위한 것이다. 그런데 하나의 기술이 보다 높은 기술의 수단이면서 그 윗 기술에 종속되어 있는 것처럼 선도 종속적 선에서 단계적으로 올라가면 모든 종속을 포괄하는 제일 높은 선이 있는 것이다. 사람은 이성적 활동을 통해서 이러한 선을 알게 되고 선을 실천하며 더 완벽한 윤리적 생활로 나아가려고 노력하고 있다. 아리스토텔레스는 이성적 활동을 충분히 발휘한 상태가 최고의 선이라 했다. 그리고 덕은 자신들이 갖고 있는 고유한 기능을 아낌없이 발휘한 상태, 즉 삶의 지혜로써 생활의 모든 수단을 능숙하고 세련되게 발휘한 상태이다.

사실 선은 사람들의 삶에 있어서 마음의 특수한 경험을 의미한다. 사람의 마음이 본래 선인가 혹은 악인가 그렇지 않으면 선과 악의 양면적 존재인가? 이러한 의문에 대해서는 성선설, 성악설, 성삼분설로 주장된다. 그리고 사람이 태어날 때부터 선한 사람과 악한 사람으로 결정되어 있는 것도 아니다. 그렇지만 현실적으로 선을 전제로 한 덕치주의와 악을 전제로 한 법치주의 정치를 주장하기도 한다. 선과 악은 우리의 삶과 연관된 규범이기에 역사적 논쟁에서 벗어날 수 없었고 물질적으로 풍요로운 삶에 젖어들면 들수록 선과 악의 분별적 판단이 흐려진다. 선과 악은 배움의 대상이 아니라 양심으로 느껴지는 도덕적 정서이다. 선은 아름다운 행위의 향기이고 악은 나쁜 행위에서 나오는 혐오감이다. 칸트는 선은 욕구의 대상이며 악은 혐오의 대상이라 하였다.

사람들은 선을 멀리하면서도 다른 사람들의 선한 행위를 칭찬하고 부러워하며 자신도 악을 거부하지 않으면서 남의 나쁜 행위를 미워하고 비난한다. 선과 악은 서로 다르면서 한 지붕 밑에 살고 있으며 한 사람의 마음속에 살고 있는 것이다. 선과 악은 사람들의 행위와는 다른 차원의 존재이다. 주사약이 제 스스로 사람의 혈관이나 근육에 들어갈 수 없는 것처럼 선과 악 스스로가 개인의 행위에 뛰어들 수 없는 것이다. 칸트에 따르면 사람에게는 선의지 또는 순수의지와 주관적 의지 또는 경험적 의지로 구별된다. 순수의지는 어떤 목적을 위한 수단으로서의 선을 실천하는 의지가 아닌 선 그 자체를 실천하는 의지이며 경험적 의지는 개인의 성향에 따라 행위를 결정하며 자신의 행복과 쾌락을 추구하면서 한편으로는 악의 소질을 나타낼 수도 있는 것이다. 사실 선과 악은 우리의 의지적 행위에 앞서 있는 것이며 도덕 법칙의 실천 여하에 따라 결과로 나타나는 것이다.

선한 행위는 일생 생활에서 사람들에게 위안과 안정감을 주며 도덕적 감정을 유발하게 한다. 선을 행하는 사람은 어느 때 어느 곳에 선을 실천하더라도 싫증나는 일이 아니며 오히려 실행하면 할수록 행복함을 느낀다. 그것은 순수 자유의지에 의한 자발적 행위이기 때문이다. 선한 행위, 효행, 사랑 및 우정의 실천은 시간, 공간적 개념이 아니다. 탐욕에 휩쓸려 있는 일상생활에서 나만이 도덕법칙을 지켜야만 하는가, 라는 비교의식이 아니며 양적인 대상이 아니다. 칸트가 지적한 것처럼 도덕법칙은 영혼 불멸성을 전제로 하는 것이다. 즉 도덕법칙의 실천은 양적인 한계성과 시간적 완전성이 없는 영원한 삶의 바람이다.

부끄럽고 후회되는 행위가 나쁜 행위이다. 악으로서의 행위는 시간,

공간 안의 물리적 행위다. 악한 행위는 개인적 감정에 따른 이기적 행위에서 오는 것이다. 사람들은 다른 사람으로부터 피해를 입거나 악의적 화를 당했을 때는 싸우고 보복을 하면서 자신 속에 있는 악을 제거하지 못하는 경우도 있다. 사람들은 다른 사람들의 인격과 재물을 자신의 생활수단으로 삼으려 한다. 이것이 바로 사람의 이기심이며 악을 만드는 의지다. 룻소는 조물주의 손을 떠난 모든 것들은 착하고 어진 것들이었는데 사람의 손에 의해서 악한 것이 되었다고 하였다. 완전성의 관념과 이상을 가진 사람들이 부족함에서 살아가는 그 자체가 악의 소질이다. 칸트는 사람에 있어서 악의 소질을 완전성에 대한 근원적 결핍성이라 했다. 사람은 선을 실천하겠다는 의욕을 갖고 있으면서 자신의 이기심에 따라 행위하려고 하는 본능을 근본악으로 표현했고 그리스도교에서는 원죄라 하였다.

사람은 악행과 선행의 주체이며 사람의 의지에 악의 소질과 선의 소질이 담겨 있다. 눈에 보이지 않고 마음으로 느끼는 의지의 활동이 좋은 행위와 나쁜 행위로 나타난다. 선한 행위는 선의지에 따른 것이고 악한 행위는 소질로서의 악의에 따른 것이다. 우리는 주관적인 욕망의 근거인 감정으로 행위할 때가 많다. 이때 자발적인 도덕적 감정에 의한 행위는 선한 것으로 표현되지만 개인적 욕망 충족을 위한 행위가 될 때에는 악한 것으로 표현될 수 있다. 평화가 현실적으로 있는 존재가 아니라 있어야 할 존재인 것처럼 사람은 완성된 존재가 아니라 완성으로 전진해가는 존재이다. 그런데 육체적 조건은 항상 채워야 할 욕구적 존재이기에 고통과 번뇌의 원인적 존재이면서 악의 소질을 유발하는 것이다. 도덕법의 기준에 따른 악도 있을 것이고 물리적 행위에 의한 악한 행위도 있는 것이다. 종교적인, 법률적인, 도덕적인 의미에서의 악으로 분류되기도 한다. 행위의 동기가 남을 해치고자 하는 악의적인 것인데도 결과는 선한 행위가 되기도 하고 선한 동기의 행위이면서 그 결과는 악이 되는 수도 있는 것이다.

우리는 선과 악의 행위를 일일이 나열할 필요가 없다. 만물을 주관하는 신이 있다 하더라도 사람의 행위에 일일이 간섭하지 않는다. 선을 실천하는 것은 책임의 소재가 아니고 의무이며 악한 행위에는 반드시 책임이 따르는 것이고 양심의 가책 때문에 죽음으로 가는 수도 있다.

사실 선을 동기로 하는 행위 즉 도덕법에 따른 행위는 결과를 예상하지 않지만 악을 전제로 한 행위는 그 원인 속에 결과가 들어 있는 것이다. 선을 행하는 것은 자유로운 행위이지만 악을 행하는 행위는 선택의 행위이다. 사람들의 자연적인 감정을 즐겁게 하는 쾌감을 선이라 한다면 선은 선택의 대상이고 쾌락을 위한 무한정의 수단들이 쾌락을 방해하는 원인이 되는 것이다. 이것이 바로 즐거움의 고통이며 쾌락의 역설이고 감성적 삶의 한계이다. 그리고 가장 가치로운 자유주의 사상에서 멀어지는 삶인 것이다. 모든 생명은 자기보존의 근본욕망을 갖고 있기에 스피노자는 자기를 보존하려는 의욕의 노력에 유익한 것은 선이고 나쁜 것이 악이라 했다. 실제로 윤리적 행위는 자연에 거슬리는 행위가 아니며 자연질서는 사람의 본성으로 나타나는 것이다.

선은 행위의 신적 대상이고 미적 대상이며 무조건적 즐거움의 대상이다. 자연의 동식물들은 의식적 행위가 아니기 때문에 아름다운 향기로써 생명을 지속적으로 이어간다. 그러나 사람들은 인격의 표현으로서 삶의 의미를 갖는다. 인격은 도덕적 행위 즉 인륜적 행위의 주체이다. 그리고 윤리적인 인격의 행위에서 선한 행위의 본질이 드러난다. 사람에 있어서 선은 꽃에 있어서 향기이다. 향기에는 형태가 없는 것처럼 상징적인 언어로써 선한 행위를 일일이 설명할 수 없는 것이다. 자연의 모든 것들은 스스로 합목적적 존재로서 자연의 다양한 법질서를 통해서 자연의 목적에 따라 그들의 생명활동을 하고 있다. 그러나 사람은 자연적 존재이면서 한편으로는 자유로운 존재이다. 이 자유법칙에 의해 사람들은 육체적 존재로서 자유롭게 살아가고 착한 행위에 애착을 느끼면서 도덕법칙을 실천하고 있는 것이다.

우리의 행위 중에는 부끄러움을 느끼는 행위가 있다. 아무리 혼자서 아무도 모르게 한 행위라도 양심을 속이는 행위, 권력으로 쾌감을 지배하는 행위에는 부끄러움이 따르게 되어 있다. 이 부끄러움은 숨는다고 없어지는 것이 아니다. 어떤 행위에서 부끄러움이 없는 행위는 선한 행위이며 부끄러움을 느끼는 행위는 나쁜 행위인 것이다. 선의지로서의 사랑은 사람이 사랑을 마음대로 지배하는 것이 아니라 오히려 사랑이 선한 행위를 이끌어 내는 것이다. 악한 행위는 언제나 좌절과 고통을 함께하고 삶의 불행을 만들어갈 뿐만 아니라 사회를 더럽히는 강한 원인이 된다. 그러나 선한 행위는 그 뿌리부터 선이기 때문에 선행을 행하면 행할수록 실천에 대한 부족성의 고통을 이겨낼 수 있으며 자신으로부터 행해지는 선행이 다른 사람들의 마음을 즐겁게 해준다는 것에서 스스로의 행복함을 느끼게 될 것이다. 그러나 악을 만들어 내는 행위는 사회를 불안하게 하는 행위이다.

반성하는 생활인

사람의 정신 활동은 바람과 강물처럼 언제나 출렁거린다. 자연법칙은 원인과 결과를 연결하는 연속적 흐름인 데 비해 정신 활동은 능동적, 창조적 그리고 자유로운 활동의 흐름이다. 사람의 시간적 존재는 자연 다음의 존재이지만 정신적 사유 능력을 갖고 있기에 자연을 대상화하고 자연을 지배하며 자연을 도구적 존재로 사용한다. 그래서 사람은 자유로운 존재이고 자연 법칙에 대조되는 자유 법칙을 갖고 있다. 사람은 역사를 만들어 오면서 수많은 제도를 만들고 그 제도를 허물어 가는 생활을 하였다. 자연은 모든 생명의 연속성을 주관하고 있는 데 비해 사람은 연속적 창조성으로써 삶의 허약하고 불안한 형태들을 고쳐 가며 살아왔다. 또한 미래를 위해 과학적 정보의 지식을 익히고 있다.

우리는 자연의 연속적 법칙에서 어느 정도의 안정된 지식을 갖고 있지만 자신의 삶에 대한 미래를 예측할 수 없는 데서 오직 죽음만이 다가오고 있을 때 삶에 대한 불안과 무에 직면하게 된다. 그러나 사람들은 자신이 결단을 내릴 수 있는 자유를 갖고 있고 자신의 고유한 능력과 소질로써 미래적 삶을 예측할 수 있다. 각자의 소질들은 자기만을 위한 것이 아니고 모든 사람들의 생활적 욕망을 채워줄 수 있는 사회적 재물이다. 각자의 소질에 따라 분업이 생기고 분업의 결속이 요구되기에 원래 사람은 사회적 동물의 선천성을 갖고 있는 것이다. 사람은 생명이 붙어 있는 한 물질적 욕구를 벗어날 수 없기에 살려고 하는 의지 자체가 물질 추구로 나아간다. 하지만 물질적 욕망은 사람들의 내면적 부조리를 나타내기 때문에 정신적 삶의 질서가 무너지게 된다. 그리고 물질과 정신의 갈등이 사회적 본질로 등장하게 된다.

삶에 있어서 정신적 활동이 약해지면 사람다움의 사회적 조화가 분열된다. 옛날 사람들의 모든 사상의 원천이 되었던 신화가 물질의 그늘에 가려지면서 감각적 욕망이 발달되어 가는 새로운 위기적 사회로 접어들고 있다. 실제로 사람들의 욕망과 사회적 질서를 바로 세우기 위한 제도가 국가의 유형에 따라 변천되어 왔다. 그러나 우리의 현실에는 정치적 위선자, 행정적 관료주의, 선동적인 언론 그리고 재벌의 무한 소유주의, 눈과 마음이 없는 인터넷 네티즌들이 인류적 공존의식을 짓밟고 있으며 사회의 구성원들은 각자의 선한 의지를 발휘하지 못하고 오히려 서로 간의 위기의식을 조장하고 있으니 행복을 추구하겠다는 욕망에서 오히려 비극을 만들어 가고 있는 것이다. 사람들은 자신의 탁월한 소질들을 충분히 실현하는 사회를 만들 의무를 갖고 있으면서 타락된 정치, 개인적 명예욕, 기성세력과 정착된 사회 제도에 대한 맹목적 저항 의식들이 유행병처럼 퍼져 가면서 가속적으로 타락한 개인주의와 물욕주의가 깊어 가고 있다. 결국 기술적인 다양한 소질과 양심상의 좋은 능력이 물질적 가치로 스며들고 있다. 부모, 자식의 관계, 가족, 친지, 이웃, 친구들 간의 관계가 물질적 세포 관계로 연결되어 가고 있다. 우리는 살아가면서 질과 양을 따지고 구분한다. 질은 모든 있음의 내용을 말하는 것이고, 양은 그 존재의 크기를 말하는 것이다. 따라서 질과 양은 존재의 기본 단위이고 규정되어 있음을 표현하는 것이다.

우리의 삶에도 질과 양이 있다. 삶의 질은 삶을 선한 방향으로, 가치로운 방향으로, 아름다운 방향으로 이끌기 위한 정신적 활동이고, 삶의 양은 생명을 위해 풍요롭게, 편리하게, 보다 더 여유 있게 그리고 더 많은 쾌락적 삶을 위한 물리적 활동이다. 여기서 삶의 질과 양을 얻고자 할 때는 개인적인 창의력이 요구되고 또한 사회적 제도가 뒷받침되어야 하는 것이다. 앞의 것은 개인들의 자유로운 정신 활동이며, 뒤의 것은 모든 구성원들이 원망하지 않고 따르며 복종하는 건전한 사회 제도이다. 하지만 사람들은 같은 제도에 예속되어 살면서도 차별적 삶을 추구하며 그 차별적 삶 속에 개인의 지능과 인격이 들어 있는 것이다. 인권에는 차별이 있어서는 안 되지만 자유가 보장된 사회에서는 정신적, 물질적 차별화의 삶이 가장 건전하고 행복된 삶이다. 모든 사람들은 차별화의 삶에서 자기의 만족을 느낄 수 있기 때문이다. 이러한 삶의 형식은 있어야 할 가치로서 주어질 뿐 어떠한 제도도 이루어 낼 수 없는 것이다.

하지만 모든 사람들의 사회적 관계는 유기적인 총체성의 관계 속에 있는 것이다. 남에게 유익함을 던져 주는 것은 자신에 대한 유익한 삶을 만드는 것이다. 나뭇잎 속에 자연의 일체가 들어 있듯이 우리의 삶 속에는 모든 사람들의 기능이 들어 있다. 이러한 사상이 헤겔의 인륜성이며 역사적 의식이고 정신의 현상이다. 정신의 반영이 세계사이다. 결국 정신의 달리 있음이 자연이며 사회이고 국가이다. 모든 개인의 정신적 활동에 제일 앞선 정신은 세계정신의 한 속성이며 사람들이 스스로 역사를 만들어 가는 것도 세계정신의 지시에 따른 것이다. 결국 개인적인 삶은 유기적인 전체의 목적에 따라서 개인적인 역사를 만들어 가는 것이고 자신의 창조적 자유를 실현하는 것이다. 그런데 왜 사람들은 물질 앞에서 너무나 나약하며 개별적 삶에서 사회를 병들게 하고 사람다움의 행위에서 멀어져만 가고 있을까? 이것은 사람들이 자기의 본래적 존재를 잊어버리고 일상적인 생활에 젖어 있기 때문이다. 달리 말하면 개인들은 세계화된 자본주의에 몰입하여 대박을 꿈꾸고 첨단화된 멀티미디어 기술에 더 익숙해지려는 맹목적 지향성 때문일 것이다.

마르크스는 물질적 토대 위에서 정신 현상을 설명한다. 삶의 공학에서 본다면 물질이 일차적인 것이며 정신은 이차적인 것으로서 사회적 발전 과정의 관계를 통하여 규정되는 것이다. 사회주의 사상에서 진리는 욕구에 의해서 규정되고, 윤리적 가치와 예술적 가치는 노동 계급의 사회적 발전에 기여하는 도덕의식과 심미적 의식인 것이다. 소위 말하는 사회주의자들의 역사의식은 사람에 있어서 정신적 존재를 도외시하고 오직 물질적 욕구 대상인 생산 관계 및 경제적 토대에 의해서 일어나는 의식이다. 그들의 역사적 유물론은 물질적인 사회 구조가 사람의 정신을 지배하기 때문에 소위 물질의 평등을 주장하게 된다. 우리의 생활에 있어서 자유와 평등은 일차적인 권리이고 제일 높은 덕목이다. 하지만 이것들은 이념으로 주어지는 것이고, 실천적 의미에서는 있어야 할 것이며, 현실적으로는 항상 부족한 것이다. 물질적 사회란 정신에 의해서 만들어진 것이고 육체가 없는 정신은 무의미한 것이다. 호랑이에게 물려 가도 정신만 차리면 된다. 금강산 구경도 식후경이다. 이러한 속담도 정신과 물질의 가치를 말하는 것이다.

사람은 독자적인 자연이며 우주이면서 다른 사람과의 연결 고리를 선천적으로 갖고 있다. 사람은 홀로이면서 천차만별의 창조적 욕망과 개별적 욕구를 갖고 있다. 따라서 사람은 정신적으로나 물질적으로 획일적인 통제를 받을 수 없다. 그리고 전지전능하다는 신에 얽매이지 않는다. 만약 어떤 조건과 전제에서 사람의 의식적 흐름을 특정한 목적적 의도에 접목한다면 이것은 미래를 예측하여 삶의 성취와 사회적 성숙을 이루기 위한 것이다. 공동의 욕망을 이루게 하는 정책과 제도가 모든 개별적 욕망을 충족시킬 수 없다고 하는 것은 개인들의 물질적 욕망이 서로 다르기 때문이다. 사실 통제가 없는 사회가 가장 자유로운 곳이며 모두가 바라는 지상 낙원이 되겠지만 물질에는 한계가 없을 수 없는 것이다. 개인적으로 통제되지 않는 욕망을 사회 전체를 위해 제동을 거는 것이 제도이며 법이고, 스스로 자신을 통제할 수 있는 의지가 바로 도덕적 의식이다. 하지만 이러한 제도와 법 그리고 도덕적 의식도 물욕주의 및 권력주의 그늘에서는 힘없이 무너지고 만다.

　오늘의 사회는 경제적 동물의 사회이다. 우리의 아름다운 풍습예절을 우선으로 하는 사회 제도, 인륜적인 나눔의 정, 그리고 순결과 깨끗하게 살아가는 모습들이 돈의 칼춤 앞에 웃음거리로 되어 가고 있다. 큰 권력이 큰 부정을 하면 민중의 사회가 될 수 없고 종교인들은 늘어만 가는데 불안된 사회가 조성되어 가고 있으니 개인들의 의식 활동은 모든 제도로부터 멀어지고 있는 것이다. 아무리 개개인의 의지의 욕구가 돈을 얻기 위한 방향으로 간다고 해도 사람이면 적어도 자기반성을 해야 할 것이다. 반성이란 자신의 생활환경을 개선하고 생활 가치를 높여 가는 힘인 것이다. 개인은 자기 생활의 주인이지만 공동 사회의 큰 주인이다. 우리는 큰 주인을 위해 작은 주인을 희생할 수 있는 생활의 반성인이 되어야 할 것이다. 사람들은 재화를 추구하면서도 그 목적을 갖지 못하고 있다. 우리는 죽음으로 가고 있는 유한적 존재이기 때문에 확실한 목적, 가치로운 목적 그리고 다음 세대로 연결되는 목적으로 살아가야 할 것이다. 아침저녁 신문을 보고 분노만 할 것이 아니라 자기반성을 생활화하는 존재가 되어야 할 것이다.

삶에 있어서 덕

사람은 만물의 영장이며 이성적 동물, 사회적 동물, 경제적 동물이라 정의되고 있다. 이것은 서로 돕고 살아가는 존재임을 뜻하는 것이다. 철학은 사물의 본질을 밝히고 더불어 살아가는 지혜를 던져 주는 학문이다. 동양의 유교사상, 도교사상, 종교적 사상들도 세속적인 삶에서 부끄러움 없이 살아가도록 하는 지침이다. 사람들은 역사를 통해 되돌아보는 교훈을 찾으려 하지만 역사 자체가 어떤 의미에서는 사람들의 잔인성과 욕망에 의해 만들어진 것이므로 가장 좋은 생활의 지침서가 될 수 없는 것이다. 사실 역사는 당시의 사람들이 부끄러워하였던 것들이기 때문에 쉽게 받아들이려고 하지 않는 것이다. 그러나 동서의 어느 사상들도 도덕적 의식을 거부하지 않았고 어떠한 시대적 삶이라도 시민들로 하여금 더불어 사는 지혜를 가르쳤고 지배자로 하여금 이성적인 자질에 따라 덕성스러운 통치자가 되게 하였던 것이다. 그러나 오늘날 사람들은 의식주의 사치스러움으로 관심을 돌려 인류적인 인본주의 가치를 거절하고 심지어는 물질적 욕망을 달성하기 위해 반도덕적 행위를 부끄러움 없이 실행하는 세상이 되었다. 물론 시간 자체가 모든 것을 변화시킨다. 행복된 삶과 옳고 좋은 행위의 기준이 시대에 따라 변하게 되지만 사람됨의 본래적 이념인 도덕심을 어떠한 경우라도 버려서는 안 될 것이다.

덕은 삶에 있어서 제일가는 가치이다. 우리는 일상생활에서 덕에 관하여 쉼 없이 이야기하고 있으면서 말하는 자 모두가 그 뜻을 쉽게 풀이하지 못하고 있지만 덕은 사람이면 반드시 갖추고 있어야 할 심성 혹은 자질이며 도덕적 의식이다. 이것은 실천철학인 윤리학의 기본적 개념이다. 사람들은 윤리도덕이란 말을 많이 쓰고 있다. 하지만 윤리와 도덕은 달리 쓰여야 한다. 윤리는 이론적 학문을 말하는 것이고, 덕 혹은 도덕은 윤리학의 기본 사상이다. 윤리학의 실천적 내용이 덕목이며, 이 덕목은 도덕적 의식 또는 순수 의지의 실천적 내용이다. 그리고 윤리학의 세부적 내용이 선과 여러 덕목들이기 때문에 윤리학은 도덕의 상위 개념이다. 우리는 일상생활에서 도덕적 판단으로 덕목을 선택하여 행위의 기준으로 또는 행위의 목적으로 삼아야 할 때가 있다. 이때 윤리학은 행위의 동기, 규범, 목적에 관한 내용을 이론적으로 전개한 것이고, 덕은 행위에서 그 본래적 가치가 드러난다.

희랍 철학자 소크라테스는 덕은 앎이라 했다. 아주 단조로운 정의이다. 거창하고 지키기 힘든 것이 아니라 자신의 무지함을 아는 것이 덕이라 했다. 왜 하필 자신에 대한 앎이라고 했을까? 그것은 자신에 대한 앎이 앎의 제1원리이기 때문이다. 만일 자신에 대해 알지 못하면 다른 모든 앎을 받아들일 수 없기 때문이다. 자신의 무지 여부를 아는 것, 다른 사람에 대해 아는 것, 그리고 자연에 대해 지식을 얻어가는 것이 덕을 늘려가는 것이다. 물론 앎은 실천을 전제로 하는 것이다. 앎이 행하여지지 않으면 그것은 앎이 아니고 덕도 아니다. 그리고 자신의 무지를 고백하는 것이 덕의 실천이라는 것이다. 물론 소크라테스의 앎은 소피스트처럼 주관적인 지식을 주장하는 것이 아니라 이성을 통한 보편적 진리를 주장한다. 앎은 덕이고 덕은 실천이며 덕의 실천이 행복이다. 사람과 사람과의 관계에서 참다운 앎을 실천하는 것이 덕이다. 따라서 덕은 진리를 안다는 것이다. 우리가 일상생활에 늘 덕을 실천한다 함은 많은 것을 알고 있다는 것이다. 즉 지혜로운 사람이란 덕을 갖추고 있는 사람이다.

그런데 덕을 이론화한 사람은 그리스 철학자 플라톤이다. 다른 사람에 대한 도덕적 행위는 상대방을 즐겁게 한다. 플라톤은 이러한 행위를 고유한 기능이라 했다. 즉, 덕은 그 사람이 갖고 있는 능숙하고 세련된 도덕적 기능을 충분히 발휘한 상태인 것이다. 사람에 따라 다른 사람이 갖고 있지 않는 특수한 마음씨와 행위에 배어 있는 순수한 의지를 갖고 있다. 가령 웅변술이 능한 사람, 계산이 밝은 사람, 예의 바른 사람, 동정심이 풍부한 사람, 남을 편안하게 하는 사람들이다. 달리 말하면 사람들이 행위에 있어서 반드시 갖고 싶어 하는 정신적 품위이다. 즉, 인간적 행위, 도덕적 행위에 있어서 최상의 품성이다. 사람을 이성적 존재라 하였을 때 이성적 행위를 충분히 발휘한 상태를 덕이라 하고, 그것의 여러 종류를 나열할 때 덕목이라 한다. 그런데 이성적 행위란 이성의 지시에 따른 행위, 이성에 일치하는 행위, 도덕률에 의한 행위이다. 플라톤은 지혜, 용기, 절제, 정의를 네 가지 주덕이라 하였는데 이 모두가 이성에 연관된 내용이다. 이성적 사유에서의 지혜 의지와 힘의 균형에서의 용기, 물질적 욕구에 대한 이성의 통제로서의 절제, 그리고 지혜, 용기, 절제가 이성의 요구에 의해 조화로운 상태로 형성되었을 때가 정의이다. 이 덕목들은 서양 사회의 전통적인 덕목이다. 즉, 사람이 지혜롭고 용기를 발휘하고 절제적 물욕을 갖추게 되면 가장 정의로운 사람이고 덕을 잘 발휘한 사람이 되어 사람으로서 가장 이성적인 사람이 되는 것이다. 물론 객관적 존재의 완전성인 이상을 실현한다는 그 자체가 불가능한 것이지만 누구나 갖추기를 희망하는 덕목인 것이다.

한편 아리스토텔레스는 이상적 덕목보다는 현실에서 실천할 수 있는 덕을 제시하였다. 삶은 자신의 부족함을 끊임없이 보충하고 과격한 행위를 순화시켜 가는 과정이다. 그에 따르면 이성적 영혼은 최고의 행복된 삶이 되도록 하려고 하지만 감성적 영혼(생명)이 자기의 뜻대로 욕심을 부리기에 언제나 행위의 지나침과 모자람이 있게 되는 것이다. 이것이 감성과 이성이 결부된 삶의 현실이다. 사회 속에는 동물성만 갖고서는 살아갈 수 없고, 또 자기만으로 충분히 살아갈 수 있는 신성은 사회 안에 살 필요가 없는 것이다. 하지만 사람은 이 양자를 갖고 있는 존재이기에 자신의 꾸준한 노력에 따라 이성적 행위로 기울어질 수 있다는 것이다. 이러한 의미에서 그의 중용사상이 나오게 된다. 그의 덕은 중용이다. 중용은 행위의 과부족이 없는 모범적인 행위이다. 가령 용기는 만행과 비겁의 중용이고, 온화는 격정과 냉정의 중용이며, 절제는 낭비와 인색함의 중용이다. 그런데 행위에 있어서 양적 혹은 물리적 중용이 아니라 이성에 따른 또는 유의적 배려에 의한 행위인 것이다. 중용의 덕은 절대성을 갖는 행위가 아니라 균형 잡힌 행위이며 모든 사람이 그렇게 해야만 하는 행위이다. 그리고 지적인 덕은 과부족을 떠나 완벽한 앎에 대한 행위이다. 아리스토텔레스의 덕은 본래적으로 주어진 덕이 아니라 자신의 유의적 활동에 따라 끊임없이 노력함에서 얻어지는 것이다. 부족한 행위를 다스리고 과격한 행위를 세련되게 수정하는 것에서 덕이 솟아나고, 그러한 행위의 최상적 발휘가 바로 덕의 상태이다.

실천 철학을 정립한 사람은 칸트이다. 덕은 실천의 대상이며 덕의 실천이 선이다. 그리고 덕은 도덕 법칙에 따른 행위의 결과이며, 또한 덕은 도덕적 행위를 유발하는 동기이자 선한 행위를 하려고 하는 목적이다. 그런데 실천법칙 즉 도덕률은 모든 행위를 자발적으로 통제하고 또한 선의지에 따라 행위하도록 하는 법칙이다. 자연이 자연법칙에 의해 운행되듯이 우리의 욕구적 행위는 도덕률에 따라 통제됨으로써 덕이 실천되는 것이다. 따라서 덕은 행복을 유발하는 동기이며 때로는 덕의 실천이 고통을 유발하기도 한다. 다시 말하면 우리는 덕을 실천하여 주위 사람들로부터 칭송을 받고, 자율적 의지의 실천에 따른 만족과 행복감을 가질 수 있지만 덕의 실천 자체가 고통을 함께하기도 한다. 사람은 양심적 존재이다. 양심적 행위의 율법이 도덕률이다. 그리고 양심은 자발적으로 도덕률을 실천하는 능력이다. 우리에게 무상명령(無上命令)으로 주어질 수 있는 것은 덕과 행복이 일치하게 행위하라는 것이다. 우리는 칸트를 통해 도덕률이 자유법칙이라는 원리를 알게 되었고, 덕의 실천 그 자체가 자유를 실천하는 가장 높은 삶의 질이라는 것을 알게 된다.

이 밖에도 덕에 대한 많은 내용들이 있지만 일일이 소개할 수는 없다. 인격적 생활이 몸에 배도록 생활하는 그 자체가 덕을 닦는 것이지만 원래 덕은 양심적 행위인 것이다. 자기 생활의 반성과 순화를 통해 덕을 새롭게 다듬어 갈 수도 있지만 무제한의 선을 전제로 한 양심을 사실대로 실천하는 것이 덕이다. 덕은 연기가 아니라 도덕적 행위의 본질이며 윤리학의 제일 과제인 것이다. 따라서 덕은 사유의 대상으로 주어지는 것이 아니라 실천의 대상이다. 복이 덕을 만드는 행위를 지향하는 삶보다는 덕이 복을 만드는 삶의 유형이 삶의 질을 높이는 가장 도덕적 행위인 것이다.

제3부

계몽을 이끈 사람들

죄수들의 찬송가

감성이 이성에 의해 순화되는 삶이라면 천국이 따로 없는 세상이 될 것이다. 이성으로써만 산다는 것은 상상의 세계일 것이며 땅을 사랑하고 하늘을 우러러보면서 가난하게 살아가는 사람은 아주 평범한 사람일 것이다. 물질적 풍요로움을 추구하는 삶은 발전적인 사회변화의 원동력이면서 계몽적 삶을 이끌어 가는 것이다. 계몽이 세대교체를 의미하는 것처럼 6·25 전쟁은 우리에게 비극과 함께 계몽의 기회를 준 것이다. 1950년에 전쟁이 일어나면서 서양의 문명과 문화가 상륙하여 조용한 아침의 나라 유교문화와 반상의 문화를 뒤엎고 민족의 대이동을 일으켰다. 이것은 물리적인 격변의 계몽이었고 농촌 사람들은 도시로 몰려들었다. 농경시대의 대가족 제도가 무너지고 도시의 강변과 산기슭에는 판자촌으로 뒤덮였다. 부산은 전국에서 밀려든 피난민으로 삶의 전쟁터가 되었으며 두 번이나 임시수도가 되었고 전쟁의 공포 속에서 고달프게 살아가는 피난민들은 굶주림을 극복하기 위해 시장으로 일터로 모여들었다. 그곳에는 소매치기, 양아치, 전쟁고아, 사기꾼들이 득실거리어 민족 비극의 범죄문화가 깊어가고 있었지만 또한 나라 밖의 구원의 손길도 몰려오고 있었다.

우리의 6·25전쟁은 농촌의 황금의 논밭을 버리고 석탄 냄새 자욱한 도시로 사람들을 몰리게 하였다. 이들은 유교적 전통문화와 협동으로 살아가는 농촌의 아름다운 두레정신도 팽개치고 개떡도 서로 나누어 먹던 나눔의 풍속마저 버린 채 판자촌의 주민으로 등장한다. 이들의 삶

은 도시의 빈민굴을 만들었고 범죄의 굴뚝을 만들었다. 어떠한 시민의
식도 가질 필요도 없었고 자연권을 포기한 일일노동자로 전락하였다.
도시주변의 환경도 강한 스트레스를 받아 환경 자체가 파괴되어 도시
공해 문제가 새로운 사회문제로 등장했다. 영국의 산업혁명이 도시빈민
과 공해문제로 등장한 것처럼 도시가 양적으로 늘어남에 따라 도시의
소음문제가 새로운 삶의 방해자로 등록하게 된다. 노동의 도구가 기계
화되니 시장에서 거리에서 자동차 행상들의 상업적 마이크 소음이 삶의
정서를 해치는 심각한 공해로 등장했다.

　질서로운 삶이 도시의 아름다움이다. 개인들의 공중의식이 사람 삶의
향기이며 이웃과 서로에게 방해가 되지 않는 삶이 장수의 비결인 것이
다. 우리의 시민의식은 빨리빨리 경제성장의 궤도에서 근대시민 교육을
게을리했다. 공공장소에서의 도시민들의 목소리는 소란에 가까울 정도
이며 특히 술집에서의 대화는 싸움판의 목소리이다. 자연의 질서는 서
로를 위한 공존의 삶이며 서로를 배려하는 겸손의 질서이다. 태백산의
개울물은 콸콸 소리를 내면서 흐른다. 그 물이 모여서 큰 강이 되면 전
혀 소리를 내지 않는다. 낙동강 물이 산속의 개울처럼 큰 소리를 내면
서 흐른다면 부산 시민은 잠을 잘 수 없을 것이다. 왜 사람들은 소음 공
해로 이웃 간에 살인 사건까지 일으키면서 자연의 질서를 느끼지 못할
까? 밤의 주거지는 개인들의 휴식공간이며 가족 간의 정서를 꽃피우는
시간이다. 도시의 문화적 삶이란 이웃 간에 소음공해를 일으키지 않는
일이다. 귀와 눈은 미적 감정을 받아들이는 정서의 문이다. 우리 모두는
귀와 눈을 즐겁게 할 사회적 의무를 갖고 있으며 이웃들의 눈과 귀를 거
슬리지 않게 하는 것이 도시의 문화생활인 것이다.

　중세 유럽문화가 그리스도 문화에서 르네상스 시대로 접어들면서 새
로운 인본주의 사상이 전 유럽을 파고들었고 전통적인 종교문화는 비

판의 대상이 되었으며 자연주의 사상이 일어나면서 새로운 계몽주의 시대가 시작된다. 영국의 명예혁명, 프랑스혁명이 그 대표적 사상이며 계몽주의 철학자 디드로(1713~1784)는 유신론적 사상에서 이탈하여 만인의 평등사상과 자유주의 이론을 펴면서 귀족의 권위를 약화시키는 계몽의 선두에 선 사람이다. 한편 독일의 계몽주의 철학자는 임마누엘 칸트(1724~1804)이다. 그는 당시 프로이센 제국의 쾨니스베르크에서 마차의 부속품 장사를 하는 가난한 집안에서 태어났다. 너무나 허약한 몸으로 태어났기에 어머니의 보살핌이 없었다면 그의 위대한 계몽정신은 빛을 보지 못했을 것이다. 칸트는 어머니를 회고하면서 자신을 교회에 데리고 가서 신의 작품인 자연을 관찰하게 하고 삼라만상의 생명에 경건성을 갖게 하였으며 항상 선의 마음가짐으로 행위를 하도록 가르쳐 주셨다고 하였다. 그러나 초등학교를 수석으로 졸업하면서 어머니와는 사별의 슬픔을 딛고 당시 학제에 따라 대학에 들어갔다.

처음에는 어머니의 종교적 상담자였던 슐쳐 박사의 도움으로 종교전공으로 대학에 입학하였으나 철학전공으로 바꾸었으며 그때의 강의 과목은 자연과학, 수학, 물리학, 사학, 논리학, 형이상학, 윤리학, 시학, 수사학 등이었다. 6년간 대학시절을 보내고 22세로 졸업할 때 아버지와 사별하게 된다. 당시의 독일은 영국, 프랑스, 이탈리아보다 후진국이었으며 칸트의 생활은 가난의 대명사였다. 9년간 가정교사로서 생계를 꾸려 가면서 자연과학, 시학 그리고 철학에 대해 풍부한 지식을 쌓았고 순수이성비판의 철학적 체계를 구상해 가면서 후일의 위대한 철학자의 면모를 갖추어 갔다. 학자와 가난이 동의어인 것처럼 칸트는 친구들의 옷을 얻어 입기도 하고 모아 두었던 책을 팔기도 했다. 카이저링 백작 집에 가정교사로 있을 때 백작 부인과 특별한 친교가 칸트연구지에 오르기도 했지만 어느 철학자나 문인들의 독신 생활보다 깨끗한 이성관계로서 평생 홀로 살았다.

칸트는 31살에 모교에서 형이상학, 논리학, 수학 과목으로 15년간 강사생활을 시작한다. 당시에는 정교수들도 생활이 어려워 청강생으로부터 일정한 생계비를 조달받기도 했는데 칸트의 강의는 너무나 진지하고 참신하였기에 일반인들뿐 아니라 당시 독일에 주둔하고 있던 러시아 장교들도 강의를 청강하였다는 것이다. 강사생활 15년 긴긴 세월 인내의 낚싯줄로써 천재의 기질을 보였고 또한 명석한 두뇌로써 비판철학의 문을 열고 있었다. 그는 영국의 경험론과 대륙의 합리론의 장단점을 비판하면서 독자적인 비판철학을 구상하였고 경건파의 종교사상에서 벗어나 사람의 순수한 선의지를 도덕법칙으로 연결시키는 기초 작업을 하고 있었다. 달리 말하면 칸트는 자연보다는 인생의 문제를, 과학보다는 도덕성을, 인식론보다는 의지를 철학적 연구대상으로 삼았던 것이다. 그는 46세에 정교수가 되었다. 라이니쯔는 21세에, 니이체는 24세에 교수가 된 것에 대해 대기만성의 칭호를 받는다. 할레 대학의 초청을 거절하고 모교에서 모든 출세의 길을 차단하고 자신만의 외로운 인생과 싸워 57세 때 그 유명한 철학의 바이블이라 하는 순수이성비판을 세상에 내놓는다. 아리스토텔레스의 형이상학, 칸트의 순수이성비판, 헤겔의 정신현상학, 하이덱거의 존재와 시간은 철학의 금자탑이며 칸트에 의해 쾨니스베르크 대학이 세계의 인류대학으로 등장하게 되었다.

이때부터 칸트는 인류의 스승으로 등장한다. 국내대학의 초빙교수로 제의받기도 하였으며 그의 책들이 각 대학교 교재로 채택되었고 그의 철학을 배우겠다는 제자들 중에 피히테도 있었다. 그는 모교에서 40년 동안 재직하면서 실천이성비판, 판단력비판을 잇따라 저술하였으며 결강 없는 교수, 시계보다 더 정확한 규칙생활과 중단 없는 오후의 산책은 과학으로서의 철학을 대표하는 자신의 생활이었다. 칸트는 이성의 한계

안에서의 종교를 다루었다. 즉 현실을 초월한 신의 권능보다는 순수의 지의 능력으로서 자연의 왕국을 주장하였기에 당국으로부터 종교에 대한 함구령을 받았던 것이다. 물론 칸트는 인격자로서 완벽한 사람은 아니었다. 소크라테스가 최초의 철학적 사상의 순교자가 된 것처럼 실천이성으로서의 정언적 명법에 의한 생활인이 되고자 노력하였을 뿐이다. 시민이나 예술가와 같은 생활도 아니었고 남의 책이나 사상을 이해하려고 하지도 않았으며 고관대작들과의 접촉에서 사상적 굴절 없이 잔잔한 독신주의 생활을 자신의 철학사상에 일치시켰다.

칸트의 제자이며 최측근인 야하만은 칸트를 두고 조물주가 희대의 사람을 만들 때 정신에 너무 치중한 나머지 육체는 볼품없는 실패작으로 만들었다고 하였다. 약한 체질로써 80평생을 살았기에 사람들은 그의 철학적 업적 못지않게 육체적 삶을 하나의 예술품이라 했다. 5시에 기상, 12시에 점심, 6시에 산책, 10시에 취침하는 규칙적인 생활은 하인들의 도움도 있었지만 그의 엄격한 명령에 따른 규칙의 자유로움이었다. 소화에 좋다고 하여 담배도 피웠으며 과음이 아닌 포도주를 마셨고 평생 집으로부터 50리 밖으로 나가보지 않았던 그의 삶은 누구도 흉내낼 수 없는 독신적인 자유로움이었다. 뿐만 아니라 명예욕이나 사사로운 욕망에 너무나 초연한 개인적 삶이었기에 다른 사람으로부터 추앙을 받았다.

칸트는 유독 사색을 위한 조용한 주위환경을 선택하기 위해 이사를 자주 하였다. 철학자로서 제일 이사를 많이 한 사람은 데까르뜨이다. 친구들과 지인들이 너무나 많이 찾아오기에 잘 숨는 자만이 철학을 할 수 있다 하여 군입대와 화란으로의 피신을 비롯하여 18번이나 이사를 하였다. 칸트는 시끄러움을 피해 이사를 자주했다. 프레겔 강가의 집에서는 뱃고동 소리 때문에 시장 근처로 이사를 했다. 창문을 열고 아침 사색을 할 즈음 양계장의 닭 울음소리가 칸트를 괴롭혔다. 실제로 니이체도 주의 소음을 피해 이사를 다녔으며 스위스와 이탈리아로 요양을 떠나기도 했다. 우리보다 아파트 문화가 앞선 유럽에서는 교수들과 문인들의 층간 소음에 대한 여러 일화들이 있었던 것이다. 염세주의 철학자 쇼펜하우어는 하숙집 옆방의 부인들의 소란에 대한 논문까지 썼으며 집주인을 통해 몇 번의 당부까지 하였지만 소용이 없어 재봉사 마르겟트를 밖으로 내동이쳐 재판으로 이어지고 벌금과 함께 해마다 소정의 보조금을 지불하는 사건이 있었던 것이다.

칸트는 59세 때 마지막 이사를 했다. 그때는 넉넉한 생활이었다. 성 근처 2층의 방 8개와 정원도 딸린 큰 저택이었다. 여기에서도 생각지도 않은 일이 생겼다. 5시에 일어나 칸트가 사색에 들 시간은 근처에 있는 형무소에서 죄수들이 청소를 하고 아침찬송가를 부르는 시간이었다. 칸트는 고민 끝에 경찰서에 부탁하여 찬송가를 부르지 않도록 민원을 제기했다. 쾨니스베르크 시청 간부들이 모여 논의한 끝에 아무리 유명한 철학자의 부탁이지만 개인적인 것이기에 찬송가를 중지할 수 없다고 결론을 내리면서 학문적인 자유로운 사색도 개인의 권리인 만큼 찬송가를 부를 때는 창문을 닫고 부르게 하였다는 통보를 칸트에게 보냈다. 당시에는 가톨릭교가 국교와 같은 수준이었고 종교에 반대되는 사상과 철학을 노골적으로 표현할 수 없었으며 특히 칸트는 종교에 대해 함구령이 내려진 상태였다. 그럼에도 시당국은 정부의 시책과 개인적 사색의 자유를 존중하는 정책으로써 독일의 앞날을 예측하는 계몽사상이 얼마나 훌륭하였던가를 알 수 있었던 것이다. 뿐만 아니라 칸트는 먼 곳의 탑을 보고 사색하는 노후 시간을 보냈는데 앞집의 머루나무가 너무 자라 탑을 가리게 되어 칸트의 사색에 방해가 되었던 것이다. 칸트는 이를 근심하던 중 앞집 주인이 이것을 알고 스스로 나무를 잘라 칸트가 편안하게 사색을 할 수 있게 하였다. 국민 한 사람이 학자의 사색을 존중하는 그 위대한 국민성과 국가적 정책의 배려가 오늘의 독일을 있게 한 기본적인 정신이라 생각된다.

칸트와 여성

　칸트는 1724년 4월 24일 새벽 5시에 당시 프러시아 제국의 쾨니히베르크에서 넉넉하지 못한 마차의 부속품 장사를 하는 가정의 9남매 중 둘째 아들로 태어났다. 머리는 크고 몸은 약한 갓난아기였기에 그의 어머니께서는 사람 노릇을 못할 것이라 생각하여 생명의 보존에 별로 신경을 쓰지 않았다고 했다. 그러나 그 희미한 생명줄이 장차 세계의 큰 별이 될 줄이야 그 누가 알았겠는가?

　아버지는 33세 때 18세였던 어머니와 결혼하여 어머니의 40년간의 짧은 생애 동안 칸트는 형제 중에서 가장 오래 살았던 사람이다. 어릴 때에는 어머니의 보살핌이 지극하였지만 워낙 허약하게 태어난 칸트 자신이 자신의 생을 하나의 정교한 예술품으로 만들었기 때문이다. 정확한 규칙생활 빈틈없는 섭생법, 흥분하지 않는 생활태도, 어김없는 산책, 자유로운 명상의 삶, 그리고 어느 누구도 흉내 낼 수 없는 자연 친화적 생명 보존법으로써 철학을 위한 일생을 살았기에 사람들은 그의 일생을 하나의 예술품이라 하였던 것이다.

　칸트는 어릴 적부터 철저한 경건파 교인으로 성장하였으며 허약한 체질로써 어머니의 철저한 보살핌을 받아 사람다움의 순수성의 바탕 위에서 도덕적인 정서를 키워갔던 것이다. 그는 어머니를 회고하면서 애정과 도덕심이 강한 어머니이며 정서가 풍부한 여성, 경건하고 정직한 가정주부라고 하였고 경건한 그리스도 신앙에 따라 자식들을 키웠다고 했다. 그러나 9남매 중에 세 아이는 일찍 죽고 칸트의 임종은 그의 막내 여동생이 지켜보았다.

칸트는 8살 때 초등학교와 중·고등학교가 병합된 학교에 들어가 8년 만인 1740년에 졸업을 하였는데 침착한 학생으로서 늘 수석으로 졸업을 하였다. 그러나 불행하게도 그의 어머니는 칸트의 졸업을 앞두고 세상을 떠났다. 그리하여 가정이 어려웠던 칸트는 대학진학을 생각할 수도 없었는데 생시에 어머니와 친하게 지냈던 슐츠 박사의 주선으로 그 명석한 두뇌를 썩히지 않고 쾨니히베르크 대학의 철학과에 들어가게 되었다. 당시의 수강 과목은 헤브라이어, 그리스어, 수학, 논리학, 형이상학, 윤리학, 자연과학, 시학, 수사학, 역사과목이었다. 앞의 두 어학에서는 모세와 신약성서를 배웠고 수학에서는 기하와 천문학을 배웠다. 6년제 대학에서 쿠누첸 교수의 지도 밑에서 철학을 전공하였고 그의 사저에 들락거리면서 풍부한 재료와 함께 뉴턴의 물리학과 볼프의 철학에 심취하였다. 칸트는 가난한 학생이었다. 친구들의 옷을 얻어 입기도 하였으며 친구들의 주선으로 함께 생활하기도 했고 대학시절 동료학생들을 가르치면서 학비를 벌기도 했다. 칸트의 졸업논문은 「활력의 참된 측정에 대한 소고」인데 데까르뜨의 물리학과 라이프니츠 학파의 대립적 견해에 있어서 어느 한쪽을 편드는 것이 아니라 독자적 의견을 제시하여 젊은 철학도로서 앞날의 비판철학을 예시한 것이다. 실제로 먼 훗날에 출판된 순수이성 비판은 영국의 경험론과 대륙의 합리론의 장단점을 정리하여 선천적 종합판단에 의한 인식론을 논술한 것이다. 이처럼 칸트는 독자적인 비판철학을 구성해 가면서 대학을 졸업하였지만 또 아버지와의 사별의 슬픔을 당하게 된다.

청년 칸트의 사회적 첫걸음은 가정교사로 시작된다. 여러 곳을 전전하면서 9년간 긴긴 세월 남다른 인내심으로 가정교사의 직분과 철학함의 인생으로 버티어 갔다. 카이저링 백작 집의 가정교사 시절 백작부인은 칸트의 초상화를 몰래 그려 오래도록 간직할 정도로 예의 바르고 교양 있는 청년 칸트에 연정을 품기도 하였지만 청교도 정신으로 무장된 칸트는 자기의 직분만 수행하였을 뿐이다. 그는 31살에 겨우 모교의 시간강사가 되었다. 이 시간강사는 장장 15년간 계속되었다. 우리가 생각할 때는 얼마나 따분한 세월이었을까! 하지만 칸트는 정교수와 같은 수입을 올렸다고 한다. 형이상학, 논리학, 수학, 자연과학에 대한 참신한 강의에 청강생들이 모여들었고 일반 시민들을 비롯하여 심지어 독일에 주둔하였던 러시아 장교도 청강생이었다고 한다. 그는 강사생활 속에서도 많은 논문을 발표하였으며 스콜라 철학과 그리스도교 교리로부터 점점 거리를 두고 민족의식과 계몽사상에 관심을 가짐과 동시에 영국의 경험론과 프랑스의 계몽사상, 특히 룻소의 자유주의와 평등 및 민권 사상에 영향을 받아 도덕적 가치평가를 과학적 지식보다도 높이 평가하였다. 이리하여 칸트는 철학을 배우는 것이 아니라 삶의 가치를 창조하는 것이라 하였다.

칸트는 46세에 정교수가 되었다 사람들은 칸트를 두고 대기만성이라 했다. 라이프니츠는 21세, 니이체는 24세에 교수가 된 것에 비유하면 너무나도 늦은 출세이다. 그는 34년간 교수 생활에서 2번이나 총장직을 수행하였고 에아링겐과 예나 대학에서의 초빙 교수를 거절하고 작은 도시 쾨니히베르크에서 50리 밖을 나가보지 않은 생활을 하였던 것이다. 그리고 40년의 교수직에서 단 한 번도 결강한 적이 없는 것이 유명한 일화였다. 칸트는 순수이성비판, 실천이성비판, 판단력비판의 3대 저서로서 지금까지 전무후무한 불멸의 철학자가 되었으며 이 3대 비판서에서는 인식의 능력과 한계, 자연법칙과 대립되는 자유로운 도덕법칙의 실천자로서의 사람 그리고 사람과 자연의 관계에서의 미적 감정의 합목적성을 논하고 있으며 사람과 자연의 존재 이유가 무엇인지 밝히고 있다.

칸트의 마지막 철학적 주제는 사람이란 무엇인가(Was ist der Mensch)
이다. 사람은 육체와 정신을 가진 이중적 존재이다. 사람은 도덕법칙을
세워 그것을 실천하는 존재이며 또한 악의 소질을 갖고 있기 때문에 도
덕률의 실천 자체가 삶의 의무라고 하였다. 하지만 사람은 누구나 풍부
한 감성적 청년시기를 거치면서 여성에 대한 사랑을 벗어날 수 없는 것
이기에 칸트 자신도 평생을 독신으로 살면서 연애감정에 휩쓸리기도 하
였다. 쇼펜하우어는 노골적으로 여자를 싫어하여 독신으로 살았지만,
칸트는 여성을 아름다운 존재로 찬미하였고 늘 여성과 사교하면서 탈
레스와 플라톤처럼 독신주의자이었고 결혼할 수 있는 기회도 여러 번
있었지만, 철학적 생활에서 혼인을 멀리하였던 것이다. 그의 제자인 야
하만에 따르면 칸트는 청년시절 귀천을 가리지 않고 남녀를 사귀었으
며 점심시간에는 다정다감한 감정으로 여성과의 대화를 주도하였다는
것이다. 또한 측근 볼로우스키에 의하면 쾨니히베르크 친척집에 들렀던
젊고 정숙한 미망인을 짝사랑한 적도 있다고 하였으며 베스트파렌에서
귀부인을 따라온 처녀를 연모하였는데 그 처녀도 칸트에게 많은 관심
을 가졌다고 했다. 그런데 이때 칸트는 비판적 정신이 발동되어 그 처녀
가 나와 결혼하여 얼마나 행복하게 될까! 현재 나의 재정으로써 그 처
녀를 얼마나 만족하게 해줄까? 그 처녀가 다른 사람과 결혼한 것보다
내가 더 많은 사랑을 할 수 있을까? 이러한 생각이 꼬리를 물고 이어지
는 동안 그 처녀는 다른 사람의 청혼을 받아 시집을 가 버렸다. 과연 여
성을 위한 이러한 생각을 가진 남자가 얼마나 될까? 순수하고 아름다
운 연애의 감정이 아니겠는가? 칸트가 정교수로서 53세 때 외교관 집안
의 부인과 결혼할 마음을 가졌는데 그 부인의 성격이 앙큼하고 칸트가
자기를 사랑한다고 떠들고 다녔기에 이제는 내가 저 부인과 결혼을 하

였을 때 하지 않는 것보다 내 자신이 얼마나 행복할까, 나의 생활이 얼마나 자유로우며 철학적 사색에 얼마나 방해가 될까? 이것을 곰곰이 생각하다가 기회를 던져 버렸던 것이다. 당시에는 칸트의 인격과 품위 그의 명성에 의해 칸트는 많은 여성들의 관심의 대상이었다. 한때는 칸트의 의사 제자들이 모여 남자는 결혼을 해야 된다는 의학적 조건을 책으로 엮어 칸트에게 바치면서 결혼을 권유하기도 하였던 것이다. 하지만 칸트는 철학과 결혼하였다는 전제에서 삶의 막중한 대사인 결혼을 신중하게 생각하였던 것이다. 나는 남성으로서 여성을 사랑하고 행복하게 해 줄 수 있을까, 만약 내가 어떤 여성과 결혼하여 얼마나 행복해질까? 또 결혼과 독신을 비교하여 자신의 규칙적인 생활, 홀로 사는 섭생법, 자유로운 철학적 사색에 결혼 그 자체가 얼마나 방해가 될 것인가를 생각하지 않을 수 없었다. 그의 사상과 생각은 지극히 순수하고 단조로웠으며 마음에 내키지 않는 일은 두 번 다시 하지 않는 생활이었다. 칸트는 어머니의 사랑으로 내면적인 도덕성과 정직성을 키웠고 어머니에 대한 존경을 다하지 못한 것을 애석하게 생각하는 연장에서 여성들을 가까이 하였던 것이다. 그러나 중년에는 여형제들 때문에 많은 괴롭힘을 당하였다. 삶이 어려웠던 여형제들이 칸트에게 시도 때도 없이 경제적 도움을 요청했기 때문이다. 이때 칸트는 어머니와 대조적으로 여성으로서의 여형제를 보았던 것이며 그래도 그녀들을 위해 많은 도움을 주었던 것이다. 칸트는 철학을 위해 태어난 사명감으로 살아간 사람이며, 허약한 신체 조건으로서 80년을 산 사람이고, 과학적 삶의 세계보다는 자유로운 도덕법칙에 의한 삶을 주장한 계몽 철학자이었다. 그리고 자신의 삶 자체가 자유의지에 의해 시계보다 더 정확한 규칙 생활을 실천한 사람이다. 그는 그가 새벽 5시에 태어난 것처럼 언제나 5시에 기상하여 하루 일과를 시작했고 오후 6시에 철학자의 산보를 시작했다. 그는 룻소의 교육소설 에밀을 읽다가 조금 늦은 6시 30분에 산보를 떠났는데 그를 만난 시민들이 그들의 시계를 6시 반으로 맞추었기에 다음 날 자신의 시계가 30분 늦었다는 것을 알았다고 할 정도로 유명한 산보의 일화도 있었다. 1804년 2월 12일 11시 두 하인과 막내 여동생이 임종을 지키는 가운데 눈을 감았고 2월 28일 쾨니히베르크 시민뿐만 아니라 지방 고관들의 행렬이 뒤따른 유해는 조종 소리를 들으면서 모교의 정원에 안장되었다.

모택동의 철도

이 세상에서 단 한 번 기차가 지나가고 다시는 기차가 지나가지 않는 철도가 있는데 이를 모택동의 철도라 한다. 중국은 우리와 함께 자연적, 인위적 관계 속에서 오랜 세월 동안 역사적, 문화적 유대로 이어져 온 이웃 나라이다. 그러나 2차 대전 이후 이념적 대립으로 적대국으로 지내오다가 1992년 국교수립이 되어 정치체제는 다르지만 경제적 상생 관계로 많은 교역을 하고 있으며 또한 양국의 관광객들이 왕래하고 있다. 하지만 약한 이웃의 역사적 슬픔 속에서 지금도 우리의 통일을 가로 막고 있는 정치적 이념을 인본주의 이념으로 돌려주었으면 하는 아쉬움이 있는 것이다.

중국은 오랜 역사를 만들어 온 큰 나라이며 황하와 양자강 유역에서 일구어온 문명은 세계 사대문명의 하나이며 자연적 역사적 측면에서 세계의 제일가는 관광국이다. 중국의 자연은 세계자연의 교과서이고 그들의 문화유산은 예술적, 역사적 교과서이다. 나는 틈만 나면 중국으로 떠난다. 2010년 6월에는 하남성의 정주, 개봉 그리고 낙양을 관광하였다. 개봉은 옛날 송나라의 수도였다. 유물로는 55m 높이의 구은 벽돌로 세워진 철탑이 있다. 벽돌 하나하나에 부처와 여러 동물의 형상이 새겨져 있고 천년의 세월 동안 훼손됨이 없이 건축의 기술과 예술적 가치를 지니고 있기에 관광의 명소로 지정되고 있는 것이다. 사실 개봉은 물의 도시, 호수의 도시이다. 청명상화원이란 관광특구를 만들어 송나라의 옛 궁전을 지어 관광객을 유치하고 있으며 연속극 포청천으로 잘 알려진

포공의 재판소가 여기에 있다. 1년 3개월 동안 공정한 재판을 하여 중국의 청백리가 되었고 그 공적을 기리기 위해 큰 사당을 지은 것이 포청천이다. 여기에는 재판의 단두대로 썼던 세 종류의 작두가 있는데 서민의 목을 베기 위해 호랑이 머리로 장식된 돌 작두, 관리의 목을 베는 옥돌 작두 그리고 왕족의 사형집행을 위한 황금 작두가 진열되어 있다. 이러한 그의 업적을 기록한 여러 비문과 그의 가족들에게 청백리가 되라는 당부의 비문들이 지금은 개봉의 문화유산으로 남아 있다.

관광도시 낙양은 주나라의 수도가 된 뒤에 후한, 북위, 수, 당, 후당, 후진의 수도로서 3000년의 역사를 지닌 유서 깊은 문화도시이며 지금은 공업도시로 성장하고 있다. 중국은 나라꽃이 정해져 있지 않지만 낙양에는 3000년의 역사를 가진 모란꽃 동산 즉 모란화성이 있고 해마다 4월에 모란꽃 축제가 열리고 있다. 낙양에 흐르고 있는 황하의 남쪽 연안에 망산(邙山)이 있는데 그곳은 중원의 땅을 지키기 위한 군사적 요충지였고 고분군으로 이루어져 있다. 사람이 어디서 태어났거나 죽어 망산에 묻히기를 소원하였던바 많은 무덤들이 남아 있다. 낙양성 십리허에 높고 낮은 저 무덤아 영웅호걸이 어디메뇨의 노래에서 그 십리허가 바로 이곳 황하강의 언덕이며 영웅호걸의 영혼들이 잠들어 있는 곳이다. 낙양에는 유명한 백마사가 있다. 중국 최초의 절이며 인도에서 불경을 가져올 때 흰말에 싣고 왔다는 것에서 백마사라 하였으며 절 입구에는 두 마리의 흰말상이 있다.

중국사찰의 특징은 집들의 규모가 적고 향을 피우는 시설이 너무 많다는 것이고, 절간의 역겨운 향냄새를 어떻게 피우는가에 따라 그들의 불심을 표현하는 것이다. 그리고 낙양에는 향산의 용문석굴과 관우상을 모신 관림당도 유명하지만 숭산에 있는 소림사를 모르는 사람은 없을 것이다. 숭산은 중국 오악의 중앙에 있는 산으로서 천하의 명당이라 불린다. 당나라 태종 이세민을 구해 주었다는 인연으로 황실의 절이 되어 측천무후의 후원을 얻어 오늘의 소림사가 된 것이다. 실제로는 절의 경내는 무술의 전당이 되었고 절 입구에서부터 중고등학교까지 무술을 연마하는 도장으로 가득 차 있었다. 뿐만 아니라 무술시범 자체가 관광 상품이었고 그 무술을 외국으로 보급하여 이제는 세계무술의 성지로 되어 있었다. 그런데 숭산의 아름다움과 남성다운 웅장함 그리고 자연의 정원 같은 포근한 느낌에서 여행의 즐거움을 맛볼 수 있었지만 자본주의 냄새에 찌든 소림사의 석양은 나그네의 발길을 재촉하고 있다.

주나라, 상나라부터 인류의 유적지로 기록된 정주는 춘추전국시대에는 정나라의 수도였고, 지금은 허난성의 성도이다. 징과 철도와 룽하이 철도가 만나는 곳이며 신석기 시대부터의 유물을 전시하는 중국 제일의 박물관과 황하의 유람선에 의한 유명한 관광지이다. 5,464km의 황하는 정주 북쪽 25km 근처를 흐르는 중국의 양대 젖줄이며 중국문화의 발생지이다. 홍수와 더불어 살아온 삶의 지혜가 그들의 문화와 문명을 일구어온 것이다. 정주의 황하는 양쪽의 둑도 없이 지형 따라 흐르지만 배를 띄울 수 있는 강물은 아니다. 황하의 유람선은 배도 아니고 차도 아닌 공기 부양선으로, 물과 모래 위를 번갈아 다니는 기구이다. 그래도 여행객들은 유람선을 타고 황톳물에 발을 담그고 술잔을 주고받으면서 남쪽 언덕 200m 높이의 북망산을 바라본다. 이곳은 정주 사람들의 공동묘지이며 사람이 죽으면 북망산천으로 간다는 옛말은 여기에서 나온 것이다. 그리고 이 유람구 안에는 황하 석림과 산 전체의 돌을 깎아 200m 높이의 황제의 석상과 신농씨의 상이 나란히 황하를 굽어보고 있다. 사실 중국의 예술과 석상들은 자연적 크기와 비교되어 엄청나게 큰 것이 특징인 만큼 이 석상들도 산 높이 그대로인 것이다.

정주에는 기차가 단 한 번만 왕복한 철도가 있다. 이름 하여 모택동의 철도라 하는 것이다. 모택동(1893~1976)은 후난성 샹탄현에서 가난한 농부의 아들로 태어나 사범학교를 만학으로 졸업하면서 당시 공산주의 사상에 심취하게 되었다. 그는 가난한 농민의 편에 서서 계급적 자본주의 사상을 개혁하기 위해 1911년 중국의 민주혁명군에 입대하였다가 다시 레닌 마르크스 사회주의 사상을 정치이념으로 삼아 적대적 당파와 전쟁과 투쟁을 이끌어 가면서 1949년 베이징에서 공산당 정부를 세웠던 것이다. 그는 혁명가이면서 실천가이고 독재자이다. 통치기간 동안에 농민과 공업 분야에 관심을 집중하여 공산주의 혁명을 다져갔고 중국 전역을 행진하면서 실천적 정치를 한 사람이다. 그리하여 그의 주도적인 공산혁명이 모든 인민들로부터 신격화되었고 모든 자동차들은 모택동의 작은 초상화를 달고 다닐 정도이며 1966년 국민적 신격화운동이 헌법 서문에까지 명시되게 되었다.

그런데 모택동은 어디를 가나 기차를 타고 다녔다. 1949년 12월 소련을 방문할 때도 기차로 왕복했다. 왜 다른 교통수단을 이용하지 않았는지는 알 수 없지만 경호상 신변안전과 교통사고를 방지하기 위한 것이라 생각된다. 권력적 권위주의와 독재자일수록 신변 경호가 엄격한 것이며 권력에 의한 국민의 탄압과 인권을 유린하면 할수록 자신의 신변을 권력으로써 보호하는 것이다. 북한의 김정일도 2000년부터 중국을 6번 방문하면서 기차만 타고 다녔고 2001년 모스코바를 방문하면서 24일간 기찻길 생활을 하였던 것이다. 이것은 절대 권력의 절대 붕괴를 막기 위한 최후의 수단일 것이다. 1952년 정주를 둘러싼 황하강에 큰 홍수가 일어나 많은 피해가 일어나자 그 대비책을 위한 모택동의 시찰이 있었다. 그때 정주에서 황하강까지 25km의 새 철도를 가설하여 숙소 앞마당까지 기차가 닿게 하였다. 그 뒤로는 한 번도 기차가 다니지 않았기에 이를 두고 모택동 철도 또는 세계에서 단 한 번 기차가 지나간 철도라 부르고 있다.

권력이 자유로부터 나와야 하는 것인데 힘으로부터 나오게 되면 일인체제의 전체주의 국가가 되는 것이다. 역사 속의 독재자들은 21세기를 넘기지 못하고 있지만 몇몇 후진국의 독재 권력은 지금도 마지막 광분의 빛을 밝히고 있다. 그런데 모택동의 혁명정신과 그 권력의 힘은 농민적 의식에서 나와 중국인민을 감동케 하였으므로 중국사회주의 국가건설의 기초가 되었다.

하지만 1966년 홍위병들의 문화혁명 사건으로 모택동의 혁명정신은 상층구조의 이념투쟁 및 권력투쟁으로 변질되어 인민들의 저항을 받게 되었고 결과적으로 자본주의적 사회주의 국가로 방향을 바꾸게 된 것이다. 자유는 만인의 기본권이며 그러한 자유권을 억압하는 권력이 개인에게 있을 때 모택동의 철도가 가설되고 김정일의 기차가 있게 되는 것이다.

스핑크스와 근친살인

오늘날 우리 사회에서는 근친상간보다는 근친살인 사건이 모든 사람들이 분노할 정도로 자주 일어나고 있다. 가정폭력, 아동학대, 직계 존비속의 가족살인 등은 있을 수 없는 일인데도 심심찮게 국민들의 생활 정서를 어지럽게 하고 있다. 자연은 지진, 화산폭발 등으로 생명의 피해를 입히고 있지만 그것은 자연의 섭리인 것이며 권력의 폭풍인 전쟁으로 수많은 사람들이 죽어 가고 있지만 전쟁은 명분 없는 살인은 아닐 것이며 우리를 지키기 위해 죽지 않으면 안 될 인류사회의 근원적 제도이다. 그런데 사람이 사람을 죽이는 원인은 사람 외에 어떤 곳에 있는 것이 아니라 사람 자신에 있는 것이다. 인류 최초의 살인은 카인이 동생 아벨을 죽인 가족 살인인데 이것은 아담과 이브가 저지른 원죄의 상속이며 최초의 악인 것이다. 지금 우리 사회에 있어서 전처 딸을 죽이고 의붓아들을 죽이며 친자식을 죽이는 것은 부부간의 성적 불안에서 오는 공포심과 증오감의 극단적 표현이고 자식이 부모를 죽이는 것은 자신의 욕망 실현을 위한 방해자를 없애려는 공포심 때문이며 아동을 학대하는 것은 인성에 잠재해 있는 근본악 즉 칸트가 말한 사람이 원래 갖고 있는 악의 소질인 것이다. 이와 같이 사람에게는 악의 소질로써 선에 반대되는 행위를 할 수 있는 근원적인 의식을 갖고 있다는 것을 전제로 하여 프로이트는 근친상간과 근친살인의 원인을 그의 심리학적 연구를 통해 오이디푸스 콤플렉스라는 심리적 용어에 연결시키고 있다.

중동의 여러 곳에서 스핑크스의 전설이 전해지고 있지만 카이로에 가면 전설의 실체가 역사적 유물로 남아 있다. 우리가 카이로에 여행을 하다 보면 역사적 유물의 현장과 카이로 박물관을 통해 수많은 세계적 보물을 견학하게 되고 그중에 기제지구에 가게 되면 많은 피라미드와 스핑크스를 만나게 된다. 쿠프왕의 피라미드와 그 밖의 왕묘를 지키는 스핑크스는 사람들의 시선을 집중시켜 발걸음을 멈추게 한다. 사막에 있었던 자연 암벽에다가 몸통은 사자이고 머리는 쿠프왕 자신의 얼굴을 조각한 것으로 되어 있는 스핑크스는 고대 동방의 신화들에서 나오는 전설의 괴물로 알려져 있다. 하지만 스핑크스는 제일 위대한 태양신을 계승한 왕권력의 상징이며 지평선 매를 표현하는 권력의 힘을 상징하고 있다.

그런데 현장의 스핑크스는 코가 잘려나가고 입술이 찢어져 있으며 눈이 뭉개지고 귀에 상처가 난 흉상의 얼굴이다. 지금 당장 외과 수술이 요구되고 있지만 공포의 괴물로 전해지고 있는 이 보물을 문화재 관계자들은 겁에 질려 보수를 하지 않는 것으로 여겨진다. 스핑크스는 무덤의 수호신이지만 세월의 흐름에 모래 무덤이 되었다가 다시 발굴된 것인데 군인들의 불장난에 많이 파손되었다는 것이다. 나는 소멸되지 않는 빛의 상징인 태양의 신성성을 이어받은 고대 이집트 왕들이 왕가의 권력과 종교적 문화를 번창시켜 오면서 영적인 사후세계를 위해 만들어진 피라미드와 스핑크스를 현장에서 체험하는 순간 무덤으로 들어간 권력의 지속성이 후세를 위한 문화유산으로 남게 됨을 알게 되었다.

이집트의 파라오 왕국은 오리시스의 전설에 따라 오랫동안 근친결혼을 하여왔다 이러한 구전과 연결시켜 독일의 심리학자 프로이트는 근친결혼의 제도를 근친상간이란 정신분석적 용어로서 오이디푸스 콤플렉스의 학설을 발표하였다. 이것은 그리스 신화에서 나오는 오이디푸스 왕의 비극을 6, 7세 남근기 아동들의 성적 갈등으로 풀이한 것인데 이 갈등은 스핑크스의 수수께끼 문제로 제기된다. 테베왕 라이오스가 신탁을 하여 귀여운 왕자를 얻게 되지만 그 아이가 성장하게 되면 왕의 지위와 생명이 위태로워지며 나라에 재앙이 생긴다는 경고의 신탁을 받는다. 그래서 라이오스 왕은 아들을 양치기에게 맡겨 죽이도록 명령을 하지만 양치기는 왕의 명령을 어길 수도 없고 그렇다고 어린 왕자를 죽일 수도 없어서 나뭇가지에 매달아 두었는데 그때 한 농부가 지나가다가 아이를 발견하여 이 아이를 자신의 주인에게 데려다 주었다. 이 아이의 이름이 오이디푸스이며 건강하고 훌륭하게 자라 모범적인 청년이 되었다.

어느 날 라이오스 왕이 시종 한 사람을 데리고 좁은 골목길을 통해 델포이 신전으로 가고 있는 도중에 맞은편에서 쌍두마차를 타고 오는 청년과 마주치게 된다. 이때 시종이 청년에게 길을 비키도록 명령을 했지만 청년은 단호히 거절하였다. 그래서 왕이 청년의 말 한 마리를 목을 쳐 죽여 버리니 청년도 화를 참지 못하고 왕을 죽여 버렸다. 왕을 죽인 청년은 오이디푸스이고 죽은 왕은 그 청년의 아버지이지만 서로가 부자지간임을 알지 못한 것이다.

이러한 사건이 있은 뒤에 테베의 어부들이 고기를 잡으러 갈 때마다 커다란 바위 위에 얼굴은 사람이고 몸통은 사자인 괴물이 나타나 스핑크스의 수수께끼를 풀지 못하면 어부들을 잡아먹었다. 그러한 공포의 뱃길이지만 그 수수께끼를 푸는 사람은 아무도 없었다. 이러한 흉흉한 소식을 들은 오이디푸스가 용감하게 괴물 앞에 나서서 수수께끼를 풀겠다며 문제를 달라고 하니 스핑크스는 조롱하듯 "아침에 네 발로 걷고 낮에는 두 발로 걸으며 저녁에는 세 발로 걷는 짐승이 무엇인가?"라는 수수께끼를 냈고, 오이디푸스는 사람이라고 대답했다. 사람이 어릴 때는 두 무릎과 두 팔로 기고 크면 두 발로 직립 보행하며 늙어서는 두 다리에 지팡이를 짚고 다니는 것을 빗댄 것이다. 이 수수께끼의 중심 문제는 사람이 생태적으로 성장하는 것과 늙어가는 과정을 비유적으로 물은 것이며 사람의 잔인성과 무의식중에 있는 질투, 시기, 성취욕, 성적 욕망, 용감성 그리고 적대적 상대를 죽이고 싶은 의지를 나타낸 것이다. 그런데 스핑크스의 괴물은 자신의 무소불위의 권위를 청년에게 농락당한 수치감으로 바위에서 떨어져 죽고 말았다.

이러한 스핑크스의 전설은 시리아, 페니키아, 바빌로니아, 페루시아에서도 전해지고 있는 것이다. 테베의 시민들은 오이디푸스를 영웅으로 맞이했고 국왕으로 추대하였지만 오이디푸스 자신도 모르는 운명의 장난이 숨어 있었다. 그는 죽은 왕의 왕비인 오카스테를 아내로 맞이했고 아내가 된 어머니는 남편이 된 왕이 자신의 아들인지를 알지 못했다. 당시의 사람들은 신화와 전설의 내용을 삶의 의식으로 삼고 있었으며 운명의 법칙이 개인이나 세계사를 지배하고 있다고 믿었던 것이다. 이때 테베에서는 오이디푸스가 태어날 때 스핑크스의 신탁 내용이 나타나기 시작하여 흉년과 돌림병 그리고 자연재해에 의한 민심이 왕의 비난으로 나타나는 것에 오이디푸스 왕이 신탁을 의뢰하니 아버지를 죽이고 어머니와 결혼한 죄목이 들어나게 되어 어머니는 자살하고 오이디푸스는 근친살해와 근친상간의 죄책감에 자신의 두 눈을 빼고 누이동생에 이끌려 세상을 떠도는 비극적 운명으로 살아갔는데 이것이 오이디푸스의 비극인 것이다.

프로이트는 이러한 전설에서 오이디푸스 콤플렉스라는 정신분석적 용어를 만들어 낸 것이다. 그의 이론에 따르면 남자 어린이는 3, 4세가 되면 남근이 발동하고 6, 7세가 되면 성적 잠재기에 들어서면서 어머니로부터 성적 충동을 느끼고 어머니를 독점하겠다는 욕망과 부모의 성적 행위를 아버지가 어머니를 공격하는 것으로 간주하여 어머니를 보호하겠다는 욕망에서 아버지를 미워하게 되고 아버지를 죽였으면 하는 무의식적 의식을 갖게 된다는 것이다. 이와 반대로 여자아이는 아버지에게 성적 애정을 느끼면서 일방적으로 어머니를 미워하게 되고 자기에게 남근이 없는 것은 어머니가 훔쳐 갔다고 생각하여 어머니에게 질투심을 갖는다고 하는 정신분석의 이론인데 남자아이에 대한 것을 오이디푸스 콤플렉스라 하고 여자아이에 대한 것을 에렉트라 콤플렉스라 했다. 사람에 있어서 무의식층에 있는 원초적 성적 충동으로 근친상간과 근친살인의 의식이 무의식적으로 표현되는 것을 프로이트는 오이디푸스의 비극에서 인용한 것이다. 그러나 실제로 아버지를 살해하고 어머니와 간음하지 않지만 이 두 가지 욕망이 어린애의 무의식 속에 있다는 것을 제시한 것이다.

우리는 세계사를 통해 권력의 의지로써 왕과 왕자 간의 살육의 역사를 알고 있으며 오늘날에 와서는 권력의 투쟁과 질투는 제도적으로 없어지게 되었고 그 대신 재산의 욕구 충동에서 근친살인을 비롯하여 온갖 살인을 자행하고 있는 것이다. 사람은 본래 성적 충동과 공격적 본능 그리고 소유의 욕망을 가진 존재로서 이런 것들을 스스로 조절할 수 없는 두려움에서 불안을 느끼게 되고 이 불안의 극단적 표출이 삶의 원초적 질서를 파괴하는 살인으로 연결되는 것이다. 직계 존비속과 근친살인의 원인을 오이디푸스 비극에서 찾으려 한 프로이트의 사상은 사람들의 무의식층에 잠재해 있는 의식의 표출이라는 것에 동의하지 않는 학자들도 있지만 그의 오이디푸스 콤플렉스가 오늘날 무분별적 살인 사건에 대한 원인으로 시사하고 있는 것은 의미 있는 것이라 생각된다.

그러나 사람에게는 근원적인 공통의식으로서 양심을 갖고 있다. 프로이트가 주장한 것처럼 무의식 속에 성적 충동과 공격적 본능이 있는 것과 같이 양심의 본능을 갖고 있는 것이다. 이것은 사람의 도덕심이며 자신의 잘못에 대한 부끄러움을 느끼는 도덕적 정서인데 어릴 적부터 차별적 욕심을 실현하려는 의욕에서 질투, 시기, 경쟁, 성취욕을 표출하면서도 도덕적인 선을 근원으로 하는 인성을 발휘하고자 하는 양심을 키워가고 있는 것이다. 양심은 다른 사람들에게 해가 되는 개인적 욕망을 조절할 수 있는 자발적인 통제의 기능인 것이다. 삶에 있어서 자기보존의 법칙 중에 방어적 의욕, 공격적 의욕과 더불어 삶의 사회적 공생 의지를 지키지 않으면 살아갈 수 없기 때문에 사람에게는 사람다움의 양심이 주어져 있는 것이다. 양심은 사람에게 근원적으로 주어진 도덕적 행위의 실천적 기능이기에 쓰면 쓸수록 선행의 실천으로 나아가지만 쓰지 않을수록 사람은 육체적 욕망의 조정자로 떨어지는 것이다. 사람은 이성과 감성을 가진 이중적 존재자로서 도덕적 반성을 통해 선행을 하면 할수록 선을 행함이 자동적으로 생활화되어 가는 것이며 범죄적 행위를 하면 할수록 소질로서의 악행을 하게 되는 것이다. 따라서 범죄의식과 선의식을 구별할 수 있는 조기 교육이 필요한 것이며 금지와 처벌의 법적 대응에 앞서 범죄의식에 물들기 전에 도덕의식으로써 자아를 방지할 수 있게 하고 자아를 실현할 수 있는 윤리교육이 절실히 요구되는 것이다. 프로이트가 근친살인의 근본적 원인을 남근기의 성적 충동에서 나타나는 무의식층의 의식의 표현이라 한 것처럼 그 무의식층에는 선의지 충동도 있기 때문에 스스로 도덕적 의지를 더 많이 사용할 수 있도록 제도적 교육을 우리 모두가 요구해야 할 것이다.

자연으로 돌아가라

이 제목은 18세기 쟝자크 룻소(1712~1778)가 이끌었던 계몽주의 사상의 근원적 의미를 대표하는 말이다. 일반적으로 자연이라 할 때 정신과는 달리 있는 존재로서 법칙 아래에 있는 사물의 현존이다. 스피노자가 자연을 신의 여러 모습이라 한 것처럼 사람이나 사물들의 고유한 성질 또는 존재의 본질이며 모든 사물의 존재 이유가 자연이다. 중세에서는 신의 계시나 은총에 대비되는 사람의 정신적 바탕을 자연이라 했고 근세에서는 정신에 대립되는 물질적인 것을 자연이라 했다. 칸트는 경험적 대상의 전체, 현상의 전체를 자연이라 하면서 정신의 존재를 초자연적인 것이라 하였다. 그리고 관념론에서는 자연을 의식의 대상이라 하는 현상인데 여기에서는 의식의 독립적인 존재로 인정되지 않았고 절대적 관념론에서는 이념, 절대정신 그리고 신의 달리 있음이라 하였다. 하지만 유물론에서의 자연은 정신을 포함한 물질의 총체이고 단계적으로 발전을 거듭하여 새로운 질적 변화로 연결되어 최고의 존재로서의 정신도 물질의 구성체인 것이다. 그리고 정신과 물질의 구별은 인식론에서는 인식주체와 인식의 대상으로 나누어지지만 존재론적 입장에서는 있는 것은 물질뿐이다. 이처럼 양에서 질로의 끊임없는 변화는 그 자체가 세계사라고 하는 소위 말하는 유물사관이 유물론적 자연주의 인 것이다.

룻소가 말하는 자연은 경험적이고 물질적인 자연이 아니라 인본주의와 낭만적인 입장에서의 자연이다. 오늘날의 사람들은 자연과 정신을 혼동하고 물질주의에 접어들면 들수록 삶의 향기를 잃어 가고 있다. 요즘 〈응답하라 1988〉(응팔) 드라마가 얼마나 사람들의 흥미를 사로잡을 수 있는 콘텐츠였는지 짐작할 수는 없지만 흙수저, 헬조선이라는 현실에 싫증이 나고 적응하기 힘들다는 생활감정에서 드라마를 통해 30년 전을 되돌아보니 그때가 낭만적이고 살기 좋은 세상이라 느꼈던 것일까!

언제나 현실은 어려움이 따르게 되어 있다. 과거의 현실도 지금의 현실도 미래의 현실도 함께 어울려 살아야 하는 고통이 있는 것이다. 지금 젊은이들은 보다 더 질 좋은 물질생활을 하면서도 드라마를 통해 현실의 어려움을 과거의 향수에 젖게 하는 것은 자각의 결핍증일 것이다.

나는 요즘 고등학교 시절에 읽었던 룻소의 『참회록』을 읽고 있다. 『루쏘오 참회록』 이광록 역, 학우사(4283년 값 850환)판인데 1955년 고등학교 2학년 때 읽었던 것으로 짐작된다. 책장의 질이 삭아 조심스럽게 넘겨야 하는 책이다. 지금 나는 1955년을 징검다리로 삼아 18세기 룻소의 계몽적 사상을 되새겨본다. 인본주의 사상이 등한시되고 도덕적 의식에 관심이 없으며 공동적 생활에 냉소적인 오늘의 현실이 마치 룻소가 계몽하고자 했던 그 시대와 흡사한 느낌이 든다.

룻소는 1712년 6월 8일 제네바공화국에서 시계공 둘째 아들로 태어난다. 10일 만에 어머니가 세상을 떠나고 허약한 체질로 태어난 룻소는 숙모와 고모의 보살핌이 없었다면 사람의 구실을 못했을 것이라 회고한다. 룻소의 고모는 룻소의 외삼촌과 결혼하였기에 아버지와 함께 룻소를 정성껏 키울 수 있었던 것이다. 그러나 룻소가 아버지에게 안길 때마다 너 때문에 교양 있고 아름다운 엄마가 죽었다는 느낌을 아버지로부터 받았다는 것이다. 그는 유모의 보살핌도 순수한 사랑으로 표현하였지만 5~6세 때의 일들은 기억되지 않는다고 하였다. 룻소는 학교에 가보지 못했고 어떻게 글을 배웠는지 알 수가 없다고 하였지만 7세부터 소설을 아버지와 함께 밤을 새워 읽었다고 했다. 처음에는 어머니가 남기고 간 책을 밤마다 읽었는데 역사와 플루타크 영웅전에 심취하여 한 번 읽기 시작하면 끝까지 다 읽었고 8세부터는 자신의 불우한 환경과 연관된 책들을 읽어 저항적이고 거만한 성격이 형성되었다고 하였다. 로마 서적과 그리스의 책들을 읽으면 마치 자기가 로마 사람인 양 그리스 사람인 양 착각하기도 한 것이다. 이처럼 그에게는 읽고 쓰고 하는 것이 천성으로 자리 잡아 아버지의 작업장에서 10살까지 지냈다.

그런데 아버지가 퇴역군인과 싸움에 휘말리어 법적 문제로 제네바를 떠나 리옹에서 살게 되고 룻소는 다시 외삼촌 집에 기숙하면서 여러 곳을 방랑하게 된다. 룻소는 소설을 읽을 때 연애소설을 읽어 준 아버지의 독서교육 때문에 조숙하여 십이삼 세부터 성적 욕망을 채우기도 하고 거친 생활이 시작된다. 13세 때 시계기술을 배우기 시작하였지만 주인의 혹사와 학대에 반항하여 난폭한 행위와 온갖 잡서를 마구 읽었으며 때로는 손버릇도 나빠지면서 오히려 육체적 고통은 참을 수 있었지만 자신의 타락된 행위와 사회에 대한 불만과 저항을 견뎌내기 힘들어 좌절감에 젖기도 하였다. 그는 16세까지 악덕과 절망의 유혹에 빠지는 참혹한 생활에서 죽음의 환상을 갖기도 하였으며 사춘기의 질풍노도에서 성호르몬의 분출을 억제하기 위해 불륜적 행위를 하면서도 자유를 향해 더 넓은 세상을 찾으려 했다. 룻소는 16세 때 제네바를 떠나 사제의 도움으로 평생 은인인 바렌부인을 만나 이탈리아 수도원에 들어가 가톨릭교인으로 개종한다. 그러면서도 새로 나오는 책들을 모조리 읽으면서 점원, 호족의 심부름꾼, 백작의 비서로 전전하다가 18세에 바렌부인 집으로 다시 들어간다.

바렌부인은 교양 있는 미인으로 과부였다. 룻소는 음악에 심취하여

장차 음악가 되겠다고 결심하기도 하였는데 이때 그는 사무소 서기와 음악학교 교사 생활을 하면서 자신의 일생을 결정하는 중요한 시기라 하였다. 바렌부인은 룻소보다 13살 많았기에 처음에는 어머니의 정감으로 서로 의지하였지만 21세부터는 애인관계로 바뀌었다. 룻소에게는 누구와 생활하든 새로운 사조에 대한 열망을 버리지 않았고 이 행복한 시기에 철학, 수학, 라틴어를 독학하였으며 당시 볼테르의 문명 저항적 경향의 시발표에 감동하여 시를 쓰기 시작하였고 27세에 최초의 작품『바렌백작 부인의 과수원』을 발표했다. 30세에 바렌부인과 완전히 결별하고 파리에서 디드로와 친교를 맺고 귀족들과 살롱에 출입하면서 영국 소설가와 함께 어울렸다. 그는 귀족들의 생활과 파리 서민들의 자연감정에 관심을 가지면서 프랑스 외교관 몽테스큐의 비서가 되어 베니스에 8개월 동안 머물다가 파리로 돌아와 하숙집 식모인 9살 연하의 테러즈 르바슬과 동거생활 하였으며 그 뒤에 다섯 아이를 낳아 모두 고아원에 보내고 여러 곳을 돌아다니면서 동거와 별거를 거듭하다가 56세 때 프랑스 부르고앙 구청에서 직원의 주례로 정식 결혼식을 올렸다.

룻소는 한 곳에 일 년 이상 머문 적이 없을 정도의 방랑생활이었지만 계몽사상가들과 어울려 백과전서파가 되었고 희곡, 소설, 단편집, 음악 작곡 등을 끊임없이 발표하였다. 1750년 38세 때 디종의 아카데미 현상 논문의 학문 예술론에 당선되어 그의 명성은 세계적인 길목에 서게 되었다. 그의 작품을 일일이 소개할 수는 없으나『정치제도론』,『사회계약론』,『인간불평의 기원론』,『신에로이즈』를 출판하였으며 종교적 이념 차이로 볼테르와 결별하였고 디드로와도 헤어지면서 48세 때 그 유명한『에밀』의 교육론을 출판하였다. 그런데 에밀은 단순한 교육서설이 아니라 그의 인간론, 종교론, 자연관 그리고 시적이고 낭만적인 문학적 도덕성과 계몽적인 시대정신을 대변하는 사상이었다. 그는『에밀』의 첫

줄에 "만물을 창조한 신의 손에서 나올 때는 모든 것이 선한 것이었는데 사람의 손에 들어오면 모든 것이 타락되어 버린다" 했다. 사람의 본성은 선이며 순수한 감정적인 자연상태에서는 평등하고 자유롭기 때문에 이러한 자연상태를 유지하도록 하는 것이 교육의 목표였다. 국가의 제도가 제시하는 문학, 예술, 귀족교육은 사람의 본래적 자연성을 망가뜨리고 불평등의 원인이 된다고 하였다. 룻소가 감정적인 주정주의자인 것처럼 사람은 감정과 정서의 요구에 따라 가져야 할 자유와 행복을 위한 보편적인 자연교육을 주장한 것이다. 우리는 이러한 사상에서 자연으로 돌아가라는 룻소의 사상을 알 수 있을 것이다.

룻소의 자연은 문명사회와 대립되는 사람의 본성을 의미한다. 사람의 자연적 본성을 지속적으로 유지하고 그 본성을 실현할 수 있는 교육적 환경을 조성하는 것이 그의 교육론이다. 그의 자연은 생명의 근거, 존재의 질서 변화의 척도이며 오류도 비약도 없는 곳이다. 차별성 그 자체가 자연의 평등이며 서로 간섭이 없는 생태계의 현상이 자유이고 인과성의 법칙이 자연의 도덕성이기 때문에 자연에는 교육이 없는 것이다. 스피노자는 사람의 본성을 충실히 보존하고 완성하는 것이 자연이라 했다. 우리가 보는 자연의 아름다움은 예술과 대립되는 것이다. 나무와 숲은 자연적 아름다움의 필수조건이며 물과 호수는 자연의 아름다움의 충분조건이며 산과 눈은 자연의 변화적 아름다움이다. 룻소가 주장하는 사람의 자연이란 문화와 예술 습관, 사회적 제도가 개입되지 않은 사람의 순수한 감정 상태이다. 교화적인 제도 자체가 사람을 타락시킨다고 했는데 노자는 학위일익 도위일손(學爲日益 道爲日損)이라 했다. 배우는 것은 하루하루 더해가는 것이고 도를 행하는 것은 하루하루 버리는 것이라 하는 뜻인데 룻소의 자연관과 서로 통하는 점이 있다.

『에밀』이 출판된 뒤에 종교부정론과 귀족교육의 반대에 대한 소르본 신학부에 의해 고발되어 체포령이 내려지니 룻소는 재빨리 프러시아 왕의 보호 밑으로 피신했고『에밀』은 소각되었으며 54세 때 영국 철학자 흄의 도움으로 영국으로 건너가 여러 곳을 다니면서 국내외에서 10년 동안 도피 생활을 하였다. 영국에서도 흄과 사상적 알력으로 일년 만에 프랑스로 돌아온다. 그러면서도 그는『참회록』을 계속 쓰고 있었으며 파리에 정착하는 동안 귀찮게 찾아오는 사람들을 피해 다니면서 악보 등사와 식물채집, 그리고『참회록』2부를 마치고 낭독회를 가졌다. 말년에는『폴란드 통치론』을 완성했고 그의 오페라 극이 성공적으로 상영되기도 했다. 64세 때에 그의 마지막 작품『고독한 산책자의 몽상』을 쓰다가 완성하지 못하고 1778년 7월 2일 세상을 떠났다. 여러 조각가들이 몰려와 그의 데드마스크를 작성했고 7월 4일 그가 머물렀던 작은 성 호수 안에 있는 포푸라 섬에 안장되었다. 룻소의 사상은 프랑스 혁명과 미국 독립정신의 선구적 역할을 하였기에 1794년의 프랑스 혁명정부에 의해 그의 유해는 파리의 신전으로 옮겨져 볼테르와 나란히 안장되어 있다.

룻소는 현대 사회에 이르는 모든 길목에 서 있는 사람이라 평하고 있다. 그 이전의 중세 봉건사상, 귀족주의 문화, 절대권력의 왕권통치, 사회제도에 의한 빈부격차, 계시종교의 도덕적 타락에 대한 저항적 정점에 서서 자연적 감정을 근거로 한 낭만주의가 계몽 후의 사상을 이끌어낸 사회 개혁적인 사상가이다. 한 마디로 말하면 도도히 흘러왔던 전근대적 사상을 새로운 방향으로 돌리려고 자연으로 돌아가라 외쳤던 것이다. 지금 우리 사회도 사람의 본성으로 돌아가자는 인문학적 운동이 필요한 때라고 생각된다. 부모와 자식 간에 일어나는 살인 가정이 늘어나고, 금수저 흙수저의 논쟁이 벌어지고 있으며, 공직자들과 지도층 사람들의 부패의식과 도덕적 타락이 깊어지고 있는 것이 현실이다. 이것

은 우리 모두가 삶의 무대인 온 세상에서 삶의 주역이면서도 자산의 본
성을 스스로 망가뜨리는 데서 온 것이다. 교양이 없는 것도, 많이 부족
한 것도, 궁하게 사는 것도 아니면서 가짐의 비교우위를 차지하려는 욕
심에서 소박하고 정직하며 생명 공생적인 자연의 가치를 제대로 느끼지
못한 데서 온 것이다. 자연으로 돌아가라는 룻소의 뜻은 오늘의 우리
사회를 두고 암시한 것 아닐까.

제4부

생활의 오아시스

인도여행

나의 친구는 여행이기 때문에, 2006년 1월 13일부터 인도 친구를 만나기 위해 집을 나섰다. 나는 여행이라면 밤중이라도 일어나고 아무리 고단해도 여행 차에서는 조는 시간이 없다. 안데르센이 말한 것처럼 여행은 나의 마음을 젊게 하는 셈인 것이다. 사마천의 『사기』가 그렇게 유명하게 알려진 것도 스스로 여행의 체험에서 얻어진 역사이기 때문일 것이다.

여행의 호기심은 끝없이 일어났고, 국경 없는 여행을 다니면서 인도여행에서 너무나 인상적인 문화와 풍물, 그리고 천민들의 생활상을 보았다. 동남아의 이슬람과 불교 국가들의 빈부의 격차를 여러 차례 보았지만, 인도처럼 차별적 삶의 현장과 다양한 문화를 체험한 곳은 없었다.

인도는 인더스강 문화 발생지로서 오랜 역사를 갖고 있으며 인종의 다양, 언어의 다양, 종교의 다양, 기후의 다양, 문화의 다양으로 알려져 있다. 지금은 핵무기를 갖고 있으며 높은 과학 기술을 갖고 있는 기술의 첨단 국가이기도 하다. 뿐만 아니라 힌두교의 의식에서 형성된 카스트 제도에 따른 삶의 현상도 다른 나라와 차별적이다. 델리는 인도의 수도로서 숲속의 전원도시이며 영국풍의 대리석 관청과 주택들이 지상 낙원적 삶을 표현하고 있었다. 넓은 숲속 길 큰 정원을 가진 고급 주택들, 좋은 차와 화려한 옷, 보석을 장식한 귀부인들의 생활 모습이 인도의 귀족사회를 대변하고 있었다. 여기에는 상업, 공업, 농업도 없는 오직 지배 의식과 사회적 종교 의식만이 흐르고 있는 삶의 현장이기도 하였다.

우리는 장소를 옮겨 상업 지역과 이슬람 사원을 구경했다. 공항에서 부터 깜짝 놀랄 정도의 비참한 사람들 모습을 보았지만, 길거리 담벼락 밑에서 자고 가족끼리 모닥불을 피워 끼니를 해결하는 모습과 잠자는 현상을 보았을 때 마음이 무거워 발길이 옮겨지지 않았다. 길거리를 다니는 소는 신성시되지만 이들의 생활은 산지옥 같은 느낌이었다.

인도에는 종교적 신분과 인격이 철저히 구분되어 있다. 힌두교의 가문에 태어난 자만이 힌두교인이 될 수 있고 신분 귀천의 제도에 따라 숙명적으로 살아가야 한다. 모든 인권과 생명은 천부적인 것으로서 자유와 평등은 침해받을 수 없는 권리를 갖고 있는 것이 오늘의 인권설이다. 그러나 인도에서는 힌두교의 의식에 따라 신분의 우열이 있고 삶의 공간이 구별되고 먹는 음식, 노동의 차별, 종교적 자유가 제한되어 있다. 이것이 바로 인도의 카스트 제도이다. 카스트 제도는 인도의 국민을 지배해 온 정신적 지주이다. 지배와 피지배의 의식에서 시작된 이 제도는 승려 계급인 브라만, 전사 통치 계급인 크샤트리아, 상업과 제조 계급인 바이샤, 그리고 노예 계급인 수드라로 구분되고, 이 계급에도 속하지 않는 불가촉천민으로 구성되어 있다. 우선 바이샤와 하층 계급의 사람들은 피부색이 검고, 노예와 천민들은 농토 없는 품팔이, 집 없는 노숙과 걸식으로 살아가기도 하며, 교육과 문화권 밖에서 살아가는 사람들이다. 수드라 계급의 사람들이 대학 교육을 받고 상업적 돈도 있고 정치적 영향력을 발휘하기도 하지만, 이 계급 타파에는 힘이 부족한 것이다.

이 하층 사람들은 계급을 숙명적으로 받아들이고, 지배하는 사람도 지배받는 사람도 인륜적 양심에 구애받지 않고 있는데, 이 계급의식에는 정치적 의식보다는 종교적 의식이 더 강하게 작용하는 것이다. 그리고 천민들은 민권적 차원에서 저항할 의도와 능력도 없고 저항적 단결권을 결성할 힘도 없는 것이다. 그들은 하늘이 준 명령이기 때문에 누구를 원망하지 않고 물려받은 업으로 살고 있는 것이다. 천민들은 종교 문화 사회 제도와 삶의 의식 밖의 존재들이다. 어쩌면 인종 차별 속에도 들어가지 못하는 사람들이다. 사람의 사회에서 상상조차 할 수 없는 비참한 생활, 정치적 사회에서 있어서는 안 될 동물적 생활이 허용된 인도의 사회, 그것은 인도에서만 볼 수 있는 실존인 것이다. 인도의 정신적 아버지인 간디가 불가촉천민을 하리잔(Harigan: 신의 자녀)이라 부르면서 이 제도를 없애려고 노력하였으나 뜻을 이루지 못한 것이다.

인도 사회에 이러한 어두운 곳이 있지만 인도 사람들은 그 역사만큼 자부심을 갖고 있으며, 유네스코의 지정 문화재가 곳곳에 퍼져 있다. 왕비의 대리석 무덤인 타지마할은 보석으로 장식된 건축의 예술품이다. 신의 숨결이 스쳐 간 예술적 건축이며 그 기하학적 구도는 사람의 창조적 능력의 무한한 한계점 같은 느낌을 가졌다. 보물의 보전을 위하여 손톱깎이도 가져갈 수 없고 신발도 벗어야 한다. 그러나 그 위대한 문화유산의 입구에는 일그러진 천민들의 생활상이 우글거리고 있으니 인도의 다양성을 체험할 수 있었던 여행이었다. 인도 여행은 넓은 땅이라 많은 문화를 보기 위해 기차여행을 하게 된다. 기차역은 노숙자들, 걸인들, 짐꾼들, 물건 파는 사람들로, 그리고 남루한 옷차림과 봇짐을 짊어지고 기차를 기다리는 사람들로 마치 지옥행 기차를 기다리는 기분이었다. 연착은 보통 1시간 내지 2시간이며 3등칸은 상상이 되지 않는 동굴 같은 느낌이었다. 우리는 항상 2등칸을 이용하였는데 이곳에도 역마다 신의 자녀들이 자비를 요청했다. 나는 언제나 먹고 남은 빵 조각을 두었다가 기적소리 들을 때마다 그들을 기다렸다. 그리고 차창에서 넘어가는 지평선 저쪽의 해를 볼 때 축복받은 땅, 아름다운 땅이라 생각되었다.

인도 하면 간디를 생각하지 않을 수 없다. 오늘의 인도를 건국한 아버지, 영국으로부터 독립을 얻기 위해 평생을 바쳤던 간디이다. 힌두와 이슬람의 화합을 위한 죽음, 이러한 위대한 업적은 인도인의 가슴속에 영원히 살아 있을 것이다. 델리에 있는 간디의 화장터와 무덤에는 영원의 불빛이 꺼지지 않고, 세계의 관광객들이 참배의 길로 이어져 있었다. 시내에 있는 생가는 기념박물관으로 되어 있었으며, 총탄을 맞고 쓰러진 곳에는 발자국과 함께 꽃송이가 새겨져 있었다. 또한 봄베이에서 살았던 옛 집은 도서관 및 간디의 살아온 발자취를 밀랍으로 정리한 기념관으로 꾸며져 있었다. 과격파 힌두교 신자 나투람 비나약의 총탄에 쓰러지면서 그가 존경했던 신 아람 사람을 부르며 78세의 나이로 1948년 1월 31일 힌두와 이슬람의 종교적 갈등 속에서 영적 세계로 접어들었다. 인도는 위대하지만 인도 사람은 상대하기 어렵다는 유행어를 들으면서 인상 깊은 인도 여행을 마쳤다.

갠지스의 문화

인도에 두 번째 여행을 했다. 처음에는 인도 서쪽인 자이푸르, 타지마할, 아잔타, 석굴 엘로라 사원, 보팔, 뭄바이 그리고 제일 남쪽인 트리반드룸까지 다녀왔고, 간디 유적지를 살펴보았다. 2009년 2월 9일부터 17일간은 불교와 힌두교 성지를 거쳐 히말라야 언저리와 네팔 카트만두에 스며 있는 소위 말하는 갠지스강의 종교 문화를 관광하였다. 인도 문화는 인더스강과 갠지스강의 유역에서 발생하였고 수천 년 동안 정치적 흥망과 더불어 다양한 종교 문화가 형성되어 왔다. 실제로 인도는 언어와 종교의 천국이고, 미신과 우상의 의식 속에 있는 문맹률이 높은 나라이다.

힌두교는 인도 사람들의 생활 그 자체이고 힌두교인으로 태어났기 때문에 힌두교인으로 운명 지어지고 교리나 경전 없이 가슴으로 종교를 이어 왔다. 힌두란 어원이 인더스강에서 유래하였다고 할 때 인도 문화는 강의 문화이고 인도의 젖줄인 갠지스강은 인도 문화의 어머니이다. 물론 인도의 정신문화는 베다의 사상에 근거한다. 힌두교가 베다 사상에 지배되어 오면서 비슈뉴, 시바 신앙과 혼합되어 온갖 우상과 미신들이 서민 생활에 스며들어 그들의 다신교 신앙이 형성된다. 그리고 창조주인 브라만과 종교 의식인 베다 사상에 지배되어 오면서 오늘날 인도가 가장 고통스러워하는 카스트 제도가 만들어졌고 같은 종교인끼리도 고정된 계급 속에서 운명적으로 살아간다. 그들은 계급에 따라 종교적 역할과 그 의무가 달라지며 브라만 계급에 있는 성직자는 다음 세대에도 성직자로, 천민 계급들은 다음 세대에도 수드라로 태어나는 종교적 운명을 가진다.

현재 인도에는 불교인이 적은 숫자이지만 불교문화는 인도 전체에 퍼져 있다. 네팔의 룸비니는 석존이 태어난 곳이고, 부다가야는 석가가 깨달음을 얻은 곳이며, 녹야원은 처음으로 제자들에게 설교한 곳이다. 그리고 네팔의 쿠시나가르는 석존이 열반한 곳이다. 그리스도교가 죽어서 영생을 얻게 하는 종교라면 불교는 아예 죽음을 초월하게 하는 종교이다. 그러나 힌두교는 모든 신을 수용하는 다신교이며 각자의 신상과 우상을 만들어 그들 스스로를 구속하고 있다. 그럼에도 그들은 가난한 삶, 천민적 계급에 대한 저항 의식을 갖지 않고 다른 사람의 구원을 바라지 않으면서 환경에 따라 살아간다. 그것은 종교의 힘이라기보다는 환경적 문화에 따른 역사적 의식이다.

갠지스강은 히말리아 산맥에서 시작하여 인도양으로 흘러간다. 힌두교도들은 이 강을 성스러운 강이라 하여 종교적 숭배의 대상으로 삼고 있다. 나는 이번 여행에서 갠지스강 언덕에 있는 바라나시에서 이틀간 머물렀다. 바라나시 갠지스강의 아침 해맞이와 저녁 해넘이를 보는 것은 사람들의 관광의 대상이다. 뿐만 아니라 바라나시와 갠지스강은 힌두교의 성지 중의 성지이다. 일 년에 수백만의 힌두인들이 성지 순례를 위해 이곳으로 오고 간다. 바라나시는 힌두 및 인도 문화의 중심지이며 갠지스강의 문화를 이룩한 곳이다. 바라나시는 갠지스강 서쪽 언덕에 4km로 건설되어 있는 옛날 도시이며 동쪽은 집 한 채 없는 허허벌판이다. 아침 6시에 배 위에서 떠오르는 자연의 붉은 눈을 볼 때 자연의 아름다움과 신비스러움이 온몸에 스며든다. 순례객들에겐 이 순간이 종교적 꿈이 실현되는 시간과 공간이다. 낡고 검붉은 건물들, 우상의 그림이 장식되어 있는 힌두교 사원 그리고 계단식으로 만들어진 목욕장과 화장장이 들판의 붉은 빛, 강 위에 뜬 태양과 함께 붐비기 시작한다.

성지 순례자의 종교 행사, 곳곳에서 화장하는 장면, 시체를 운반하는 들것들, 그 아래쪽에서 목욕하고 물을 마시는 사람들, 직업적으로 빨래하는 사람들, 이러한 진귀한 풍물들이 갠지스강의 문화와 문명의 발생 근거이다. 갠지스강은 힌두교인들의 숭배의 대상이다. 그들에게 소원을 풀어 주고 성과 속을 연결하는 중개소이다. 강물에 목욕하고 그 물을 마시면 죄를 씻어 주고, 죽음의 재를 강에 뿌리면 살았을 때의 소망이 이루어진다는 것이다. 바라나시와 갠지스강 동트는 아침이 성스러운 자연이다. 삶과 죽음이 이어지는 곳이고 고달픈 삶을 평화스럽게 만들어 주는 곳이다. 차별과 저주가 없는 평등한 곳이며, 지배자도 지배를 받는 자도 없는, 땅 위의 가장 인륜성이 실현되는 곳이다. 이러한 평화와 종교적 의식은 주위의 모든 갈등, 번뇌, 차별 더러운 것을 수용하고 초월하여 자기 앞만 보고 살아가게 하는 것이다.

바라나시 시가지는 더러움의 상징이다. 찌그러질 듯한 옛날 집들, 개똥 소똥이 버려져 있는 거리, 표현할 수 없는 낡은 차들, 오토바이, 릭샤, 달구지, 자전거, 소, 개, 노새들과 사람들이 함께하는 좁은 골목길, 관광객들로서는 받아들이기 힘든 현상이지만 인도 사람들은 그들의 문화에 너무나 세련되게 살아가고 있었다. 검은 얼굴, 검은 거리, 동물들과 각종 차들과 뒤엉키어 신호등 없는 거리를 불편함 없이 살아가는 모습이 신기할 정도이며, 차가 충돌하여 약간의 상처가 있어도 시비 없이 지나가는 그들의 생활상을 볼 때 그들의 마음속에는 이미 성자의 자세가 갖추어져 있는 느낌이었다. 그들의 모습은 더럽고 헐벗은 상태이지만 그 많은 사람들이 평화적 무저항의 삶으로 이어지는 이것이 바로 갠지스의 문화, 힌두의 종교라 생각되었다. 나는 바라나시에서 삶의 신기한 모습과 쓰레기가 뒤덮여 있는 도시 주거지나 상가의 모습, 그리고 소가 음식점 앞에서 냄새를 맡고 서 있는 현상을 체험했다. 그래서 많은 관광객 중에는 이제 다시는 인도에 여행을 하지 않겠다고 다짐을 하는 사람도 있고, 이것이 바로 인도이기에 또 다시 인도에 오겠다고 하는 사람도 있었다.

갠지스강의 밤의 문화가 시작되었다. 나는 다시 배 위에서 힌두교의 밤의 문화를 감상했다. 종교 의식과 힌두의 불꽃춤, 그리고 수많은 사람들의 소원을 담은 촛불이 강 위에 떠 흐를 때 하늘의 별빛처럼 아름다웠다. 바라나시는 밤의 도시였다. 검은 밤, 검은 얼굴 차별이 없어 밤의 문화를 즐길 수 있었다. 힌두 사원의 찬란한 불꽃 장식은 갠지스강 위에 떠 흐른다. 거리에는 새로운 축제 문화가 시작된다. 화려하게 장식된 쌍두마차에 신랑, 신부를 태운 행렬이 나팔 불고 북치며 밤새도록 거리를 누빈다. 낮의 가난과 더러운 건물들은 어둠에 묻혀 버리고 폭죽의 불꽃들이 하늘로 튕겨 오른다. 참으로 이해할 수 없는 사회 현상이다. 개인의 결혼 행렬이 큰 거리를 누비고 다녀도 불평하는 사람, 단속하는 경찰관도 없다. 이것이 바로 인도의 카스트 제도인 것이다. 사람들의 사회적 역할이 구분되어 있는 카스트 문화는 힌두의 전통적 사상이다.

우리는 히말리아로 가기 위해 역으로 갔다. 밤 열두 시, 역 광장과 플랫폼은 사람들의 잠자리였다. 전광판에는 2시간 연착이란 글귀가 흘러간다. 철길 위에는 쥐, 고양이 그 밖의 오물들이 그들의 존재를 알리고 있다. 사실 철길 주변은 그곳 주민들의 변소이다. 네팔의 룸비니로 가는 길도 가난한 자연이었다. 척박한 환경에서 그것에 어울리는 모습으로 살아가는 아낙네들을 볼 때 비록 등지게로 나무를 지고 가면서 웃어 주는 눈동자는 그렇게 순박함을 엮어 내는 자연 그 자체였다. 히말라야는 갠지스강의 발원지이며 눈이 거처하는 곳이란 뜻인데 세계에서 가장 가난한 사람들이 살아가는 골짜기이다. 안나푸르나, 마차푸차레, 다울라기리 등 8000m 이상 봉우리들을 멀리서 관광을 하였다. 특히 카트만두에서는 신성한 에베레스트 산과 대조되는 힌두 문화를 체험했다. 네팔 사람들은 산족답게 힌두의 전설 신앙 속에 살아간다. 먼지와 쓰레기로 뒤덮인 카트만두에 파슈파티나트라는 힌두 성지가 있다. 사원의 개울가는 그들의 화장터이다. 수도사들의 주술에 따라 꽃을 장식한 시신들이 장작불 위에 올려진다. 그 재들은 개울에 던져지고 보석을 찾기 위해 그 재를 뒤적이는 사람들도 있으며, 그 물에 목욕하는 사람들도 있다. 그들의 성지는 산자와 죽은 자가 갈라서는 곳이며, 차마 쳐다볼 수 없는 비위생적인 환경에서 노래와 춤 그리고 먹거리가 준비된다. 갠지스강과 힌두교 성지는 둘이 아닌 하나이다. 불교, 자이나교, 힌두교는 서로를 배척하지 않고 갠지스강의 문화를 이루고 있다. 이것은 그들 모두가 갠지스강 유역에 생활의 터전을 마련하고 있기 때문이다.

킬리만자로의 보름달

2004년 1월 나일강 문화 유적지를 감명 깊게 살펴보았다. 2008년도 여행 목적지는 아프리카 대륙 종주에 있었다. 오대양 육대주의 산천과 문화 유적지를 일생을 통해 모두 다닌 셈이다. 여행자의 필수 조건은 여행지에 대한 사전 지식과 비용, 그리고 건강인데 이번 아프리카 5대국의 자유 여행에서는 건강상의 한계를 느끼기도 하였다. 젊을 때의 유럽 여행에서는 새로운 세계에 대한 도전에서 더 희망찬 인생관과 세계관을 세우기도 하였지만, 킬리만자로의 보름달을 보면서 지구가 돌지 않고 멈추어 주었으면 하는 낭만에 젖기도 했다.

이번 아프리카 여행은 동물과 함께하는 여행이었다. 탄자니아 국립공원 셀링게티와 옹고롱고로의 지역은 동물의 천국이며, 자연법이 철저히 지켜지는 곳이다. 세계 사람들은 동물의 세계와 내셔널지오그래피의 동영상을 통해 아프리카 대륙의 신비와 비밀을 알게 된다. 옹고롱고로는 깊이가 700m, 직경이 25km나 되는 세계 최대의 분화구이며, 중앙에는 흐르지 않는 호수가 있기에 톰슨가젤에서 사자까지 먹이사슬이 잘 되어 있는 동물의 천국이다. 공원 안에서 사람들이 살지 않고 사파리를 통해 동물 관광을 하는 곳이며, 사자와 치타, 기타 육식 동물을 2m 거리에서 볼 수 있는 곳이다. 정글의 여행은 공포와 긴장감이다. 사실, 여행은 즐거움만을 위한 것이 아니다. 살아 있는 자연을 보기 위해 옛날 문화 유적을 체험하고, 새로운 사람들을 만나기 위해 길을 떠나는 것이다. 그리고 많은 사람들이 찾는 곳이기 때문에 가고 싶은 충동을 실천하는 것이 여행이다.

잘 알려져 있는 잠베지 강의 빅토리아 폭포는 영국의 탐험가 리빙스톤이 1855년에 가 보게 됨으로써 세상에 알려지게 되었다. 폭포의 위력은 자연의 힘이었고, 물보라가 하늘로 솟구쳐 비를 뿌리면서 무지개 꽃동산을 이루고 있다. 손에 잡힐 듯 무지개를 따라 폭포를 감상할 때, 폭포의 소리는 금속성 소음과는 전혀 다른 감동과 공포의 자연적 오케스트라이었고, 아프리카의 우렁찬 함성이었다. 리빙스톤 시내의 사람들은 폭포 덕에 살고 있는 데 비해, 그곳을 지나가는 관광객들은 그쪽 사람들을 전설의 고향에 사는 사람들처럼 여기고 스쳐 지나갈 뿐이었다. 사실 자연은 여행의 안내자이다. 빅토리아 폭포는 신이 만든 자연의 걸작이다. 따라서 우리는 신이 쓴 자연책을 읽으면서 다음 행선지인 남아프리카공화국 케이프타운으로 떠났다.

케이프타운은 세계적으로 알려진 관광지이다. 이곳은 자연의 아름다움을 살려 문화적인 도시로 만든 아프리카의 보배이다. 우리는 신이 쓴 걸작에 따라 사람들이 만든 예술적 도시인 케이프타운에 여정을 풀었다. 이곳에는 테불마운틴과 희망봉이 있는 곳이다. 원주민의 착취와 학살을 딛고 세워진 서양의 도시이다. 높이 1,067m의 테불 산은 세계 지형에서 보기 어려운 특이한 산이다. 케이블카로 산에 오르니 이곳에 온 기쁨을 느끼게 되었다. 가는 것도 오는 것도 자유이지만, 이곳에서 나의 자유가 정지된 상태였다. 대서양의 끝 만델라의 인생 역정이 새겨진 테불마운틴에서 여행의 보람을 이 글에 담아 보는 것이다.

다음 날 우리는 희망봉(Cape of good hope)으로 달려갔다. 아프리카의 끝자락이며 대서양과 인도양을 갈라놓은 기준점이다. 모험과 희망을 품고 옛날부터 수많은 사람들이 목숨을 걸고 지나갔을 폭풍우의 언덕이다. 생명을 삼킬 듯 파도가 밀려오는 이곳에 잠깐 피할 수 있는 바위 언덕이 있기에 희망봉이라 하였던가? 그러나 지금은 여행과 관광하는 사람들의 희망지이다. 세계 각국의 수많은 사람들이 어떤 희망을 갖고 오고 있는지, 희망봉을 보는 것보다도 밀려드는 관광객을 보는 것이 망망한 바다 위의 관광이었다. 1488년 포르투갈 장사치 바르톨리무디아스가 원대한 꿈을 갖고 지나갔던 곳, 폭풍우 때문에 삶의 희망을 품고 올랐던 바위 언덕, 그 뒤 1497년 세계적 탐험가 바스코다가마가 인도양의 개척의 길을 만들어 갈 때 지나던 이 곳을 희망봉이라 불렀던 것이다. 사실 나는 이곳에서, 지구의 끝 망망한 큰 바다를 바라보는 원대한 희망을, 석양의 노을처럼 잔잔히 사라지는 큰 파도의 포말처럼 순간적인 시간의 주인공이었을 뿐이다. 그렇지만 이번 여행길에서 가장 감명 깊었던 것은 킬리만자로의 달밤이었다. 이 산은 5,895m로서 아프리카에서 제일 높은 산이며, 탄자니아와 케냐의 국경 지역에 있는 암보세리 국립공원으로서 동물들의 낙원이다. 뿐만 아니라 이곳은 마사이족의 생활 근거지이다. 마사이족은 키가 크고 밤갈색 피부의 고수머리이다. 원형의 낮은 소똥 벽 집을 지어 소, 양, 염소, 말을 목축하면서 살아가는 초원의 원주민이다. 우리는 마사이족 촌에 천막 야영을 하였으며, 원래 예행 계획에 따라 암보세리 국립공원 안에서 하룻밤을 자게 된 것이다. 강가 이외에는 모두 사막 지대이다. 작열하는 태양 열기에 몸을 태우면서 먼지 속의 사파리를 하였다. 자연의 주인인 동물들은 저축도 낭비도 없이 서로의 먹이사슬을 이루고 있으며, 사실 그대로의 자연 질서에 의존해 살아가고 있었다. 서쪽 하늘에 노을이 내릴 무렵 동물들의 활동이 킬리만자로의 그늘에 가릴 때 캠프로 돌아왔다.

동쪽에서는 보름달이 떠올랐다. 하늘 중간에 킬리만자로의 하얀 모습, 땅에서는 코끼리들의 짙은 그림자, 말로써 표현할 수 없는 자연의 조화와 신비 그 자체였다. 해와 달이 마주보고 산과 들, 동물이 하나가

된다. 이런 시간과 공간의 주인이 된 우리들의 여행은 꿈속의 여행이란 느낌에서 전망대에서 내려오고 싶지 않았다. 킬리만자로는 산이 아니라 생명의 모체, 자연의 어머니, 하늘의 신비를 전하는 전도사이었다.

어둠 속에 저녁상이 차려진 캠프에 도착하니 보름달의 밝은 빛이 차가워 보였지만, 염소 불고기 요리를 위한 장작불이 검은 그림자들에 의해 달구어지고 있었다. 사막에서 마사이족들이 준비한 염소 불고기와 우리들이 가져간 시원 소주로써 저녁 만찬이 시작되었다. 장소는 아프리카, 주인공은 한국사람, 절묘한 어울림에 우리의 민요와 대중가요가 보름달에까지 울려 퍼졌다.

사막의 보름달은 맑고 차가웠다. 별들은 티 없이 반짝였고 근처에서 하이에나 울음소리가 들려 왔다. 오늘의 달밤은 나의 추억을 되새기게 하였다. 어릴 때의 달은 따 보고 싶은 대상이었고, 젊은 시절의 달은 정원에 걸어 두고 싶은 것이었는데, 킬리만자로의 달을 보니 그 곳으로 훨훨 날아가고 싶은 달이었다. 꺼져 가는 등불이 다시 살아나듯 마른 나무에 새싹이 다시 돋아나듯, 작아졌던 달이 꽉 찬 보름달이 된 것을 볼 때 세상의 모든 생명의 반복이 달의 생태에서 비롯된 것이라 생각되었다. 하늘에 늘 보름달만 있었다면 달을 좋아하지 않았을 것이고, 또한 초승달만 있어도 쳐다보지 않았을 것이다. 킬리만자로의 보름달 물소리 없는 외로움에 젖을 때 만남의 이별이 새벽을 재촉하니, 역시 여행의 본질이 여기에 있지 않나 생각되었다.

다음 날 일행은 마사이족이 사는 모습을 견학했다. 계약도 흥정이었고, 그 대표자는 영어를 하면서 그들의 민속품을 팔기도 하였다. 우리는 60달러에 그들의 마을에 갔다. 대표자가 호루라기를 부니 마을의 모든 아녀자와 남자들이 그들의 고유 의상을 입고 운동장 나무 밑에 모여들었다. 그리고 노래와 춤을 추기 시작했고, 남자들은 장대를 들고 높이뛰

기를 하였다. 높이 뛰면 뛸수록 용맹스러운 전사가 되며, 또한 여자들이 좋아하는 신랑감이 된다는 것이다. 우리는 공연을 마치고 그들의 가옥을 직접 견학하였다. 우리들의 키보다 낮은 캄캄한 방에 햇빛과 통풍 구멍이 몇 개 있을 뿐이고, 구분된 방과 불을 피우는 곳이 중앙에 있었다. 하늘 아래에서 동물과 제일 가까운 삶이라 할까. 그러면서도 여성들은 목에다 온갖 장식을 하여 부의 상징으로 여기고 있었다. 그들이 관광객을 상대하게 되니 고유의 생활 방식이 달라져 공연과 민속품의 수입으로 그들의 참모습을 잃어가고 있었다. 그들은 동물과의 전쟁에서 정글의 법칙에 따라 살았는데, 이제는 백인과의 흥정에서 동물과의 평화를 유지하고 있었다. 원래 그들은 신화적인 본능으로 살아왔지만, 이제는 문명 세계와 결탁하여 그들의 고유성을 잃어 가고 있는 것이었다. 마사이족이 영어를 한다는 것은 세계의 고유문화들이 파괴의 길로 가고 있다는 느낌이었고, 아프리카다움이 사라져 가는 느낌이었다.

우리는 이번 여행에서 우리와 전혀 다른 흑인들의 세계를 견학하였다. 문명이 없는 그 자체가 관광의 상품이었다. 밀림, 사막, 동물, 그곳의 원주민 모두가 낯선 대상이었다. 킬리만자로 산을 중심으로 한 사바나 지대의 유목민으로 살아가는 사람들이 관광객을 상대로 하는 생활 방식으로 바뀌어 가는 모습이 아프리카의 변화인 것이다. 우리들은 그들과 처음 대할 때 지금까지 갖고 있었던 선입견과 편견들을 버리게 되었다. 그들 여러 부족들은 자연과 하나 되어 살아가고 있었고, 우리들과의 만남에서 친근감을 보여 주었다. 그들의 생활 질서를 알게 되니 두려움이 없어졌고, 자연스러운 스킨십에서 거부감을 느끼지 않았으며, 음식과 정을 나누는 점에서는 백인들보다 더 부드러운 느낌이었다. 그러나 여행은 다양한 자연과 사회를 넘어야 하는 것이고 또한 인내와 위험, 어려움도 이겨내야 하는 것이기에 언제나 긴장이 요구되는 것이다. 이번 여행은 종교적 획일성이 없는 자연 속의 여행이었다. 새로운 풍물, 인종, 기후, 산천, 사막의 신기류, 동물의 세계를 체험했다. 그리고 문명인처럼 치열한 경제적 원리에서 살아가지 않고, 일확천금의 생활 의식이 아닌 자연 친화적으로 살아가고 있었다. 자연은 비약이 없고 속임수가 없는 것처럼 그들은 순수하게 살아가고 있었다. 물론 아류사, 나이로비, 요하네스버그 같은 큰 도시의 삶은 너무 복잡하고, 없는 자와 있는 자의 차이에서 오는 삶의 불안감이 사회적 구조 속에 스며들어 여행객에게 삶의 구조적 안정성을 주지 못한 것은 아프리카의 현실이었다.

문화의 보고 스페인

스페인은 피레네산맥 때문에 유럽과 다른 지형 및 기후 풍토를 갖고 있다. 아프리카 대륙과 마주하는 지중해의 관문인 동시에 산림 자원이 없는 준 사막지대이지만 태양의 나라, 정열의 나라, 투우의 나라로서 낭만적인 문화민족으로 구성되어 있어 다채로운 문화유산을 갖고 있다. 서쪽 끝의 이베리아 반도국이기에 지형상 외부세력의 길목이었고, 지중해의 전략적 요충지이기에 끊임없는 전쟁의 역사를 갖고 있으며, 해양국으로서 세계를 지배하는 시대도 있었다. 지중해를 지배하는 나라가 세계를 지배한다는 속담처럼 스페인은 중남미 대륙의 주인이 되기도 하였다. 기원전에는 로마의 지배 밑에 있었다는 문화유적이 관광명소로 되어 있고, 그 뒤 게르만 민족의 침입으로 그리스도교의 국가가 되었으나, 8세기경 이슬람교도의 침입으로 800년간 남쪽 스페인은 사라센 문화권에 접어들게 되었고, 1492년 국토 회복 전쟁에서 이슬람 종교를 물리치고 세계 정치세력의 중심이 되어 카를로스 국왕은 신성로마제국의 황제가 되기도 하였다. 그러나 권력은 권력의 도전을 받고, 힘은 힘의 제물이 되는 역사적 순리에 따라 나폴레옹의 침입 뒤에 내전을 겪으면서 지금까지 그들 특유의 문화를 갖고 있다.

여행은 경험적 학습이다. 세계는 그림책이며 역사적 교과서이면서 민족문화의 터전이다. 신의 자연유산과 사람의 예술적 욕망에 의한 문화유산은 여행의 최종 목적지가 된다. 전쟁의 참뜻과 허영과의 두 얼굴의 대면에서 악마의 소굴이 된 것도 관광의 명소가 되는 것이다. 위대한 예술은 절대권력에서 나오는 것이며, 신의 절대적 권력에 의한 자연의 숭고한 걸작은 초인적인 작품이기에 책장을 아무리 넘기고 읽어 가도 그 신비성은 그대로 남아 있다. 하지만 사람의 예술품에도 신비스러움이 들어 있는 것도 있다. 나는 이번 스페인 여행에서는 자연의 아름다움을 목적으로 한 것이 아니고 스페인 안에 있는 이슬람 및 로마 문화를 감상하러 간 것이다. 스페인은 세계의 두 번째 여행국이다. 그곳에 심어져 있는 사라센 문화는 최고의 걸작의 메카이며 궁전 건축 성채 역시 아라비아 문화의 모범적인 것이다.

우리는 이슬람 문화를 모르면서 알려고 하지 않았다. 동양의 극동에 있는 우리로서는 인도와 중국의 차단벽에 의해 이슬람 문화를 접촉할 수 없었고, 그리스도교의 동진에 의해 아랍문화의 우수성을 알 수 없었다. 이집트, 페르시아 문화와 아라비아의 수학, 천문학은 유럽을 앞서 있었으며, 지금도 동남아는 이슬람 문화권에 속해 있고, 중세의 십자군 전쟁에서 시작하여 오늘의 동서 종교적 대립에서의 문화적 충돌이 인류의 미래를 예측하고 있는 중이다. 그러나 스페인은 가톨릭 국가이면서 이슬람 문화로써 세계적 문화유산 국가임을 자부하고 있는 것이다.

일행은 수도 마드리드를 거쳐 작은 로마라고 하는 메리다 유적지의 원형극장을 보고 포르투갈 리스본을 거쳐 세비야로 갔다. 가는 도중 기적의 언덕 파티마와 땅끝 까보다로까를 두르면서 여행의 즐거움을 빛나는 석양처럼 느꼈다. 세비야는 콜럼버스의 혼과 업적을 기리기 위한 도시이다. 콜럼버스가 스페인을 세계적 국가로 일구었던 근거지가 바로 세비야이다. 여기에는 세계 삼대 성당의 하나인 세비야 대성당이 있는데 원래 이슬람 모스크이다. 또한 이슬람의 대표적 건축인 알카샤르의 위대한 궁전도 있다. 과달키비르 강변의 감시탑인 황금의 탑, 고풍스러운 유대인 거리를 작열하는 태양과 함께 걸으면서 집시의 애환이 담겨 있는 플라멩코 춤의 공연장 로스가로스 광장을 지나 산타크로스 거리의 맥주 맛은 뿜어 대는 분수만큼 시원했다. 스페인에도 자랑스러운 와인이 있다. 여행과 술은 불가분의 관계이다. 술 없는 여행은 물 없는 강을 건너는 기분이다. 휴식은 바로 맥주의 시간이다. 세비야 성당으로 시간을 옮긴다. 히랄다의 97개 계단의 종각에 올라 세비야 시내를 감상하면서 중세 도시에 매료되어 여행자의 위치를 다시 확인한다. 성당 내부의 화려한 장식과 그림, 알폰소 왕의 무덤, 황금의 성물들을 보면서 네 사람의 기사가 메고 있는 콜럼버스의 관을 본다. 이 네 사람은 당시 카스틸랴, 레온, 나바라, 아라곤의 네 왕국을 상징하는 남자이기에 왕의 무덤보다 더 높은 위치에 있는 것이다. 뿐만 아니라 그의 아들 에레란테스도 아버지의 파란만장한 항해의 일지를 잘 정리하여 세상에 알렸다는 공으로 그곳에 묻혀 있다. 여기에는 종교적 축제가 있지만 실제로는 춤추고 노래하는 낙천적인 스페인 남녀들의 무도장이다. 특히 플라멩코의 댄스는 스페인에서만 볼 수 있는 선술집의 낭만인 것이다.

지브롤터 해협 건너편에 매력적인 여행 코스인 모로코가 있다. 서쪽 나라 모로코에는 카사블랑카와 중세 도시 파스가 여행객을 손짓한다. 카사블랑카의 밤거리는 과일의 천국이었고, 사막도시 파스는 오아시스가 있는 곳으로서 가죽산업의 메카이고, 특히 중세의 좁은 골목길은 안내자 없이는 갈 수 없는 곳이며, 늘어선 상점, 당나귀의 배설물, 이슬람의 기도소리, 갈라지는 골목길의 매력은 뉴욕의 맨해튼, 파리의 상제리아보다 더 좋은 여행지이었다. 그리고 세계에서 가장 오래된 카라와인 대학이 있는 곳이고, 이 척박한 땅에서 문화를 일구고 살았던 베르베르인들의 참모습을 볼 수 있었다는 그 자체가 값진 여행이었다. 이슬람교인만이 있는 모로코는 태양이 바다로 떨어지는 서쪽나라이다.

꼬르도바는 스페인 여행코스이다. 중세 이슬람의 수도인 이곳은 세계적인 걸작인 건축물이 있다. 즉 이슬람과 가톨릭 문화가 뒤섞여 있는 메스키타는 관광객들의 간담을 서늘케 하는 큰 사원이다. 권력의 변화에 따라 건축물이 여러 번 개조되어 한 건물 안에 모스크와 가톨릭 성당이 함께하는 이란성 쌍둥이 교회이다. 당시 왕들과 설계자와 건축가의 공적을 기리기 위한 눈부시게 화려한 황금의 문, 돔 천장에 금으로 기록되어 있는 코란의 예술적 가치는 권력의 예술을 상징한 것이고, 기둥에 새겨 놓은 십자가는 탄압받았던 기독교인들의 신앙심이었다. 그리고 종각 꼭대기의 가톨릭 천사 라파엘 상은 승리의 상징이었다. 나는 알카샤르 정원으로 이어지는 유대인의 좁은 골목길 입구에 서 있는 세네카 동상 앞에서 걸음을 멈추었다. 그는 스토아학파의 철학자로서 정치가, 웅변가 그리고 네로의 스승으로서 부족함 없이 영화롭게 살았던 삶이었는데 권력의 무상함에 역모로 몰려 자살형을 선고받고 죽어가는 그 모습이 검은 동상으로 다시 서 있으니 지나가는 나그네의 걸음을 멈추게 한다. 선의 실천을 삶의 최고 가치로 삼았던 그의 사상은 오늘의 허무주의와 반윤리적 인간적 삶에 부귀와 영화로 생을 마감한 그의 생애를 어떻게 변명할 것인가!

스페인 남쪽에는 시에라네바다 산맥이 있고 3,400m의 무라센 산의 기슭에 1238년에 알함브라 궁전이 세워졌다. 그곳이 이슬람왕조의 수도인 그라나다이며, 그 중앙에는 가톨릭 왕실의 큰 성당이 있다. 이곳이 유명한 관광지로 된 것은 사라센 건축물의 꽃을 피운 곳이기 때문이다. 인도의 타지마할이 가장 아름다운 무덤이라면 알함브라 궁전은 가장 아름다운 건축물이다. 이 건물의 구조와 장식은 모든 아랍 건물의 표본이 되는 것인데 도대체 이 궁전의 문화적 가치가 얼마나 될까? 스페인 군이 쳐들어올 때 보아브딜 왕은 궁전을 보호하기 위해 저항 없이 떠났으며, 카스틸랴 왕도 왕궁을 보존하기 위해 온갖 노력을 하였다. 안달의 연못, 두 공주의 방, 사자들이 받치고 있는 분수대, 벽면과 기둥의 장식, 아라베스크 무늬의 아치 장식, 이 모든 것은 사람의 신비적 예술능력의 발휘이고 설명으로써 감상할 수 없는 아름다움이었다. 결국 직접 감상할 수 있는 그 자체가 여행의 값진 보람일 것이다. 그러나 행복한 그 순간 여기에 슬픈 전설의 나무가 죽은 채 서 있다. 궁녀와 경비병의 아름다운 사랑을 이 나무가 지켜보았기에 세 생명 모두가 화형을 당한 것이다. 천국인 궁전 안과 그 바깥의 언덕에 있는 집시족의 슬픈 삶이 서로 대조되어 세계의 문화유산과 플레멩코의 춤과 노래로 내려오고 있는 것이다.

우리는 바르셀로나에서 가우디의 건축의 혼을 보았고, 황영조의 마라톤 발자국을 보았으며, 고야 출생지 사라고사에서 필라드 성모성당 그의 예술품을 감상하면서 마드리드로 이동해 프라도 미술관, 마요르 광장, 헤밍웨이가 다니던 제일 오래된 식당 보틴에 들렀다. 우리에게는 마드리드는 지나가는 여행이었고, 마지막 도착한 곳이 똘레도이다. 사실 똘레도를 보지 않고는 스페인을 보았다고 할 수 없을 정도의 대표적인 도시이다. 타호강으로 둘러싸여 있는 자연적 성이며, 스페인 가톨릭의 총본산으로서 건축 성당 모스크, 중세의 성과 거리, 그레코의 미술작품들이 보존되어 있는 보물 그 자체이다. 전쟁과 전쟁으로써 지켜지고 건설된 도시 똘레도는 웅장한 성채, 아랍의 성벽 산마르틴 다리, 태양의 문 똘레도의 대성당 그리고 엘 그레코의 미술관, 소코도베르 광장, 이 모든 것이 사람의 욕망을 대변하는 예술품들이다. 화가인 엘 그레코(1541~1614)는 똘레도의 정신적 지주이며 예술적 혼을 대표하며 그레코의 정신세계의 모습이 똘레도이기에 그레코가 없는 똘레도는 생각할 수도 없는 것이다. 그레코의 그림은 그곳에 있는 성당들의 존재 근거이다. 똘레도는 이베리아 반도의 역사와 예술의 박물관이다. 유대교 사원이 이슬람 사원이 되고, 그것이 또 가톨릭성당이 되어 똘레도의 참모습을 드러내고 있는 것이다. 그리고 그레코의 성당 장식 그림은 하늘의 세계를 동경하고 종교의 성스러움을 북돋우며 사람들이 신앙심을 깊게 하는 매개물이었다. 지금도 똘레도는 스페인 사람들의 마음의 왕도이며 16세기 초에 유대 민족들이 이곳을 떠나면서 언젠가는 돌아올 것이라는 기대감 속에 문의 열쇠를 갖고 갔으며, 그 후손들이 중동 여러 곳에 흩어져 살면서 지금도 그 열쇠를 갖고 있는 사람도 있다는 것이다.

스페인 사람들은 하루에 다섯 번 식사를 하며 낮잠을 자는 국민이다. 계절 따라 축제가 많은 나라, 뒷골목 선술집을 찾아드는 국민성으로 우리와 비슷한 생활수준이다. 그러나 지금 유럽의 여행에서 가장 불편한 것이 화장실 사용이며 먹는 물의 해결이다. 이것은 물질적 삶의 가치를 추구하는 세계의 흐름이며 동양에서도 언제 일어날지 모를 일이다.

해변의 세 소녀

어린 세 소녀가 파도가 일렁이는 모래밭 바닷가에서 소꿉놀이를 하고 있다.

헤엄을 치기도 하고 모래성을 쌓으면서 즐겁게 놀고 있다. 처음 보는 나로서는 너무나 위험스럽게 보여 왈칵 두려움을 느꼈다. 경비병도 없는 이곳 해수욕장에서 보호자도 없이 놀고 있으니 얼마나 위험할까? 한참동안 아이들로부터 눈을 떼지 못하였다.

이곳은 필리핀 중서부 판나이 섬 북쪽에 있는 보라카이라고 하는 아주 작은 세계적인 휴양지이다. 인구 13,000명이 살고 있는 이 섬은 지구에서 마지막으로 남은 천국이라 할 정도로 아름다운 자연과 해변의 모래사장을 가진 곳이다.

부산에서 직행으로 4시간 만에 도착한 깔보리 공항은 활주로와 입국장 건물 하나만 달랑 있는 시골공항이며 여기서 버스로 3시간 정도로 달려 까띠끌란 항구에 도착하여 다시 작은 통통배로 10분 정도 건너가면 지상낙원이라 하는 보라카이 해변 백사장이다. 젊은 연인들과 신혼부부들이 연간 20만 명 정도가 모여드는 관광의 명소이다.

4km 정도의 모래사장은 자연의 시집인 양 영겁의 시간으로 이어져 온 것처럼 태양빛을 반사하고 있었다. 콩고물보다 더 부드러운 모래알 그리고 하얀 조개껍질보다 더 흰 모래밭은 푸른 바다와 연결되어 한포기 그림 같은 자연을 연출하고 있다. 뿐만 아니라 해수욕장의 깊이도 완만하여 30m까지 걸어서 들어갈 수 있었고 흰 모래 위의 바닷물 색은

초록의 생명처럼 환상적 색깔이었다. 물밑에 파도가 밀려오면 모래의 흔들림에 발바닥이 가려울 지경이고 모래 파도의 율동은 하늘에서 눈이 내리는 것처럼 바다 속의 고요함이 나의 심장 뛰는 소리를 듣는 느낌이며 흰 구름이 바람결에 움직이는 그림 같았다. 브라질 리오데자네이로의 코파카바나 해수욕장이 아무리 좋다고 한들 그곳은 인위적인 해변이다. 만곡의 물길은 6km의 백사장과 희고 검은 모자이크 모양으로 아름답게 장식된 산책길, 고급 아파트와 호텔의 빌딩들이 즐비하게 서 있는 해변으로 관광객이 몰려드는 세계적인 해수욕장이다. 하지만 그 누구도 자연에 복종하는 느낌을 가질 수 없는 곳이다. 그러나 보라카이 해변의 키 큰 야자수 그리고 호수와도 같은 바다, 해변의 햇살, 다섯 가지 색을 지닌 물의 빛은 사람들로 하여금 바다를 사랑하게 하고 있다. 원색적 자연의 바다 빛을 사람들이 뛰어들어 황칠을 한다. 휴양지 해수욕장은 젊은 청춘을 유혹하지만 보라카이 해변은 밤의 아름다움을 유혹하고 이곳 어린이들의 희망은 영글어 가고 있다.

　해변을 보호하기 위해 야자수보다 더 높이 집을 지을 수 없는 여기에는 이곳 사람들의 삶의 숨결이 스며들고 있다. 해변의 조촐한 리조트, 기념품 가게, 안마소, 카페, 모래 위의 안락의자, 토속 음식점, 낡은 작은 자동차, 그리고 맨발의 해수욕 차림의 사람들, 치안의 불안감도 전혀 없고 무질서 속의 질서는 자연의 묘미였다. 나는 왜 이곳의 해변이 이렇게 평화롭고 안전한 지대가 되었는지 알 수 없다. 야자수 밑의 모래사장을 맨발로 무아의 상태에서 걸어본다. 파도도 없다. 샤워장도 없고. 탈의소도 없다. 300m 안에서는 건물도 지을 수 없다. 오직 모래사장 보호를 위한 규제만 있을 뿐이다. 아침이 되니 해변은 말끔하게 청소가 되어 있었다. 바닷새도 숲속 새도 보이지 않는다. 영롱한 태양이 바다를 붉게 물들이고 있다.

해변을 벗어나면 시내는 말끔히 정돈된 거리와 상가도 있지만 바다가 멀어지면 멀어질수록 지저분한 달동네가 된다. 좁은 찻길, 밀려드는 작고 낡은 차들, 무질서하게 차려진 과일가게, 이 모두가 가난한 동네의 차림이었다. 갈색 피부의 말레이족들의 삶의 모습이 그대로 노출된 낮은 문화와 가난한 생활의 모습인데도 평화스럽기만 하였다. 아름다운 해변과는 전혀 다른 동남아 빈민촌의 거리였다. 거기에는 아이들의 놀이터도 없고 보호시설도 보이지 않는다. 사람들은 순박하고 친절했다. 물건을 구경하고 흥정하면서 그냥 나와도 친절하게 인사를 했다. 거리의 여기저기에 한국식당과 중국식당들이 간판을 내걸고 있는 것에서 참으로 상업은 조국이 없는 것처럼 보였다. 이러한 빈민촌에까지 국제적 상혼이 스며드는 것을 보니 여기서 생각되는 돈은 불평등의 씨앗이 되는 느낌이었다.

보라카이 해변은 아침, 대낮, 저녁의 삼색으로 구분된다. 아침해는 해변 뒤쪽에서 뜬다. 흰모래, 푸른 물, 맑은 공기 이것이 해변의 정취이다. 갈매기도 없다. 산책하는 사람들은 잠든 해변을 위해 꿈결 속에 걸어간다. 대낮의 해변은 작열하는 태양과 함께 온갖 해양 스포츠가 전개된다.

호핑투어, 스쿠버 다이빙, 제트스키, 세일링 보트, 플라밍피쉬들은 바다의 낙원이었다. 그들은 먼 바다의 항구를 꿈꾸지 않는다. 젊음의 로맨스를 즐길 뿐이다.

그러나 석양의 보라카이는 연정이 익어가는 해변이다. 이곳의 비치는 서쪽을 향해 있기에 열대의 저녁노을이 수평선을 이룬다. 그 두텁던 햇살도 부드러운 황혼으로 변한다. 그러나 연인들은 노천바다와 모래사장에서 정열을 불태운다. 사랑의 욕망이 어두워 질 때, 숲속 야자수 밑 오두막에 들어가 산미구엘 맥주와 열대과일의 주스로 연정을 풀어 내린다.

다시 해변은 조용해진다. 아이들이 모여든다. 세 소녀가 물놀이를 한다. 모래성 쌓기도 한다. 이제야 이곳 해변이 그들의 가장 안전한 놀이터임을 알게 되었다.

그들의 주거지는 열악한 환경으로 놀이터가 없을 것이고 좁은 거리에 오고 가는 세발 택시 때문에 해변으로 나올 수밖에 없을 것이다. 해변은 그들의 천국이고 세 소녀의 어머니의 자연이다. 바다는 어부들의 무덤이고 파도의 산실이지만 보라카이 해변은 세 소녀의 미래이고 꿈이고 희망일 것이다. 이제야 갈색의 얼굴, 깡마른 몸매로 놀고 있는 그들의 모습이 위험으로부터 아름다움과 평화스러운 모습으로 보였다. 여기는 경비병과 구조대원도 없다. 소녀들은 바다의 꽃이었다. 생명의 바다에서 소녀들의 웃음은 구름보다 더 가벼웠다.

계림에서의 자연과 예술의 만남

계림은 자연과 예술의 어울림으로 가꾸어져 관광 상품으로 주어지고 있다. 원래 자연은 원형이고 예술은 모방인 것처럼 자연적인 나의 몸은 인위적인 모방 속에서 살아가고 있다. 나의 열 번째 중국여행은 계림이었다. 계림은 세계에서 보기 드문 특이한 지형을 가진 관광지이다. 석회암으로 이루어진 낮은 산들의 기이한 자연들이 한 지형을 이루는 아름다운 곳이다. 이곳은 중국의 남쪽 광시족의 자치구이며 그들의 고유한 의상, 모자의 장식, 노래와 춤 모두가 다른 지방과는 차별화되어 있다. 산들의 높이는 100m 전후이고 산과 강의 어울림이 자연 그대로의 아름다움이다. 계림은 신선이 내려와 살고 있는 느낌의 도시이다. 산과 강이 있는 곳에 전설이 있고 신주를 모시는 사당이 있으며 복채를 받아들이는 부처가 있다. 중국 사람들은 유별나게 영물이나 신물 앞에 돈이나 향불을 피워 복을 비는 기복사상이 강한 나라이다.

여행은 자유롭게 세계의 풍경이나 문물을 체험하는 좋은 시간이다. 2004년 11월에 베트남 하롱베이를 관광하였다. 그곳은 화강암의 기이한 모습들이 바다 위에 군집하여 떠 있는 곳인데 이곳 계림은 바다에서 떠올라 육지가 된 곳이다. 3억 년 전에는 바다였던 것인데, 지금은 낙타 등처럼 불쑥불쑥 솟아오른 산봉우리들이 한포기의 동양화 같은 모양으로 자연을 수놓고 있는 지형이다. 계림은 신들이 그린 그림처럼 산수에는 신선이 놀고 있는 곳이라 느껴지는 지형이다. 그러나 여행은 무목적으로 세계의 그림책을 감상하는 것이며 다른 민족들이 살아가는 모습을 제 생각대로 체험하는 것이다.

우리 일행 열한 사람은 더 넓은 계림을 보기 위해 근교의 묘산이란 곳에 리프트를 타고 올랐다. 이곳에서 중국 사회의 공동묘지를 볼 수 있었고 도교와 불교 사원과 제후들의 석상, 현인들의 형상을 볼 수 있었다. 전망이 좋은 천상공원이었다. 계림의 형형색색 석회암 산봉우리들을 볼 수 있었다. 처녀 젖가슴 모양, 젖소의 젖꼭지, 낙타 등, 돛단배, 남성의 성기, 장군의 투구, 망부석 소가 걸어가는 모양 등 일일이 표현할 수 없는 자연 중의 자연이었다. 금강산의 만물상, 장가계의 기암절벽과는 차별화되는 젊은 산이며 계곡이 없는 아름다운 봉우리들 그리고 강 따라 왕릉처럼 서 있는 산이다. 자연은 신의 의지의 표현이라 할 때 특히 계림은 신의 정서를 표현한 동양화적 예술품이다.

계림에서 리강을 따라 유람선을 타고 산수의 아름다움에 도취되어 꿈결에 선경을 보듯 흘러가면 양수오에 이르게 된다. 이곳은 계림 관광의 백미이다. 산봉우리에 큰 구멍이 뚫려 있는 월양산은 특이한 경치이며 보는 각도에 따라 반달이 되기도 하고 온달이 되기도 한다. 사진을 보았을 때는 감동적이었는데 실물을 보는 순간에는 산에 구멍이 나 있는 정도였다. 여기에는 은자암 동굴이 있다. 2km의 동굴을 한 시간 동안 관람했다. 나는 세계의 여러 동굴과 중국의 몇몇 동굴을 보았지만 계림의 동굴이 가장 감동적인 지하의 경치였다. 자연의 아름다운 모습은 우리가 늘 볼 수 있는 지상의 자연과 신비에 싸여 있는 바다 밑의 자연 그리고 땅속 동굴의 아름다운 자연으로 구분될 것이다. 이 은자암 동굴은 종류석, 석순, 진귀한 복석처럼 장식되어 있는 만물상으로 지하의 신비와 아름다움으로 장식되어 있다. 자연을 감상하는 미적 감각은 천차만별이지만 많은 사람들이 한결같이 숨죽여 오래도록 감상하는 것을 볼 때 동굴의 신비로움에 사람들의 공통적인 순수성을 표현하는 것이라 생각된다. 계림은 사람들로 하여금 미적 향수에 젖어 살게 하는 곳이다.

석양을 바라보면서 대나무로 만들어진 유람선을 타고 리강의 풍경에 젖어본다. 오리들도 떼를 지어 놀고 있다. 절벽의 산들도 유람선 따라 흐른다. 한국에서 갖고 온 소주로 술잔을 채워 본다. 이곳에서 느껴지는 미적인 낭만은 석양처럼 짙어진다. 자연으로 돌아가려고 하는 사람들의 순수성이 미적 감정이라 한다면 강물에 술잔 띄우고 낭만적 놀이에 젖는 것도 여행의 즐거움일 것이다.

유람선에서 내려 양수오의 옛 시장인 서가 재래시장으로 갔다. 원래 시장은 전통문화의 종합 전시장이기에 토산 수공예품을 비롯하여 중국 속에서 서양문화를 체험할 수 있는 곳이었다. 노천 주점의 생맥주가 관광객을 유혹하고 진열된 상품은 걸음을 멈추게 한다. 우리 일행은 센트럴 주점에서 맥주와 독한 계림명주 삼화주를 곁들이면서 저녁식사를 마치고 강변의 공연장으로 갔다. 중국의 유명감독 장예모가 연출한 〈인상(Impression) 유삼랑(劉三娘)〉이란 제목의 공연이다. 유씨 농부의 세 딸이 가난한 부모를 위하여 고기를 잡고 농사를 지으면서 부모를 효성으로 모신다는 줄거리이다.

무대는 리강 가의 호수이며 호수 주변에는 아홉 봉우리의 작은 산이 병풍처럼 둘러 있고 산과 산을 연결하는 다리와 방파제가 있으며 산마다 각각의 특이한 조명시설이 되어 있어 자연과 예술이 절묘하게 어우러져 있다. 강과 농토를 제공하는 자연, 호수와 산들의 풍경, 그리고 밤을 화려하게 꾸미고 있는 예술적 조명은 자연과 예술이 아름답게 일치하는 감동적 인상을 느끼지 않을 수 없었다. 양수오의 절묘한 경치 전체가 무대이고 그것에 어울리는 예술적 조명시설은 예술적 영감의 최고봉이라 생각되었다. 이러한 무대에 등장하는 배우들은 600명, 공연을 구경하는 사람들은 최소한 6,000명 정도이다. 아홉 개의 산봉우리와 호수가 무대의 후경이고 봉우리마다 설치된 빛의 제전, 광시족자치구의 전통의상과 춤과 노래, 등장하는 소와 달구지, 배와 어부들, 이것들은 살아 있는 예술이고 생활적 공연이었다. 낮에는 학교에서 공부하고 일터에 나가면서 밤에는 주민, 학생들이 공연에 참가하는 것이다. 그야말로 삶의 예술 또는 예술적 삶이었다. 이곳 사람들은 자연의 주인이었고 자연을 가꾸고 보호하는 예술인이었다. 산이 아무리 웅장하고 아름답다 하더라도 길이 없으면 산이 아니듯이 자연이 아무리 아름다워도 그 주인인 사람이 살지 않는다면 누가 자연을 신의 예술품이라 할 것인가? 양수오의 예술적 밤은 환상적, 인상적 그리고 감동적이었다.

계림은 예술의 도시이다. 낮에는 자연의 예술이고 밤에는 조명으로 이루어진 예술의 도시이다. 주민들은 오래전부터 살아오면서 계림을 삶의 터전으로 만들어 왔다. 한편으로는 자연의 침범이요 파괴인 것이다. 하지만 이것은 사람들의 삶의 의지이며 예술적 삶의 욕망은 신이 가르쳐 준 본래적 지혜이다. 지금 계림 시내의 밤은 빛의 축전 미디어 아트로 장식되어 환상의 도시로 꾸며지고 있다. 리강과 도화강이 합쳐지는 곳에 네 개의 인공 호수를 만들어 다리를 놓고 탑을 세워 유람선을 띄우면서 관광객을 불러들이고 있다. 여기는 환상적인 밤의 경치이다. 자연을 이용한 조형물, 사람들의 예술성에 의한 미디어 아트의 불빛이 폭포처럼 쏟아지고 있다.

우리는 마지막 날 유람선에서 밤을 장식했다. 화려하게 장식된 불빛 다리 밑으로 유람선은 흘러간다. 용호, 묵호, 계호, 삼호의 인공 호수들을 지날 때마다 건문교, 개선문 등의 품격 높은 다리 밑으로 지나가며 저 멀리 은탑, 금탑의 높은 조명에는 별들이 반짝반짝 흘러내린다. 어느새 배에서는 우리의 민요와 동요가 흘러나온다. 반달, 아리랑, 도라지 등 옛날 노래이다. 나는 늙었기에 따라 부를 수 있었고 준비된 시원소주

를 한 잔 한 잔 마시었다. 낭만적인 유람선의 밤이었다. 어부들은 생계
수단으로서가 아니라 관광상품으로 가마우지로 고기를 잡고 있다. 이
러한 화려한 밤도 사람들의 욕망 속에 깊숙이 자리하고 있는 물욕의 산
물인 것이다. 밤의 문화는 그 나름대로 사람들을 유혹하면서 밤은 언제
나 찬란한 불빛의 문화를 요구한다. 그래서 계림의 밤은 화려하고 환상
적이다.

　실제로 사람들의 욕망은 문화발전의 원동력이 되기도 하지만 자연과
역사의 파괴자가 되기도 한다. 예술은 자연의 모방이지만 자연의 파괴
적 산물인 것처럼 계림이 예술적 도시라 함은 자연을 앞설 수도 없고 자
연을 초월할 수 없는 자연 속의 계림이다. 그러나 계림은 몇십 년 뒤에
는 또 다른 모습으로 관광객을 맞이할 것인데, 이것은 계림이 자연을 통
역하고 있다는 증거가 될 것이다.

예술이 살아 있는 바르셀로나

살아 있는 사람이 별나라에 여행을 할 수 없는 것처럼 죽은 사람이 기차를 타고 여행을 할 수 없을 것이다. 기차는 여행하는 사람들에게는 움직이는 정원이며 낭만적 여행의 수단인 것이다. 그러나 우리는 기차로 세계의 산천 어느 곳이나 여행을 할 수 없을 것이다. 즐거운 여행으로 반평생을 보내면서 어릴 적 자갈길 도로 위 목탄으로 가는 버스와 트럭을 되새겨 본다. 시골의 한 촌뜨기가 어떤 사연으로 그렇게 세계를 알려고 하였으며 그곳에 가고 싶은 욕망을 실천하였을까? 나의 마음의 고향은 자연이었다. 자연의 질서가 나의 교양이었고 자연에 대한 복종이 나의 도덕관념이었다. 나이가 들어 늙어갈수록 자연의 신비로움과 정직함에 감탄하면서 해마다 자연이 열어주는 길을 따라 여행을 하였다.

2009년 7월에 12일간 이베리아 반도와 모로코 여행을 했다. 여행의 차창은 항상 새롭고 싱싱하다. 지브롤터 해협을 건널 때는 감동적이었고 태양이 작열하는 모래밭에서 생명의 활동을 보았을 때 그 잔인한 사막에도 작은 생명을 살게 하는 자비로움이 있는 것을 알게 되었다. 나는 모로코를 거쳐 스페인 지중해 해안을 따라 바르셀로나에 도착했다. 사람의 욕망이 만들어 놓은 문화유산과 권력과 종교에 의한 전쟁의 흔적들을 보고 듣고 기록하면서 지나왔지만 여행의 본질이 무엇인지 손에 잡히지 않는다. 우리의 정조대왕은 금강산과 관동팔경을 구경하고 싶었지만 궁궐을 비울 수 없어서 당시의 화가 김홍도를 대신 보내어 그곳의 경치를 그려 오게 하였다고 전한다.

바르셀로나는 예술의 도시이며 부자의 도시로서 카탈루냐 지방의 중심 도시이다. 옛 바르셀로나는 알파벳 문자를 처음 사용하였으며 미술과 공예에 뛰어난 페니키아인들에 의해서 만들어진 도시이고 BC 3세기경에 카르타고 사람들이 바르키노 또는 바르카라고 불렀던 도시이다. 그리고 항구로서 역할을 시작한 것은 BC 2세기경부터이며 그 뒤 로마 세력과 더불어 발전을 계속하였고 한때는 카탈루냐 전체가 프랑스의 속주가 된 때도 있었다. 하지만 바르셀로나 백작의 영지로서 독립국가가 되면서 독자적인 기질이 강한 문화와 언어에 대한 자부심도 가졌던 것이다. 1714년에 스페인 정권을 장악한 부르봉 왕조에 의해 자치권을 박탈당했을 때 강력하게 중앙정부에 반항하면서 스페인의 공업도시로 성장해 갔으며 1888년에 세계만국 박람회를 개최했을 때는 지금의 관광 명물로 되어 있는 콜럼버스의 기념탑이 세워졌으며 1929년의 만국박람에서는 기념비적인 많은 건물들이 세워졌다.

도시가 아무리 번창해간다고 하더라도 빈부의 격차가 있게 마련이다. 그러나 예술은 빈부의 격차를 내세우지 않는다. 도시란 인위적인 구성물이기에 자연에 대비되는 위대한 문명이며, 도시의 아름다움은 그곳에서 살았고 지금 살아가고 있는 사람들의 창의적 예술심의 표현이다. 사실 바르셀로나는 전위예술의 총본산이라 할 수 있다. 1차 세계대전 뒤 기성예술의 형식과 관념을 거부하고 새로운 예술의 혁신을 모색한 전위파의 선구적인 역할 즉 아방가르드(avant-garde)의 탄생지이다. 또한 정치적 성향도 중앙정부에 동조하지 않고 독자적인 자치권을 넓혀 갔으며 중앙에 대한 저항심이 애향심으로 이어졌다. 바르셀로나는 세계적인 유명한 예술가들의 출생지이다. 그들의 뛰어난 예술적 활동이 애향심 그 자체였다. 예술적 삶이란 가장 자유롭고 가치로운 삶이기에 사람들은 신의 예술인 꽃을 감상하면서 때때로 화환을 만들어 생활을 장식하듯 바르셀로나는 자연과 예술의 어울림의 도시이다. 나는 바르셀로나를 관광하면서 이곳은 예술을 통역하는 도시임을 느꼈고 광장의 포도주와 맥주를 마시면서 예술가가 된 느낌이었다. 플라멩코 춤, 목로주점, 아트리엘 그 하나 하나가 바르셀로나로 하여금 전위예술의 본고장을 만들고 있다고 생각되었다.

실제로 바르셀로나는 예술의 도시뿐 아니라 낭만적인 항구 도시이다. 종교 중심의 문화와 행정의 중심 도시이다. 콜럼버스의 위대한 바다 탐험적 업적이 바르셀로나의 예술적 작품으로 장식되어 있다. 평화의 광장에는 콜럼버스의 동상이 서 있고 부두에는 당시에 항해했던 산타마리아호가 실물 크기와 똑같이 만들어져 관광객들의 관심을 모으고 있다. 콜럼버스는 유럽에서 동양으로 가는 뱃길을 개척한 사람이며 지구가 둥글다는 것을 증명한 사람이다. 1492년에 아메리카 대륙을 유럽 사람들에게 알림으로써 정복의 시대와 식민지 개척시대를 열게 하였다. 한편으로는 인디언, 마야 그리고 잉카문화를 무참하게 파괴하는 동기를 부여했고 미국을 탄생시킨 역사적 사건을 일으키게 하였다. 그런데 콜럼버스가 바르셀로나와 관계를 맺게 된 것은 그가 항해를 떠날 때에는 스페인 서쪽의 세비야에서였지만 돌아올 때는 이사벨 여왕이 바르셀로나에 있었기에 이곳으로 들어왔기 때문이다. 또한 스페인은 콜럼버스를 통해 남미대륙을 지배하게 되었고 근대화로 발전해 가면서 1888년에는 세계만국박람회가 개최되었고 그때 70m 높이의 콜럼버스의 기념비가 세워졌다. 결국 이 기념비는 스페인 사람들이 세계로 뻗어가는 상징물이 되었고 바르셀로나 사람들의 자존심이었으며 현재로서는 바르셀로나 관광의 명물이 되어 있다.

피카소는 스페인 지중해 연안 항구인 말라가에서 태어났지만 예술의 재능을 키우기 위해 바르셀로나에서 성장하였다. 그의 예술적 성장배경은 가우디 시대이며 바르셀로나에 불어닥친 아나키즘(무정부주의)의 폭풍우 시대이다. 피카소는 20세기의 천재적 예술가다. 그는 자신의 예술적 소질을 키워가면서 카탈루냐 지방의 예술적 특성을 계승하여 바르셀로나를 예술의 도시로 만들어가는 주역이 되었다. 그는 전위예술의 선구자이며 초사실주의와 입체파의 획을 만든 화가로서 1897년 바르셀로나에서 처음으로 개인전을 열었으며 그 뒤에 피카소의 미술관도 지어졌다. 바르셀로나의 건물과 거리에는 전위예술의 타일벽화가 장식되어 있고 예술적 간판과 거리의 벽화들 모두가 고전적 도시임을 증명하고 있다. 피카소, 미로, 달리 같은 화가들은 그들의 감각적 섬세함을 살아있는 녹색의 그림으로 표현하고 있다. 거리에는 상업적 간판도 많다. 관광객들이 많이 오고 가는 곳이기에 붉은 입술의 여성들이 예술인의 흥내를 내면서 그들의 직업을 드러내고 있는 도시이다.

바르셀로나 하면 가우디를 생각하지 않을 수 없다. 그는 세계적인 건축가답게 세계 걸작의 건축물들을 바르셀로나에 세웠다. 또한 이곳에서 카탈루냐의 문예부흥을 일으킨 사람이고 바르셀로나 사람들에게 예술적 자부심을 심어주었으며 이곳의 관광객들에게는 방문의 보람을 심어주었다. 가우디는 카탈루냐의 정치적 저항운동과 전위예술의 태동기에 나타나 바르셀로나 건축예술의 꽃을 피운 사람이다. 이곳의 토박이로서 카탈루냐의 전통적인 중세고딕 건축양식을 계승하면서 그의 새로운 예술성을 발휘하여 구엘 공원과 성 사그라다 파밀리아 대성당을 건축한 것이다. 가우디는 바르셀로나의 평범한 언덕을 세계적인 명품인 구엘 공원으로 조성했다. 당시 구엘 백작의 재정적 도움으로 예술의 천재성을 나타내어 14개의 건축물을 지었으며 특히 구엘 공원은 근대적 합리주의 경향에서 벗어나 비합리적인 바로크적 바탕에서 아주 기묘한 곡

선기둥의 건축과 언덕광장 및 동굴의 공원을 만들었다. 그리고 더욱 기억에 남는 것은 공원 전체가 시민들의 고민을 풀어주고 휴식을 하게 하는 의좌형(椅座形)이며 집들의 지붕 및 벽은 버려진 병들과 깡통을 재활용한 것이다. 공원 전체가 괴물의 표현이며 어린이의 만화동산 그리고 상상의 언덕이다. 여기의 긴 의좌(椅座)에 앉아 있으면 바르셀로나의 숲에 덮인 시내와 푸른 지중해가 한 눈에 들어온다. 넘어질듯 한 비틀어진 궁전 앞에서 휴식을 하는 동안 석양의 붉은 노을이 구엘 공원에 내리고 있다.

우리는 바르셀로나 하면 가우디의 미완성 작품인 성가족 대성당을 떠오르게 한다. 그는 1884년부터 사그라다 파밀리아를 짓기 시작하여 완성하지 못한 채 1926년에 죽었다. 당대에 성당을 완성하지 못한다는 것을 그는 알고 있었다. 세계의 모든 성당들은 천년을 두고 지어진 건물들이 많이 있기 때문이다. 세계 어디에서도 볼 수 없는 특이한 건축양이다. 트랜셉트(십자형 교회당에서 중심축선과 수직으로 만나는 부분)의 정면과 무너질 듯한 기이한 높은 탑들의 조화 이것은 아르누보의 유행을 추월하며 근대에 살았던 사람들의 속죄와 근원적인 불만을 건축으로 표현한 것이라 전하고 있다.

성당 내부의 구조와 장식에 있어서도 모든 성당들과의 차별적 예술미를 품고 있었다. 그의 작품의 특징은 곡선미이며 천정의 굴곡미가 가로등처럼 나열되어 있는 미적인 감동은 그 높이에 압도되었다. 실제로 무너질까 봐 불안감을 느끼면서 종교의 신앙심과 예술의 합일 즉 신앙의 자유로움과 예술의 자유로움의 합일에서 모든 불안이 없어지는 것이 아닌가!

스페인 여행에서 떠오르는 것은 투우와 플라멩코이다. 투우는 사람의 잔인성을 표현하는 오락이며 플라멩코는 집시들의 삶의 애환이다. 이

것이 스페인 문화로 정착됐다. 광장에는 투우장이 있고 오페라 전당이 있으며 소녀 같은 카르멘의 플라멩코 춤이 있는 목로주점들이 관광객의 발길을 멈추게 한다. 카탈루냐 광장은 고딕 건축으로 유명하다. 스페인 마을, 몬주익 언덕의 공원 이 모두가 바르셀로나의 예술적 관광지이며 이 언덕에는 카탈루냐의 미술관, 중세작품의 미술관, 민속박물관 그리고 우리나라 황영조 선수의 올림픽 마라톤 월계관과 기념의 발 동상이 세워져 있다. 항구에는 우리나라 상선들이 드나들고 있으며 400명의 교포들이 살면서 태권도 보급으로 한류를 넓혀가고 있다. 현재의 국왕은 태권도 6단이라 하며 스페인 한인회 회장이 태권도 사범이라 한다. 바르셀로나는 세계적인 작곡가 안익태 선생의 생활지였다. 그는 미국의 샌프란시스코에서 애국가를 작곡하였고 그 밖에 〈코리아 판타지〉, 〈흰백합화〉, 〈강산의 논개〉 등의 작품을 남기면서 고국의 하늘 아래서 살겠다는 소망에도 돌아오지 못하고 바르셀로나에서 60평생을 살다가 세상을 떠났다. 안익태 선생은 애국가는 나의 작품이 아니라 하느님의 선물이며 하느님의 영감을 조국의 국민들에게 전했을 뿐이라 하였다. 이와 같이 바르셀로나는 우리나라와 인연이 깊은 도시이다.

도시에는 어디든지 그늘진 곳이 있다. 차별과 저주 속에 살아가는 아이들, 직업을 갖지 못해 굶주림에 시달리는 사람들, 농촌에서 무작정 도시로 찾아든 유랑민들, 이들에게도 바르셀로나의 거리는 자유로운 공간이다. 벌써 우리 일행의 한 명이 지갑을 도둑맞았다. 이곳에도 벼룩시장이 있다고 한다. 관광객들로부터 훔쳐진 물건들이 거래되는 곳이다. 가이드는 소매치기를 조심하라는 주의를 여러 번 한다. 레이나 광장의 강렬한 햇살은 정열의 나라 태양의 나라인 스페인의 기후를 대변한다. 우리는 다음 관광지로 떠나는 대절 버스에서 바르셀로나의 광장과 거리의 풍경을 되새겨본다.

티베트의 하늘 열차

여행은 설렘과 기대감을 갖고 떠나는 체험적 독서이다.

2014년 5월 8일 에베레스트 트래킹을 목적으로 티베트 라싸로 떠났다. 티베트에 관한 여행 재료도 없이 일행과 함께 밤 10시 김해 공항을 출발해 서안에서 하루 밤을 자고 다음 날 7시에 라싸행 비행기에 올랐다. 10시경 비엔카 산맥과 탕구라 산맥을 넘어갈 때 창구에서 내려다보이는 설산의 경치는 파도 치는 흰 포말이었다. 흰색 바탕에 간간히 솟아 있는 산봉우리는 누구도 밟지 않은 천사의 땅, 시간이 멈추어 있는 신비스러운 경치였다. 구름이 눈이 되어 산으로 소풍을 간 푸른 하늘을 날다 보니 11시에 티베트의 라싸에 도착했다. 티베트는 히말라야 산맥의 북쪽에 뻗어 있는 세계의 지붕이며 티베트고원의 건조지형이다. 이끼류와 지표식물 외에 나무도 없는 모래와 자갈땅이다.

티베트 공항에서 라싸까지 30km의 한 시간 거리이다. 라싸강을 따라 잘 닦인 고속도로 옆에는 숲들이 우거져 있고 푸른 채소밭도 있었다. 터널도 지나고 다리도 건너 신의 땅이라 하는 라싸에 도착했다. 라싸는 티베트의 정치, 경제, 교육, 문화, 특히 종교의 중심 도시이다. 그러나 여행자에게는 처음부터 고통의 도시였다. 3,600m의 높은 지형과 산소부족 현상으로 원활한 행동을 할 수 없었고 모든 신체적 조건이 졸음에 취하는 느낌이었다. 가이드의 안내에 따라 천천히 움직이고 식당에서 차를 마시고 점심 먹는 휴식에서 원기가 서서히 회복되었다. 오후 일정은 시내 관광이었다.

60만 인구의 라싸는 세계에서 제일 높은 곳에 있는 도시이며, 계획적으로 건설되어 있는 근대화의 도시였다. 공산당 구호들이 걸려 있는 큰 건물들, 은행, 호텔, 높은 아파트 그리고 많은 차들이 거리를 달리고 있는 현대 속의 옛날 종교도시이다. 이러한 근대적 발전에는 북경정부의 끊임없는 지원 때문이라 하였으며 거리의 이름도 북경로, 해방로, 인민로로 표시되어 있었다. 그러나 라싸는 1,200년의 역사를 가진 사원의 도시이다. 서쪽의 포탈라궁을 비롯하여 수많은 사원들이 동쪽 시가지로 이어진다. 동쪽 시가지는 라마(티베트)불교의 중심지이다. 라마는 큰 지도자, 덕망이 높은 스승의 뜻이며 관음보살의 화신으로 살아 있는 부처이다. 티베트 사람들은 라마를 섬기는 것이 그들의 종교적 사명이며 그중 달라이 라마는 제1의 높은 생불이고 전임 달라이 라마의 환생이다. 정치와 종교의 지도자로서 지금의 달라이 라마는 중국 공산정권의 탄압으로 1959년 인도 다람살라로 넘어가 망명정부를 이끌고 있다.

우리는 동쪽 사원들을 관광했다. 구시가지의 사원길, 재래시장, 성지순례의 광장 등은 보기 드문 관광 상품이었다. 제물을 모시는 술의 신전인 자길산 사원, 석가의 나이에 따라 부처를 만든 등신불을 모신 소소사 그리고 순례자들과 오체투지자들이 모여드는 라싸에서 가장 오래되고 최대 성지인 대소사(조캉) 사원을 관람했다. 사원의 낮은 천장, 샤만적인 부처상, 석가의 등신불, 촌스러운 티베트 중들, 코를 찌를 듯한 향냄새, 미로 같은 좁은 통로를 가득 메운 사람들의 행렬, 이것들은 모두 티베트 사람들의 생활 자체가 이 사원들을 통하여 이루어진다는 것을 뜻하는 것이다. 티베트 사람들은 불상 앞에 어김없이 지폐를 두고 간다. 염불보다는 구원을 받을 수 있는 쉬운 길이라 생각하기 때문일 것이다. 종교는 오늘의 문제가 아니라 내일의 문제이다. 오늘의 고행, 선행, 사원 순례, 라마승을 섬기는 그들의 일상생활은 환경과 문화 풍토에 스며 있는 신앙심이었다. 대소사 앞 광장은 그들의 성스러운 장소이다. 오체투지를 하는 순례자들이 줄을 잇고 오랜 전통의 상업거리로 자리 잡은 이곳은 티베트의 종교와 문화의 중심지였다. 티베트 사람들은 '어머니 젖을 떼면 술을 마시고 말을 할 수 있을 때면 노래를 부르고 걸을 수 있으면 춤을 춘다'는 속담을 전해준다. 술은 신을 모시는 정화수, 노래는 신을 찬양하는 염불, 춤은 신을 섬기는 무속신앙이다. 가난을 벗어날 수 없는 척박한 생활환경에서 자연을 숭배하는 무술적 신앙을 보며 그들의 순박함을 읽을 수 있었다.

다음 날은 달라이 라마의 여름별장이 있는 노불랑카 관광이다. 습지와 호수, 식물원과 동물원이 있는 옛 사원이다. 숲속의 작은 사원들에 승려들이 생활하고 있지만 경비병과 공산당 선전매체들이 방영되고 있다. 사원들은 승려들의 생활유품들이 전시되어 있는 박물관이었는데 가이드는 승려와 관계되는 정치적 이야기는 일절 하지 못하게 하였다. 오후에는 라싸를 상징하는 포탈라 궁으로 갔다. 흰색으로 건축된, 작은 산 위에 있는 성곽이다. 흰색은 지혜, 황색은 신성성, 검은 색은 권력을 상징 한다는데 1,000개의 방, 황금과 보석으로 장식된 기도처, 지하의 보물창고와 감옥 등 방마다 관음보살 부처들이 돈방석에 앉아 순례자를 맞이하고 있다. 방 전체를 관람하는 것이 아니고 일부만을 볼 수 있었는데 사람들에 밀려 밀려 미로와 같은 어두운 복도를 지나다 보니 지옥도 가 보고 극락도 가 본다. 세계 7대 불가사의 포탈라 궁은 바티칸과 비교되는 사원으로서 티베트 사람들의 사후 세계를 안내하는 신전이고 티베트의 토목과 건축의 상징이었다. 이러한 라마교의 실상을 직접 체험하는 것은 여행자의 행운이라 할 것이다.

오늘은 에베레스트 트래킹 지역을 가기 위해 하루 종일 이동한다. 여행은 보는 것이 아니라 배우는 것이다. 얄루창포 강을 따라 티베트 곡

창지대를 거쳐 5,200m의 고개를 넘어 암드록쵸 호수를 관광했다. 빙하의 녹은 물이 들어오지만 나가는 곳이 없는 암드록쵸에 지금은 물이 줄어들고 있다는 것이다. 오후에 제3의 도시인 장체에 들어가 10만 불상이 있는 백거사를 관람했다. 사원 자체가 요새이고 산꼭대기에는 불경을 적은 만국기인 다릅초가 하늘을 뒤덮고 있다. 다릅초는 몽고의 어위처럼 물가, 고개, 신기한 지형에는 어김없이 걸려 있는데 우리나라 성황당 같은 것이다. 9층 불탑, 승려들의 글방, 무술장, 거주지 등은 라마교의 체험장이다. 우리는 다시 제2도시인 시가체로 갔다. 장체와 시가체역시 연변정부와 상해의 지원을 받아 현대 도시로 건설되고 있다. 가는도로는 교차로가 없는 외길이고 요소마다 검문소가 너무 많았다. 야크와 양떼는 들판의 주인이며 큰 바위에 흰 페인트로 사다리를 그려 놓았다. 하늘의 신들이 위험한 바윗길을 쉽게 내려오고 쉽게 돌아가라는 표시이며 사람들이 저승 갈 때 사다리를 타고 쉽게 가라는 이승과 저승의연결 고리이다.

큰물이 빠르게 흐르는 강가에는 사람의 시체를 수장하는 장례 터가있다. 시체를 살과 뼈로 분해하여 한밤중에 강물에 수장하는 방식인데살은 고기의 밥이 되고 뼈는 떠내려가도록 하는 것이다. 그리고 들판의작은 산꼭대기에는 조장(천장) 터가 있다. 사람의 시체를 독수리 먹이로주는 장례인데 독수리가 다른 먹이를 먹기 전 새벽에 실시한다. 그 밖에천민들, 걸인, 죄인들의 장례식은 그냥 파묻는 토장이고 화장은 일반화되어 있다고 한다. 제2도시인 시가체에는 타쉴훈포 사원이 있다. 세계에서 제일 큰 좌불이 있는 곳이며 고승들의 유해가 황금 또는 은관 속에보관되어 있는 사원이고 이러한 고승들의 장례를 탁장이라 하는데 라마승들은 살아서는 절대적 권력을 누리고 죽어서는 황금관 속에서 영구히 사람들의 추앙을 받고 있다. 큰 도시에는 큰 사원이 있는데 종교이념과 정치이념이 척박한 환경에서 서로 힘겨루기를 하고 있다.

밤늦게 팅그리 스노우 호텔에 도착했는데 노무자의 합숙소였다. 에베레스트 관광을 가는 사람들은 여기에서 하룻밤을 자야 하는 곳이다. 아침 7시에 룽푸사 베이스캠프로 떠났다. 비포장의 험준한 자갈길. 4,000m에서 5,600m까지 4시간을 가야 하는 구절양장의 길이다. 앞에 나타난 설산이 2시간을 달려도 그곳에 서 있다. 신기한 현상이었다. 가끔 양과 야크 떼가 보이지만 풀과 나무는 전혀 없고 철탑처럼 솟아 있는 민둥산뿐이다. 산등선으로 빨랫줄처럼 걸려 있는 외길을 지루하게 돌고 돈다. 빙하의 계곡에는 물이 세차게 흐르고 구름 위의 낭떠러지 길은 바람에 흔들리는 느낌이다. 보이는 것은 푸른 하늘과 산들뿐이다. 산사태에 길들이 파헤쳐져 있다. 벌도 나비도 없는 오염되지 않은 청정의 땅이다. 마지막 인가를 지나 11시에 룽푸사 베이스캠프에 도착했다. 초소에는 모의 탱크가 서 있고 군인들이 여권을 조사한 뒤 우리는 이곳 차를 갈아타고 다시 6km를 더 올라간다.

원래 히말라야는 눈들이 사는 고향이란 뜻이다. 네팔에서는 에베레스트를 사가르마타 산이라 하고 티베트에서는 여신을 뜻하는 초모랑마라 부른다. 처음 보는 순간 숭고함에 짓눌린다. 감동의 순간이다. 에베레스트 여신은 머리에 흰 스카프를 두른 듯 웅장하고 아름다운 모습, 모든 산들을 거느린 여왕의 권위였다. 일행은 최고의 전망대 5,600m에서 8,884m의 에베레스트를 보는 순간이다. 바람은 세차게 분다. 온갖 소원을 담은 다룹초 깃발이 펄럭이고 몇몇 서양 사람들도 감탄사로 환호한다. 우리 대원들은 시원블루 잔을 채우고 여신에게 제를 올리고 야호와 함께 잔을 돌린다. 처음이자 마지막인 이 순간, 제일 높은 전망대에서 제일 높은 산을 보는 이 순간, 여행자로서 나의 존재감을 한없이 자랑스럽게 느끼는 체험적 삶의 현장이었다.

그러나 더 머물 수 없는 곳 라싸로 돌아와 이튿날 하늘호수 또는 신의 호수라는 4,700m 남쵸를 관광했다. 그냥 호수가 아니라 신이 만든 자연의 신비였다. 정복되지 않은 설산에서 흘러내린 남쵸는 티베트의 어머니 호수라 하지만 옛 주인은 야크와 양떼였다. 설산의 둑으로 만들어진 천상의 이 호수를 보지 않고 어찌 티베트를 여행했다 할 수 있는가! 호수가 주막에서 양고기를 안주 삼아 시원소주를 즐겁게 마시면서 주당들의 영역표시를 하니 하늘의 찬 눈발이 축복을 내려준다.

오늘은 라싸를 떠나는 날이다. 11시에 역에서 까다로운 검색을 하고 이틀간 마실 술을 준비하여 칭짱열차에 올랐다. 기차여행은 낭만적인 시간의 흐름이라 하지만 4,000km 이상을 34시간 동안 칭짱고원을 넘어 서안까지 가는 여정이다. 하늘에 손이 닿는다는 은둔의 땅에서 하늘열차를 타고 가는 길은 모두 낯선 철길이다. 라싸를 떠난 열차는 급할 것 없이 단선을 지나가고 타고 내리는 사람도 없는 기차역에 서서 지루하게 기다려 반대편 열차를 보낸다. 끝없는 고원분지, 양과 야크 떼, 호수 저 멀리 하늘에 닿는 설산 같은 경치만 계속 이어지지만 지루함은 없었다. 몽블랑에 오르는 기차는 온갖 절경을 보여 주지만 5,200m의 하늘길 칭짱열차는 오두막도 역도 없으며 터널도 기적 소리도 없는 적막한 구름길이다. 침대칸 일행들은 소주병과 빈 캔을 바다에 굴리면서 판매원이 지나가기를 기다린다. 빙하로 만들어진 호수의 물결, 더 이상 흘러갈 곳 없어 하늘만 쳐다보고 바람에 살랑거린다.

바깥 온도는 알 수 없다. 2인승부터 6인승의 침대칸과 일반석으로 구분되고 2인승 침대칸은 좌변기가 설치되어 있고 일반칸에는 손님들이 바닥에도 앉아 있다. 누워 가는 사람, 앉아 가는 사람, 서서 가는 사람 모두들 바람도 구름도 쉬어 가는 차이다무 분지를 넘어간다. 4,800m의 안다 역을 지나니 6,621m의 탕구라 산맥이 떠 있는 흰 구름처럼 창가에 비치고 칭짱열차에서 제일 높은 5,231m의 탕구라 역을 통과하면 티베트고원에서 청해성으로 내려간다. 별을 딸 수 있다는 탕구라 역은 무법자가 휩쓸고 간 서부역처럼 텅텅 비어 있는 간이역이었다. 황혼이 짙어갈 무렵 열차는 내려가고 철길 옆 토사들이 날려가지 않도록 방제 시설이 되어있는 것을 보니 폭풍우 언덕 같은 느낌이다. 석양에 호수 위를 지나가는 열차는 움직이는 그림 같다. 나는 인도의 뭄바이에서, 코친의 기찻길에서 사막의 석양을 보았고 우루무치에서 돈황까지의 기찻길 석양을 보았다. 오늘은 지구의 지붕에서 해넘이를 감상한다. 이러한 경치는 여행자에게 주어지는 행운의 열쇠이다. 조금 전의 설산들이 황금빛으로 변하는 대지의 신비로움을 태양의 선물로 받아들인다. 열차에 어둠이 내리니 여행객의 밤의 문화가 시작된다.

우리는 타타하라는 지역을 지나간다. 중국 양자강의 발원지라는 표시판이 있는 곳이다. 타타하란 사람이 건널 수 없는 강이란 뜻. 더 동쪽으로 가면 황하의 발원지가 있다. 밤 10시가 되니 열차의 불도 꺼진다. 밤은 모든 차별을 거두어들이는 평화로운 시간이며 여행자들의 다정한 친구이고 시인들의 고향이다. 하지만 주당들은 포장마차를 개업할 수 없었다. 기나긴 밤의 터널에는 기적 소리도 꿈을 꾸고 있는 중이다.

아침 창가에 햇빛이 와 닿는다. 지형도 많이 바뀌었다. 3,100m의 청해호 주변을 조용히 달린다. 숲들도 푸른 밭들도 양떼들도 여행자들의 다정한 친구들이었다. 우리 열차는 난주에 섰다. 실크로드 여행 때 난주에서 아침을 먹었던 곳. 오늘도 죽과 만두로 아침을 먹는다. 황하의 흙탕물이 흘러가는 언덕에 공장들이 돌아가고 있다. 중국 북서의 문화 중심지였던 난주가 지금은 공업도시로 경제 대국의 역할을 하고 있다. 난주다음은 우리의 종착역인 서안이다. 티베트에서 출발한 철도여행에서 나날이 발전되어 가는 중국의 현대화를 기록할 수 있었다.

정시보다 30분 늦은 9시 20분에 서안에 도착했다.

칭짱열차는 문명사회와 산악지역을 연결하는 교통수단이다. 티베트 문화를 세계에 알리는 역할을 하는 관광열차이다. 철길 따라 가다 보면 경치도 없고 유적도 없는 황무지 고원인데도 지루함을 느끼지 않는 여행자의 낭만적 철도 길이다. 앞으로 철도 관광자원으로서 사람들의 선망의 대상이 될 것이다. 하지만 다시 가고 싶은 길은 아닌 것 같았다.

문명과 글자

문명은 글자가 없어도 만들어지고 보존되어 왔지만 글자 없는 문화는 있을 수 없는 것이다. 그러나 문명은 끊어지고 사라질 수도 있지만 문화는 끊임없이 계승 발전되고 있는 것이다. 한편 문명은 힘이나 천재지변에 의해 파괴될 수 있지만 문화는 힘으로 파괴할 수 없는 정신적인 것이다. 반대로 문명은 기술의 발달에 따라 진보된 문명으로 계속 이어지지만 문화는 문화주체와 관련시켜 일회적일 수도 있는 것이다. 문화는 기술로부터 온 것이 아니라 정신적 가치의 소산이며 언어로써 문화가 형성되고 글자를 통해 힘을 가진 문화로서 계승되는 것이다. 결국 문화는 이성적 동물에 한정되는 삶의 정서와 가치관과 세계관에 연결된 집단성의 표현이다. 토인비는 세계 문명을 역사적 관점에서 서구문명, 인도문명, 극동문명, 정교 그리스도 문명으로 나누고 이집트 문명, 메소포타미아 문명, 마야문명, 잉카문명 등을 독자적인 원문명이라 하였다.

BC 3500년경 수메르 문명은 그 고대의 설형문자가 페니키아 문자, 알파벳 문자로 발전해 가는 과정에서 세계문명 발생지로 기록되고 있다. 그러나 마야문명과 안데스의 잉카문명은 단절된 일회적 문명과 문화로 전해지고 있는 것이다. 나는 2006년 11월부터 한 달간 중남미를 자유여행 하면서 마야문명과 잉카문명을 체험하게 되었다. 여행의 참뜻이 향수에 있는 것처럼 잃어버린 문명과 문화를 찾아보는 것이 나의 여행의 취미이었다. 세계는 국경이 없는 학교이고 자연과학의 교과서이다. 그래서 나는 시간과 돈이 허용하는 범위에서 세계를 돌아다녔으며 다양한 문명과 고대의 역사 속에서 많은 문화체험을 할 수 있었다. 중남미는 마야문명과 잉카문명으로 뒤덮여 있는 지역이다. 마야문명은 멕시코와 과테말라를 근거지로 한 원주민들의 문명이다. 원래 북아메리카 인디오들이 유칸탄 반도로 내려가 마야 민족의 뿌리가 되었으며 마야문명은 3세기에서 10세기까지의 고전기와 10세기에서 17세기까지의 후기 마야문명으로 형성된 것이다. 농업과 가축을 주업으로 하는 생활 터전에서 지배계급은 천문 일력 우주관을 확립한 높은 문화생활을 하였던 것이다. 당시에는 신성 문자와 회문서(繪文書)로 된 신기한 전설 문자가 있었지만 아주 극소수의 부분적인 해석만 되고 있을 뿐이다. 빛에 대한 미적 조화와 건축의 구성, 조각 등은 모두 신을 섬기기 위한 구조물들이었다. 이러한 마야문명들이 글자를 통해 단절된 그들의 역사와 문화 유적을 알 수 있었다면 우리는 세계사를 다시 써야 할 것이다. 사실 훌륭한 문화 유적을 천년의 긴 세월 동안 밀림 속에 잠재우고 있으면서 그 수수께끼를 풀 수 없는 것은 벙어리 냉가슴 앓듯 기록할 수 있는 글자가 없음을 한탄할 뿐이다.

한편 남미의 안데스 산맥 북쪽에서는 페루와 볼리비아를 중심으로 하여 다시 발견된 잉카문명이 세상 사람들을 놀라게 하였다. 나는 잉카 제국의 수도 쿠스코에 3일간 머물면서 그곳 유물들을 상세하게 볼 수 있었다. 잉카는 케추아족이라 불리는 페루 지방의 인디오들인데 13세기경에 쿠스코에 정착해 살면서 태양의 신전을 세운 지배계급들에 의해 강력한 잉카 제국이 건설되었던 것이다. 그들의 정신문화와 물질문명은 태양의 숭배에서 비롯된다. 이 제국의 처음 황제 망코는 태양의 아들로 신격화되었고 15세기경의 제9대 파차쿠티 황제가 등장하면서 아주 높은 잉카문명으로 성장되었다. 그러나 이러한 문명들은 시대적으로 구분

될 뿐 구체적인 내용은 알 수 없는 수수께끼 역사로 남게 되었다. 이것 역시 해석을 할 수 있는 글자가 없었기에 추측으로 짐작할 뿐이다.

쿠스코는 안데스 산맥의 동쪽 3,400m의 높은 분지에 있는 성벽 도시이다. 그리고 아마존 상류인 우루반바 강가의 분지에 있는 고대 도시이며 주위의 높은 산들은 만년설로 덮혀 있다. 감자, 옥수수, 목축에 적합한 토지를 갖고 있으면서 항상 초여름의 기후를 유지하고 있기에 많은 사람들이 모여들게 된 것이다. 그리고 태양신을 중심으로 한 주술적 신앙으로써 모든 사람들을 계급적 구조로 집결시켜 강력한 제국을 세운 것이다. 물론 이러한 역사적 배경은 글자를 통해 스스로 밝혀진 것이 아니고 스페인 정복자 프란시스코 피사로의 정권에 의해 알려진 것이다. 쿠스코를 세운 전설적인 인물 망코 카파크라는 남쪽으로는 푸노에 있는 티티카카 호수까지 북쪽으로는 아이마라부족 영역까지 영토를 넓혀 지배하였지만 글자가 없기에 이야기를 통해 알려지고 있을 뿐이다.

우리가 잉카문명에 대해 관심을 갖고 있는 것은 정치와 사회의 구조에 있어서 농경사회적 신본주의 정치체제이면서 아주 높은 문명의 수준을 갖고 있었다는 점이다. 경작지를 확보하고 적으로부터 침입을 막기 위해 도로정비와 성각을 구축하는 토목사업이 아주 정밀한 기술에 의해 이루어졌다는 것이다. 그리고 신전의 건축 태양신전의 성벽 같은 축조물은 오늘의 건축 토목 기술자들이 견학하고 연구하는 대상으로 되어 있다. 특히 신전의 축제를 위한 사크사이만 광장의 성벽은 300톤이 되는 큰 돌을 다른 먼 곳에서 가져와 생긴 대로 정교하게 다듬어 쌓아 올렸고 8각형의 큰 바위 돌의 모서리는 다른 돌과 잇대어 쌓으면서 개미 한 마리 들어갈 틈새도 없게 쌓아올린 기술은 신비스러울 수밖에 없는 것이다. 그러한 정교함에 의해서 수많은 지진에도 불구하고 벌어진

틈도 없이 지금까지 보존되고 있었다는 것은 전해질 수 없는 비밀의 기술인 것으로 짐작된다.

잉카제국은 금, 은, 동을 사용하였지만 철의 사용을 못하였고 바퀴와 타원의 지붕을 사용하지 못했다. 그리고 글자를 가지지 못했기에 그 높은 기술에 대한 비밀을 알 수 없었던 것이다. 그럼에도 토목건축의 정밀한 기술은 오직 태양신의 명령에 의한 지혜라 생각될 뿐이다. 그리고 페루의 세계 최고 문화유산은 마추픽추라는 공중도시 또는 비밀의 도시이다. 세계의 불가사의의 하나인 이 마추픽추는 해발 2,800m의 산 중턱 절벽 위에 아무도 모르게 감추어져 있는 생활의 공간이고 성벽의 도시이다. 입구에는 태양신의 문이 있고 묘지, 태양신전, 직각으로 쌓여진 망루, 피라미드형의 사원, 우물, 목욕탕, 왕들의 방, 해시계, 맷돌바위, 감옥, 독수리 모양의 조각, 별 모양의 돌, 이 모든 건축물이 스페인의 정복을 피해 이곳에 지어진 것이라고 하니, 보면 볼수록 신비에 싸여 있을 뿐이다. 글자가 있었다면 모든 비밀이 알려졌을 텐데 고고학적 추측에 의해 극소수의 해석이 이루어지고 있으니 오히려 관광객이 더 많아지고 사람들의 호기심을 갖게 하는 것이 아닌가 생각된다. 서기 79년 8월 24일 1시경 베스비오스 산의 화산 폭발로 송두리째 묻혀버린 폼페이가 1748년에 한 농부의 밭갈이에서 단서를 얻어 발굴되기 시작하였는데 여기에는 글자가 있었기에 그 모든 것을 알 수 있었다. 하지만 잉카문명은 스페인 정복으로 화산에 묻힌 것처럼 단절되었고 문자적 기록이 없었기에 벙어리 냉가슴 앓는 것처럼 마추픽추의 높은 봉우리만 쳐다볼 뿐이었다.

나는 외국에 나갈 때마다 우리 글에 대한 고마움을 느낀다. 뉴욕시에서 우리 말과 우리 글을 모르는 우리나라 사람을 만나서 느끼는 정보다 우리 글과 우리 말을 하는 서양 사람을 만나서 느끼는 정이 더 깊을 것이다. 따라서 우리의 글과 말은 우리들의 생명이며 정서이고 국민들의 모든 희망의 길을 열어주는 등대라 생각한다. 특히 한글은 우리 민족의 앞길에 대한 등불이라 생각한다.

앞산을 넘다가 세계여행으로

- 세계 여행을 소풍처럼 아름답게

사람들은 각자의 취미생활 또는 소정의 목적을 위해 그리고 순간적인 감동에 젖어 많은 여행을 하게 되었을 것이다. 나는 일찍부터 농촌생활의 변화와 개선을 꿈꾸어 보았지만 뜻으로 되지 않아 농촌을 떠나게 되었으며 1960년도 시작부터 학창시절과 일상생활에서 쉽게 할 수 있었던 취미생활은 등산이었고 등산을 하고 자연을 찾는 즐거움이 대학 연구생활과 연결되었다. 철학연구를 발표하는 봄, 가을에 전국 대학 철학과에서 세미나가 개최되었으며 그곳의 아름다운 산천과 절간에서 인자와 지자의 담론이 밤새 이루어졌다. 이러한 과정에서 등산은 계속되었고 1000m가 넘는 전국의 모든 산들을 올랐다. 그리고 등산회를 조직하여 55년간의 등산생활에서 해외 원정 등산도 여러 번 하였다. 나의 연구 활동은 해외 발표로 연결되었고 세계인들의 생활터전과 문화유산 및 자연유산을 체험하면서 더 높은 곳, 더 넓은 곳, 더 먼 곳의 세계 여행을 꿈꾸지 않을 수 없었다. 세계 여행은 공간적 삶의 질을 높이는 것이라 할 것이다.

1973년에 독일 대학의 유학길이 처음 세계 여행인데 목적은 철학 연구였지만 연구를 마치고 돌아오는 길에 사회주의 국가를 제외하고 서유럽을 여행했다. 그 뒤에 중국, 일본, 미국, 캐나다에 학술 연구차 가게 되어 간 김에 그곳의 주위 명승지를 관광하였다. 대학을 정년 퇴임한 뒤에 평생 정년기를 보내면서 계획을 세워 세계 여행을 하는 것이 아니라 오히려 생활 그 자체를 여행으로 삼아 나라 안팎으로 여행을 하고 있다.

여행을 떠나는 것은 공공선을 위한 것도 아니며 개인이나 사회적 흐름에 방해가 되는 것도 아니다. 개인의 여행목적과 여행지는 제각기 다르지만 공통점을 찾는다면 삶의 특수한 상황적 즐거움이며 색다른 지형과 환경의 체험에서 오는 학습적 만족감이고 자신의 의지의 활동으로서의 취미를 실천해 가는 삶의 값진 과정인 것이다. 물론 여행에는 방랑의 기질도 있지만 향수에 젖는 방랑이나 맹목적인 방랑을 위한 방랑이 아니라 지구의 아름다운 그림을 감상하고 자연의 신비로움을 체험하는 인생의 미적 감정을 실천하는 방랑인 것이다. 실제 여행은 고통, 공포, 배고픔, 위험에 부딪치는 고행의 길일 수도 있는 것이지만 여행에서 만나게 되는 역경은 지혜롭고 강인한 그리고 더 넓은 세상을 바라볼 수 있는 삶을 만드는 과정인 것이다. 여행의 체험은 보는 것, 먹는 것, 듣는 것을 지혜화하는 것이며 지혜의 내면화를 생활의 보탬으로 사용하는 것이다. 괴테가 여행의 목적은 목적지에 도달하는 데에 있는 것이 아니고 떠나는 데에 있다고 한 것처럼, 여행은 여행을 가보았다는 기록을 세우기 위해 떠나는 것이 아니라 자기가 사랑하고 원하는 삶을 찾아가는 수행의 과정이다.

여행은 자신의 삶을 창조하는 예술품이다. 아름다운 신의 그림을 보기 위해 여행을 떠나는 것이 아니라 자신의 참다운 모습을 찾기 위해 낯선 길을 걸어가는 것이다. 취미는 굳어진 자신의 정서적 생활 형태이다. 그러나 여행은 항상 새로운 것을 보여 준다.

세상의 견문을 넓힌다는 것은 마음의 문을 연다는 것인데 세상의 물정을 생활에 반영하고 관용하는 자세, 용서하는 마음, 상대방을 배려하는 생활태도 그리고 낮은 자세로 세상 사람들을 섬기는 종교적 정신을 키워가는 과정이다. 길을 떠나는 것이 여행의 시작이다. 그 길은 궁극적으로 죽음과 연결되는 길인데 세상의 모든 길은 사람들의 발끝으로 만들어졌고 다음 세대들을 인도하는 길이 되는 것이다. 등산가들이 있기 때문에 높은 산의 신비스러운 참모습을 알게 되었고 탐험가들이 있었기 때문에 남극과 북극의 지구 모습을 알게 되었으며 여행가들이 있었기 때문에 단절된 원시적 부족 생활을 알 수 있었던 것이다. 그래서 여행은 정력과 금력을 과시하는 쾌락적 여행의 역기능보다는 다른 문화와 다른 풍속을 연결하며 젊은이들에게 미지의 길을 인도하는 것이고 일터의 정년을 마무리하고 평생 정년기에 있는 사람들에게는 인생 황혼기의 아름다운 환상의 길인 것이다.

이제 나는 50년 동안 다녔던 세계여행 길을 내 개인적인 취미와 관점에 따라 나라별, 지역별, 연도별로 여행의 핵심적 문제들을 간략하게 정리하고자 한다.

1. 여행의 시작

1973년에서 74년까지 독일 대학의 연구 기간을 끝내고 당시 동독 안에 있는 베를린을 시작으로 서독의 중요 관광지를 여행하였다. 파리는 7일 코스의 여행이었으며 스위스의 알프스를 넘어 이탈리아의 밀라노, 피렌체, 루카, 로마, 나폴리, 폼페이, 소렌토, 카프리 섬을 거쳐 산마리노, 베네치아를 둘러 독일로 돌아왔다. 그 뒤 다시 영국 런던과 네덜란드, 벨기에, 룩셈부르크를 여행했다. 그때는 여행을 위한 여행이었다. 하지만 서구 문명의 최첨단을 견학하고 나의 인생관과 세계관에 대한 전환점을 갖게 되었다. 문예부흥의 발생지인 피렌체, 루카, 지에나 등 예술의 메카와 로마 고대 문명의 전성기, 폼페이의 유적 발굴 현장은 나의 교수 생활이 얼마나 우물 안 개구리였던가를 알게 해주었다. 예술적 아름다움으로 꾸며진 파리와 밤의 향락적 거리, 나폴레옹의 영웅적 행적을 체험하고 베르사유 궁전을 감상하면서 사람들의 삶의 수준이 문화적으로 얼마나 차이가 있는지를 알게 되고 세계여행을 꿈꾸는 설계를 세웠던 것이다.

1984년 2월 학술대회 참가로 일본 도쿄에 3일간 머물면서 별도로 시간을 내어 히로시마, 세도나이카, 시코쿠, 벳푸를 관광하고 푸른 바다 산호초의 섬 오키나와로 건너갔다. 2차 대전 때의 전적 유적지에서 제국주의 만행을 보고 들었으며 해양의 아름다움을 체험하면서 우리나라와 비슷한 민속품들을 보았다. 그 뒤 8번이나 일본에 건너가 후지 산 정상에 올랐으며 3,190m 호타카 산에도 등산을 했다. 그리고 하코네 휴양지에서 학술 발표회를 하였으며 오사카성과 나라의 불교문화 유적지를 관광했다. 나라는 우리가 말하는 나라의 뜻인데 우리의 불교문화가 옮겨진 곳이라 할 수 있다. 대마도는 우리나라 역사와 연관되어 있기에 의도적으로 가 보았으며 저 남쪽의 섬 사이판에는 회갑기념 여행으로 아내와 함께 다녀왔다. 끝으로 2016년 3월 22일에 홋카이도 관광에서 끝없는 설원과 높은 설산을 지겹도록 보았다. 오토리 작은 항구에서 일박하고 삿포로에서 삿포로 맥주와 그곳 명물인 털게를 먹는 즐거움으로 일본 여행을 마무리하였다.

2. 중국여행

1992년 8월에 처음으로 중국에 갔다 상해, 소주를 여행하고 북경에서 세미나를 마치고 장춘, 연길, 용정을 거쳐 청산리 전투 현장에 대한 설명을 듣고 백두산에 올랐다. 남의 나라를 통해 민족의 영산에 오른 감회는 첫 오름의 기쁨을 조국 분단의 슬픔으로 천지의 물결에 띄우는 느낌이다. 2015년 10월 청도 노산에 등산하기까지 14번을 다녀왔다. 중국은 세계 제1의 관광지이다. 인류 문명의 발상지, 오래된 역사적 유적지, 아름다운 자연과 특이한 지형의 모습 그리고 다양한 소수 민족의 생활 양식은 귀중한 관광의 자원이다. 넓은 땅 위에 13억의 사람들이 살고 있는 중국은 현대화의 물결에 맞추어 수많은 관광 자원을 끊임없이 개발하고 있는 중이며 세계의 여행자들을 받아들이기 위해 문화대국의 길을 트고 있는 중이다.

2005년 10월에 18일간 파키스탄 라호르에서 시작하여 중국 서안까지 실크로드를 여행했다. 인더스 강과 연결된 카라코람 옛길을 따라 길기트를 거쳐 세계최고의 장수촌 훈자에서 3일간 쉬었다. 4733m의 쿤자랍 찻길을 넘어 중국의 카스가얼과 타클라마칸 사막의 투루판에서 지하수로의 칼징을 보았는데 고대 사막인들의 문화적 수준이 담겨 있는 세계문화유산이었다. 손오공의 무대인 고창고국, 화염산, 천불동 계곡, 우루무치까지는 힘겨운 고행길이었지만 그 값진 여행의 체험은 여행자만이 가질 수 있는 움직이는 즐거움이다.

여행은 가는 곳마다 새로운 것을 보고 먹는 걸어 다니는 삶이다. 밤새도록 달리는 기차 여행에서 사막의 석양과 아침의 여명을 보는 것은 헬렌 켈러의 소원처럼 황홀한 저녁의 별빛과 붉게 물든 지구의 아침 풍경을 체험하는 여행이었는데 또 우리의 앞길에는 돈황의 불교 유적지가 기다리고 있다. 부처의 깨달음이 중생의 소망과 어울린 예술품이다. 프랑스와 영국의 문화 도굴자들이 귀중한 유물을 강탈해 갔다고 안내자는 열을 올리고 있는데 지금처럼 관광객이 많았으면 도굴을 막았을 것이다. 우리는 만리장성 서쪽 끝의 가욕관에서 우리나라 태극문양 원형을 견학하고 서안에 도착하여 진시황의 병마총과 산 같은 그의 무덤에 올라보고 당 현종과 양귀비의 사랑에서 세워진 꿈의 궁전 화청지를 둘러 서안으로 왔다. 서안은 세계 3대 고대 도시의 하나이다. 자은사와 대안탑, 서안의 성곽 그리고 고풍스러운 장안 시내 민초들의 삶의 물결을 체험하면서 옛날 비단길의 종착지인 이곳 서안의 역사적 유적을 가진 중국은 몇 번의 여행으로 끝나는 곳이 아니라는 것을 알게 된다. 자연유산과 문화유산이 가장 많은 곳이고 세계에서 제일 높은 산, 세 번째로 긴 강 등 헤아릴 수 없는 관광지가 여행을 좋아하는 사람들의 꿈을 꾸게 한다. 상해를 중심으로 해서 홍콩, 대만을 일주하고 장가계와 무석, 남경의 관광벨트를 여행하였으며 황산의 자연경관은 장가계와 차별적이고 미감을 만족시켜 주는 제1 관광지이다. 군산에서 출발하여 곡부와 태산, 제남을 다녀왔다. 태산은 우리에게 잘 알려진 산이며 곡부는 공자의 탄생지이며 활동 무대이다. 공자의 인문적 문화유산은 관광보다는 문화 탐방이었고 물의 도시 제남은 여러 관광지를 오고 가는 길목에 있는 호수와 정자의 경치가 일품이다. 2010년 4월에는 운남성 차마고도 여행길에서 말도 타보고 설산에도 오르고 여강과 상그리라의 고대도시에서 장족의 생활모습을 체험하였는데 사람과 동물과의 상생관계가 주물숭배 시대를 연상하게 하였다. 중국의 유명한 숭산 소림사에 갔다. 절 구경이 아니라 중들의 무술 경기를 보는 관광이다. 주위는 온통 무술경기의 상업도시이었고 정주, 개봉, 낙양은 황하 문화의 참모습이 남아 있는 관광지이다. 특히 개봉은 포청천 사극의 발생지로서 포청천의 공정한 재판에 대한 모든 기록이 보석과 유물로 전시되어 있었다. 지금 중국은 지역의 구별 없이 공업국으로 발전되고 있음을 정주에서 느낄 수 있었다.

  2012년 3월에 계림에 갔다. 계림은 그야말로 순수 관광지이다. 중국만이 가질 수 있는 특이한 지형을 관광단지로 만들어 세계인들이 몰려오게 하였다. 낮의 경치보다는 호수의 밤경치와 계림을 무대로 한 예술적 드라마는 잊지 못할 관광자료이었다. 10월에는 사천성으로 여행을 떠났다. 사천성은 삼국지의 무대이고 관광자원이 많은 곳이다. 구채구와 황용의 경치는 물이 자연을 바탕으로 빚어낸 신들의 예술품이며 설명이 되지 않는 신비함이다. 성도에는 두보초당과 제갈량 무후사의 옛 사찰에서는 문인과 충신의 정신을 기리고 있었고 낙산대불은 중국만큼 큰 불상으로써 중생구제보다는 관광객의 발길을 멈추게 한다. 2박 3일의 삼협 관광은 중국이 세계인들에게 선물한 여행코스이고 중국 내륙의 바다처럼 항구와 유람선의 뱃길이었다. 물길이 없었다면 누구도 접근할 수 없었던 자연 속살들이 여행자들의 길동무가 되어 주고 있다.

2005년 5월에는 몽골에 다녀왔다. 우리 민족의 탄생지로 알려진 몽골의 여행은 고향을 찾아가는 느낌 이었다. 징기스칸의 세계제패의 영광은 초라한 울란바토르의 모습에서 역사의 변천을 알 수 있었으며 유목민들의 천막궁전에서 시작한 울란바토르는 징기스칸의 후예임을 자랑하는 전시장 같았다. 2400m의 체첸궁 산으로 등산을 할 때 같이 간 몽골사람과의 접촉에서 느낀 동족 같은 친근감은 그 옛날 한민족 같은 느낌이었다. 2014년 5월에 티베트 라사로 떠났다. 3600m 높은 곳의 라사에 내리니 고산병으로 모두들 비틀거렸다. 우선 포탈라 궁이 눈에 들어왔고 큰 건물에는 공산주의 선전 걸개들이 눈에 띄었다. 척박한 땅 위에 세워진 티베트 사원은 그곳 사람들의 생활도장이었고 공산주의 이념과는 상관없이 그들의 종교 의식에 따라 가난한 생활을 감내하는 그 모습은 내세를 위한 고행의 길이라 생각하는 것 같았다

우리가 에베레스트를 가기 위해 장체와 시가체로 가는 길은 하나뿐이고 큰 사원이 있는 곳에는 큰 도시가 있었으며 장체의 10만 대불 백거사와 시가체의 사람 손으로 만들어진 제일 큰 부처가 있는 타쉴룬포 사원은 성과 같은 왕궁인데 가는 곳마다 어디서나 군인들이 검문을 한다. 얄루창포강을 따라 에베레스트로 가는 길은 험난하고 멀기도 했다.

방에 얼음이 어는 팅그리의 여관에서 숙박을 하고 새벽에 대절 차로 에 베레스트 베이스 캠프인 룽푸사에 도착하여 5600m 지점에서 그 웅장한 8848m의 정상을 직접 볼 수 있었던 것은 감동의 순간이었고 여행의 행운이었다.

여행은 미지의 세계를 찾는 것이 아니고 그곳에 도달하기 위한 과정의 즐거움이다. 티베트에서는 4700m의 남쵸호수의 관광을 뺄 수 없었으며 라사에서 서안까지 1박 2일의 칭짱고원 하늘 여행은 너무나 초월적인 상상의 감동에 지루함이 없었다. 4000km의 칭짱고원의 열차 여행은 은하철도 구구구를 타고 꿈속으로 가는 여행이었고 끝없이 이어지는 여행길인 것처럼 느껴졌다. 그러나 또 못 다한 산서성 태항산 대협곡에도 찾아갔다. 절벽의 찻길을 가는 것은 간담을 서늘하게 하였으며 구름 속을 달리는 낭떠러지 길이었다. 손으로 바위굴을 뚫어 차를 달리게 하는 그들의 저력과 인내심을 5천년 역사가 증명하는 느낌이다. 나는 바다보다는 산을 좋아하는 여행가이다. 중국에 14번째 여행한 곳은 청도 노산의 등산이다. 산 위에 조각되어 있는 조형물과 잘 정돈되어 있는 길은 관광 위주의 노산이었다. 중국은 지금도 새로운 관광지를 개발하고 있기에 세계의 여행 대국으로 거듭날 것이다.

3. 동남아 여행

동남아 여행은 2002년 2월 발리에서 시작하여 족자카르타의 부르보드로 사원, 힌두의 바이사키 사원 등 세계문화 유산을 답사하는 것은 숨은 보물을 찾는 기분이었다. 태국의 불교 문화 중에서 방콕의 황금사원, 치앙마이와 치앙라이의 고대 사원들은 태국적인 전통문화의 근본이었고 동남아의 제일 불교국으로서 세계의 여행 애호가들을 안전하게 불러 오고 있으며 국민의 문화수준과 좋은 경치 좋은 기후로써 세계인들에게 휴양지를 제공하고 있다. 그러나 이웃 캄보디아는 너무나 가난한 나라이다. 앙코르와트라는 세계 으뜸의 관광지를 갖고 있지만 여행자의 불편이 한두 가지가 아니었다. 나는 보르네오 섬 코타키나발루 4,101m의 산에 등산을 했다. 직접 등산으로 오른 제일 높은 산이다. 등정 완주의 국가 증명서를 받았다. 정상에서 보는 눈아래 세상은 높고 낮은 산들의 푸른 세상의 평화로움이 인위적인 도시문화와는 비교되지 않은 낙원처럼 느껴졌다.

필리핀의 보라카이와 마닐라를 따로 여행을 했다. 한 곳은 휴양지이고 마닐라는 수도이며 스페인 식민지의 유적이 남아 있는 곳이다. 빈부 격차가 심한 주민들의 생활 모습은 우리들의 옛 모습이었다. 처음 가는 곳에서는 존재의 여러 형태와 여러 생활 모습을 보는 것인데 베트남의 하노이에 갔을 때는 오토바이 행렬을 보았다. 이것 또한 진귀한 풍물이었고 하롱베이에서는 자연의 진귀한 경치를 관광하면서 오히려 외국 여행자들을 더 많이 만났다. 홀로 여행하는 독일 여성과 부둣가 맥주홀에서 맥주잔에 향수를 담아 대화하는 낭만은 여행의 맛을 느끼는 밤이었다. 메콩강 상류에 있는 황금 삼각지를 통과하는 여행 일정을 잡았다. 미얀마, 태국, 라오스의 국경이 만나는 지점과 라우크강과 메콩강이 만나는 이곳은 세계적인 관광코스이다. 이 메콩강을 유람선으로 1박 2일 동안 남쪽으로 내려와 루앙프라방에 도착했다. 화장을 하는 장례식, 사금을 채취하는 아낙네, 고기를 잡는 어부들의 생활상은 메콩강변의 풍물이었고 루앙프라방의 아침에 승려들의 탁발 행렬은 승려들의 고행과 민초들의 어울림이었다. 못사는 민족일수록 종교심이 강한 이곳에 공산 혁명의 잔인성이 사원의 곳곳에 새겨져 있었다. 방비엥은 라오스의 관광지이다. 강변 호텔에서 여유 있는 휴식을 가졌으며 재래시장 구경은 그들의 생활을 살피는 것이었다. 수도인 비엔티안에서 황금색 사원과 독립문을 구경하고 풍부한 물, 넓은 평야, 울창한 숲의 나라인데 왜 잘 사는 국가가 되지 못했는지 여행길의 의문을 가졌다.

4. 인도 여행

2006년 1월에 첫 번째 인도 여행을 떠났다. 1973년 독일로 갈 때 뉴델리 공항에 잠깐 쉬었는데 맨발의 군인이 총을 들고 변소 가에 있는 것을 보았을 때 깜짝 놀란 적이 있었는데 지금도 걸인들의 모습이 그들의 실상이었다. 내가 꼭 가고 싶었던 여행지가 인도였는데 아내와 함께 갔다. 노숙자의 숙소 같은 호텔에서 인도 여행이 시작되었다. 서민들의 생활과 문화유산은 별개의 것이었다. 델리는 초부유층과 최천민의 생활이 함께하는 도시이다. 자이푸르의 화려한 성과 바람의 궁전 그리고 간디의 무덤과는 전혀 다른 계급적 생활 형태는 인도만이 갖는 사회제도이었다. 타지마할. 꿈속의 궁전처럼 느껴지는 그림 같은 기념물은 건축예술의 신비로움이었다. 다음에 산치의 대탑을 보았는데 불교의 지극한 믿음이 탑으로 형상화된 것이었고 사람들의 욕망을 묘사하고 있었다. 남쪽으로 내려가면서 아잔타 석굴조각 그리고 힌두교의 조각을 대표하는 엘로라 사원 등 시각적 여행의 즐거움이 계속되었다. 석양이 짙어가는 인도의 대평원을 달리는 기차에서 젖어보는 것은 삶의 아름다운 정서를 느끼는 기분이다.

인도는 종교도 다양하고 언어도 달리 쓰는 여러 민족으로 이루어진 계급국가이다. 소와 함께 살아가는 도시, 집도 절도 없이 살아가는 천민들, 종교천국으로 혐오감을 주는 기도행위, 참으로 볼거리도 다양하다. 두 번째로 부처의 성지 순례길로 여행을 했다. 뭄바이, 코친, 트리반드룸까지 남쪽으로 내려가면 경치도 아름답고 생활수준도 높아진다. 중부인도의 카주라호란 도시에는 힌두교, 자이나교의 사원에 성교조각으로 장식된 여러 탑이 있다. 별이 빛나는 달밤에 남녀성교의 모습을 그대로 표현한 창조의 신앙이라 했다. 우리는 석가가 깨달음을 이룬 부다가야로 갔는데 참으로 못사는 지역이다. 그럼에도 그들의 비참한 생활 그 자체가 여행자들의 자비를 요구하는 것이었다. 갠지스강의 바라나시는 세계의 수도자들과 여행객이 끊임없이 몰려오는 곳이다. 화장하여 재를 뿌리고 그 강에서 목욕을 하고 물을 마시고 또 빨래를 하며 배를 타고 등불을 띄우고 신굿을 하는 힌두교의 성지이다. 여행은 가는 자 오는 자에게 많은 것을 보여 주면서 회의와 의문을 주기도 한다. 그 근처에 있는 부처가 처음으로 설교를 한 녹야원으로 갔다. 가는 곳마다 부처의 유적지이다. 세워진 사원과 탑들은 사람들로 하여금 부처가 되라는 표적이었고 그 탑과 사원을 세운 왕들의 자비심을 기리기 위한 역사적 유물이었다.

다시 우리의 여행은 석가의 탄생지인 네팔의 룸비니로 이어졌다. 한국의 절도 세워지고 있었고 아주 평화로운 삶의 터전이었으며 그 자연, 그 종교, 그 사람들과의 조화로운 어울림이었다. 욕심을 내지 않고 자연을 거역하지 않으며 열려 있는 종교대로 살아가는 그들의 삶의 모습은 여행하는 나에게도 행복을 전해주는 것이었다. 여행의 욕심은 8,091m의 안나푸르나를 보기 위해 포카라로 가는 것이었다. 히말라야산 8,000m 준봉들의 눈 덮힌 파로나마는 여행자에게만 주는 값진 아름다움이다. 산악인들의 꿈의 정상 안나푸르나의 변화무쌍한 위용을 감상하는 히말라야의 아침 설경은 지구와 하늘의 문이 함께 열리는 환상의 경치를 보여준다. 오를 수는 없지만 보고 감상하는 여행이었다. 세계의 고물차가 다 모여 있는 카트만두로 갔는데 종교의 신비성을 느끼지 못하면 쓰레기로 가득 찬 도시라 생각될 것이다. 꾸마라를 섬기는 불교 도시 소똥을 밟으며 왕궁을 관광하는 묘미도 여행의 참 모습이 아닌가 생각된다. 카트만두에서 에베레스트를 관광하기 위해 나갈콧 전망대로 갔다. 가는 곳의 찻길은 절벽의 숨 막히는 벼랑길이다. 그래도 여행의 목적을 달성하기 위해 목숨 걸고 가는 길이었다. 더 이상 갈 수 없는 히말라야 산맥에서 지구의 제일 높을 곳에 마음과 눈을 맡기는 것은 삶의 높이를 느끼는 기분이었다.

세 번째 인도 여행은 2012년 12월이다. 영국식 도시로 건설된 첸나이에서 시작되는 여행이다. 하층민의 생활모습은 옷을 입은 직립 보행의 동물 같았다. 사람과 차들이 홍수처럼 길을 메웠다. 힌두식 옛날 사원은 부처 없는 모자이크로 장식된 높고 높은 탑 건축이었고 이슬람 세력이 미치지 못한 유일한 힌두문화 지역이다. 마두라를 거쳐 문나르 차밭의 경치와 계곡의 절경을 보면서 코친으로 가서 바스코 다 가마의 무덤, 유대인 거리를 관광하고 스리랑카로 건너갔다. 참으로 가기 힘든 새로운 여행이었다. 스리랑카는 전형적인 불교 국가이다. 북쪽의 담불라 사원, 시기리야 요새를 거쳐 부처의 이빨을 모신 캔디의 불치사를 관람했다. 캔디는 아름다운 옛 수도인데 관광객들이 몰려오는 문화유산과 자연유산 지역이다. 아시아의 진주라 하는 스리랑카 해변의 네곰보와 수도 콜롬보는 관광도시이고 휴양지이다. 열대성 숲속에서 여행의 모든 피로를 인도양에 날려 보내는 마지막 휴식은 드라마 대장금의 나라에서 왔다는 주민들의 환대로써 기쁜 마음을 느끼지 않을 수 없었다.

5. 중동여행

2004년 1월 1일에 카타르 도하에 도착했다. 비행기 환승을 위한 공항 대기였다. 다음에 시리아 다마스쿠스 공항에 도착하니 시골 정거장 같았다. 안내를 받아 시장과 십자군 때 영웅이었던 살라딘 장군의 동상 그리고 우마야드 사원을 관광하면서 못사는 나라의 거리와 문화재를 관광하는 것도 새로운 고대 풍물을 보는 즐거운 시간이었다. 소박한 차림의 베두인 유목민의 살림집과 옷차림이 특이한 볼거리였고 사막의 팔미라 유적은 권력의 흥망성쇠를 상징하는 도시였다. 솔로몬왕과 제노비아 여왕의 영화가 깃들어 있는 팔미라는 중동지역 여행의 관문이다. 우리는 하마, 홈스, 알레포를 거쳐 문화재의 보고인 터키로 넘어 갔다. 소아시아의 문화유산이 그대로 남아 있는 곳 안탈리아의 클레오파트라의 문, 카파도키아의 공중도시, 데린쿠유의 지하도시, 옛날 수메르 왕국이 번성했던 곳, 진흙 목욕탕 파묵칼레 이 모두가 여행자들의 관광의 꽃이었다. 실제로 여행은 옛 시간의 여행이다. 우리가 도착한 에페수스는 수많은 유적을 남긴 고대 지중해의 화려한 문화도시이다. 대리석 문화 건설과 서민의 고통, 파괴와 건설의 역사 흐름에서 남아 있는 유적들은 여행자들의 길벗이었다. 이즈미르에서 일박하고 트로이 목마를 타보고 이스탄불 여행으로 이어갔다. 이스탄불은 동과 서의 문화가 공존하는 곳이며 성당과 모스크의 관광지이다. 박물관의 보물들, 시장의 볼거리, 정신없이 돌아다니게 하는 환상과 낭만의 도시이다.

이스라엘 입국은 까다로웠다. 텔아비브에서 예루살렘으로 가는 밤길이었다. 유대인 학살 기념관을 보고 나치는 유대인에게 참회할 것이 아니라 전 인류에게 사과해야 할 것이라 생각되었다. 구약성서 속에 있는 유적들을 생생하게 체험한다. 골고다의 언덕도 걸었다. 황금의 돔 통곡의 벽에서 울어보고 싶었다. 거리마다 군인들의 특별 경계는 중동의 화약고임을 알 수 있었고 활기찬 유대민족의 애국정신은 우리의 귀감이 되었다. 요르단 강은 그들의 젖줄이라 하지만 보잘것없는 냇물 같았고 바다보다 400m 낮은 사해에서 소금 목욕을 하고 요르단 암만으로 갔다. 옛날 로마의 속주로서 아랍의 배꼽이라는 암만은 중동여행의 통로인데 로마 유적의 광장과 시장을 관광하는 것은 골동품, 과일 그리고 사람 구경이다. 페트라로 가기 위해 4시간 동안 네무드 사막 길을 달렸다. 고대의 낙타길이었던 이곳에 차들도 드문 사막 여행은 목적지에 가기 위한 행로이다. 페트라는 바위 계곡인데 나바테 민족의 피난 시절의 요새이었던 것이 지금의 세계적 문화유산이다. 나라마다 영토 확장을 위한 전쟁은 살육과 파괴의 역사기록이지만 사리질 수 없는 인류문화 건설의 시초가 되는 것이다. 페트라의 관광은 이스라엘 마사다 요새와 함께 우리들에게 삶의 의지와 죽음으로 나라와 종교를 지키려는 정신적 위대함을 느끼게 하는 곳이었다. 우리는 홍해의 아카바에서 시나이 반도로 건너갔다. 이스라엘 에이레트 항구의 불빛은 이집트, 요르단, 이스라엘 삼국의 평화와 전쟁의 등대처럼 보였다. 술은 여행의 긴급 구호품이고 피로 회복제이며 외국의 밤 문화에 젖어 들게 하는 요술의 물이다. 그런데 이곳에는 술을 살 수 없었던 것이 여행의 불편이었다. 작은 진로 한 병으로 마음을 적시고 홍해의 밤을 넘긴다. 산과 들에는 풀 한 포기 없는데 중동 사람들은 몸의 털이 너무 많은 편이다. 시내산 호텔에서 베두인족과 야영 캠프에서 민요를 부르는 체험은 새로운 감동이었다. 2,285m의 시내산 모세교회로 낙타를 타고 올랐다. 찬 서리 내리는 새벽 동쪽 여명은 붉은 바다였다. 여행 그 자체는 머물 수 없는 것. 다시 모세의 이집트 탈출 길을 따라 카이로에 갔다. 어디를 가나 중동의 가난한 삶을 지겹도록 보는 여행인들은 그들의 종교를 통해 순박함을 알 수 있었고 중동 문화의 새로운 유형을 체험하는 좋은 기회이었다.

카이로는 거대한 문화 유적지이다. 그들의 생활에 관심을 갖는 것보다는 피라미드, 태양의 후예를 묘사한 그림, 미이라의 예술성, 과학성, 문화적 가치성, 나일강을 이용하는 농경법, 이슬람 모스크돔, 이루어 말할 수 없는 문화재를 보고 듣고 체험하는 산교육의 여행이었다. 밤새 특급 열차를 타고 룩소르로 갔다. 룩소르는 사막의 대리석 맨해튼 거리이다. 람세스 2세 거대한 석상과 18왕조 하트셉수트 여왕의 장제전(葬祭殿) 왕가의 계곡 작업에 동원된 노무자와 기술자를 생매장한 무덤. 실로 왕들의 권력은 무엇으로부터 나왔으며 당시의 건축과 조각의 기술은 어떻게 연마되었는지 불가사의한 일들이었다. 오벨리스크 기둥에 실제로 신이 내려 왔을까? 그렇게 번성했던 왕가의 후예들이 지금은 왜 어렵게 살아가고 있는가? 카낙 신전의 대리석 기둥이 어떻게 세워졌을까? 이집트 여행은 가볼 만한 곳이었고 볼 만한 것을 보았지만 의문만 남는 것 같다. 마지막 날에는 바하리야 사막으로 310km의 사막 여행을 했다. 사막하면 모래만 생각하였는데 검은 바위, 흰 바위의 풍화작용 모습은 살아 있는 선인장 같았다. 총총한 밤하늘의 별, 별똥별은 포물선을 이루고 떨어진다. 베두인족들의 캠프 준비와 저녁만찬의 춤, 그리고 노래는 나이도 국경도 없었다. 던져지는 1달라에 코리아가 연발된다. 삭막한 사막의 여행이 이렇게 즐거움으로 연결되었으며 나일강의 밤 유람선 관광은 한국 여행자들의 문화의 밤이었다.

6. 동유럽 여행

2006년 4월에 아내와 함께 동유럽으로 여행을 떠났다. 독일 프랑크푸르트 공항에서 유채꽃이 대지를 덮은 평원을 지나 아름다운 정원도시 튀빙겐, 라이프치히 대학도시를 거쳐 베를린에서 1박을 한다. 전에는 분단된 베를린이었는데 지금은 통일된 수도이다. 베를린 장벽, 브란덴부르크 문, 국회의사당 등 계획된 관광지를 보면서 베를린 맥주로 목을 축이고 옛 도시 드레스덴의 성당과 고궁을 견학하고 체코로 넘어갔다. 프라하는 살아 있는 건축 박물관이라 할 몰다우 강변 아름다운 도시이다. 프라하성, 카를교, 바츨라프 광장에서 맥주를 마시는 여유를 가지면서 프라하의 봄을 연상한다. 또 하나의 여행 목적지는 폴란드 크라코프에 있는 아우슈비츠 수용소이다. 타트라 산맥을 넘는 경치는 인생의 즐거움을 맛보게 하는 아름다움이었다. 그러나 아우슈비츠 수용소, 사람으로서 사람에 대한 잔인성의 현장을 차마 볼 수 없는 지옥이었다. 이상주의 국가 건설을 위한 히틀러의 그릇된 이념이 사람의 잔인함을 초월해 400만 명의 유대민족의 생명을 가스로 날려 보낸 곳이다. 그곳 근처에는 소금광산이 있었는데 당시의 삶이 얼마나 비참하였는지를 보여주는 역사적인 땅 속 삶의 모습이 남아 있는 곳이다.

폴란드 여행은 슬픈 일정이었다. 그러나 여행과 나의 삶의 실존이 일치하였기에 모든 여행의 대상은 나의 것이었다. 이제는 헝가리 부다페스트에로 가면서 동부 유럽의 옛날 모습과 새로운 삶의 의미를 느껴본다. 도시마다 고유의 특징이 있는데 이곳에서는 도나우강 유람선을 타야 관광을 제대로 할 수 있다. 바로크 건물과 고딕성당이 인상적이었고 보는 문명과 듣는 전설에 시간은 흘러간다. 겔레트르 언덕 위에 있는 자유의 여신상은 어부들이 싸워 승리한 기념물이다. 자유가 국경이 없듯이 강물도 자유로이 흘러가는 헝가리 땅에서 유채꽃 들판을 즐겁게 지나가는 여행길 오스트리아 빈에 도착했다.

빈은 음악의 도시, 문화의 도시, 궁전과 성당의 도시 그리고 숲의 도시이다. 성 스테판 성당을 중심으로 여름궁전, 베토벤, 슈만, 요한스트라우스가 잠든 묘지 등 역사적 관광지를 꼼꼼히 볼 수 없는 여행자의 아쉬움이다. 이곳 사람들의 거리의 행진, 민속의 공연은 여행지의 맛을 돋우는 살아 있는 풍물이며 보석상의 거리는 여자들의 마음을 장식하는 곳이지만 술집 거리는 남성들의 걸음을 재촉하는 곳이다. 그린칭 거리의 호이리게 술집은 900년의 역사를 자랑하는 새 맛의 술집인데 그곳에서 소시지와 맥주로써 한국 사람들의 떠들썩한 판이 벌어지니 여행의 즐거움은 삶을 젊게 하는 것이라 느껴진다. 모차르트가 태어난 잘츠부르크로 갔다. 가이드가 〈사운드 오브 뮤직〉의 무대라 강조한 것처럼 알프스 언저리의 아름다운 도시이다. 미라벨 궁전, 모차르트 생가, 700년의 역사가 깃든 그림 같은 도시, 이런 곳이 바로 삶의 낙원이라 느껴진다. 볼프강 호수에서 자일반을 타고 1,600m 산 위에 올라 눈 덮인 알프스 산맥을 조망하는 것은 바로 이곳의 주인이 된 느낌이다. 호수 안에 떠 있는 알프스의 영상은 실물보다 더 아름다운 그림엽서이다. 떠나야만 하는 여행이 더 본질적인 여행이다. 비어 시투벤에서 이별의 맥주 한 잔과 모차르트의 음악을 감상한다.

독일 퓨센으로 넘어간다. 노이슈반슈타인 성이 우리를 기다리고 있다. 루드비히 2세가 세운 환상의 성이다. 이 성을 보지 않고는 성을 보았다고 할 수 없을 것이다. 권력자의 사치성과 예술적 미감이 빚어낸 백조의 성이다. 소유할 수 없는 성이지만 여행자의 길벗이 되는 아름다운 즐거움을 간직한 채 또 길을 떠난다. 내가 독일 대학 연구 시절에 3개월 머물렀던 곳인 킴 호수를 다시 추억하면서 그 옆을 지나 하이델베르크로 여행한다. 하이델베르크는 옛 도시이지만 대학도시이기 때문에 항상 젊은 도시, 낭만의 도시, 관광의 도시이다. 철학자의 길과 하이델베르크 대학과 옛 성을 갈라놓는 네카강을 연결하는 칼 테오도르 다리(알테 브뤼케)는 이 도시의 상징물이다. 시인들과 정치인들이 이곳에 와서 마시는 와인과 맥주 집은 지금의 학생들의 낭만적 사교장이 되었으며 우리 여행자들도 하스펠 거리에 있는 맥주 집에서 이별의 큰 맥주잔을 비우는 순간 이번 여행의 마지막 생동감을 가졌던 것이다.

7. 북유럽 여행

2007년 8월에 덴마크 코펜하겐에서 여행을 시작했다. 여행은 그곳에 있는 것을 보기 위해 또 옛날에 있었던 것을 찾기 위해 떠나는 것이지만 여행을 하다 보면 미래에 무엇을 해야 함을 찾는 순간이 되는 것이다. 상업의 도시 코펜하겐, 안데르센의 인어공주, 뱃사람들의 쉼터 뉘하운, 누구나 들어갈 수 있는 아마리엔보 궁전, 왕궁광장과 시청광장이 연결되는 젊은 낭만의 거리 스토로이에서 여행의 정취를 느끼고 헬싱보리로 건너가 오슬로로 갔다. 푸른 초원 카테가트 해협의 자동차 여행은 자연과 일치하는 비움의 시간이었다. 조용한 항구도시, 뭉크의 미술관과 비겔란 조각공원은 새로운 예술의 장르를 제공해 주었다. 노벨 평화상을 수여하는 도시처럼 역동적인 생활의 현실성보다는 북극 동화의 정서가 흐르고 있는 조용한 도시였다. 우리의 여행목적은 가이랑게르 협만(피요르드)을 관광하는 코스이다. 1,030m의 산 위, 세계문화유산 롬 교회에서 수직으로 떨어지는 협만으로 내려가 시원한 유람선 여행을 한다. 신이 빚어낸 자연의 걸작이었는데 분명 동양의 풍경은 아니었다. 바다 양쪽의 절벽, 수십 개의 실폭포, 하늘, 빙하와 만년설 산은 자연의 아름다움 그 자체였고 나의 내면의 자연과 일치하는 순간 여행의 목적이 떠오른다.

베르겐의 300년 목조건물이 잘 보존되어 있는 문화유산의 거리는 지형에 따른 삶의 유형을 체험할 수 있는 관광지였다. 자연 보호가 잘 되어 있는 노르웨이 여행에서 나의 존재 의미를 확실하게 느낄 수 있는 삶의 행로라 생각되었다. 유럽은 모든 국경이 자유롭게 통과되는데 러시아의 국경에서는 2시간을 기다려야 했다. 스웨덴의 여행은 운전기사가 맥주를 팔고 있기에 더 즐거운 시간이었지만 때로는 가이드의 몽니로써 상처 입은 관광이 되기도 했다. 듣기만 했던 스톡홀름을 전망하는 심정은 바다 위의 예술품을 감상하는 기분이었다. 그러나 시내의 관광에서 빈부의 격차를 보는 순간 자연의 격차는 아름다움의 조화지만 삶의 격차는 존재자의 불안과 불확실성을 드러내는 것이었다. 노벨상을 수여하는 시청사의 뜰에서 잠시 휴식, 성니콜라스 대성당과 왕궁을 견학하고 핀란드로 가기 위해 6시에 실자라인 유람선을 탔다. 그런데 유람선은 밤새도록 포도주와 생선의 만찬장이었다. 술꾼들에게는 행운의 밤이었다. 우리 일행은 약간의 팁으로 여행보다 더 좋은 술 여행을 하였으며 춤, 노래 크루즈 유람선 밤의 유혹은 검은 뱃길의 길동무였다.

핀란드 투르크의 아침이다. 섬들이 별처럼 떠 있다. 호수와 숲의 나라 수도 헬싱키에 12시에 도착했다. 세계에서 제일 정직한 나라, 서로의 대화가 없는 국민성, 관광자원이 별로 없는 이곳에서 암석교회와 항구의 시장을 돌아보고 네바강의 상트페테르부르크로 달렸다. 시내 전체가 유네스코 문화유산으로 지정된 곳이다. 러시아의 부흥을 위한 피터대제의 궁전과 해군성 그리고 예술의 광장, 네바 강변을 관광하는데 볼거리도 너무 많아 일일이 표현할 수도 없다. 옛날 여름 궁전인 에르미타슈 미술관은 세계 제일의 걸작품을 소장하고 있는 곳이다. 금으로 장식된 침실, 그리스 로마의 장식품들, 우리는 이 미술관을 보지 않고서는 유럽의 근대 예술품을 보았다고 할 수 없을 것이다. 웅장한 궁전의 화려함과 소장된 내용품의 진귀함이 어울린 상트페테르부르크의 관광은 이곳을 직접 체험한 자만의 삶의 보람일 것이다. 네바강 양쪽의 예술적 도시풍경을 가져갈 수 없는 여행자들은 모스크바행 비행기에 올랐다.

모스크바 아침비가 촉촉이 내린다. 크렘린 성벽, 피터대제의 군함 위의 동상과 색다른 건물들은 여행자들의 기분을 가라앉게 하였다. 크렘린 궁전에 들어서니 통제가 있었으며 대통령 집무실 주변과 제정러시아의 성당, 대관식장을 견학했고 붉은 광장에 가고 싶었는데 가볼 수가 없었다. 모스크바 대학과 재래시장을 구경하고 120m의 지하철을 탑승

했는데 지하요새와 방공호 역할을 하는 시설이라 한다. 도시관광은 박물관 이외는 들어가 볼 수 없는 여행이다. 사람구경, 시장구경, 화가의 거리, 맥주의 거리, 골동품 상가들을 피로와 함께 걸어본다. 백색의 도시 모스크바를 여행하였다는 것은 이념의 세계가 허물어지고 그만큼 소통의 세계가 되었음을 의미하는 것이다. 나는 2011년 10월에 극동의 진주라 하는 블라디보스토크로 여행을 떠났다. 강원도 동해에서 3시에 출발해 블라디보스토크에 다음 날 오후 4시 30분에 도착했다. 특별한 관광보다는 독립운동과 연관된 연해주와 러시아의 극동 항구에 가보고 싶었던 평소의 생각 때문이었다. 좁은 만에는 러시아의 태평양 함대사령부 군함들이 있었고 러시아의 정교회, 개선문, 중앙광장, 정부청자, 혁명기념관을 안내자에 따라 관광했다. 저녁은 북한식당에서 먹었으며 밤거리를 나갈 수 없었다. 연해주 한인촌의 기념비에 국화를 헌화하고 순종황제의 어진과 칼, 창 등이 전시되어 있는 향토박물관을 관람한 후 시베리아 출발 기차를 탔다. 끝없는 자작나무 들판을 달려 우수리스크 역에서 내렸다. 우리 민족이 살아온 곳이고 독립운동가 최재형 장군의 기념관이 있는 곳이며 민족의 선구자들의 독립운동의 근거지였고 발해성의 우물이 남아 있으며 이상설 선생의 유허비가 있는 곳이다. 러시아의 서민들의 생활과 무덤과 그리고 주택을 함께하는 그들의 삶은 추위를 대비하기 위해 집들이 아주 작았으며 치안과 교통이 불편한 러시아 극동 도시에서 우리 민족의 한을 되새겨 보는 여행이었다.

8. 북아메리카 여행

1987년 8월에 알래스카 코디액 섬에서 나의 북미여행이 시작된다. 통일교 종교세미나에 참석차 3일간 머물면서 연어의 산란행진과 곰과 독수리 갈매기의 먹이 사냥을 체험하는 것은 연구생활 외의 즐거운 시간이었다. 여유시간에 바다낚시를 하며 북극바다와 에스키모인들의 생활을 관찰하면서 귀중한 북극여행을 했다. 여러 나라 교수들이 모여 통일교의 평화사상을 논의하면서 처음으로 워싱턴 디시에 도착했다. 백인보다 흑인이 더 많은 거리와 정돈된 워싱턴 시내를 관광하면서 과연 세계의 수도임을 느낄 수 있었다. 워싱턴 기념탑과 링컨 기념관은 자유의 상징이며 미국적 개척정신의 표상이었다. 역사 박물관과 자연사 박물관을 견학하였는데 그 나라의 위상과 국력을 알 수 있었으며 국회의사당은 민주주의의 산실이었다. 관광 일정이 여행이라 뉴욕으로 갔는데 뉴욕의 인상은 두 가지였다. 물질문명의 첨단이었고 거리는 인종 전시장이었다. 마천루 빌딩 거리의 장식된 물질문명은 그늘진 소외 계층의 향락적 퇴폐의 온상이었다. 뉴욕 시내의 관광과 여행의 일정은 감동을 느끼는 매력적인 도시가 아니라 비판적 의식을 갖게 하는 거대한 군중들의 흐름이었다. 그러나 허드슨 강을 건너 들판과 숲속 정원을 걸어보니 성과 같은 저택, 자연적인 정원들은 미국인들의 부를 자랑하는 자본의 꽃이었다.

1995년 11월에 정년퇴임 보상휴가로 캐나다에 갔다. 밴쿠버를 거쳐 리자이나 대학에서 1개월 머물렀다. 교민들도 만나고 주변을 여행을 하면서 토론토까지 2박 3일간 계속 버스 여행을 했다. 위니펙 캐나다 대평원, 오대호를 거쳐 가는 캐나다의 긴 여행이었다. 교민 임종민 씨를 만나 나이아가라 폭포를 구경했는데 이리호에서 온타리오호에로 떨어지는 큰 물길이다. 양국의 국경이며 물보라와 폭포소리 이것은 자연의 위대한 음성과 활력이다. 먼 곳 사람들이 여행 중에 이런 자연을 체험하는 것은 꿈결 같은 여행이다. 붉은 해가 수평선에 잠기는 황혼, 숲과 눈의 대지, 오대호의 해변거리를 여행하는 나에게는 잔잔한 감동이었다. 다시 나이아가라에서 뉴욕으로 떠난다. 버스 안 손님들은 거의 흑인들이었다. 낮은 호텔의 뉴욕 밤은 불안했다. 다음 날 백림사 한인절에서 새로운 여행과 관광을 했다. 메트로폴리탄과 센트럴파크 등 문화적 관광을 하고 로스엔젤레스로 갔다. 한인촌에 숙소를 정하고 샌프란시스코와 요세미티 국립공원을 관광했는데 자연보호와 동물보호의 낙원이며 저마다 인권으로써 살아가는 다양한 사회이지만 낮은 계층들의 삶의 모습이 사회적 불안을 일으키는 원인으로 느껴졌다.

로스엔젤레스는 아름다운 도시이다. 영화의 도시이며 외국 사람들이 집단촌을 이루고 사는 국제도시이고 관광이 발달된 도시이다. 여행은 재미있어야 하고 새로운 경험에 도전하는 것이기에 그랜드캐년에 가보았다. 인위적으로는 이룰 수 없는 자연의 신비 중의 신비함이었고 인디언들의 삶의 터전이었다. 그러나 사막의 기적인 라스베가스는 인위적인 최첨단의 환락적 도시이다. 라스베가스의 매력은 카지노이지만 나의 여행은 탐방하고 기록하는 것이기에 라스베가스의 빛의 도시, 향락의 거리에서 다시 후버 댐을 거쳐 하와이로 날랐다. 하와이는 태평양에 떠 있는 축복의 땅이다. 젊음의 도시, 밤의 문화, 여행의 천국이다. 섬을 일주하는 여행에서 사모아, 뉴기니아 민속촌의 견학과 원주민들의 생활상을 견학하는 것은 진주만 기습 폭격의 일본제국주의 만행을 떠올리게 했다. 전쟁과 평화, 여행과 자연, 비우고 채우는 연속적인 삶 그 자체, 이 모두가 우주여행에 비하면 순간적인 찰나이다.

9. 중남미 여행

2006년 11월 16일에 32일간의 긴 여행을 시작했다. 여행은 건강을 점검하는 것이며 새로운 세상을 견학하고 마음을 넓히는 시간이다. 도쿄, 뉴욕, 상파울로까지 비행기에서 아마존의 밀림도 감상했다. 리우데자네이루는 코르코바도 언덕, 팡데아수카르산, 코파카바나 해변 등 새로운 이국적 풍경으로 세계 삼대 미항을 닦아왔다. 그러나 흑인들의 거리와 그들의 생활상은 방문객들의 슬픔이었고 우리는 다시 1,870km의 브라질의 평원을 달려 이구아수 폭포로 간다. 여기에는 폭포만큼 유명한 이타이푸 댐이 파라과이와 국경을 이루고 있으며 악마의 목구멍이란 이구아수 폭포로 가는 길은 물의 오케스트라를 듣는 기분이다. 폭포 밑에서 강물이 떨어지는 넓은 4km의 물줄기를 구경하는 것이다. 폭포를 보는 것이 아니라 자연의 역동적 움직임 속으로 걸어가는 느낌이며 다음날 아르헨티나의 강 위에서 몰아치는 큰 물줄기 쇼를 감상하는 것은 마음의 자연과 대화하는 느낌이었다. 여행의 성취감에 도취되어 1,750km의 버스여행은 부에노스아이레스로 연결되는 기나긴 초원의 길이었다. 부에노스아리레스는 흑인들이 아닌 스페인 후예들의 도시이며 남미의 낭만적 삶의 모습과 탱고의 밤풍경은 또 하나의 세계 속 여행이다. 안데스산맥의 휴양도시 바리로체로 가기 위해 버스터미널에 나갔다. 휴식하는 동안 나의 여행 가방을 도둑맞았다. 1,760km의 밤버스 여행길은 배낭 없는 빈 마음으로 여행의 실체가 하늘로 날아간 느낌이었다. 아침에 도착한 바리로체는 자연 중의 자연의 아름다움을 지닌 곳이며 눈, 호수, 숲, 꽃, 휴양시설 등 여행지의 낙원이었다. 여행의 경비 속에 술시간이 포함되어 가는 곳마다 맥주와 와인의 파티는 여행의 격을 높여주고 있다.

안데스 산맥을 넘어 칠레의 푸에르트몬토로 여행을 하였다. 태평양의 작은 항구도시인데 편하게 여행할 수 있는 곳은 아니었다. 어시장, 칠로에 섬 일주, 해외관광, 오소르노의 산 오르기, 호수의 유람선, 아름다운 자연 속에서 마음껏 뒹굴어 보았다. 자연을 사랑하면 할수록 자연의 순정을 받을 수 있고 자연을 아끼면 아낄수록 자연의 정기를 받을 수 있는 것처럼 밤낮으로 자연과 대화하면서 1,000km의 길 산티아

고로 떠난다. 삭막한 사막의 수도 아르마스 광장에 마음을 풀어놓았다. 400년의 성당 건물, 정부청사, 마술사, 성가대, 맥주홀 등 이곳 광장의 주인은 세계의 여행객들이다. 오늘의 밤버스 여행이 우리의 하룻밤 호텔이다. 1,600km의 칼리마까지 긴긴 사막 여행이다. 지나가는 사람들이 죽으면 그 자리에 무덤이 만들어 지는 이곳 사막길을 따라 안타파가스타 항구도시에서 휴식을 하는 동안 태평양 파도를 남해 파도와 비교해 본다. 칼리마를 거쳐 목적지 아타카마에 여장을 풀었다. 이곳은 사막의 오아시스이고 사막 염전, 달의 계곡, 원주민의 촌락, 풍화작용에 의한 지표의 형태 이 모두가 관광자원이다. 이틀간 지질탐방의 여행이었고 6,000m의 니칸카부라산 중턱을 넘어 볼리비아 안데스를 여행했다. 파란 물 호수, 흰 물 호수, 플라밍고 떼들의 붉은 다리와 붉은 부리는 한 폭의 그림 이었고 화산지대 온천에서 목욕을 하고 낡은 차의 험한 길은 4,100m 고지대의 추위와 함께 고난의 행군이었다. 3일간의 2,820km 안데스 산맥의 고된 여행에서 벗어나 소금 평원을 건너면서 선인장 섬의 경치와 자연의 묘미는 고된 여행의 길을 흐뭇하게 하였으며 우유니를 거쳐 볼리비아 라파스까지 940km의 비포장 버스길은 고통을 참아야 하는 밤길이다.

라파스는 3,600m의 높은 계곡 도시이다. 하루 동안 시내 관광은 인디언들의 삶의 유형과 주술적인 남미 가톨릭 문화를 스쳐 가는 것이었고 양치기 들판을 길벗으로 삼아 페루의 티티카카 호수로 종일 갔다. 우리는 호수라 하지만 그들은 바다라 하며 갈대 위에 갈대집을 짓고 갈대배를 타고 고기잡이로 살아간다. 지금은 관광 수입으로 살아가는 갈대의 인생, 10대에 결혼을 유일한 낙으로 하니 아이들이 많은 것이 부러움이었다. 여행은 갖고 싶은 욕망이 아니고 가보고 싶은 욕망이기에 삶의 최저 형태를 체험하고 4,400m의 산고개를 넘어 350km의 쿠스코로 갔다.

쿠스코는 잉카제국의 수도였고 스페인 정복자들의 문화가 건설된 옛 도시이니 잉카 문화의 박물관이다. 특히 공중의 비밀도시 마추픽추는 문명의 비밀과 함께 신비로운 아름다움도 지니고 있었다. 태양은 내일 도 뜨겠지만 우리는 다시 볼 수 없는 잉카유적을 남겨두고 수도 리마로 이동했다. 리마에는 정복과 파괴 그리고 보존이 남아 있는 곳이다. 성당 은 파괴의 상징이고 박물관은 보존의 공간이며 산마르틴 광장은 정복 자 피사로의 동상과 남미를 해방시킨 볼리바르의 동상이 나란히 서있 는 곳이며 대통령궁이 있는 곳이다. 이렇게 여행을 하다 보면 역사공부 를 많이 할 수도 있고 기후와 지리, 민속 장예문화를 배울 수도 있는 것 이다.

우리가 여행을 가는 곳이면 한국의 식당이 있다. 오늘은 고려당에서 김치와 된장찌개 그리고 숭어회를 먹을 수 있는 행운의 기회도 있었다. 떠나는 것이 여행이라 멕시코의 마야문화를 관광할 차례이다. 사람 많 고 차 많은 것은 비슷하지만 상품과 장사하는 모습은 우리와 달랐다. 소깔로 광장, 과달루페 성모상, 마리아치 광장은 멕시코의 특이한 문 화공간이다. 멕시코의 인류학 박물관을 견학하였는데 마야의 문화유 적 전시품들은 인류의 역사 그 자체였다. 아즈테카 유적 테오티와칸의 태양과 달의 피라밋은 잘 보존되어 있고 마지막 황제인 콰우테목 동상 을 세워 그들의 자존심을 지키고 있었으며 또한 콜럼버스 동상의 광장 은 멕시코 발전사의 상징의 거리이다. 멕시코는 낭만의 도시이다. 마지 막 날 일행은 거리의 악사, 마리아치의 기타반주에, 맥주와 와인의 흥겨 운 낭만에 한국과 멕시코의 밤이 되었다. 여행은 외국인과 어울려 그곳 의 민속 문화와 한바탕 신나게 노는 재미도 있다.

10. 아프리카 여행

2008년 2월 19일 방콕을 거처 케냐 나이로비에 도착했다. 검은 도시 태양이 작열하는 도시였다. 다음 날 암보셀리 국립공원으로 가 야영을 하면서 마사이족 촌락에서 민속춤을 관람하고 그들의 주거와 생활모습을 보았다. 하늘 아래서 동물에 제일 가까운 사람처럼 보였고 말하는 동물 같았다. 킬리만자로 언저리의 동물생태공원을 관광하는 것은 자연을 공부하는 여행이었고 사람이 동물을 구경하는 것이 아니라 동물들이 사람을 구경하는 것으로 느껴졌다. 우리는 다시 탄자니아로 넘어가 세렝게티 국립공원으로 갔다. 저녁에 긴 여행의 피로를 술로써 풀었고 술 없는 여행은 목마른 나그네의 길이 될 것이다. 나무도 풀도 사람도 지형도 모두 다른 동물의 세계에서 사파리 관광은 긴장의 연속인데 3m 앞에서 사자 2마리를 계속 보았다. 자연학습에서 길은 법이기에 길 따라 수많은 아프리카 동물들을 차 속에서 바라본다. 동물들은 자유롭게 뛰놀지만 먹이사슬의 자연법칙 한계에서 긴장의 감시를 늘 온몸에 지니고 있는 것이다. 그냥 관광이나 구경이 아니라 체험이고 학습이며 동물사랑 자연보호의 여행이 응고롱고로로 이어진다. 이곳은 동물들만 살고 있는 직경 25km의 분화구이며 물이 있는 곳은 하마와 플라밍고의 낙원이고 사자를 정점으로 한 수많은 동물들이 경쟁 없는 자유로움으로 먹이사슬을 이루고 있었다. 우리는 동물 사파리에서 많은 것을 배우고 킬리만자로 산으로 등산을 하였지만 일정상 정상까지는 갈 수 없고 하루의 등산길이었다. 우리 일행은 밤이면 술여행을 한다. 술은 여행에서 우정과 단합 그 자체이기에 등산의 축배를 들고 다음 날 남아프리카공화국으로 떠났다.

요하네스버그에서 리빙스톤으로 갔다. 일행의 짐이 몽땅 오지 않았다. 빅토리아 폭포 때문에 세계적인 관광명소가 된 곳이다. 무지개가

걸리고 포말을 이루는 물보라와 천둥 같은 폭포소리에 주위의 모든 경치가 위축되어 있다. 잠베지강 1.7km 넓은 강폭의 물이 그대로 108m 높이에서 떨어지는 광경은 대지의 신비였다. 나이아가라 이구아수 폭포를 먼저 보고 빅토리아 폭포를 체험하는 여행에서 천둥의 반주에 춤을 추는 물의 미적 감정에 숭고함과 즐거움을 느낄 뿐이었다. 그뿐인가? 밤 강물 위의 석양은 새로운 비경으로서 유람선을 띄우게 하고, 40달러의 비용으로 먹고 마시는 자유로운 시간 여행은 춤과 노래로 연결되어 우리 민요 아리랑 가락을 함께 탄 외국인들도 따라 부르게 하니 우리 강산 좋을시고 자랑스러운 대한민국 잘 살아가는 코리아 기풍이 잠베지강 유람의 잊을 수 없는 추억이었다. 관광지는 아름답고 화려한 건축, 고급 차들이 몰려오고 있으나 주위를 벗어나면 삶의 고단함이 묻어나는 토박이들의 실존적인 모습이 아프리카 대륙의 어제, 오늘, 내일의 문제일 것이다.

아프리카를 여행하는 것은 위험과 불편함이 늘 함께한다. 비행기 연착과 여행가방의 분실 그리고 위생적 문제 등은 신변의 위협이 되지만 이것도 여행에서 얻게 되는 학습으로 여기고 케이프타운으로 내려갔다. 케이프타운은 아프리카 속의 서양이며 인종차별적 도시형태로서 백인의 거주지와 원주민의 사는 곳이 구분되어 있다. 맑은 공기, 물질문명의 첨단 도시, 여유롭게 살아가는 사람들의 모습, 또한 하늘이 선물한 테불마운틴은 인위적인 예술작품으로 보이는 자연의 수석이다. 1,067m의 바위 책상은 누구나 올라가 보고 싶은 아프리카 제일 끝의 산인데 케이블카가 쉴 새 없이 운행된다. 산 위에서 보는 케이프타운은 아름다운 세계여행의 끝자락에 있는 천혜의 관광지이다. 세계여행의 무한한 자부심을 느끼면서 만델라가 36년간 생활했던 로빈 섬의 감옥을 멀리서 보는 순간 여행자 발길은 무거워졌다. 자유를 위해 자유 없는 36년의 감옥생활을 한 만델라의 정신을 가슴에 담고 희망봉으로 여행을 계속하였다.

대륙의 끝 전체가 자연의 아름다움이다. 숲의 아름다움, 나체촌의 아름다움, 물개와 펭귄들이 노는 아름다운 해변을 지나 희망봉(Cape of good Hope)에 도착했다. 파도가 몰아치는 바위언덕이었다. 대서양과 인도양의 경계선인 폭풍우의 언덕에 서보니 이제 더 이상 갈 수 없는 절망의 여행길이었고 전망대에 올라 망망한 남극 바다를 바라보면서 여기까지 온 여행객들의 희망이 무엇일까 곰곰이 생각해 본다. 여행의 길을 잃어버린 우리들은 되돌아오는 길 위에서 아프리카의 19일 여행일정을 무사히 마치었다.

11. 서유럽 여행

2009년 7월 11일 스페인 여행길에 오르면서 모스크바를 거쳐 마드리드에 도착했다. 스페인은 태양의 나라라고 할 만큼 더운 곳이며 준사막의 땅이었다. 긴 역사와 수많은 전쟁에서 이루어진 문화를 가졌기 때문에 세계 제1의 관광국으로서 이슬람과 가톨릭에 관한 문화유산이 제일 많은 국가이다. 작은 로마라 불리는 메리다에서 원형 경기장을 견학하고 포르투갈 리스본으로 갔다. 땅끝 까보다로카에서 바다의 시작이란 의미에서 기념소주를 마시고 다시 리스본에서 바스코 다 가마의 기념탑, 벨렘탑, 엔리케 항해왕자의 기념탑 등 해상 제국의 과거사를 관광하고 세계 3대 기도처의 하나인 파티마로 갔다. 목동의 마을이 성지순례의 중심지가 되어 우리로 하여금 관광하게 한 것도 하나의 기적인 것이다. 우리는 끝없는 스페인 평원과 올리브, 해바라기, 옥수수 밭을 지나 역사적 도시인 세비야로 갔다. 콜롬버스의 업적이 간직된 이곳은 세비야의 대성당, 스페인 광장, 황금의 탑, 플라밍코 공연장 등 많은 것을 볼 수 있었던 행운이었다. 해변의 미야스의 휴양촌, 산 중턱의 그림 같은 흰 집들이 지브롤터 해협의 목련꽃 같았으며 14km의 지중해 관문을 지나 모로코 탕헤르로 건너갔다. 세 번째 아프리카 땅을 밟는 순간 여행이란 아름다움이 나의 인생의 한 장면이라 느껴졌다.

수도 라바트를 지나 카사블랑카로 여행은 계속된다. 핫산 2세 모스크, 유대인들이 살고 있는 구메디나, 계획된 현대시가지와 시장의 풍물은 사막의 속살을 나타내는 풍경이었다. 모로코의 매력적인 관광지는 중세도시인 페스인데 학문과 상업이 번창하니 알 카라윈 대학은 859년에 세워졌고 안내자 없이는 찾을 수 없는 좁은 골목이 바로 관광의 명소였다. 가죽제품과 금, 은, 수공품은 여행객들의 매력적인 선물상품이었고, 여행 중의 쇼핑은 자신의 정체를 확인하는 삶의 현장인 것이다. 이제 아프리카를 떠나 코르도바에 가서 이슬람과 가톨릭의 합작으로 세계 건축사의 걸작인 메스키타 대사원을 견학하고 유대인의 좁은 골목을 탐방하면서 세네카의 동상과 마주친다. 스콜라 철학자이며, 권력과 부의 모래성 위에서 스스로 자살한 그의 모습 앞에 잠깐 멈추었다가 먼 길을 떠나 그라나다의 알람브라 궁전으로 갔다.

많은 것을 보고 듣고 체험했지만 말로써 표현할 수 없는 신적인 예술작품들의 궁전이다. 세계에서 가장 아름다운 이슬람 왕조의 궁전인데 건축, 정원, 성채, 궁전의 안뜰, 내부의 벽면과 기둥의 장식, 모자이크 아치와 천장의 문양은 아랍예술품의 최고 걸작들이다. 이곳을 보지 않고서는 건축과 예술을 보았다고 할 수 없을 것이고 정서적 영감을 만족시켜 주는 제1의 여행지임을 권유하고 싶을 뿐이다. 또한 이곳의 가톨릭 대성당도 고딕과 르네상스식의 건축으로 잘 알려져 있다.

우리는 시에라 산맥의 아름다운 산세와 지형을 따라 바렌시아에서 일박하고 바르셀로나로 여행했다. 바르셀로나는 예술의 도시, 콜럼버스의 도시라 할 수 있으며 건축가 가우디의 대성당, 구엘공원, 몬주언덕의 황영조 올림픽 조형물, 피카소의 미술관과 콜럼버스의 기념탑 앞에 서니 여행자의 보람을 스스로 느끼게 된다. 저녁을 먹으면 아침이 오는 것처럼 시간 따라 사라고사로 이동하여 필라르 성당 천장의 고야 그림과 나폴레옹 전쟁 때 터지지 않은 포탄을 보고 스페인 평원의 버스 관광으로 이어졌다. 톨레도를 가보지 않고는 스페인을 관광했다고 할 수 없을 정도로 톨레도는 이베리아의 역사 박물관이다. 타호강이 둘러싼 성벽의 작은 도시, 유대교, 이슬람교, 가톨릭교의 역사가 잠겨 있는 이곳은 세계 문화유산으로 보존되어 있으며 그레코의 그림과 산토토메 교회, 비사그라 성문 등 도시 전체가 하나의 예술품이며 역사관이다. 여행을 통한 삶의 가치를 느끼면서 마드리드로 갔다. 정열의 도시답게 태양의 문 주변의 낭만의 거리 마요르 광장과 그 주변의 시장, 카페는 여행자들이 쉬어 가는 사막의 오아시스이다. 그러나 프라도 미술관을 관람하는 것은 인문적 예술적인 여행이다. 고야와 벨라스케스의 걸작들, 그레코, 루벤스 그리고 피카소의 게르니카를 감상할 수 있는 이 시간적 공간에서 신비주의, 자연주의, 인상파 그리고 입체파의 그림들을 직접 감상하는 이번 스페인 여행은 나의 실존적인 삶속에서 예술적 정서를 찾아내는 기회였다.

2011년 5월 26일 런던에서 두 번째 서유럽 여행을 시작했다. 템즈강 주변의 유적지, 기념물, 궁전들, 웨스트민스터 사원, 대영박물관을 하루 종일 관광을 했다. 권력자의 선택된 욕망의 예술적 작품들이 역사를 이어가는 숲의 길이었다. 왕을 지키는 근위병의 행진은 이제 관광객을 불러모으는 무대가 되었고 애국심에 불타는 더 높은 동상들, 문학, 예술, 과학의 이름으로 세워진 흉상들은 대영제국의 정체성이었다. 우리는 프랑스행 유로스타를 탔다. 22분 만에 도버 해협 해저를 지났는데 처음이지만 실감이 나지 않았고 프랑스의 전원 농촌이 부럽게 펼쳐진다. 옆 일행과 열차의 여행주를 마시는 순간 파리에 도착했다. 편리한 여행수단이 런던과 파리를 일일생활권으로 만들었으며 파리의 역 주변은 유색인종들의 생활권이었다. 파리에서 베르사유 궁전을 관광하는 것은 필수이다. 궁전과 정원 자체가 관광객들의 감탄과 더불어 눈을 휘두르게 하는, 만인들의 손끝에서 이루어진 지상의 보물이 되었는데 너무 화려했기에 혁명의 별미가 된 것이다. 센 강, 노트르담 사원, 에펠탑, 루브르 박물관, 콩고드 광장, 샹젤리제 거리, 개선문 등이 프랑스의 영광이자 세계의 수도임을 자칭하는 것들이다. 파리를 여행하는 자들이여 세계 시민임을 자랑해야 할 것이다.

오늘은 북에서 남으로 가는 프랑스 기차 여행이다. 우리의 지형과 다른 푸른 전원의 들판이다. 디종, 리옹, 아비뇽, 마르세유, 칸느까지 기차 속의 시간여행이다. 다음 여행지는 리스와 모나코인데 아름다운 해변의 풍경들이다. 온화한 기후, 지중해 푸른 물결, 모나코 왕궁, 주위 자연과 조화를 이룬 도박의 도시로서 천혜의 관광도시이었고, 점심은 스테이크와 맥주로써 맛의 여행을 하였다.

한번으로 지나가는 아름다운 여행길을 따라 로마로 갔다. 모나코에서 밀라노로 가는 해안의 철길 여행에서는 환상적인 자연을 볼 수 있었다. 끝없이 달리고 싶은 동심의 길이지만 벌써 아름다운 벽화가 있는 밀라노 역, 광장 두오모의 청탑을 보면서 유럽 특급 열차로 이탈리아의 목가적인 들판을 신나게 달렸다. 열차에서 포도주 서비스도 있었고 우리의 준비된 술로써 나라마다 특이한 산천을 관광할 수 있었던 즐거운 시간이었다. 밤의 로마는 일시적인 보헤미안인 우리들에게 추억의 산실로 다가왔으며 그 밤은 로마 유적들을 2번이나 견학하면서 인류의 문화 유적에 감탄할 뿐이었다. 고대 로마가 남긴 유적들은 새로운 로마 건설의 기틀이 되었고 세계적인 문화 보물을 지닌 로마는 전 세계 문화 창출의 근원지가 된 것이다. 우리는 로마의 관광을 통해 인생에서 여행의 멋을 느끼는 순간 북쪽으로 먼 여행을 떠난다. 베니스에 도착하여 바다에 떠 있는 수중 도시를 곤돌라 위에서 관광하는 것은 물의 위험성을 예술의 걸작으로 만든 인류의 지혜를 경험하는 것이다. 먼 곳에서 온 우리들은 많은 것을 보고 듣고 리알토 다리를 건너 산마르코 광장의 인파들 속에서 산타루치아 역으로 갔다. 사람들이 몰리는 곳은 인심이 고약한 것. 셰익스피어의 베니스의 상인을 생각하면서 오스트리아로 갔다.

이제는 신들의 예술품인 자연이 아름다운 데로 떠나간다. 알프스의 환상적인 계곡, 관광열차 관광 마니아들, 술과 낭만으로 포도밭을 지나고 그림 같은 지상의 낙원 길을 따라 브렌네르 고개를 넘어 인스부르크를 거쳐 또 다른 자연 속으로 달린다. 자연은 자연을 찾는 자에게 진정한 친구가 되어준다. 잘츠부르크에서 두 번째 관광을 하고 뮌헨에 도착했다. 뮌헨의 관청거리, 문화의 광장, 루드비히 거리를 둘러보는 것은 방문객들의 기본적 코스이다. 우리는 저녁에 세계에서 가장 유명한 맥주홀 호프브로이하우스에 갔다. 1511년부터 맥주를 만들어 파는 집, 1,000명의 주당들이 한꺼번에 마실 수 있는 홀, 1,000cc 맥주잔, 남도록 차려진 식단, 낭만적인 뮌헨의 마지막 밤이다. 술 애호가인 나에게 술과 여행 그것은 나의 삶의 작품이다. 밤이 머물러 주지 않는 것처럼 스위스 취리히, 루체른 이 아름다운 도시를 지나 브리엔츠 호수에서 유람선을 타고 인터라켄에 도착하니 호수와 흰 눈의 알프스, 그림 속의 여행인데 융프라우 목적지 라우트브루넨에 숙소를 정하고 좋은 날씨를 기원한다. 알프스의 관광은 날씨에 좌우된다. 첫날 그린델발트에서 아이거 북벽과 융프라우의 웅장한 자태는 푸른 하늘에 떠 있는 그림자 같았다. 이런 곳에 와서 관광을 하고 있는 나의 실존은 근심, 걱정, 주위의 불안, 양심의 소리를 초월하여 순수한 나만의 존재임을 느끼지 않을 수 없었다. 하루 종일 트래킹은 꽃 속의 산책이었다. 다음 날 융프라우 얼음 궁전으로 갔지만 재수 없는 날이다. 안갯속의 4,158m의 융프라우는 전망대에 선 우리들에게 여행의 절벽을 맛보게 했다. 오늘 이곳에 온 관광객들이여, 알프스 여신을 원망하지 말고 덕을 쌓지 못한 자신의 생활을 반성하는 것이 어떨까. 이곳 산자락에 살고 있는 알프스 사람들은 이곳이 아름답다고 생각하겠지만 때로는 하늘을 원망하고 있지 않을까? 궁금하게 생각하면서도 되돌아가는 여행의 발걸음이 가벼울 뿐이다.

2005년 3월 11일에 호주와 뉴질랜드로 여행을 떠났다. 먼저 뉴질랜드 남섬 크라이스트처치에 도착 485km의 거리를 이동하여 퀸즈타운에서 1박을 했다. 조용한 나라 초원의 땅이었고 여행이 여행을 만드는 기쁨과 함께 양떼들만의 부드러운 모습을 보는 관광에서 새로운 자연의 아름다움을 감상하게 된다. 평화로운 땅, 훼손됨이 없는 자연, 자연이 생명을 보호하는 이곳의 환경에 여행의 꿈을 마음껏 펼쳐본다. 쿡산과 호수, 푸른 초원, 사람보다 가축이 더 많은 원시적인 환경에 여행의 맛을 더 느껴본다. 다음 날 164km를 달려 밀포드사운드에 도착하니 협곡 속의 바다, 수없는 폭포들, 신비로운 자연, 감동을 일으키는 경치, 새로운 세상의 모습이었다. 아, 여행의 욕망을 채워주는 이곳에서 북섬으로 날아간다. 아름다움이 무엇인지 그려보면서 북섬 마우리족의 디너쇼를 즐겁게 보는 밤에 하늘의 십자성을 처음 보았다. 마음으로 그리는 자연관광이며 유황온천의 체험이고 장미공원의 6·25 참전 용사에 묵념하였다. 시드니로 건너와 호주 관광에 나섰다. 시드니는 자연의 좋은 위치를 선정하여 예술적인 항구도시를 건설했다. 하버 다리로 연결된 섬들의 풍경과 블루마운틴의 푸른 숲과 절경의 계곡들이 세계에서 제일 아름다운 항구로 만들었다. 삶의 질이 차별화된 해변의 요트들과 고급 주택들은 아름다움을 넘어 사치스러운 풍경이었다. 그러나 평화롭고 자연스러운 정서가 담겨 있는 남태평양의 작은 영국이었다. 밀려드는 관광객에 우리는 다시 떠나는 여행자가 되면서 우물 속의 개구리가 태평양 바다에서 헤엄치는 더 넓은 여행이었다.

삼천리 꽃동산

옛날부터 우리나라를 삼천리 금수강산이라 했다. 그러나 주권을 잃었던 식민지 시절에는 가난한 나라였고 헐벗은 국토였다. 하지만 지금은 돌담 밑에 진분홍 채송화와 하얀 초롱꽃이 피고 봄에는 진달래 가을에는 코스모스 겨울에는 동백꽃이 삼천리 꽃동산을 일구고 있다. 뿐만 아니라 외국에 나가보면 우리나라가 참 잘사는 나라임을 알 수 있다. 나는 우리나라의 산과 들 바다와 하늘이 세계에서 제일 아름다운 곳이라 느낄 때가 한두 번이 아니었다. 건강한 여성이면 아름답게 보이는 것처럼 잘사는 나라일수록 더 아름답게 꾸며지는 것이다.

1973년 4월 6일 독일 유학을 떠나면서 비행기에서 보는 우리나라 산과 들은 헐벗었고 공장도 없는 먼지 나는 땅이었다. 그러나 당시 비행기에서 보는 유럽은 푸른 산 푸른 들판으로 지상낙원처럼 느껴졌다. 나라마다 지형의 특성이 있겠지만 우리나라는 산이 많은 아름다운 해양 국가이지만 가꿀 수 없었던 후진국이었다. 해방 뒤 6·25의 전쟁은 나라를 폐허로 만들었고 미국의 원조를 이끌어 왔던 민주적 독재시절 국민들은 이른봄 보릿고개를 굶주림으로 넘었다. 그러나 군부의 정치가 박정희 대통령이 나타나 경제개발 5개년 계획으로 잘사는 나라의 기틀을 잡았고 고속도로를 건설하고 중공업 국가로 건설하여 수출국가의 경제력을 세계에 알렸다. 전두환 대통령 때 통행금지가 해제되었고 노태우 대통령 때 여행 자율화가 되었다. 우리나라의 관광산업이 활기를 띠기 시작했고 국토는 아름답게 가꾸어져 갔다. 대통령의 잘살기 정책과 국민의 단결된 노력으로 세계에서 유래가 없는 압축 성장 국가가 되었다. 당시에는 인구 증가로 산아제한 정책을 펼쳤지만 지금은 인구증가 정책을 쓰고 있다.

이제 우리는 우리의 국토를 자랑할 수 있는 선진국으로 가고 있다. 유럽 여러 나라들은 동양 사람들이 좋아하는 관광지이다. 고대 물질문명의 유적이 많은 곳이며 관광지에서의 호텔 수준차가 천차만별이지만 관광객을 위한 호텔문화가 발달된 곳이다. 영국은 의회문화와 왕실문화 유적이 많은 곳이며 중세의 문화가 살아 숨쉬는 현장이고 파리는 예술의 도시이며 영웅 나폴레옹을 기리는 조형물들이 파리의 보물로 상징된다. 동양의 자연미에 대한 서양의 조형예술이 관광의 자원이다. 스위스와 오스트리아는 자연의 덕으로 먹고사는 나라이며 알프스의 아름다운 관광자원의 수입이 그들의 국가 재정이다. 그림엽서보다 더 아름다운 곳이 이 두 나라의 경치이다. 그런데 이탈리아는 조상 덕으로 먹고사는 나라이다. 로마제국과 훌륭한 조상의 문화유산이 그들의 국력을 좌우하는 관광수입이다. 로마 자체가 하나의 박물관이다. 나는 로마를 관광하면서 장군이 되고 싶었으며 파리에서는 예술가가 되고 싶었고 런던에서 대영박물관을 관람하고 나서는 해적이 되고 싶었다. 대영박물관의 세계적 유물들은 해양을 지배했던 영국의 국력이 힘으로 수집한 것들이기 때문이다.

노르웨이, 스웨덴은 지상 최고의 복지국가이며 아름다운 자연을 갖고 있으면서 인구가 적은 나라이다. 피오르드의 지형은 좁은 바다와 천 길 절벽의 신비로운 경치이다. 세계에서 보기 드문 북극의 피요르드의 절경을 보기 위해 많은 관광객들이 모여든다. 덴마크의 인어공주, 스웨덴의 바이킹 문화와 상트페테르부르크의 유네스코 문화유산의 궁전들은 여행자들의 매혹적인 관광코스이다. 하지만 우리들은 유럽의 여행에 있어서 많은 어려움을 겪으면서 그들의 문화를 받아들여야 했다 여행지의 호텔이나 식당에서 제일 먼저 그들의 인심을 느끼게 된다. 사람의 기본적인 생명의 활동은 물을 마시고 배설하는 것이며 이러한 본래적 인격해결을 위해 마실 수 있는 시설과 화장실을 편리한 곳에 갖추고 있다. 이러한 시설이 잘되어 있는 곳일수록 문화국이라 한다. 그런데도 서양 사람들은 호텔 식당 휴게소에서 물값과 화장실 사용료를 철저하게 받아 챙긴다. 식당에 화장실이 있으면서 공중변소에서 돈을 내게 하고 호텔과 식당에서 물값을 받아가는 그들의 상혼은 사람이 피할 수 없는 신체적 현상을 돈으로 치르도록 하는 것이다. 아무리 상업적 동물이라 하더라도 그들은 관광의 좋은 상품을 팔면서 기본적인 인권을 끼워 팔고 있는 것이다.

아프리카는 못사는 대륙이다. 여행자를 위한 서비스는 피부로부터의 느낌을 씻어준다. 불편한 기차여행임에도 낭만적이다. 카이로에서 룩소르로 가는 밤 열차가 들판에 섰다 그 이유를 물으니 기관사가 고향 친구를 만나 이야기 중이라는 것이다. 너무나 어처구니없는 일인데도 자연스러운 감동의 장면이다. 희망봉은 아프리카 땅끝인데 사람들이 그곳을 찾는 것은 그 이상 더 갈 곳이 없기 때문이고 킬리만자로를 오르는 것도 그 이상 갈 수 없어 돌아오는 희망 때문일 것이다. 아프리카는 동물의 천국이다. 세렝게티와 케냐 국립공원 동물들은 세계를 여행하지 않고 스스로 찾아오는 동물들을 구경하면서 자연 그대로 살아간다. 라틴아메리카는 스페인의 침략으로 잉카문화와 마야문화가 유적으로 남아있을 뿐이다. 브라질, 아르헨티나, 칠레, 볼리비아, 페루를 거쳐 멕시코까지 여행하면서 강한 종교의 침입이 토속종교와 민족을 철저하게 파괴하였다는 것을 알 수 있었다. 그렇지만 수백 년 동안 그리스도 문화를 정착시켜 지금은 관광의 대륙으로 많은 여행자들이 오고 간다. 잉카사람들이 높은 안데스 지역에서 그들의 문화를 유지하고 살아가는 쿠스코는 유명한 관광지이며 티티카카 호수의 갈대섬에 살고 있는 잉카후예 우르즈족의 가난한 삶 그 자체가 남미의 으뜸가는 관광자원이 되어 있다. 잉카의 왕궁 위에 성 도밍고 성당을 세운 스페인 세력에 의해 마추픽추 공중도시의 비밀문이 수많은 관광객을 맞이하고 있다. 멕시코 사람들은 인심이 좋고 낙천적이며 소깔로 광장은 그들의 천년의 역사가 숨 쉬고 있는 심장이고 마리아치 광장은 그들의 낭만이 흐르는 춤과 노래의 광장이다. 우리는 작은 주점에서 거리 악단의 반주에 흥겨워 맥주와 함께 밤새 멕시코 인심에 매료되었다. 스페인 정복으로 마야 문명은 철저히 파괴되고 혼혈문화를 이룩한 오늘의 멕시코는 매력적인 관광문화를 갖고 있으면서 빈부격차의 사회적 문제가 있는 나라이다.

40년 동안 6대륙을 탐사했다. 인도를 비롯한 동남아는 너무 못사는 나라였고 중국은 문화수준의 차이로 인한 관광에서 불편함을 느끼는 곳이었으며 대양주는 사람보다 자연을 더 보호하는 지역이었다. 이슬람 국가들은 비록 척박한 환경에 살고 있으면서도 인심 좋고 정직한 사람들이었다. 하지만 유럽 사람들은 그리스도교의 상업정신을 이어받은 자들이기에 모든 시설에 가격을 매겨놓고 돈을 받는다. 나는 세계를 돌고 도는 나라 밖의 인심과 좋은 경치를 체험한 뒤에서야 우리나라 방방곳곳을 여행하기로 계획하였다. 그동안 우리나라 문화와 산천을 너무 등한시했다는 자책감에서 삼면의 해안선과 휴전선을 완전히 일주하기로 한 것이다.

친구 다섯 사람이 한 차로 부산을 출발하여 여수 고흥반도 나로도 미사일 기지 해남 땅끝을 거쳐 무안에서 일박을 했다. 부산 송도에서 해남까지 직선거리 255km인데 해안선 거리는 2,246km이니 남해의 다도해와 해안선의 굴곡의 절경은 그림 같은 지형이고 아스팔트 도로와 곳곳에 조성되어 있는 꽃밭들은 정원 박람회 같은 느낌이었다. 다음 날은 법성포 굴비, 동내와 선운사 변산반도 33.3km의 새만금 방파제를 따라 군산에서 점심을 먹고 충남으로 넘어가 서천 무창포 간월암 변산반도 꽃지해안공원 안면도의 늘푸른 솔숲길 이 모든 여정은 기암절벽은 아니지만 너무나 소박한 우리의 자연미이었다. 우리는 만리포 천리포 수목원을 지나 삼길포 다리를 건너 대호방제에서 석양을 만나니 이것은 우리나라 환상의 자연이었다. 동해의 아침 여명 남해의 푸른 물결 서해의 붉은 노을 삼천리 금수강산이 아닌가! 경기도에서는 서해안고속도로를 타고 파주에서 일박을 하고 황희정승 유적지 반구정과 화석정 통일전망대 율곡의 자운서원을 견학했다. 파주에는 조선시대의 유적들이 많은 곳이며 6 · 25전쟁의 비극이 흐르는 임진강과 한탄강을 따라 철원의 고석정 산정호수의 그림 같은 전원을 구경하고 북한강의 가평유원지 호반의 도시 춘천과 소양호를 거쳐 인제의 밤을 맞이했다. 인제는 군사도시 낭만적 막걸리 집들이 많은 곳이며 60년 전의 군대생활의 옛 추억에서 지금의 꽃밭정원과 화려한 불빛거리를 대조하며 막걸리를 얼마나 마셨는지 짐작되지 않는 밤이었다. 휴전선을 따라가는 길도 꽃길로 조성된 아스팔트 도로 휴게소의 깨끗한 화장실 철조망 전선에서도 이렇게 아름답게 가꾸어진 국토는 세계 어느 곳에서도 찾아 볼 수 없는 경치이다. 자연의 아름다움과 신비함을 대표하는 설악산의 용대리 백담사 진부령을 넘어 동해바다 해안선을 따라 화진포에 갔다. 이승만, 이기붕, 김일성의 별장이 있는 곳, 바다와 육지의 절묘한 조화와 호수 경치는 휴전선의 관광코스이다.

남쪽으로 내려오면 외설악 기암절벽의 높은 경치와 동해 바다의 어울림은 설명을 할 수 없는 아름다움이고 실향민들의 삶의 현장 속초항구의 어시장 동해의 백미 낙산사와 해수관음상 그리고 강릉 경포대, 오죽

헌, 선교장 가는 곳마다 절경이요 꽃정원으로 가꾸어진 정자들 관광지로 잘 알려진 정동진 이 모두가 일일이 헤아릴 수 없는 삼천리 꽃동산이다. 삼척에서 죽서루와 허목 선생의 척추동해비를 보고 덕구온천에서 또 한 밤을 지냈다 경북 울진으로 내려와 해변 도로를 타면 풍력발전과 별들이 속삭이는 작은 포구들을 관광하면서 영일만 장기곶의 등대박물관 구룡포의 과메기 맛을 보고 감포를 지나 울산 방어진의 고래박물관에 닿게 된다. 끝으로 간절곶의 해맞이 우체통을 보는 순간 해안선 일주의 석양을 만나게 된다.

5일간의 우리나라 여행에서 세계 어느 여행보다 값진 보람을 느꼈다. 참 잘사는 나라이며 참 아름다운 삼천리 금수강산 또한 삼천리 꽃동산이었다. 가는 곳마다 인심 좋고 풍부한 먹거리, 깨끗한 화장실, 먼지 나는 곳 없는 시골길 잘 정비되어 있는 농경지와 원시림 같은 산들의 짙은 녹음은 풍부한 나라 살림을 대변하고 있다. 지방마다 특산물 축제와 꽃정원 축제, 10월의 전통문화 축제는 풍부한 관광자원을 만드는 것이다. 우리는 외국 사람들에게 세계에서 제일 좋은 화장실 사용을 개방하고 있으며 식당과 호텔에서 자유롭게 물을 마실 수 있는 관광하기 좋은 나라이며 경치 좋은 삼천리 꽃동산이다. 뿐만 아니라 외국에 비해 도둑과 소매치기가 거의 없는 활기차고 쾌적한 나라이다.

하지만 우리에게도 반성하고 개혁하며 다짐할 것들이 있다. 세월호 참사는 우리 모두의 자화상이다. 개혁과 비판을 외치는 정치권, 공정과 정화를 주장하는 행정권 그 자체가 정화의 대상이며 개혁의 대상이다. 겉으로는 도로를 정비하고 정원을 가꾸어 꽃을 심고 아름다운 국토를 만들고 있지만 개인적 이기주의, 집단적 패거리주의가 사회 깊숙이 자리하고 있다. 공직사회의 마피아적 부정의 고리가 서민들의 삶의 정서를 뒤흔들고 있으며 종교마저 물신주의에 흔들리고 있으니 사람들의 존재 목적과 욕망을 통제하는 도덕 법칙은 사회적 규범으로서 제구실을 못하고 있다. 지금 우리나라가 삼천리 꽃동산으로 가꾸어지고 있는 것처럼 5천만 국민 모두가 마음의 꽃을 심어 5천만 꽃봉오리가 주체가 되어 사랑과 평화, 자기의 소박한 의무를 다하는 아름다운 국가와 국민이 되었으면 얼마나 좋겠는가?

제5부

삶의 수준을 높이는 산책

죽는다는 것은

우리들은 죽음을 체험할 수 없기에 다른 사람의 죽음을 통해 자신의 생명 속에 죽음이 똬리를 틀고 있음을 알게 된다. 또한 죽음 자체를 직접 설명할 수 없고 대상화할 수 없지만 모든 사람들의 의식 속에 삶과 죽음에 대한 원초적 의문이 제기되고 있다. 이러한 의문은 자연과 우주의 근원에까지 연결되고 그것에 대한 수많은 해답들이 나왔지만 우주 스스로가 자신의 존재를 규명할 수 없는 것처럼 이성적 능력도 그 해답을 찾고 있을 뿐이며, 종교적 해답 역시 영적인 신비 속에 싸여 있을 뿐이다.

우리들은 시간 속에 제약되어 있는 존재들과 상호작용의 관계에서 살아가고 있으며, 그러한 내용들이 이성적 사유에 의해서 학술적으로, 정서적으로, 종교적으로, 예술적으로 해석되고 있다. 이러한 해석에는 삶과 죽음이 근본문제로 제기되고, 산다는 것 그 자체가 죽는다는 의미로 연결된다. 우리들은 죽음이란 사실 앞에서 아름다운 죽음, 슬픈 죽음, 의로운 죽음, 단두대의 죽음들을 보고 느끼면서 살아간다. 결국 이러한 종류의 죽음은 삶의 형태들이며 삶 자체가 죽는다는 것이다. 모든 생명은 죽음에의 존재인데도 우리들은 일상생활에서 죽는다는 사실을 잊고 살아간다. 경쟁적 삶, 창의적 삶, 가치로운 삶을 설계하면서도 삶의 본질적 접근에 무관심적으로 살아가는 것처럼 우리들은 죽음과 예약되어 있다는 사실을 의식하지 않고 있으며, 생명의 순환과 삶에는 왕복이 없다는 것을 잊고 살아간다. 죽음의 예약을 해제할 수도 없고 죽음을 뛰어넘을 수도 없는 것인데 죽음을 피할 수 있다고 하는 것은 시간과 공간적인 문제인 것이다. 그런데 죽음은 어떤 종류의 것인가? 성 프란체스코는 성자의 죽음을, 소크라테스는 학문적 순교의 죽음을, 토마스 모어는 양심적 명령의 죽음을, 부르노는 진리에 대한 순교적 죽음을, 이순신과 넬슨은 영웅적 죽음을 선택한 것이다. 이런 사람들은 일상생활에서 죽는다는 의미를 이미 알고 있었으며, 죽음이 무엇인지 지적으로 알고 있는 것이 아니라, 삶의 가치, 즉 선을 실천하는 삶, 정의로운 삶, 인류공동체의 가치실현의 삶을 살았던 것이다. 달리 말하면 죽음의 의미를 안 것이 아니라 죽는다는 것을 알았기에 산다는 의미를 스스로 정립한 것이다.

사람은 자유롭게 살려고 한다. 이것은 정신적인 문제이지 육체적으로는 불가능한 것이다. 자유는 모든 것의 시원이며 칸트는 이를 순수의지 선의지뿐이라 했다. 우리의 생활적 자유는 선택의 자유이다. 그러나 죽음에의 자유는 선택적인 것이 아니라 필수적인 자유인 것이다. 우리는 불안, 공포, 슬픔, 고통으로부터 자유로울 수가 없는 것처럼 죽음으로부터 자유로울 수 없다. 일상적 생활에서 개인적 삶은 각자의 자유의지에 따라 선택된 삶이다. 개인적 행복을 위해 법률적 경제적인 어떤 간섭으로부터 벗어나려 하는 것은 순수한 자유를 누리고자 함이요, 도덕법칙으로서 삶을 향유하려는 것이다. 이러한 일련의 삶의 과정이 바로 죽는다는 의미이고 일상적 삶과는 구별되는 것이다. 죽는다는 것은 단순히 생명의 끊어짐을 의미하는 것이 아니다. 다양한 개인적 욕망을 성취시키는 것, 자신이 희망하는 행복을 얻기 위해 창의력을 발휘하고 노력하는 것 자체가 죽는다는 것 속에 있는 것이다. 만약 내가 죽는다는 전제에서 살아갈 수는 없는 것이다. 즉 죽음에의 삶이며 삶의 방법, 목적 자체가 죽는다는 의미의 자기 모습이다.

키에르케골은 죽음에 이르는 병이란 책에서 사람은 원죄를 갖고 있기 때문에 죽음에의 존재라 하였다. 사람들이 불안과 좌절에서 벗어날 수 없고 자연적 불안 속에서 살아간다 함은 원초적 죄를 갖고 있기 때문이란 것이다. 원죄를 전제로 한 삶 자체가 절망이며 고통이고 자신의 본래적 모습을 잊어버리는 것이 죄의 굴레를 짊어지는 것이다. 그리고 본래적 죄를 망각하는 의식 속에 죽음에로의 존재가 생성되는 것이다. 키에르케골에 따르면 삶의 의식의 형태가 죽음으로 가는 모습이며 죽는다는 의미 역시 삶의 모습을 연출하는 것이다. 나 자신이 무엇이 되려고 하는 요구 속에서 삶이 시작되는 것이며, 그러한 삶의 참모습에서 아름다운 사회를 알게 되는 것이다. 사실 각자의 삶은 각자의 삶에 대한 예술품이다. 자신이 만든 삶의 작품이 인격적이고 사람다운 삶이 될 때 아름다운 예술품이 되는 것이며 이것 역시 아름다운 죽음이 되는 것이다.

자유로운 삶은 어떤 것이며 사람은 자유롭게 살 수 있는 존재일까? 사람은 원래 자유로운 존재이기에 자유라는 개념이 있는 것이다. 삶은 있어야 할 것을 채워가는 과정이다. 맨손 맨몸으로 태어났기에 채워야 하는 욕망을 갖게 된 것이고, 이러한 각자의 다양한 욕망을 선에로의 질서를 지키게 하는 기능이 양심이며, 양심에 의한 마음의 형태가 도덕심이고 도덕심의 규정이 도덕률이다. 그런데 도덕률은 자연법칙에 대립되는 자유 법칙이다. 왜냐하면 도덕률은 조건적인 것, 가언적인 것이 아니고 시원적인 것, 마땅히 해야 할 행위의 법칙이기 때문이다. 도덕률은 스스로 실천해야 할 법칙이기 때문에 스스로의 자유로운 행위이다. 여기에서 가장 가치롭고 아름다운 행위가 자유로운 행위임을 알게 되는 것이다. 칸트는 도덕률을 정언적 명령 무상명령이라 하였다. 이것은 자유의 명령이란 것이다. 자유로운 행위란 나의 뜻대로 나의 마음대로 행위를 하여도 도덕률에 반대되는 것이 아니며, 모든 사람들에게 무상명령으로 주어지는 행위이다. 결국 우리가 자유를 누린다, 자유를 실현한다 함은 도덕률의 실천을 생활화한다는 의미이다. 그리고 자유로운 행위란 순수 동기론적 행위인 것이다.

실존주의 철학자들과 인생론을 이야기하는 사람들은 죽어간다는 의미를 무엇이 되고자 하는 목적적 삶이라 하였다. 하려고 하는 의지의 종착역이 죽음이다. 우리의 삶이 목적이라 함은 늘 잊고 살아왔던 양심에 귀를 기울이는 것이다. 즉, 사람의 본래적 모습으로 되돌아가는 삶, 사람답게 사는 삶으로 걸어가는 모습인데 이것이 바로 가장 자유롭게 사는 삶이다. 생명은 순환적인 것, 죽는다는 것은 왕복이 없는 외길이다. 이러한 삶에서 가장 자유로운 삶이 남을 사랑하는 것, 도덕률을 실천하는 것이다. 사실 죽는다는 것은 마음을 비우는 것이 아니라 자유로운 삶의 주인이 되는 것이다.

나에게 윤좌는 무엇인가?

　제각기 가진 행로 위에서 앞서가고 뒤서가고 하는 중 인연이 닿아 윤 좌에 참여하게 되었다. 세상살이 모두가 인연으로 연결된 구조이다. 먹고사는 것 자체가 공동체 구성원들이 각자의 기능과 직분에 따라 식품을 생산하고 생활도구를 제작하여 서로의 협동으로 공동생활을 이루고 있는 것이다. 하지만 글을 쓰는 문인들은 자신들의 인문적 사상을 표현할 수 있는 지면을 확보해야 하였던바, 여러 잡지를 통해 표현할 수 있는 삶의 정서를 주당들의 훈훈한 향기와 더불어 밤새 강론하면서 시와 산문으로 이어지는 문학적 활동 그 자체는 정년이 없는 것이다. 노동은 자기와 다른 사람들의 삶을 풍요롭게 하지만 문인들의 창조적 담론은 세상을 부드럽게 하고 아름답게 하며 물보다 찐한 사람됨의 본질로 돌아가게 하는 것이다.

　윤좌의 탄생은 반세기가 지났고 그 주역들은 백세가 넘어 고인이 되었다. 그분들은 신의 음식인 식물성의 술이 만들어 낸 우정과 문학적 열정으로 부산 문학도들의 선망의 대상이었다. 술집에 가면 선비적 주당들이었고 편만 들면 해학적 풍자가 넘치는 문필가였으며 사회적 부정을 비판하는 파수꾼이었다. 실제로 윤좌는 부산 문인들의 사랑방이었다. 사랑방 손님들은 각계각층의 직업을 가지고 생활의 체험을 분석과 이론적 논쟁도 없이 중력이 우주를 구성하듯 삶의 향기로 숨 쉬게 했다. 삶의 경험적 의식을 논리화한 것이 철학이라 한다면 사랑방 손님들은 잃어버린 고향을 되찾게 하고 우리 민족 고유풍속을 잊지 않게 하였으며 토속적인 삶의 냄새를 봄꽃 향기처럼 맡게 하였다.

　나는 윤좌 동인들과 오래전부터 우연한 인연으로 교류해 오면서 박홍길 교수의 추천으로 2004년도 제31집에 「철학의 아픔」으로 동인에 합류하게 되었다. 그 뒤 10년 동안 26편의 글을 썼다. 돌이켜 보면 변변찮은 글이 아닌가 부끄럽기도 하지만 철학을 전공한 사람으로서 윤좌 동인이 된 것을 나의 새로운 삶의 보람으로 생각하게 된다. 나는 다른 문인들처럼 글을 감칠맛 나게 말의 결을 살려내는 문장력은 없지만 철학적 사상과 평소에 흘러가는 사색을 붙잡아 진솔하게 표현하고자 함이 나의 뜻일 뿐이다. 나는 등산과 바둑, 술자리 모임으로 조석으로 만나는 친구들도 있지만 가끔 만나는 친구들도 있다. 처음에 서로 주고받는 말은 말의 아름다움도 시적인 정서가 있는 말도 풍류적인 세상사의 말도 아닌 그저 평범한 인사말 '잘 지냈냐, 건강이 어떠하냐, 어떻게 시간을 보내고 있느냐'의 안부의 말이다. 실제로 우리 모두는 고향을 떠나온 사람들이다. 도시 생활 자체가 고향이 되었지만 객지에서 사는 사람들의 향수를 달래는 말은 서로의 건강 문제이고 소일의 문제이다.

　나는 가끔 친구들과 아는 사람들로부터 건강하게 보인다는 말을 듣는다. 친구들끼리 서로 주고받는 덕담일 것이지만 노인들에게는 건강의 안부는 언제 들어도 싫증나지 않는 말이다. 학교 시절에는 강의에 정열을 쏟았고 연구 논문 쓰기에 시간을 소중하게 여겨왔다. 그것이 건강을 지켜온 비결이라 생각되지만 지금은 대학을 떠난 지 15년이다. 그동안 윤좌와 인연이 되어 일 년에 몇 편의 수필을 쓰는 것이 건강을 위한 황금 같은 시간이었다. 푸른 초원이 소들의 생명을 위한 평화의 땅인 것처럼 윤좌는 나의 정신 건강을 지켜주는 건전한 육체인 것이다. 등산과 산책의 계획에 따라 주기적으로 육체적 운동을 하고 있지만 선비들의 넉넉한 정신을 풀어주는 곳이 윤좌인 것이다. 철학적 전문 서적을 쓰는 것도 아니고 원고료를 받아 한잔하는 것도 아닌 제3의 인생을 살아가는 나의 동반자로서의 윤좌인 것이다.

나는 가끔 여행을 즐긴다. 세계는 살아 있는 그림책이고 도시와 유적지들은 여행자에게 역사적 이야기를 들려준다. 여행할 때에는 윤좌와 함께 간다. 그것은 윤좌에 실을 수 있는 수필의 내용을 주워 담기 위한 것이다. 여행은 문학적 담론과 같은 것이며 산문을 쓰는 것과 같은 것이다. 자유로운 사색의 시간을 얻게 되고 새로운 풍물 속에서 색다른 음식을 먹게 되고 밤거리 서민들의 정서를 체험하면서 나라 밖의 여러 가지 민속문화를 알게 된다. 나는 세계를 정복한다는 의미에서 여행을 하는 것이 아니라 나의 글 속에 세계를 담기 위해 여행을 한다. 보는 것이 글이고 살아가는 것이 산문이다. 여행은 자연과 역사와 민속과 연애하는 것이다. 삶의 긴 여행길은 도착지가 없는 것처럼 윤좌의 동인으로서 글을 쓰는 것 그 자체가 자유이고 즐거움이며 삶의 질을 높이는 것이다. 한편 광기의 공포적 물질 사회로부터 해방이고 민심을 배반하는 권력적 쾌락으로부터 자기를 방어하는 것이다.

중국의 위진 교체기에 정치인들의 권력은 이슬처럼 떨어졌고 장군들의 목숨은 파리죽음과 같았다. 하지만 권력을 진 호족들은 황금 요강을 사용했고 사람의 젖으로 기른 돼지고기를 먹는 사치스러운 생활이었다. 이때 부패 권력과 호화로운 사치에 염증을 느낀 선비들은 세속을 떠나 죽림에 살면서 유교적 예절습관에서 벗어나 노자와 장자의 무위자연 및 자유로운 사상을 배경으로 하는 청담파를 만들어 일곱 선비들이 모여 살았다는 소위 말하는 죽림칠현은 시와 문학, 거문고 연주로써 세상을 등지고 살았는데 완적 혜강 산도 완암 향수 유령 왕융 등이다. 이들은 지배세력의 권위적 유교적 질서를 거절하고 자유로운 문학적 삶의 바탕에서 무정부 사상에 젖은 청담으로 일체의 위선적 행위를 백안시하였다. 그중에서도 완적은 시 문장에 능했으며 유령과 더불어 애주가로서 천하에 알려진 사람이다. 술이 있으면 어떠한 제도에도 얽매이지 않고 가식 없는 버릇으로 그들의 저항정신을 표현했고 혜강은 문학과 회화에 일가견을 이루면서 특히 거문고 연주에는 신비에 가까울 정도라 하였으며 연주법과 표현 방법이 기록에 남아 그대로 전해지고 있는 것이 관능산이다. 하지만 당시의 조정에서는 그들을 설득하고 국정에 참여하도록 노력하였으나 끝까지 거절하기에 완적과 혜강은 처형되고 다른 칠현들은 뿔뿔이 흩어졌다.

원래 선비들은 이득이 있는 곳에 모이는 백성들과는 달리 명분이 있는 곳에 자유로이 모여 청렴과 결백의 몸가짐으로 맡은 바 사회비판적 구실을 다하고 풍류를 즐기는 품격 있는 사람들이다. 우리의 고유한 문학적 사상과 민족의 얼을 가르치고 전달하는 정신을 선비정신이라 할 것이고 학문과 덕망이 높은 선비들은 어떠한 나라의 어려움과 다른 나라의 침략에도 꿋꿋한 절개를 지켜온 사람들이다. 윤좌를 이끌었던 앞선 문인들과 교수들은 이러한 선비정신으로서 소박하고 아담한 지면을 후학들에게 넘겨주었다. 지금 우리의 윤좌동인들도 윤좌의 텃밭을 일구고 가꾸어 주었던 앞선 선배들의 뜻을 함께 받들어야 할 것이다. 씨족 가문의 뿌리는 하나이면서 세월이 흐르고 자손이 번창하면 촌수가 늘어나고 흩어져 살게 되면서 남남으로 살아가는 것이다. 그러나 윤좌의 동인들은 반세기를 지나고 일세기를 지나도 촌수가 늘어나는 것도 아니며 글을 쓰는 정서가 달라지는 것이 아닐 것이다. 같은 시대에 살아가고 있는 동인들은 나이는 세월에 빼앗기고 있지만 윤좌의 대를 이어가고 있다. 동인들이 쓴 수필 속에는 소박하고 진솔한 동인들의 삶의 경험이 묻어 있으며 세상만사의 정서가 흐르고 있는 것이다. 그런데 윤좌의 글은 좀 늙은 글이라 생각된다. 나 역시 교훈적인 보수 냄새가 나는 비판적인 글을 써왔지만 요즘 세대들은 이런 글을 읽으려 하지 않을 것이다.

우리 윤좌의 글도 젊은이들이 잘 읽을 수 있는 시대적 글이 나왔으면 하는 생각에서 웹툰 같은 풍자적 글도 있었으면 하는 생각이다. 나는 우리가 어려웠던 시절 사치스러운 학문인 철학을 눈물로 시작하여 배우고 연구하며 글을 써 왔지만 전문적인 글꾼이 아니었기에 윤좌에 몸담고 있는 자체가 부끄러울 뿐이다. 이백 도연명 소동파 정철 윤선도 같은 옛 글쟁이들이 그 시대의 낭만적인 사상의 주류가 되었던 것처럼 윤좌의 흐름도 물질주의 사조에서 벗어나 돋보이는 글들이 나왔으면 좋겠다. 나는 전북대학교 명예교수인 시인 고하 최승범 학형과 오래전부터 인연을 맺어 좋은 글을 읽고 있다. 그분의 시는 악보 없는 음악이며 색채 없는 자연이고 유머를 담아 흐르는 글들은 나의 마음을 평화롭게 하며 세상을 쉽게 살아가라 한다. 그리고 전주의 고하문학관은 전주 문인들의 사랑방이며 나는 그곳에 윤좌를 늘 보내주고 있으며 고하는 원로 동인인 고 이주홍 교수와 글의 인연을 갖고 있는 분이다.

삶의 질을 높이기 위한 윤리적 삶

모든 앎은 물음으로부터 시작되고 요구되는 앎으로부터 실천되는 행위는 가치로운 것이다. 앎 그 자체가 행위와 일치한다는 주장은 실천철학의 기본적 이념이며, 앎이 곧 가치와 관련되면서 실천으로 이어진다. 앎의 목적이 가치실현에 있다면 생활의 편리한 제도 역시 가치실현의 도구이다. 우리가 알려고 원하는 것도 무엇을 어떻게 실천할 것인가 하는 전제에서 시작된다. 사실 앎의 목적이 없는 앎은 발전과 창의가 없는 생활자의 모습을 대표하는 앎이다. 과학적 앎이 공론적 앎이 아니라 더 많은 사람이 더 넓은 사회를 이롭게 하는 기술적 앎이라고 한다면 윤리적 앎은 더 많은 사람이 더 넓은 사회에서 보다 자유롭게 살아가는 지혜를 얻는 앎인 것이다.

오늘의 삶은 편의적 측면에서 본다면 감정변화에 의한 가치변화의 삶 속에 있다고 하겠지만 윤리적 입장에서는 전통적 흐름과 창조된 문화의 틀 속에서 가치보존의 삶을 고집하기도 한다. 우리의 사회적 삶은 자연과는 달리 보존과 변화의 연속에서 미래지향적 삶을 목표로 하고 있지만 과거를 멸시하고 미래를 무시하는 너무나 현실적 삶에 고집을 부리고 있기에 자연파괴에 의한 생명멸종의 위기감에 따른 불안의 연속성 속에 있다. 생명 자체가 흐름이다. 삶은 흐름의 연속, 대화의 연속, 개선과 창조의 연속인 동시에 보존의 지속성이다. 이 모두가 앎의 힘에서 비롯된다. 홀로의 삶에서 윤리적 의식에 제약될 필요가 없다. 그러나 사회적 동물인 사람은 윤리적 의식으로부터 벗어난 행위를 할 수 없게 되어 있다. 사유와 배움은 홀로 가능할 수 있지만 그 실천은 사회성을 띠고 있다. 만일 앎이 행위로 이어지지 않으면 움직이지 않는 사회가 될 것이다. 앎이 행위로 옮겨졌을 때 창조적 의식이 싹트게 되고 이러한 창조적 삶에서 세계와 생명을 지배하는 지위를 누리게 된다. 생활사회에서 진리를 알게 되는 것, 선을 행위에 담아 보는 것, 아름다움을 만들어 보는 것이 절대 가치일 것이다.

사람들은 사회가 어떻게 구성되어 있고 어떤 형식으로 변해가고 있으며 어떤 미래가 다가올 것인가를 짐작하면서 새로운 지식에 도전하고 있다. 오늘의 우리 사회는 전통적 사회와 커다란 차이점이 있다는 것을 알고 있고 과거와 미래의 비교의식을 갖고 뇌물의 사슬 속에 얽혀 있으며 공권력의 차별성에 의한 불안한 사회임을 모두들 느끼고 있을 것이다. 이러한 느낌에서 어떻게 살아가는 것이 삶의 질을 높이는 것이며, 오늘의 어려운 사회를 정화할 수 있는가를 찾아야 할 것인데 아무런 징조도 보이지 않는다. 젊은 층은 자기과시의 도구적 삶에 심취되어 가고 있다. 우리 국민 대부분이 이동전화를 사용하고 있으며 편의와 불편에 대한 선, 악의 분별이 전혀 없다. 앎의 생활적 역할이 앎의 도구적 역할에 밀려 편의가 불편을 더 쌓이게 하고 있다. 지적인 행위는 책임을 의식하지만 도구적 행위는 책임 없는 물류적 행위로 가고 있기 때문이다.

윤리적 앎이 요구됨에도 이러한 요구들을 곤란케 하는 함정들이 곳곳에 도사리고 있다. 그것이 바로 자유주의 사상이다. 행위에 있어서 자연주의 사상을 벗어날 수 없다. 그러나 사람은 동물과 다르게 의지적 행위를 요구한다. 어린이의 생활의 단계가 본능적 행위라고 한다면 욕망의 선택이 아닌 생명보존에 의한 삶의 충동이다. 이러한 생활과정에서 말, 문자, 사유, 기억, 지식의 저장, 삶의 반성과 교육을 통해 감성·이성과 조화적 행위로 나아간다. 이때의 이성적 활동은 남과 더불어 조화롭게 살아가는 도덕적 원칙에 의한 삶이 되어야 하는데도 자신의 욕망을 보다 더 효율적으로 얻기 위한 자기 경향성의 행위로 가고 있다. 생물학적인 욕망이란 자기를 보존하고 번식하며 자신의 쾌락을 확보하기 위해 최대의 노력을 다하는 것이다. 개별적인 심리적 욕망을 조화롭게 하는 것이 이성적 활동의 소산인 윤리적 앎이다. 이성의 활동은 순수의지로서 보편적 행위의 원칙을 제시하고 무제한의 선을 행하도록 한다는 것이 칸트 윤리학의 근본적 사상이다.

사람은 자기결핍의 존재에서 욕망의 무한실현을 원하고 있는 이중적 존재이다. 즉 육체적 생활을 떠날 수 없으면서 정신적 활동에 있어서는 육체의 지위를 무시해 버린다. 심리적 욕망과 이성적 욕망의 갈등의 해소에서 삶이 의미가 시작된다. 사람은 이성적 동물이기 때문에 이성이 결여된 삶은 동물적 생활이 된다. 그러나 동물은 환경을 대상화할 수 있는 이성이 없기 때문에 환경의 적응에 의한 완성된 삶을 본능으로 이끌고 있다. 동물은 본능적 삶에서 그들의 생을 완성시키고 있기에 아예 사람에 비하면 본능이 이성을 대신하고 있다. 그러나 사람에 있어서 완성적 개념은 이성에 의한 것이므로 아무리 훌륭한 행위를 할 수 있다 하더라도 유한적 존재이기 때문에 결함된 존재일 수밖에 없다. 아리스토텔레스는 "사회 안에 살 수 없는 사람은 동물 아니면 신"이라 했다. 그러면 사회를 필요로 하는 존재는 사람뿐이다. 사회는 사람의 결함을 보충해 주는 터전이다. 결함된 존재임을 안다는 것은 결함을 보충할 수 있는 능력을 갖고 있다는 것이다. 사람의 결함은 본능적으로 보충되는 것이 아니라 사회적 기능에 의해 보충되며 자신의 반성적 지식의 함양에 따라 해결된다. 그럼에도 불구하고 사회적 기능을 자신의 결핍된 욕망을 채우려는 도구적 기능으로 악용하려는 역기능적 사회가 삶의 질을 떨어뜨리고 있다.

사람은 사회 밖에서 삶의 본질을 물을 수 없다. 사회 밖의 시간과 공간은 생활공간이 아니며 수학적 시공에 불과한 것이다. 생활공간과 시간은 사물의 특성에 의해서 일어나고 있는 자연법칙과는 달리 사람의 욕망을 유익하게 하는 질적 행위가 허용된 공동의 생활세계이다. 욕망의 흐름에 따라 사회도 변화되고 있다. 개별적 욕망은 자신의 능력만으로 충족될 수 없기 때문에 욕망의 사슬에 의해 서로가 서로의 욕망은 풀어주는 다기능적 사회제도가 있고 총체적 욕망을 해결해 주는 사회제도도 있다. 따라서 사회는 개인의 소유물이 아님과 동시에 개인으로부터 사회를 빼앗아 갈 수도 없다. 개인적 삶의 경험세계 전체가 사회이기 때문에 개인들 간의 경험적 교류를 통해 이익과 갈등이 충돌하면서 조화의 사회가 형성되어 간다. 물론 사회를 공동사회와 이익사회로 분류하는 학자도 있지만 오늘의 사회는 적어도 개인적 욕망을 앞세운 교활한 현상이 지적 사회를 농간하고 있다. 왜 우리 사회는 도덕적인 사람들이 살고 있는데도 반도덕적 사회로 가고 있는가? 삶의 사슬에 의해 사회가 절실히 요구되고 있음을 알면서도 사람들은 탈사회적인 개인적 행위를 스스로 행하고 있는가? 지성적인 사람이 반지성적 행위를 하는 원인이 개인에게 있는가 혹은 사회에 있는가?

오늘의 개별적 심리현상은 사회 무관심적 사상에 놓여 있다. 사회를 풍요롭게 하는 과학적 지식도 있어야 하는 것처럼 사람됨에 없어서는 안 될 윤리적 지식도 있어야 한다. 후기 산업사회 및 정보화 사회의 사람들은 개별적인 안락한 삶을 위한 온갖 정보를 갖고 있으면서 자신의 그릇된 욕망을 바르게 이끌 수 있는 지적 정보에 대해서는 남의 아픔을 보는 것처럼 무관심으로 일관되어 있다. 옛날부터 사람에 대한 해석은 만물의 영장, 만물의 척도, 제2의 신, 이성적 동물이란 별명으로 사람의 존엄성에 대한 사상을 널리 알려 왔다. 사람에 있어서 동물성은 갈수록 되살아나는데 이성적인 영역은 자꾸만 줄어들게 되니 생명이 물질로 전환되고 다른 사람의 존귀한 생명이 자신의 삶의 수단이 되는 오직 수단만의 사회가 펼쳐지고 있다. 자본이 인권을 착취하고 있는 현상에 편성하여 종교가 사람의 신성을 일깨우고 심어주는 것이 아니라 물성을 부추기고 있으니 소위 말하는 해방철학이 생기게 되었다. 유럽의 전통적 사상에 반기를 든 라틴아메리카의 자립적 사상에 바탕을 둔 해방철학은 서양 지배적인 존재론 및 주체성의 철학에 인민적 저항을 나타낸 것이다. 특히 레비나스는 다른 사람이 접근할 수 없는 전통적 인격성을 부각시켜 간섭적인 유럽정신을 철저히 배격하고 있다. 해방이란 의미가 물질적 억압에서 사람의 존엄성을 찾는 것이기에 새로운 윤리적 지식이 요구된다.

앎은 객관적 지식이다. 앎은 대상세계의 전체를 이론화하여 개념으로 표현하는 지식의 통일체이다. 앎의 주체에서 본다면 감각을 통한 사유활동이다. 사람은 의식의 사유활동을 통해서 세계를 자기화한다. 따라서 우리의 사유활동은 참된 앎을 전제로 하며 그 결과는 앎으로 귀착된다. 이러한 앎에는 그 본질 이론 방법 체계 종류 목적 및 앎의 실천 영역으로 분류된다. 옛날부터 철학은 앎의 활동과 앎의 가능성과 보편성 그리고 그 범위를 문제 삼아 왔다. 여기서 앎의 목적은 앎의 실천과 연결된다. 앎은 객관적 대상이 사고의 동일률에 의해 개념화되면서 주체의 인식에 반영된 것으로 끝나는 것이 아니라, 자연과 사람을 지배하고 그 본질을 파악하게 된다. 즉 창조적 활동은 삶의 목적을 세우는 것, 삶의 가치기준을 세워 선, 악을 평가하고 가장 고귀한 삶을 추구하는 도구의 역할을 한다. 개인적 삶은 일회적인 것이지만 경험적 삶에 있어서 그 역사와 문화가 사회 전반에 흐르고 있는 것은 지적 활동에 의한 것이다. 앎의 행위가 사회생활에서는 필수적인 것이다. 사람은 환경 친화적 동물이다. 갓난애가 어머니 젖꼭지를 빨고 있는 것은 동물과 다를 바 없지만 그 자라는 과정이 조상이란 교육적 환경과 물질적 환경에 연결되어 있기에 주어진 도덕관, 세계관, 종교관 및 문화의식에서 자라고 있다. 삶의 체험은 고여 있는 물이 아니며 밤하늘의 별처럼 고정된 빛을 내는 것이 아니라 항상 결정되지 않은 상황에 부딪혀 결정해야 할 시간 속에 있다. 따라서 윤리적 앎은 과거의 규범에만 머물러 있을 수 없고 고정된 앎 속에서 새로운 삶의 도전에 나서야 했다. 삶의 체험은 반성의 연속인데 반성의 원천이 앎이다. 체험의 세계가 넓어짐은 지식이 늘어남이며 앎의 한계에 부딪히면 의식의 활동이 새로운 지식을 만들게 되고 의식의 활동은 장애물이 있으면 있을수록 더 원활히 활동하여 자연의 비밀을 깨내고 사회적 문제를 풀어간다. 이러한 과정에서 상대적 앎과 구체적 앎이 보편적 지식으로 정립되고 이 보편적 지식에 따라 역사와 문화가 형성되고 편의적 삶이 과학화되고 윤리적 삶이 정립된다. 사실 앎의 힘은 삶의 개선을 위한 도구인데 규격화 또는 체계화로 고정될 수 없다. 진리를 문제 삼는 인식론적 앎과 행위의 본질을 문제 삼는 윤리적 앎에서 우리는 앎의 한계에 부딪히기 때문에 다시 자연에 대한 앎, 사람에 대한 앎, 예술에 대한 앎, 종교에 대한 앎으로 더 나아가게 된다.

자연에 대한 앎이란 자연의 질서와 자연의 구조에 대한 앎이다. 자연은 수학적 전체이고 역학적 전체이기에 존재에 대한 앎이 자연에 대한 앎이다. 개별적 과학은 세분화된 자연의 성질과 구조에 대한 학이며 철학은 전우주의 모든 것을 대상으로 한 보편적인 학인데 존재자의 존재를 다루는 형이상학이다. 윤리적 앎이란 사람들의 존재와 행위의 본질에 대한 앎이다. 사람은 동물도 신도 아닌 그 중간자이고 정신과 육체를 갖고 있는 이중적 존재이다. 사람은 자기에 앞서 자연에 대해 알려고 하면서 진작 사람 자신에 대해 어떤 존재인가를 알려고 하지 않았기에 소크라테스는 "너 자신을 알라"고 하였던 것이다. 사람이 사람을 앎의 대상으로 삼은 것이 윤리학인데 삶의 본질, 삶의 규범 그리고 삶의 목적을 이론적으로 논하는 학이다. 미에 대한 앎 즉 예술에 대한 앎이란 모든 사람들이 즐거움과 만족함을 느끼게 하는 미적 대상에 대한 앎이고 모든 사람들이 창작하고자 하는 아름다움에 대한 학이다. 종교적 앎이란 영적 존재에 대한 문제이고 우리는 신의 존재를 증명할 수는 없지만 신의 관념에서 벗어날 수 없다. 절대자로서의 신은 사람들의 모든 삶의 조건을 통제하고 섭리한다고 생각하고 있지만 이것은 학으로써 접근할 수 없고 오직 신앙과 믿음으로 받아들이고 있다. 실제로 철학은 진리를 인식하는 것이요 윤리학은 진리 즉 선을 실천하는 것이며 예술은 미를 느끼는 것이며 종교는 절대자에게 신앙심과 믿음으로 다가가는 것이다.

윤리적 행위는 앎으로 시작된다. 욕망의 의욕이 행위를 통해 성취되는 것이 만족이다. 이 욕망의 실천이 바로 선이다. 우리는 도덕적 판단을 통해 선을 알게 되고 윤리적 행위는 실천이성의 판단에 따라 결정된다. 칸트는 정언적 명법을 통해 도덕적 행위가 규정된다 하였다. 이런 내용은 윤리적 앎을 통해 우리에게 드러난다. 물론 앎은 이론적 앎과 실천적 앎으로 구별되는데 앞의 것은 존재의 원인과 궁극의 본질을 개념화한 것으로서 자연과 정신세계에 있어서 우연성과 필연성 그리고 보편성과 합리성과 연관된 모든 지식을 의미하고, 뒤의 것은 삶의 지혜로서 삶의 궁극적 목적을 위해 끊임없이 도덕적 앎을 실천하는 것이다. 따라서 윤리적 앎이란 행위의 본질에 관한 것인데 선과 행복의 윤리적 의미는 무엇인가? 보편적 행위의 규범과 법칙은 무엇인가? 궁극적 욕망이 무엇이며 사람됨을 위한 어떤 행위가 요구되는가? 그리고 공동사회의 질서를 위한 기본적 행위는 어떤 것인가 하는 체계적 앎이 요구될 것이다. 우리는 욕망의 실천에 앞서 욕망의 대상이 무엇이며 그 대상들이 도덕적 가치를 갖고 있는지, 윤리적 앎의 대상인지를 알아야 한다. 따라서 우리는 실천에 앞서 전제되어야 할 윤리적 앎이 덕, 사랑, 선, 자유, 평화, 행복의 뜻임을 알아야 할 것이다.

덕은 사람의 본래적 성품이 사람 되게 하는 행위를 하도록 하는 능력이다. 누구나 덕성을 공통적으로 갖고 있지만 그 표현은 여러 가지이다. 사람들은 덕에 대한 상대적 개념에 고민하기 때문에 보편적인 덕의 개념을 알려고 한다. 덕의 개념은 상대성에서 보편적 개념으로 이어지기 때문에 구체성과 추상성을 갖고 있다. 덕은 좋은 것, 가치로운 것, 유익한 것, 고귀한 것, 행복하게 하는 것이다. 개인적 측면에서 보면 이기적 욕망을 순화시켜 자신의 행복을 갖게 하는 제일 좋은 상태이다. 따라서 덕은 앎인 동시에 실천이다. 덕이 전제되지 않는 행위는 보기 흉하고 앎이 덕과 연결되지 않으며 남을 해치는 흉기가 된다. 소크라테스는 덕을 앎이라 했다. 오늘날 정의되어야 할 덕은 사물화에서 인류를 되찾는 것이다. 즉 사회구조 속에 윤리적 앎을 가동시키는 것이다. 그리고 공동사회에서의 개인의 역할을 충분히 발휘하는 상태를 갖추는 일이다.

사랑은 덕을 실천하는 힘이며 모든 사람을 평등하게 보도록 하는 지혜의 눈이다. 남녀 관계에 있어서는 서로를 끌어들이고 동경하는 본능으로서 일정한 형식이 있는 것이 아니다. 젊은 남녀가 서로 독점하는 것은 사랑이지만 늙은 부부는 우정과 인류의 관계이다. 엠페도클레스는 우주의 질서를 사랑과 미움이라 하고 사랑은 생성의 원인이며 미움은 파괴의 원인이라 했다. 사실 사랑은 도덕적 선을 지향하는 원인이며 미움은 파괴의 원인이라 했다. 사랑은 어떤 상태에 빠져 들어가는 것과 자신을 사람의 본성에 맞도록 완성하려고 하는 정신적 작용이다. 우리는 사랑에서 자기를 이롭게 하며 다른 사람을 이롭게 하는 것인데 실은 자기 사랑에서 남을 사랑하게 된다. 그리고 차별 없는 사랑을 인륜적 사랑이라 하며 자기완성의 사랑이 가장 강한 사랑이다. 사물의 고유한 모습처럼 사람은 고유한 마음을 갖고 있고 사랑의 실천과 이성의 활동에도 각기 고유한 모습이 있다. 선천적인 사랑의 힘이 작용할 때는 시공적 의미를 갖는다. 끊임없이 작용하는 사랑은 자기완성, 영원한 것에 대한 동경, 아름다움과 선에 대한 욕망이며 순간적으로 작용하는 사랑은 자기애착에 대한 욕망이다.

사랑은 논리적 사고나 예술의 찬미 그리고 선의 동경에서 빌려온 것이 아니고 사고 이전의 원천적 정서이다. 육체적 사랑과 이성적 사랑이 교차되는 삶의 과정에서 생활감정이 형성되고 오히려 순수 사랑은 정서에 속한다. 욕망, 쾌락, 애정 같은 것은 이성의 통제에 있을수록 좋은 결과를 가져오지만 순수사랑은 생명의 본성이며 이성의 통제 이전의 것이다. 생명은 자기보존의 본성과 자기완성의 본성이 있는데 앞의 것은 생의 애착과 세대번식의 본성이며 뒤의 것은 사람으로서 최상의 위치에 오르려고 하는 본성이며 또한 유한성을 영원성과 연결시키려고 하는 본성이다. 이러한 본성을 실현하고자 함이 순수사랑이며 사랑은 이론이 아니라 실천이다. 스피노자는 사유를 신의 속성이라 하였는데 사랑도 신에 대한 사랑이며 신에 대한 사랑만이 자기완성을 의미한다. 그리고 신의 속성인 사랑은 자기욕망을 채우려는 이기적 작용이 아니라 자기 보존의 활동이다.

선은 모든 존재가 자신의 존재 목적에 부합되어 있는 상태이다. 전쟁에는 이기는 것이 선이고 의술에는 건강이, 사회에는 질서와 복리가 선이다. 사람은 종합적 존재이기에 절대적 선과 상대적 선의 연관에서 삶의 가치를 실천한다. 사람마다 자신의 고유한 성향을 충분히 발휘한 상태가 상대적 선의 실천이고 사람으로서 마땅히 해야 할 당연행위를 실천하는 것이 절대적 선을 낳게 하는 것이다. 맛있는 음식은 식욕을 돋우는데 이것도 선이다. 공동사회가 잘되게 하는 성향을 가진 사람은 선한 사람이며 목적을 충분히 달성할 수 있게 모든 조건을 갖춘 것은 수단적 선이다. 개인의 의욕이 도덕률에 일치한 것도 선이며 다른 사람의 어려움을 쉽게 풀 수 있도록 처신하는 것도 선이다. 선 자체는 행위의욕을 유발시키는 관념이다. 또한 선은 일상적 생활에서 행위의 대상이며 삶의 궁극적 목적이기도 하다. 궁극적 선을 대상으로 하는 모든 행위들은 절대적 선이며 이 선을 실천한 상태가 덕이고 이 덕을 실천한 상태가 더 높은 선의 상태이다

선에 대한 앎은 선을 판별하는 능력이며 지적 선이란 선의 본질을 안다는 것이고 선의 종류와 선을 실천해야 할 목적 등을 안다는 것이다. 동물에게는 두 개의 행위결정이 동시에 있을 수 없다. 사자가 한 공격에서 얼룩말과 사슴을 한꺼번에 잡을 수 없는 것과 같은 이치이다. 우리는 하나의 목적을 위해 두 개 이상의 수단을 동시에 택할 수 있다. 여름을 시원하게, 겨울을 따뜻하게 보내는 방법이 너무 많기 때문에 가장 경제적이며 환경보호와 건강에 유익한 방법을 선택할 것이다. 그런데 자신에게 가장 좋은 선을 선택하는 것은 윤리적 지식에 의한 자신의 창조이다. 물질을 추구하는 사회에서는 자신의 이익을 위한 기교만 있을 뿐 삶의 질을 높여 생명을 즐겁게 하는 선의 창조가 없다. 바람, 물, 공기, 식물, 동물은 스스로 어떤 목적에 서 있는지를 알지 못하지만 사람은 사회적·경제적 활동과 학문 및 윤리적 활동에 대한 목적을 알고 있으면서 그 목적과는 거리가 먼 행위를 한다. 정치가는 자신의 정치적 야망을 펼치는 것을 선이라 생각한다. 사자가 톰슨가젤을 잡아먹는 것은 악이 아니지만 사람들이 자신의 욕구충족을 위해 다른 사람을 희생시키는 것은 악이다. 우리의 사회는 생태계의 먹이사슬과 다른 욕구실현의 사회

이면서 다른 삶의 희생을 정당화할 수 없다. 자연 생태계 삶은 서로가 서로의 수단에서 조화를 이루지만 사람은 서로의 삶을 함께하며 희생 없는 공동체에서 삶의 질이 높아지기 때문이다. 사람은 스스로 다른 사람을 위해 희생을 할 수 있지만 법과 제도 및 힘이 생명의 희생을 강요할 수는 없다. 다른 사람의 희생에 의한 자신의 욕망 실현은 악이다. 사실 선을 알고 실천하는 것은 삶의 본질이기 때문에 선을 실천하는 것은 생명 활동의 본질이다.

자유는 신체를 초월한 정신의 활동이다. 그러나 신체와 연관된 정치적 의미를 갖고 있는 동시에 자신의 사상을 전달할 수 있는 기본적 조건이다. 다른 모든 외부적 조건으로부터 불간섭의 상태가 자유인데 이 상태가 가장 안전하고 행복한 상태이다. 인격과 주체적 행위는 자유에서 보장되며 개인적 권리 행사는 자유가 전제된 정치적 의미를 갖는다. 악어가 득실거리는 강에서 자유롭게 물놀이를 하기 위해 철책이 필요하듯이 다른 사람으로부터 부당한 힘과 폭력을 막아주는 힘이 자유이다. 사실 자유는 자기 스스로를 다스리는 도덕법이며 사회 질서를 파괴하는 방임을 막아준다. 따라서 자유와 도덕법은 실천이성의 근원이다.

자유는 경험적 대상이지만 경험적 설명이 불가능하다. 칸트에 따르면 자유는 사물의 존재근거이며 윤리적 의미로서는 도덕적 행위의 근거이다. 사람에 있어서 가장 자유로운 상태가 외부적 조건에 초월한 상태와 자신의 의사를 적극적으로 표현할 수 있는 상태이다. 가령 조건과 강요 없는 도움을 베푸는 것, 지위와 직무를 소신껏 처리하는 것, 의무에 의한 행위 등이 자유로운 행위이다. 가족 관계는 이해를 떠난 사랑과 천륜의 관계이다. 부자관계는 생명의 계승에서 앞뒤 관계이지 예속의 관계가 아니며 만약 힘에 의한 예속의 관계라면 자식은 부모의 예속 관계이며, 힘없는 늙은 부모는 자식으로부터 소외된다. 이것은 생명의 관계를 자유로부터 먼 물질의 관계로 보는 꼴이 된다. 부모는 마땅히 자식을 보호해야 하고 자식은 늙은 부모를 의무로서 봉양해야 하는 것은 순수 자유 의지에 의한 결의이다. 이처럼 도덕적 행위는 스스로의 의지의 결정이며 누구의 간섭 없는 자유로운 행위이다. 자유를 실천적 행위로 옮기는 것은 자유의 시간 공간성을 의미한다. 결국 자유의 이념이 시공에서 그 본질이 밝혀진다.

칸트는 자유의 명령을 정언적 명령이라 했다. 자연 법칙에 대립되는 자유의 명법을 도덕률이라 한다. 윤리적 앎은 스스로 실천해야 할 행위의 대상을 알고 있다. 어려운 처지에 놓여 있는 사람에게 도움을 주려는 의욕이 생기는 것은 자유로운 의지이다. 부모에게 효심을 발휘하는 것, 사회의 구성원으로서 자신의 의무를 다하는 것은 자기 스스로의 명령에 의한 행위이다. 그러나 개별적 자유는 다른 사람의 자유와 충돌할 수 있다. 사회구조와 정치이념이 이 충돌을 조절한다. 법률적 입장에서 보면 정당한 행위가 자유로운 보장과 동시에 제한되기도 한다. 개인의 욕구실현은 자유이지만 공동사회 이념에 반대될 경우에는 제한된다. 사회는 개인의 자유를 보장하는 전제에서 구성원 전체의 이익을 보장하는 체제이다. 그러나 협동체 상호 간에 갈등이 생기는 것이 사회의 본질이다. 사실 협동은 자신의 더 많은 이익을 얻기 위한 조직이다. 즉 협동의 근거가 자유인데 이 자유를 선택의 자유라 하며, 선택에는 많은 자유가 있는데 그것을 전부 실천할 수 없기에 자신에게 가장 좋은 것을 고를 수밖에 없다. 사회에 합리적으로 기여하는 방법이 수없이 많기 때문에 선택의 자유가 성립한다. 삶의 질을 높이기 위한 윤리적 지식도 많으며 욕망의 실천이 생명의 흐름이기 때문에 윤리적 자유의 선택이 요구된다.

정의는 사회의 제1덕목이다. 권력과 힘 그리고 개인의 능력을 실용적으로 사용하는 것이 정의이며 서로 이익을 추구하는 협동체제에서 정의의 역할이 구명되어야 정치적 정의가 해명될 것이고 공동의 질서사회에서 윤리적 정의가 해명될 것이다. 플라톤은 지혜와 용기, 절제의 덕목이 한 개인이나 사회에서 제 구실을 다했을 때 정의로운 사람, 정의로운 사회가 되는 것이라 했다. 아리스토텔레스는 사람으로 하여금 옳은 일을 하고 옳은 것만을 원하게 되는 성품을 정의라 했다. 반면 플라톤은 정의가 다른 사람과의 관계에서 성립되는 것이기 때문에 다른 사람에 대한 선이라 했다. 최고선을 행하는 사람은 자신의 행복은 물론이거니와 다른 사람에게도 자신의 덕이 미치는 사람이다. 칸트는 형벌에서 정의의 개념을 강조하였는데 만약 형벌에 대한 정의가 없다면 벌에 대한 의미가 없다고 했다. 또한 신의 정의는 최고선의 상태인데 이것은 도덕적 신앙의 완전성을 의미하는 것이고 사람은 직관적 지성으로써 무한자적 정의에 도달하기 위해서 도덕률에 일치하려는 노력을 끊임없이 한다는 것이다.

롤즈는 사회덕목인 공정으로서의 정의를 주장한다. 사람이면 누구나 갖고 있는 정의감을 객관화한 것이 도덕적 능력이다. 하지만 사람들은 사회구성원으로서 정의관이 다르기 때문에 이해관계에서 갈등과 충돌을 갖는다. 따라서 권리와 의무를 할당함에 차별을 두지 않고 덕과 손해에 대한 서로 다른 욕구를 적절히 조절해 줄 규칙이 정의라 했다. 롤즈는 사회 및 정치적 제도의 정당성이 정의이며 공정으로서의 권리와 의무에 대한 올바른 할당이 경제적 정의이다. 사회제도에서의 정의는 매우 복잡하다. 사회제도 전반에 대한 공정으로서의 정의의 요구는 정의관에 따라 다양하게 주어진다. 정의는 실천되어야만 하는 것이기에 사회적 덕목이다. 그래서 누구나 정의의 덕목을 실천하도록 스스로 명령하며 어떤 결과를 예상하지 않는 양심의 명령이다. 물론 더 많은 도덕률을 실천하기 위한 자유경쟁적 행위도 아니다. 이성의 명령에 따른 행위가 정의이다. 자신이 하고 싶은 행위 과정에서 쾌락이 산출되는 경우와 오히려 불안감이 감도는 경우가 있는데 앞의 것은 정의감에 의한 행위이고 뒤의 것은 마음이 내키지 않는 행위이다. 공평하고 보편적이며 타당한 행위는 갈등과 충돌이 없는 정의로운 행위인데 정의를 정의로운 것과 비교할 때 정의의 뜻이 명백해진다. 즉 길 위에 떨어진 귀중한 물건의 주인을 알았을 때 돌려주는 것이 정의로운 행위인데 이러한 행위에서 정의의 뜻을 알 수 있다.

평화는 전쟁의 반대이다. 정치 경제 사회적 혼란과 무질서가 가라앉은 상태가 평화이기 때문에 완전한 평화와 영원한 평화란 있을 수 없다. 열과 힘은 팽창하려는 본성을 갖고 있는데 힘이 힘으로 사용되면 평화가 깨어지고 힘이 규제와 질서에 사용되면 평화가 유지된다. 권력과 무력에 의한 평화는 일시적인 것이며 이성적 행위에 의한 평화만이 항구적 평화가 되는 것이다. 그리스도의 죽음이 신과 사람과의 평화라고 한다면 사람과 사람과의 평화를 위한 열쇠는 이성이다. 다른 사람과의 적대적 감정을 숨겨두고 평화를 이룩할 수 없으며 한 인격이 다른 인격을 수단으로 삼거나 상하의 지위를 매길 때 평화는 깨어진다. 법률은 이해관계의 평화를 위해 있는 것이며 도덕은 인륜적 관계를 유지하기 위한 평화적 덕목이다. 인격체로서 국가도 마찬가지이지만 평화를 원하는 사람만이 다른 사람과의 평화적 관계를 가지려 한다.

전쟁은 힘에 의한 사회질서를 지배하는 것이며 한쪽의 희생으로 끝나는 것이지만 평화는 간섭과 지배가 없는 평등사회이다. 사람에 있어서 자연상태란 개인의 욕망실현에 의한 충돌과 갈등의 상태이다. 이러한 욕망의 표현에 의해 평화가 요구되며 이성에 의해서 평화가 짜인다. 사람은 자기에게 해를 끼치지 않는 한 누구에게나 적대적 행위를 해서는 안 된다는 의식을 가져야 한다. 다른 사람에 대한 질투의 의식이 강할 때, 필요 이상의 차별의식을 가졌을 때 평화로움이 파괴된다. 정당한 능력으로 경쟁력을 잃을 때 사기성을 발휘하기도 하는데 이것 역시 정당한 것이 아니다. 우리는 전쟁을 위한 힘과 용기를 기를 것이 아니라 평화를 위한 이성적 지혜를 길러야 한다. 평화롭지 못한 행위로써 더 큰 이득을 얻으려는 사람에게 정의와 평화로운 삶이 더 가치 있는 그리고 삶의 질을 높여주는 것임을 끊임없이 심어주어야 한다. 힘이 덕에 예속되었을 때 평화가 유지된다.

행복은 선이 무제한으로 허용된 것처럼 무한으로 추구되는 욕망이다. 이 행복은 누구나 갖기를 원하는 것이기 때문에 삶의 궁극의 대상이다. 행복은 사람마다 추구하는 성취도이기 때문에 지적인 이론으로 전개하는 과정에서는 여러 학설이 제기된다. 개인의 성향, 인격, 인생관, 가치관에 따라 행복의 기준이 다르기 때문에 그 유형이 다양할 수밖에 없다. 이 유형은 육체적 행복에 연관된 것이다. 육체적 행복은 항상 물질적 결핍을 벗어나려고 하는 것을 행복의 지름길로 삼고 있다. 즉 육체를 즐겁게 하는 좋은 조건을 갖추는 것이 행복이기 때문에 양적 혹은 움직이는 행복이라 할 것이다. 오늘의 정보사회에서는 정보의 양이 물질이며 새로운 정보를 알고 받아들인다 함은 새로운 지혜를 갖는 것이 아니라 물질적 행복의 지수를 높이는 정보를 확보한다는 의미이다. 경제적 풍요로움, 근심과 걱정이 없는 삶의 방법을 택해 쾌락을 확보할 수 있는 삶을 얻기 위해서는 더 많은 노력과 지혜가 요구될 것이고 또한 풍부한 경험이 요구될 것이다.

행복은 일시적 상황에서 즐겁거나 만족하다고 하는 것과는 다른 것이다. 우선 자신이 덕을 갖추어야 하고 다른 사람의 덕을 수용할 수 있어야 하며 가족 및 사회적 함수관계에서 행복의 지수가 결정된다. 자신이 행복하다 함은 가족을 위시하여 사회와의 모든 관계에서 지속적으로 삶의 욕망이 성취되어 갈 때다. 한 가지 덕을 갖춤, 좋은 가문에 태어난 것, 건전한 신체와 아름다운 얼굴을 가진 것은 행복의 한 조건이지 행복 그 자체가 아니다. 행복을 위한 아무리 좋은 조건을 갖추더라도 일시적인 것이 되어서는 안 되며 그 사람의 평생에 연결된 행운과 같은 것이 행복이다.

아리스토텔레스는 행복을 어떤 종류의 정신적으로 유덕한 활동이라 했다. 유덕한 활동은 중용으로서 행위의 최선의 상태이다. 우리가 행복에 도달한다 함은 도덕적 생활을 한다 함인데 이러한 사실을 알리는 것이 윤리학이요 윤리적 지이다. 사람은 좋은 성품을 갖기 위한 학습과 훌륭한 인격을 갖추기 위한 교육을 받게 되는데 그 궁극의 목적이 행복을 위한 것이다. 철학을 위시한 모든 학문은 인격과 기술을 연마하여 고귀한 생활과 윤택한 삶을 누리게 함에 그 목적이 있다. 행복은 뿌리, 가지, 열매 모두에 있어야 한다. 건강한 뿌리에서 튼튼한 가지와 충실한 열매가 나오듯이 생활환경과 착실한 교육 그리고 도덕적 생활의 실천이 지속되는 일생을 통해 지속적 행복이 성립하는 것이다. 사실 덕에 의한 고귀한 행위는 지속적인 것이 되지만 행운에 의한 행복된 생활은 지속성을 보장할 수 없다. 젊은 시절의 주위 조건에 의한 행복된 삶이 죽을 때까지 보장된다는 법은 없다.

칸트는 덕과 행복을 일치시키지 않았다. 덕은 행위의 격률이 도덕률에 일치하는 것이다. 개인이 실행하고자 하는 욕망이 도덕률에 일치한 상태가 덕이다. 그러나 육체가 없는 천당과 지옥은 현실적 의미에서 무의미하기 때문에 공상에 불과한 것처럼 육체 없는 덕의 생활을 생각할 수 없다. 즉 육체적 행위가 도덕률에 일치하려면 고통이 따를 수 있기 때문에 칸트는 개인이 행위가 도덕률에 일치하는 것은 고통을 가질 수 있는 선, 즉 최상선이라 했다. 그런데 고통이 따른 행복이란 있을 수 없다. 즉 개인의 의지가 도덕률에 완전히 일치하면서 아무런 고통도 따르지 않는 만족감만 있는 상태가 최고선이라 했는데 우리는 이것을 두고 완전한 행복이라 할 것이다. 따라서 사람에게 주어진 행복은 도덕적 이념에 따라 최고선을 향해 끊임없이 전진해 가는 것이다. 행복은 다채로운 것도, 사치스러운 것도, 많은 소유에 의한 것도 아닌, 전 생애를 통해 지속적인 인격과 덕의 실행으로써 주위와 원만한 관계 속에서 살아가는 삶에 있는 것이다.

덕은 삶의 실천적 도구이다.

이쪽에 있는 물건을 건너편에 옮기려면 지혜와 도구가 있어야 하며 좋은 물건을 알기 위한 지식이 있어야 하는 것처럼 사상을 알리는 도구가 있어야 한다. 또한 먼 길을 떠나려면 비용과 여행 도구를 갖추어야 하는 것처럼 우리의 삶에도 오래 살기를 원하는 것과 지혜롭게 살기를 원하는 것에 따라 요구되는 도구가 달라지게 될 것이다. 노자는 세상에 세 종류의 사람이 있다고 했다. 즉 뛰어난 사람은 도를 들으면 힘써 행하려고 하는데 어중간한 사람은 이럴까 저럴까 망설이기만 하고 어리석은 사람은 도를 비웃는다고 했다. 노자가 말한 도는 삶의 길이다. 그러나 동서를 막론하고 알려진 덕은 지혜로운 삶의 방식이다. 사실 삶의 준비만큼 어려운 것이 없는 것처럼 삶의 여러 방법에 따른 많은 덕이 요구된다. 덕은 우리 스스로가 갖추어야 할 사람의 본분인바, 그 사람의 지적 능력에 따라 덕의 상태가 다르기 때문에 도덕적 삶의 형태는 상대성을 갖기도 한다. 소크라테스는 앎이 덕이라 했고 플라톤은 지혜, 용기, 절제, 정의를 기본적 네 주덕이라 했으며 아리스토텔레스는 행위에서 과부족이 없는 중용의 덕을 주장했다. 유교권에서는 인의예지를, 그리스도교에서는 사랑, 믿음, 소망을, 불교에서는 자비와 회사를 덕목으로 삼고 있다. 칸트에서의 덕은 행복의 근거이다. 도덕적 의식이 없는 행복이란 있을 수 없는 것이다. 사람은 저마다 고유한 기능을 갖고 있는데 그 기능을 충분히 발휘하여 모두에게 유용한 분위기를 이끄는 행위가 덕인 것이다.

그런데 선은 덕을 충분히 발휘한 상태이기에 우리가 덕이 어떤 것인가를 알아야 선을 실천할 수 있다. 즉 앎은 실천의 원리이다. 큰 물난리가 났을 때 많은 사람들의 고통을 위해 자신이 할 일이 무엇인가를 생각하게 될 것이고 이러한 사상을 실행함 그 자체가 덕의 실천이며 또한 덕의 실천에서 마음의 기쁨을 갖게 될 것이다. 배고픈 사람에게 밥이 필요하듯 행복하게 되려고 하면 물질에 의한 만족과 동시에 욕망을 조절하는 여러 가지 덕을 가져야 한다. 사람의 욕망은 모두 실행될 수 없는 것이기 때문에 도덕률에 의해 욕망이 조절될 때 행복하게 되는 것이다. 사실 선한 일 자체가 도덕률에 의한 행위이다. 그러므로 남을 도와주는 것도 남에게 도움을 받는 것도 도덕률에 따라야 한다. 앎이 덕의 실천인 바 덕은 앎의 그릇이다. 그 사람이 윤리적 앎을 얼마나 많이 알고 있는가 하는 것은 덕의 실천으로 판정된다. 사람의 사상은 그 사람의 행위로써 표현되는데 그 행위가 도덕적 의식과 연결되었을 때 선하고 훌륭한 사람으로 인정받는다. 부정을 행하는 사람은 욕심에 대한 애착을 버리지 못하기 때문인데 욕심을 부릴수록 행복의 길은 멀어진다. 사람은 공동생활 속에 있기 때문에 자기만의 행복을 찾으려는 사람이 부도덕한 사람이다. 법과 도덕은 용감한 행위, 절제 있는 행위, 이치에 맞는 행위를 명령한다. 자기만의 욕망을 얻으려 하는 사람은 옳고 그름을 분간할 줄 모르는 사람이다. 간음을 한 사람은 절제가 없는 사람이다. 남성의 성적 욕망은 간음으로 연결된다. 하지만 물질세계에서의 간음은 물질로 보상된다고 간주하며 정복의 논리 또는 성적 욕망의 실천 그리고 성적 유희로 간주하고 있다. 쾌락적 입장에서 보면 혼외의 성적 행위는 부도덕한 것으로 보지 않는다.

우리의 생활에서 도덕적 감정이 약해지고 있다. 도덕심은 사람이 본래적으로 갖고 있는 사회적 감정이다. 잔인한 사람과 의무와 권리를 주장할 수 없는 사람은 도덕감이 없는 것이 아니라 자신을 속이는 사람이다. 홍수로 인해 재산과 가족을 잃고 망연자실의 상태인데 그 강에서 고기를 잡느라 소란을 피우는 사람은 도덕적 정서의 결여로서 선, 악을 분별할 수 없는 사람이다. 칸트는 이성만이 선, 악의 분별능력이라 했다. 영국의 경험론자들인 샤프츠베리, 허치슨, 흄 등은 칸트와는 반대로 선, 악, 옳고 그름을 구별하는 것은 감성적 직관인데 이것은 사람에게 본래부터 주어져 있는 심적 활동이라 했다. 선, 악의 판별이 감성에 있든 이성에 있든 간에 우선 선한 행위와 악한 행위를 알아야 하며 바른 행위와 그른 행위, 의무로운 행위와 의무에 의한 행위를 알아야 할 것이다. 사실 윤리적 앎이란 도덕적 지혜이며 이 지혜를 실천하는 행위가 덕의 실천이다.

행위에 관한 원리를 학으로 정립한 사람이 칸트이다. 의지의 실천에 관한 학을 윤리학이라 한다. 공동사회에서는 욕망의 통제가 필요하고 질서정연한 사회를 위한 행위가 요구된다. 규범은 전통적인 관습과 인간애에 따른 행위에 그 근거를 갖고 있으며 사적 욕망으로써 사회를 교란시키는 것을 못하게 하는 것에 그 목적이 있다. 사람이 어떠한 덕을 실천해야 하겠는가? 유교권의 삼강오륜, 유대교의 십계명, 화랑의 세속오계, 플라톤의 원덕들은 인류에게 제시된 덕목들이다. 사람에게는 자율적으로 행하는 이성적 행위와 타율적으로 행하는 법률적 행위가 있다. 모든 존재는 자기의 존재본질에 일치한 상태가 최고선의 상태인데 가장 사람다운 상태가 바로 사람으로서 지켜야 할 의무를 다하는 것이다. 구체적으로 선을 알고 실천하는 것, 가치로운 삶을 창조하는 행위 자신을 부끄럽지 않게 하는 양심적 행위를 생활화하는 것들이다. 학자의 방에 수천 권의 책이 나열되어 있고 컴퓨터에 많은 정보가 저장되어 있지만 윤리적 의식에 의한 활용이 아니라면 사회에 해를 끼칠 수 있다. 앎을 전제로 하는 지식도 있지만 윤리적 행위에 감동하는 앎이 윤리적 지혜이다. 윤리학이 행위의 원리에 대한 이론적 체계라고 한다면 도덕률은 그 원리를 풀어가는 씨줄과 날줄이다. 즉 윤리적 행위를 사용하게 하는 도구가 도덕률이다. 이 도구를 사용하는 능력이 이성인데 이성은 윤리학을 정립하고 도덕률을 입법한다. 자신이 좋아하는 것을 다른 사람이 좋아하게 하고 자신의 의향에 다른 사람이 따르도록 하는 것은 충동적 성향이며 다른 사람을 미워하고 자신의 성향이 옳지 못한 것을 반성하는 사람은 양심의 명령에 따라 도덕적 행위를 하려고 노력하게 된다. 윤리적 앎이 지식으로 끝나지 않게 하는 것이 양심이며 이 양심이 의지로 하여금 도덕적 행위를 하게 한다.

욕망은 개별적인 것이기 때문에 공통적 잣대가 없다. 습관이나 풍속도 공통성이 없다. 하지만 이성이 입법한 도덕률은 공통성을 갖고 있다. 특정 사회를 위한 규범과 사회 전체를 위한 규범이 있는데 스피노자에 따르면 이성의 지도에 따라 생활하는 한 본성상 언제나 필연적으로 일치한다. 이처럼 이성적 소산에 의한 규범은 필연적인 것이다. 사람은 분배에서 남보다 유리한 조건에 있으려 하고 손해는 남보다 적게 가지려하며 공동피해의 잘못을 남에게 떠넘기려 하는 경향이 있다. 이러한 욕심은 윤리적 앎을 자기충동에 의해 관리했기 때문이다. 어떤 일을 실행함에 있어서 기술을 앞세워야만 되는 경우도 있다. 교각을 세울 때, 병을 치료할 때 건축술과 의술은 다른 재앙을 낳을 수도 있다. 삼풍백화점 붕괴사고, 부산 철도사고, 성수대교 사건 등은 기술부족에 의한 어쩔 수 없는 사건이 아니라 뇌물 사슬에 의한 도덕성 결여에 의한 사고이다.

덕은 윤리적 앎을 담은 그릇이다. 도량이 큰 사람을 훌륭한 사람이라 한 것처럼 도덕적 큰 그릇을 가진 사람은 모든 윤리적 앎을 실천하는 사람이다. 스피노자의 주장처럼 자기 행복을 주장하면 할수록 사람됨에 가까이 가게 되는 조건인데도 행복과 욕망을 전제로 한 것으로 보기 때문에 자기 행복을 채우는 사람일수록 반도덕적 행위를 하게 된다. 사람은 귀중한 물건일수록 그 가치를 보존하기 위해 세심한 주의를 기울인다. 만약 육체를 즐겁게 하기 위해 도덕적 행위를 소홀히 한다면 곡식이 아까워 굶어 죽는 꼴이 된다. 보복의 욕망을 실행하려는 사람은 인격을 수행하기 위한 길을 가는 사람이 아니라 자기의 힘을 재현하기 위한 욕망 또는 자기 힘을 원상복귀 시키려는 충동적 욕망에 따르려고 하는 사람이다. 윤리적 가치는 인격적 작용의 가치이다. 윤리적 가치를 담은 그릇이 인격이고 인격의 작용이 도덕적 가치이다. 덕은 소유의 가치가 아니라 실행의 가치이다. 덕은 그 본질에 대한 앎에 앞서 실천의 대상이며 인격의 작용을 요구한다. 따라서 덕은 윤리적 앎을 실천하는 도구이다. 농작물의 수확을 많이 얻기 위해 자연의 조건, 기술, 도구가 필요하듯이 선을 많이 실행하게 하는 도구가 도덕적 행위이다. 물론 선과 도덕의 사이에는 인격의 작용이 있어야 한다. 그릇을 사용할 때 용도와 순서가 있는 것처럼 도덕률이 실천될 때 그 서열이 있다. 사람의 자유는 덕의 실천에 있기에 가장 자유로운 사람이 도덕률의 실천을 통한 가장 행복한 생활을 하게 된다.

이제 종합적으로 살펴보면 옷을 맵시 있게 입는 사람은 옷의 묘미와 그 미적 가치에 대해 잘 아는 사람이다. 자기 성향에 맞는 오락에 열중한 사람은 취미의 즐거움에 대해 알고 있는 사람이며 일체의 존재의 본질에 대한 앎에 몰두하는 학자는 진리를 추구하는 학자이다. 진리를 추구한다 함은 구체적 앎에서 추상적 앎으로 나아가는 과정이지만 미의 추구와 오락에 대한 앎은 차별적 앎이요 모순 속에 있는 앎이다. 사회적 발전은 모순적 앎에서 비롯되고 모순의 원리에 의해 개인의 지위가 정립된다. 자연은 차별의 총체이고 차별의 세계를 총괄하려는 관념에서 신의 존재가 등장한다. 사람은 정신과 육체를 갖고 있는 존재로서 관념적 앎과 분별적 앎을 추구하는 존재이다.

앎에는 여러 가지 함정이 있는데 모름에서 오는 함정과 앎에서 비롯되는 함정이 있다. 앞의 것은 모름의 본질에서 생기는 것이며 뒤의 것은 앎의 결함 즉 앎의 한계에 부딪혔을 때 생기는 함정이다. 앎에는 한계가 있는데 이 한계를 무시하면 독단론이 되고 행위에 결단을 내려야 할 때 그렇지 못하면 우유부단한 사람이 된다. 삶의 과정은 전개되는 상황에서 지적인 판단과 행위적 결단을 내려야 하는 연속성이다. 그런데 윤리적 앎은 착한 행위의 결단을 내리게 하는 앎이다. 동양에서 윤리적 앎의 기준은 모든 사람에게 차별이 없는 사랑으로 간주되는 인, 사람과의 관계에서 사리를 분별해야 함을 주장하는 의, 공동생활에 마땅히 실천해야 할 행위로서의 예, 사리를 판단하는 앎으로서의 지 등이다. 이러한 윤리적 앎을 실천함이 덕인데 덕은 부모를 비롯하여 윗사람에 대한 공경이고, 이것이 덕의 시작이요, 의는 덕의 차례이고, 믿음은 덕의 두터움, 충은 덕의 바름이다.

자본은 삶의 필수조건이다. 정신이 물질을 대상화하기 때문에 물질 안에서의 정신과 정신에서의 물질을 같은 것이다. 만일 정신이 없는 세계는 바다 밑과 밀림처럼 유기체의 세계 또는 달과 화성 같은 물질만의 세계일 것이고 물질 없는 정신만의 세계는 천사의 세계일 것이다. 윤리적 앎은 이러한 두 극단을 조화시키는 도구이며 삶의 질을 높이는 힘이다. 우리는 윤리적 지와 지의 윤리를 구별해야 한다. 일본의 몇몇 소장

파 교수들이 『지의 기법』, 『지의 논리』, 『지의 윤리』라는 삼부작을 출판하였는데 지의 기법은 대학의 교양과목으로써 새로운 지식에 대한 문제설정과 논문작성법 및 표현력을 주도하는 지의 실용성 문제이고, 지의 논리는 20세기를 되돌아보면서 학문의 여러 분야에서 어떤 논리가 생겼으며 또한 학문을 하는 행위에서 능동적인 창조적 행위가 무엇인가를 정리했다. 학문은 지식의 앎에 그치는 것이 아니라 일정한 이념에 대한 행위이며 지의 기법과 논리에 의해 앎의 표현과 실천을 밝히려는 것이다. 지의 윤리는 지의 기법과 논리의 근저에 놓여 있는 윤리를 부각시켜 21세기에 대비하는 윤리문제를 어떻게 세우며 또한 풀어갈 것인가? 그리고 학문적 지가 윤리를 어떤 뜻으로 암시할 것인가 하는 것이다. 물론 지의 활용을 윤리적 차원에서 다루려고 한 것인데 대학의 지적 활동이 어떤 방향으로 가는지 지적 내용이 사회에 어떤 역할을 하는 것인지에 다라 지의 책임문제를 다루고자 한 것이다.

행위의 물리적 영역이 사회이다. 따라서 행위는 책임의 문제를 갖게된다. 이런 문제를 제기하는 것이 지의 윤리이다. 지의 윤리는 앎을 어떤 가치와 선의 차원에서 활용해야 할 것인가? 앎은 반드시 윤리적 문제와 연관되어야 한다. 그리고 삶의 현장 삶의 지평 삶의 희망에 대한 주제이며 이기적 활동으로만 나아가려고 하는 반사회적 활동에 대한 학문적 진단이다.

윤리적 지는 지의 윤리와는 달리 윤리적 앎과 윤리적 행위의 실천관계를 다루는 것이다. 즉 지를 윤리적으로 다루는 것이 아니라 윤리적 앎을 사회적 행위로 옮기는 원칙과 방법 그리고 그 범위와 타당성을 밝히는 학이다. 우리는 자유, 사랑, 우정, 동정, 믿음, 정직, 봉사활동이 삶의 질을 높이는 지수임을 알고 있고 윤리적 지수를 높이는 덕목임을 알고 있지만 그 실천에는 많은 노력이 요구된다. 사실 위와 같은 의무로운 행위는 실행하기 어려운 것이기 때문에 행위의 규범으로 정하고 있다. 칸트는 도덕률을 정언적 명법으로 규정하고 너 의지의 준칙이 항상 또 동시에 보편적 법칙수립이라는 원리로서 타당할 수 있도록 행위하라고 하는 제1명법을 제시했다. 사람들은 자신의 준칙에 따른 행위를 하기 때문에 제도와 법칙으로부터 자유로울 수 있으며 가장 즐거운 삶을 누릴 수 있게 된다. 그리고 자신의 격률을 보편적 법칙으로 삼을 수 있도록 하는 행위는 최고의 행복을 누릴 수 있게 할 것이고, 사람다운 사람으로서 윤리적 가치를 실현하는 사람이 되게 할 것이다. 따라서 윤리적 지가 사람의 본성에 따른 행위를 하도록 규정하고 있는바, 삶의 질을 높이는 지가 바로 윤리적 지이다.

삶의 질을 높이기 위한 예술적 삶

　사람은 정신과 육체로 구분되는 이중적 존재이다. 그래서 사람의 욕
망에는 육체가 욕구하는 욕망과 정신이 추구하는 욕망이 있다. 육체적
욕구에는 살고 싶다, 먹고 싶다, 하고 싶다는 것이 있는데 이것은 사람
의 생명욕, 식욕, 성욕을 말하는 것이다. 즉 육체적 욕구는 생명의 기본
적 욕망이다. 반면에 정신적 욕망에는 알고 싶다, 좋은 일을 하고 싶다,
즐거운 마음을 갖고 싶다, 성스러운 사람이 되고 싶다는 것이 있다. 여
기서 앎은 진리를, 행함은 선을, 즐거움은 미를, 성스러움은 성(聖)을 궁
극의 대상으로 삼고 있으며, 이러한 진, 선, 미, 성을 네 가지 절대 진리
라 한다. 전통적으로 앎에 대한 학을 인식론이라 하며, 선에 관한 학을
윤리학이라 하고, 미에 관한 학을 미학 또는 예술론이라 한다. 그리고
성에 관한 학을 종교철학 또는 종교론이라 한다. 이러한 네 분야의 학
은 우리의 정신활동에 있어서 언제나 요구되는 학문이며, 우리의 정신
적 욕망을 성취시켜주는 학문들이다. 이러한 앎에 대한 욕망들은 생명
에 버금가는 가치들이다. 삶에 있어서는 생명이 제일 앞선다. 그러나 현
명하게 사는 데는 진리가 앞서고, 착하게 사는 데는 선이 앞서며, 아름
답게 사는 데는 미가 앞서고, 종교적 삶에 있어서는 성이 앞선다. 삶의
질을 높이는 데는 이러한 진, 선, 미, 성이 제 1 위치를 차지한다.

　사람은 밝고 맑게 그리고 즐겁게 살려고 한다. 이러한 삶을 미적인 생
활 또는 취미 생활이라 한다. 미적인 생활은 정밀한 과학적 삶이 아니
고 정서적 삶이다. 일반적으로 우리는 정신적 활동을 지, 정, 의로 나누

는데, 여기서 정(情)의 영역에 속한 활동을 미적 영역의 활동이라 한다. 미학은 즐거움을 대상으로 하는 학문적 성격을 갖고 있지만 향락을 대상으로 하는 것은 아니다. 대중의 삶은 아름다움에 대한 감상적 생활을 하려 하지만 미학적 안목에서 미적 지식을 갖지 못한 것이다. 그러나 미적 지식에 대한 향유는 일반 대중이 다 할 수 있는 것은 아니며, 그렇다고 해서 특수한 부류의 사람들만이 그것을 향유하는 것도 아니다. 예술적 삶은 감성적 욕망의 활동과는 전혀 다른 것이며 개인적 삶의 정서를 풍부하게 하고, 생활을 너그럽게 하고 또한 부드럽게 하며, 가식 없는 순수한 삶에 접근하면서 보람 있는 삶을 누리게도 한다.

미적 활동과 예술 교육은 사람의 창조성을 일깨워 준다. 예술적 감각은 우선 경험으로부터 시작되지만 그것에서 변화하여 고상한 형태의 지식이 된다. 즉 예술은 보고, 듣고, 느끼는 것 이상으로 새로운 것을 만들어 낸다. 사람이 아름다운 대상을 창작하겠다는 충동과 고상한 소설을 쓰겠다는 느낌, 그리고 부드러운 시와 음악을 창작하겠다는 욕망은 바로 예술적 욕망이다. 여기서 창작은 자신의 기쁨을 최고로 끌어올린다. 이것이 바로 창작적 쾌락이다. 창작적 활동과 예술적 창작은 특수한 활동이며 적은 수의 몫으로 주어지지만 예술적 활동은 모든 사람들의 몫으로 주어진다. 예술적 삶에 매력을 느낀다는 것은 곧 삶의 즐거움을 느낀다는 것과 같다. 아리스토텔레스는 우리의 삶이 심리적 억압을 피할 수 없기 때문에 이를 해소하기 위해 예술이 필요하다고 했다. 사람의 감각적 욕망은 가지각색이지만 정서가 한 곳에 모이는 곳은 예술이다. 사람의 역사는 창작의 역사이다. 하나님의 창조적 정신을 사람만이 이어받게 되었고 그 창조의 정신을 살린 것이 예술이다. 사람이 역사를 간직한다는 것은 창작에 의해서이고 문화의 다양성은 개성적 창작에 의한 것이다. 사람들은 신기한 물건을 보면 갖고 싶어 한다. 그러한 욕망은 없는 것을 창작하겠다는 근원적 욕망에 기인한 것이다. 따라서 창작은 삶의 본질이며, 삶의 보람, 그리고 삶의 기쁨이며, 삶의 위대성, 삶의 가치이다.

공동체를 구성하는 개인은 개성을 가지기 때문에 차별, 모순, 갈등, 계급, 투쟁을 피할 수 없다. 그렇지만 예술의 세계는 일반적인 사회 공동체와는 달리 지배 관계를 가지지 않고 개별성과 차이성이 강조된다. 그 속에서는 서로의 주관과 독창성이 조화롭게 어우러지며, 다른 사람과 충돌 없는 개성적 삶이 존중된다. 오늘의 사회는 하나의 원리가 주도하는 이성적 사회가 아니고 다양한 주의, 주장이 실천되는 사회이며, 개성적 담론이 통용되는 사회이다. 우리가 추구하려 하는 삶의 질을 높이기 위한 예술적 삶도 개성화 사회 속의 삶을 의미하는 것이다. 원래 물질적 삶은 이기주의로 흘러가기 쉬운 삶이다. 물질적 풍요는 동정의 손길을 끊어 버리고 주위에 대한 배려를 약하게 한다. 그러나 예술은 극도의 개성적 활동이면서 물질적 개성과는 다른 공존의 개성이며, 작가의 감정이 모든 사람의 공통감을 요구하는 개념적 감정이다. 따라서 예술에 심취되면 될수록 미적 이데올로기는 넓어지게 되며, 예술적 삶에 참여하게 되면 될수록 그리고 예술적 삶이 양적으로 늘어나면 날수록 개인의 삶의 질이 높아진다. 예술의 활동은 계획적이고 목적적 활동이 아니면서 사회적 삶의 질을 높게 만든다. 따라서 물질에 탐닉되어 있는 오늘의 사회는 보다 더 미적 가치의 삶으로 나아가야 하며 독창성의 사회를 더 넓게 펼쳐 가야 함을 스스로 느끼는 개인적 생의 유형이 이 땅에 다져져야 할 것이다. 이러한 사상이 개개인의 의식에 스며들 때 우리의 사회는 밝은 사회, 질 좋은 사회가 될 것이고 그것의 구체적 실현은 개인들의 창의적 삶에 달려 있는 것이다.

삶의 독창성은 환경과 우리의 의식에서 나온다. 환경은 생명의 터전이며 우리의 행위의 터전이다. 이러한 환경과 생명체의 중심은 나이다. 나는 의식의 주체이고, 행위의 주체이며, 창조의 주체이자 생활의 주체이다. 삶이란 의식의 창조성을 현실화하는 것이며, 이러한 현실화의 방법은 개별성과, 독창성 그리고 자유성이다. 옛날로 가면 갈수록 사람들은 환경의 지배를 더 많이 받았으며, 그 환경은 공동의 삶, 협동의 삶, 유형적 삶, 관습적 삶, 규칙적 삶을 요구했다. 그러나 새로운 문화가 형성되고, 새로운 기술이 발달되어 감에 따라 자신의 본질을 찾아가는 길은 개성적 삶으로 나아가고 있으면서 점점 더 어두워져 가고 있다. 생활의 편리함을 누리고, 물질적인 부족함이 없이 살아가는 나에게 또 하나의 허전함은 항상 마음속에 남아 있다. 즉 특정한 적대자와 싸우고 갈등을 가지고 있지 않으면서 무엇과 싸우고 있으며, 무엇을 가지려고 하는 욕망이 사라지지 않고 있다. 한편으로는 인습에 젖어 살고 싶어 하고 커다란 변화 없이 안정된 조건 속에서 살고 싶어 하면서 무엇에 부족함을 느끼는 욕구적 삶에 젖어 있다. 무엇을 찾고자 하는 허전함이 자신을 쉴 새 없이 생각하게 하며, 행위하게 한다. 내가 갖고 있는 허전함이 보편적인 것이 될 수 없고, 설사 보편적인 것이라 하더라도 천차만별의 내용으로 주어진다. 이러한 내용적 차별이 삶의 유형이다.

실존 철학에서의 삶은 무목적적 존재로서 시작된다. 실존주의자들은 이성적 존재자로서 사물을 대상화하며, 자신의 존재의미를 물을 수 있으면서, 아무런 목적 없이 태어난 존재, 즉 그저 세상에 던져진 존재라 규정한다. 이렇게 던져진 존재가 어떤 목적에 따라 살아가는 것이 아니라 삶의 목적을 스스로 설계하는 존재로 연결된다.

시간의 흐름이 만물을 변화시키고 있다. 우리는 변화를 통해 시간을 알 수 있다. 그러면서도 시간은 지속한다. 이것은 우주의 원리이다. 그러나 시간의 주체는 사람이다. 시간은 내용 없는 순수지속이며, 순수한 운동이며, 순수한 변화이다. 이러한 순수한 것을 현실적 내용으로 변화시키는 것이 나이다. 따라서 나란 순수한 운동과 변화로서의 내가 아니라 생명에 연결된 모든 것을 만들어 가는 나이다. 이러한 만듦이 순수한 지속적 시간을 채우는 것이다. 시간에 어떤 의미를 부여하는 것이 삶의 주체인바, 자신의 삶의 주체는 나이다. 그래서 나의 삶은 나에 의한 삶이며 밭에 나가 곡식을 가꾸는 것, 직장에 나가 사무를 보는 것, 공장에서 기계를 작동시키는 것, 집에서 글을 읽고 사색하는 것, 예술가적 입장에서 새로운 작품을 구상하는 것 모두가 나의 삶의 내용이고 삶의 시간을 채우는 것이다. 시간을 채울 수 있는 것은 물질에서부터 생명에 이르기까지 모든 것이 다 할 수 있지만, 이성적 존재만이 시간을 자기의 것으로 만들어 간다. 우리들 앞에 살아갔던 철학자, 예술가, 과학자, 영웅들, 종교인들은 자신의 시간을 만든 사람들이다.

우리는 이런 사람들을 역사적 인물이라고 한다. 역사는 시간에서 일어난 사건이며, 시간에서 만들어진 창작물이다. 일어난 사건은 자연의 섭리에서 일어난 것, 즉 홍수, 화산폭발, 대지진 등등이 있지만, 사람에 의해 만들어진 사건, 즉 전쟁, 다리와 댐 건설, 의약품의 발명, 달의 정복, 우주비행 등등은 삶의 내용이다. 성 베드로 대성당은 인류의 예술적 지혜가 만든 걸작이다. 이 성당은 우리에게 역사적 의미를 심어주는 위대한 작품이다. 여기에 유명한 건축가 브라만테를 비롯하여 미켈란젤로 등 화가 및 건축가들이 동원되어 그들의 창작적 정성을 쏟음으로써 시간 속에 역사가 형성된 것이다. 이 성당은 이곳에 동원된 사람들의 생의 작품이다. 신앙에 대한 그들의 정신적 삶을 실현한 것, 신에 대한 그들의 정성을 헌신한 것, 그들의 생의 시간을 현실태로 만든 것이다.

영웅적 삶, 지혜로운 삶, 현명한 삶, 기술적 삶, 종교적 삶, 그리고 아름다운 삶은 그렇게 일생을 사는 사람들에 의해서 의미화된 삶이다. 이러한 삶들은 이러한 뜻을 가진 사람들에 의해서 스스로 만들어지는 삶이다. 즉 그 사람들 자신의 작품으로, 그들의 일생에 채워진 내용들이다. 삶의 목표는 사람이 어떻게 살아야 되는가에 대한 스스로의 물음에 답을 주기 위한 계획적 삶 속에 있다. 그리고 삶에 대한 물음의 답이 하나일 수 없기 때문에 각자의 삶의 가치관이 세워질 수 있는 것이다. 삶에 대한 보편적 그리고 궁극적 물음이 '인간다운 삶이 어떤 것인가?' 또는 '사람은 어떻게 살아야 하는가?' 하는 것이라 할 때, 이것에 대한 해답을 준 사람들이 바로 역사적 인물들이다. 사실 우리는 우리의 뜻과 상관없이 태어났다. 그러나 우리는 '어떻게 살아야 하는가'라는 물음을 제기하면서 살아가야 할 이성적 존재자이다. 역사적 시간에서 나타난 많은 사람들이 이 문제에 대한 답으로 살아갔지만, 여전히 수많은 답들이 제시될 수 있다. 왜냐하면 이 물음에 대한 완전한 답은 아직 나오지 않았기 때문이다. 달리 말하면, 이 물음에 대한 완성된 답은 사람으로서는 한계에 부딪힌다는 것이다. 사람은 천사도, 동물도 있는 것도 아니다. 사람만이 사람됨의 할 일을 해야 하는 존재이다. 사람이란 자신이 해야 할 것을 알아 그곳으로 꾸준히 가야 하는 존재이다. 이러한 있어야 할 것은 항상 우리에게 가능성으로 주어지는데, 이 가능성을 현실성으로 이행함이 바로 스스로의 시간을 의미하는 것이다.

소크라테스를 인류의 스승이라 한다. 그는 태평스러운 궁핍의 생활, 사람의 차별 없는 자유로운 생활, 무보수의 사회봉사 생활을 했다. 또한 위험을 무릅쓴 전쟁에 참가하기도 했으며, 가장 지혜로운 사람이면서 지혜가 있다고 주장하지 않고 지혜를 사랑할 뿐이라고 말하기도 했다. 그는 사형선고를 받고, 다른 나라로 떠나 살 수 있으면서도 감옥을 나서지 않았으며, 결국 자신이 죄가 없으면서도 사형을 내린 국가를 원망하지 않고, 자신의 사상, 즉 어리석은 사람을 지혜롭게 만들어 보편적

법이 사람을 다스리는 사회를 만들려고 하는 사상을 정립한 법 정신을 아테네에 전달하다가 죽음을 맞이하게 되었다. 그는 신앙의 순교자가 아니라 지혜의 순교자였고, 지혜로써 조국을 지킨 애국자이며, '너 자신을 알라'고 외치는, 시민을 사랑하는 계몽주의자였다. 피할 수 있는 죽음을 피하지 않고 자신의 소신을 지킨 소크라테스의 생애는 얼마나 자신에게 주어진 생의 시간을 충실하게 지켜왔는지 짐작할 수 있는 것이다. 소크라테스는 70세에 스스로 죽음을 선택했다. 우주의 생성에 비유하면 찰나였지만, 그 짧은 시간을 사람다운 삶으로 매웠기 때문에 영원히 살아 있는 소크라테스가 된 것이다.

공자는 동양의 소크라테스이다. 사람과 자연의 관계보다는 사람과 사람의 관계를 정립한 동양 최초의 철인이며, 유가의 창시자이다. 대만 사범대학 교수였던 진입부 교수가 그의 저서에 인리학(人理學)이라고 제목을 붙인 것처럼 공자의 사상과 그의 제자들이 정리한 논어는 그야말로 인리학이다. 그는 사람의 본성을 인(仁)으로 규정하고, 인을 실천한 상태에 있는 사람을 군자라 하였으며, 인을 실천하고 순수한 마음으로 사람을 대하며, 자신을 바르게 다스리는 것을 덕이라 했다. 따라서 공자가 말한 인성(人性)에는 인과 덕을 본래부터 갖고 태어났으며 이를 실천하는 것이 포함된다. 사회를 구성해 살아가는 사람의 근본적 질서가 사람의 도덕성에서 비롯되었음을 강조한 공자의 사상은 삶의 근원적 사상이며, 정치의 근본적 이치이다. 말하자면 지혜로운 삶, 현명한 삶을 주장하고 그렇게 살았던 사람이 소크라테스와 공자이다.

석가는 종교적 삶을 깨쳐준 사람이다. 원시시대로 올라갈수록 종교는 다신교적 경향이 강했으나 종교의 진화 과정에서 유대교, 그리스도교, 이슬람교 등이 유일신을 믿는 일신교였고 석가가 깨우친 불교는 신이 없는 종교로서 종교의 마지막 단계라 할 수 있다. 그는 윤회적 생명관을 벗어날 수 있는 해탈의 길을 찾는 방법을 사람의 본성과 연관시켜 정립한 불교의 원리를 제시했다. 석가는 사람의 본성을 영원한 무의 세계와 연결시켜 모든 번뇌와 고통 그리고 죽음을 초월한 법, 즉 진리를 깨닫고 그것을 실현할 수 있는 인격체로 보았다. 이 인격체는 깨달음과 실천의 주체로서 신을 믿는 주체가 아니다. 따라서 불교는 믿음의 종교가 아닌 깨달음의 종교이며 사람들이 원래 갖고 태어난 불성을 깨달을 수 있는 방법을 제시한 교리이다.

예술적 삶은 삶의 정서를 편안하게 한다. 모든 사람은 아름다움을 직접 체험하려 하고, 아름다운 대상을 그리워한다. 아름다움은 욕망의 대상이 아니라 즐김의 대상이며, 만듦의 대상이다. 모든 사물이 갖고 있는 아름다움은 그 사물의 존재이유 중 하나이며, 사람들이 예술적 삶을 추구하는 것도 진실을 표현하고자 하는 방식이라 할 수 있다. 모든 생명은 자연으로부터 얻어온 자양분으로 살아간다. 그러나 사람은 자연의 아름다움을 표현하려고 하는 이상적 삶을 그리워한다. 그저 생명을 유지하려고 하는 본능적 삶은 식물에서부터 시작하여 동물을 거쳐 사람에게까지 이른다. 자연은 비약과 낭비 없이 그 자체의 힘에 의해 진행되고 있다. 이것이 생명에 관계될 때 본능적 삶이고 사람에 있어서의 본능적 삶은 생명의 존엄성을 뜻한다. 생명의 존엄성은 식물과 동물에도 적용된다. 사람에 있어서 생명의 존엄성은 생명에 대한 대상적 존엄성이며, 의식적 존엄성이다. 즉 모든 생명의 존엄성은 이성적 존재의 의식의 표상으로부터 시작된다. 우리는 생명의 존엄성을 표상하는 것에 만족을 느낀다. 우리의 모든 의도의 달성은 쾌의 감정과 연결되며. 동물에도 적용된다. 동물들도 자기들의 의욕이 달성되면 쾌적함을 느낀다. 배부르게 먹은 동물들은 쾌적한 상태에 있는 것이며, 이것은 필요가 충족된 상태이다. 사람들도 자기가 즐겨 마시는 포도주를 먹으면 쾌적함을 느낀다. 프랑스제 포도주와 이탈리아제 포도주, 독일제 포도주는 사람에 따라 쾌적함을 달리하지만, 쾌적함은 쾌락을 주는 것으로서 동물과 사람 모두에게 있는 것이다 이 쾌적함은 정서적 의미에서의 만족이 아니며, 예술적 의미에서 추구되는 만족이 아니다. 아름다움은 유독 사람에게만 만족을 준다. 사람은 동물적인, 육체적인 감성을 갖고 있을 뿐만 아니라 이성도 갖고 있기 때문에 삶의 질이 매겨질 수 있다. 삶의 기준을 인륜성에 두는 경우와 개인적 욕망에 두는 것에 따라 삶의 질이 매겨지고, 이성과 감성의 조화에 따라 삶의 질이 매겨질 수 있다.

미적 혹은 예술적 삶은 삶의 질을 높이는 계기가 될 수 있을까? 삶의 질이란 무엇인가? 모든 사람은 사람으로서의 순수성을 갖고 있으며, 인륜성을 갖고 있고, 또한 사람의 본성으로서 자연성을 갖고 있다. 이러한 자연성은 개인적 의도와 욕망에 따라 발현하기도 하고 감추어지기도 한다. 자연성을 많이 나타나게 하는 것과 적게 나타나게 하는 것은 개인의 성향에 달려 있는 것이다. 그리고 성향에 따라 삶의 질이 높아지기도 하고, 낮아지기도 할 것이다. 이러한 자연성에는 지적인 자연성, 윤리적인 자연성, 예술적인 자연성이 있는데, 여기에서는 예술적인 자연성에 따른 삶의 질을 논하려 한다. 콜링우드가 사람의 최초의 정신활동이 예술이라 한 것처럼 정신활동 자체가 일종의 예술적 활동이다. 어린이들은 글자를 알고 쓰기 전에 벌써 사물의 모양을 그림으로 흉내 내고, 웃고, 흥겨운 음성을 표현한다. 이것들은 어린이 나름대로의 예술적 놀이이며, 유희적 놀이이다. 여기서 우리는 사람이 유희적인 충동을 갖고 있다는 것을 알 수 있고 이러한 충동이 이상적으로 다듬어졌을 때, 예술로서의 의미를 갖게 되는 것이다. 그러면 건축이나 도자기에 있어서 예술품과 가공품의 차이는 무엇인가? 예술적 건축물이건 그렇지 않은 건축물이건 간에 사람이 살기 위한 구조물이며, 예술적 도자기이든 물을 담기 위한 항아리이든 간에 사용하기 위한 생활의 도구이다. 이러한 건축물이나 도구에 있어서 예술성과 비예술성을 어떻게 구별할 것인가?

예술은 미가 표상되어야 한다. 아름다움이 함유되지 않은 예술품은 있을 수 없다. 미는 사람의 재능으로 표현되기 때문에 일종의 기술이며, 기술에 의해 모든 것이 제작된다. 그래서 플라톤은 예술을 모방적 기술이라 했다. 그러나 예술의 생명은 독창적인 창조성에 있으며, 다른 모든 존재에 대하여 범예적 존재이며, 어떠한 목적의 의식도 없는 무관심적 존재이다. 그리고 예술적 표현은 그 사물이나 대상의 진실성을 표현하는 것이기에, 단순한 모방이나 표현이 아니고, 완성으로 가는 가능적 존재이다. 물론 예술은 자연의 모방에서 시작되지만, 그것은 구체적으로 사실적 모방에서 상징적 모방으로 발전하게 된다. 이러한 모방은 사람의 감동을 일으킨다. 우리는 일상생활에서 미를 판정하는 취미판단을 갖고 있다. 이 취미판단은 우리에게 대상의 표상에서 쾌, 불쾌의 감정을 판정한다. 우리가 쾌락을 추구하는 것은 주관적 상태에 관한 표상의 원인성의 의식이 쾌락이기 때문이다. 즉 우리가 무엇을 표상하려고 하는 것은 즐거움을 얻기 위해서이고, 또한 쾌락은 우리의 전체적 생을 촉진하는 감정이다. 따라서 사람은 누구나 삶에 있어서 쾌의 감정을 확보하려는 욕망을 갖게 된다. 그런데 쾌락을 확보할 수 있는 것은 각자의 취미의 능력에 달려 있다. 취미는 미의 이념을 스스로 만들어 내야 하고, 주관적인 삶의 목표로서 취미가 정해질 때, 삶의 쾌락이 주어지는 것이다. 사람은 삶의 주체로서 삶의 유형과 삶의 목적, 삶의 이념을 새롭게 수정해 간다. 그런데 삶의 목적은 이미 주어져 있던 과거의 사람들이 모범적으로 살았던 그러한 것을 목적적 존재로 정하기도 하지만, 자신이 자신의 취미에 따라 정하기도 한다. 새롭게 정해지는 삶의 목적은 그 사람의 개성과 환경 그리고 지적 수준에 따라 결정되기도 한다. 그것은 삶을 이끌어 가는 힘이기도 하다.

삶의 목적이 모두 다 실현되는 것은 아니다. 삶의 목적도 각자의 개성에 따라 여러 종류로 분류될 수 있다. 삶의 유형은 다양성에서 그 의미를 가진다. 즉 삶이라고 하는 것은 규정되어 있는 개념적 내용이 아니다. 미감적 만족, 미적 쾌감도 자유로운 주관적 만족이며, 지성적 또는 개념적 만족이 아니다. 주관적 취미나 쾌락에서 보편성과 다양성이 주어지고 다른 사람으로부터 보편적 동의를 요구하게 될 때, 미적 대상이 성립되고 아름다움이 객관적 의미를 갖게 된다. 예술은 미를 만들어내는 기술이고, 예술품은 미의 객관적 존재이다. 그리고 예술적 활동은 천재의 생활양식이다. 천재는 미감적 이념을 가진 자이다. 천재적 능력은 생득적인 것이며, 천재 자신만이 갖고 있는 고유한 소질이다. 천재는 예술에 대한 재능으로써 작품에 미를 집어넣는다. 천재는 어떤 규칙과 형식으로써 예술품을 만드는 것이 아니며 아름다움을 만들어내는 규칙을 정한다. 따라서 천재의 특성은 독창적이며, 범형적이고, 자연성이며, 자유로운 것이다. 왜냐하면 미적 예술에는 수법(手法)만이 있고, 교수법은 있을 수 없기 때문이다. 우리의 삶도 예술적 성질을 지니고 있다. 각자의 삶은 각자가 만들어낸 예술품이다. 삶의 천재적 소질이 약한 사람의 생활은 미적인 의미가 약할 것이고, 독창적 소질이 없는 사람의 생활은 주체적 삶이 아닌 예속적 삶이 될 것이며, 항상 타율적 생활에 젖게 될 것이다.

우리는 이러한 설명에서 삶의 질을 정립할 수 있을 것이다. 예술적 삶 자체는 삶의 질과 연관된다. 모든 사람이 예술가가 될 수 없다. 예술가는 존재의 진실을 드러내는 사람이다. 가령 농부의 신발을 있는 그대로 참되게 열어 보여주는 사람이 예술가이다. 따라서 예술가는 천재적 소질을 갖고 있기 때문에 모든 사람이 예술가가 될 수 없다. 그러나 모든 사람은 자신의 삶을 예술적 경지로 이끌어 갈 수 있는 능력을 지니고 있다. 자신의 삶을 자신이 만들어가기 때문이다. 우리는 예술 작품에서 도덕적 효과를 기대하고 요구할 수 있지만, 예술가에게 도덕적 생활을 요구할 수는 없다. 우리는 예술가에게 윤리적 생활은 요구할 수는 없지만 우리 자신의 생활을 예술적 활동과 연계시킴으로써 삶의 질을 얼마든지 높일 수 있다. 예술적 삶은 생에 생기를 주는 것, 삶을 통일적인 조화로 이끌어 나가는 것, 정의적 삶을 구현시키고 이상적 삶과 현실적 삶을 생생하게 그려 가며 자유로운 삶을 이끌어 가는 것이다. 크고 이상적 삶과 현실적 삶을 생생하게 그려 가며 자유로운 삶을 이끌어 가는 것이다. 이러한 예술적 삶은 모두가 삶의 질과 연관된 것이며, 가치로운 삶을 의미하는 것이므로, 삶의 질을 위한 예술적 삶이 요구되는 것이다.

첫째, 우리의 삶에는 생기가 있어야 한다. 생기가 넘치고, 생기에 찬 활동은 생명의 본질이다. 토마스 만은 예술가의 임무는 작가의 도덕적 행위보다는 생활에 생기를 일으키는 것이라 했다. 물론 예술적 생활만이 생기를 일으키는 것은 아니다. 예술사에서 보면 성장, 쇠퇴, 저항이란 개성적 모습이 있었던 것과 같이, 우리의 삶도 성장과 쇠퇴, 저항의 흐름에서 면면히 이어진다. 그리고 자연에서의 무한정, 통일, 영원, 정의라고 하는 신의 속성을 상징하는 전형미에 대해 현실적 생명에 근거한 생동미가 등장하게 된다. 이러한 생동미에는 본능 및 감정과 도덕적 의식이 혼합되어 미의식에 대한 새로운 장을 연결한다. 생동미는 곧 정열적이고 감정적인 삶의 유형을 제시하는 것이다. 우리의 삶에 생동미를 불어넣은 예술을 니이체의 디오니소스적 예술론에서 찾아볼 수 있다. 그는 예술을 통해서 우리에게 창조적이고 보다 적극적인 삶을 고취시키려고 했다. 디오니소스는 사물의 생장을 관장하는 도취, 성취, 흥분을 상징하는 신이다. 그리고 예술에서는 조형예술에 대비하여 비조형 예술을 디오니소스적 예술이라 하였으며, 고통으로부터 해방을 의미하는 것이 디오니소스적 예술이다. 디오니소스는 도취에서 광란과 퇴폐로 가는 것이 아니라, 창조적 힘을 표출하여 예술적 삶으로 나아가게 하며, 또한 정적이고 소극적인 삶에 생기를 불어넣어 죽음, 고통, 절망에서 낙천적 삶으로 이끄는 원동력이라 했다. 우리의 일상생활은 감정의 억제에서 조화를 가져오지만, 예술적 삶은 감정의 해방, 또는 감정의 순화를 통해 생겨난다. 우리의 삶에서 부정을 긍정하는 자체가 비극이며, 이러한 비극을 극복하는 통로가 예술이다. 우리의 삶 자체가 비극적인 것이기 때문에 이 비극을 탈출하는 삶이 예술적 삶이라는 것, 그리고 비극에서 새로운 삶의 생기를 북돋우는 것이 디오니소스적 삶인 것이다.

둘째, 창조적 생활이 예술적 생활이다. 창세기의 기록에 의하면 신이 만물을 창조했고, 사람이 신을 대신하여 만물을 관장하도록 되어 있고, 사람만이 신으로부터 창조의 정신을 이어받고 있는 것으로 되어 있다. 예술은 영리를 전제로 한 기술이 아니라 사람의 혼을 찬미하는, 사람의 기쁨을 만들어내는, 사람의 감동을 자아내게 하는 아름다움을 창작하는 활동이다. 예술의 생명은 창조성에 있다. 대량 생산, 대량 소비의 사회제도와 생활양상에서 대중문화 및 사이버 공간이 사람의 이기적 혼을 짓밟고 있는 이 시대에 예술의 순수성과 그 창조성은 정신병동으로 이동하게 되었다. 향락적 소비생활과 편의적 기술의 삶에 의해 자연은 무참히 도둑맞았으며, 우리의 삶이 미래를 지향하는 그 자체가 커다란 재앙을 마중하는 꼴이 되었다. 예술에서도 자연예술, 순수예술, 상징적 예술로 그리고 고전적 예술에서 상업예술, 응용예술로 바뀌고 있으며, 예술가는 상품광고의 기술자로 변신하고 있으며 개성과 인격성이 모방성의 유형으로 가고 있다. 그런데 창조적 삶이 새로운 역사의 시작이며, 삶에 대한 새로운 가치와 아름다움을 가져다준다. 사람은 누구나 자신의 삶의 흔적을 남기려 한다. 그 흔적이 창작의 대상이며, 자신의 삶이 창조적 의미를 지녔을 때, 역사적 흔적으로 남게 된다. 그래서 사람들은 창조적 삶을 욕망했던 것이고, 이 창조적 삶에 따라 자신의 생애가 위대한 삶으로 남게 된다. 삶의 보람과 삶의 기쁨, 그리고 삶의 아름다움은 창조에 의해서 이루어진다. 아름다움의 본질은 곧 창조이며, 창조의 본질은 곧 아름다움을 표현하는 것이다. 미의식은 창조성과 연관되고, 우리의 생은 아름다움과 쾌락에 연관된다. 따라서 사람들은 예술적인 창조적 삶에서 삶의 보람을 느끼며, 다른 사람의 모범적인 창조적 삶을 누렸다고 하는 것은 가장 아름다운 삶을 산 것이라고 할 수 있다. 소르본느 대학 교수였던 그르니에는 『예술과 그 문제』라는 저서에서 창조적 활동은 삶을 확장해 가는 것이며, 이념적인 것을 발견하여 그것을 확정하는 것이라 했다. 이것은 자신에 대한 깊이 있는 탐구이며, 자신의 인격을 형성하는 것이라 했다. 삶의 아름다움은 자신의 인격을 형성하고 실현하는 중에 있는 것인바, 아름다운 삶은 미적인 의식과 예술적 생활에서 이루어지게 된다.

셋째, 예술적 삶은 개성적 삶이다. 사람은 엄밀한 입장에서는 단독자이다. 인격을 두 사람이 함께 가질 수 없다. 자신이 갖고 있는 인격은 자신의 개성이다. 인격을 유형별로 분류하고, 집합적 형태로 설명할 수는 있지만, 개인을 떠난 인격은 있을 수 없다. 피카소의 인격은 피카소에 한한 개성이다. 따라서 피카소의 작품은 피카소의 개성의 표현이다. 고흐는 풍요롭게 살 수 있는 성직자의 길을 버리고, 빈곤하게 사는 화가의 길을 택했다. 그리고 파리를 버리고 밝은 태양이 비치는 남프랑스의 아를에서 화가의 생을 불태웠다. 만약 목사로서 일생을 보냈다면 고흐의 개성적 삶이 세상에 알려졌을까? 물론 개성적 삶에서 이웃 및 친구들과 알력과 반목도 있었지만, 그만의 성격에 의한 창의적 삶이 바로 그의 화가적 삶이었다. 고흐 자신은 고통스러운 삶이라 생각하였겠지만, 삶의 일반적 의미에서 보면 다른 사람의 모범적 삶 그리고 개성적 삶 또한 독창적 삶인 것이다. 우리는 그의 작품 〈씨 뿌리는 사람〉(1889), 〈아를의 도개교〉(1888) 등의 작품을 통해 삶의 아름다움을 개성적으로 표현했음을 알 수 있다. 철학자 스피노자는 가문의 유대적인 상업정신을 저버리고 고독한 철학의 길을 택했으며, 폐병, 가난, 고독의 생활 속에서도 오로지 철학적 사색의 삶을 계속하였다. 대학교수 초빙을 거절하고 프랑스의 연금을 거부하였으며, 어느 부호의 재산 상속마저 거부하고 오로지 자유로운 생활을 택한 개성적 삶이 그의 철학적 삶을 더욱 빛나게 하였다.

이와 같이 아름다운 삶, 위대한 삶은 자신의 개성과 관계된다. 미는 개성미이며, 예술은 개성적 작품이다. 그리고 우리의 삶도 일상적 생활에서 개성적 삶이 되었을 때, 다른 사람과 다른 차별적 삶이 되는 것이다. 사실 사람의 개성은 설명이 어렵고, 개성적 삶을 개성적으로 규명하기 어렵다. 개인의 삶이 개성적일수록 특이성이 나타나며, 삶의 질을 돋보이게 하는 것처럼, 미의 궁극적 내용도 보편적이면서 개성적 주관적인 특징을 나타내었을 때, 미적인 이념이 성립하는 것이다. 결국 예술적 창조는 개성의 법칙에 따라 체험과 영감이 현실화된 것이다. 미적 관조 및 감상도 개성적 체험이며, 개성적 공감이다. 사실 미학은 개성학이다. 왜냐하면 미는 개인의 개성에 의해 제작된 것이기 때문이며, 개성적 창조성에 의한 기술의 표현이기 때문이다. 미가 독창적이고 개성적일수록 미적 가치가 높아지는 것처럼 우리의 삶도 독창적이고 개성적일수록 가치 있는 삶이 되는 것이다. 그래서 삶에는 법칙이 있는 것이 아니라, 오로지 개성만이 있는 것이다. 인격은 그릇과도 같다. 큰 인격과 작은 인격이 있다. 인격이 크면 클수록 훌륭한 삶이 되는 것이고, 모범적인 인격이 모범적인 개성이 된다. 우리는 생명을 희생시킬 수 있지만, 인격과 개성은 희생시킬 수 없는 것이다. 즉 인격은 주고받을 수 없는 것이며, 생활적 창조로 연결될 때 아름다운 생활이 되는 것이다. 결국 아름다운 삶이란 개성적 삶이며, 창조적 삶이며, 그리고 예술적 삶이다. 이러한 개성적 삶에서 개성적 질, 인격의 크기에 따라서 삶의 질이 달라지는 것이다.

넷째, 예술적 삶은 사회에 대한 봉사적 삶이다. 시, 소설, 음악을 포함하여 모든 예술품은 주관적 독창성을 나타낸 것이지만, 표현된 실체로서는 객관적 존재가 된다. 즉 사회적 존재가 되며, 그리고 그 시대의 사회성을 대변하고 또한 모든 사람의 소망을 대변하는 시간, 공간을 초월한 존재가 되기도 한다. 예술의 사회성은 예술이 시대정신을 대표하는 것이며, 또한 그 당시의 예술은 그 시대를 이끌어가는 지도적 역할을 한 것이다. 톨스토이는 그의 예술론에서 예술의 사회성을 강조한다. 예술은 냉혹한 현실, 허무적인 상황, 모순과 반목으로 가득 찬 심리적 현상에 새로운 삶의 계기를 제공한다. 선한 행위를 권장하고, 사랑과 친절을 베풀게 하며, 자유로움과 활기를 북돋아주고, 천진난만한 마음가짐을 갖게 하며, 다른 사람을 긍정적으로 대하는 자세를 갖게 하고, 개성적인 삶을 유도하는 역할을 한다. 또한 예술은 삶을 평가하는 기준이 되며, 아름답고 가치 있는 삶을 제시하는 교훈적 역할을 한다. 흔히들 예술품이 상류사회의 전속물이며, 계급을 구분 짓게 하는 반사회적 존재라고들 하지만 참된 예술품은 특정한 학식을 가진 자들이나 특정한 종교를 가진 사람들에게 이해되지 않는 경우가 있을지라도 소박하게 살아가는 많은 사람들에게 공감을 갖게 하는 것이다. 싸르트르가 말한 것처럼 시를 쓰는 것은 작문을 만드는 것이 아니라, 고통받는 자의 마음을 위로하며, 자신들이 갖고 있는 순박함, 자유로운 감정, 인류성을 개발할 수 있도록 하는 것이다. 이러한 내용이 예술의 사회성이다. 우리의 삶도 사회를 떠나 있을 수 없고, 시대정신을 외면하고 살 수 없다. 모든 사람들은 각자의 개성과 각자의 소망에 따라 살아가지만, 그 개성과 소망은 시대정신의 토대 위에서 형성된 것이다. 큰 인격자의 생활이 사회에 큰 영향을 미친다. 큰 인격자는 사람을 계도하고 행위로써 사람들을 선도한다. 이것은 인격과 행위의 사회적 봉사이다. 작가의 작품도 사회를 위함이다. 왜 시를 쓰며, 누구를 위하여 소설을 쓰는가? 성숙한 사회를 만들고 사람을 계몽하기 위해, 고된 근로자를 위로하기 위해, 자신들이 갖고 있는 자유를 실천하고 자긍심과 인륜성을 실천하도록 하기 위해 필봉을 드는 것이다. 현실주의 미학의 대표자인 루카치는 민중과 민족에 바탕을 둔 문화상황에서 현실주의 예술론 및 실천 미학을 강조하였고, 예술은 현실의 반영이라 했다. 우리의 삶이 사회에 봉사하는 역할을 하였을 때, 얼마나 아름다운 삶이 될까 하는 것은 우리의 상상적 산물이 아니라 현실적 사실로서 역사가 증명하는 것이다.

다섯째, 예술은 정의로운 삶이다. 그리고 정의로운 삶은 아름다운 삶이다. 작가가 되고자 함은 스스로 정직하게 되고자 함이며, 예술가가 되는 것 자체가 진실한 심성을 갖는다는 뜻이다. 우리의 일상생활에서도 진실하고 정직하게 살려고 하면 마음이 편안하고 하는 일이 잘 되어간다. 그림은 자연의 진실을 표현한 것이고, 시는 자연의 비밀을 엮는 것이다. 이 세상에서 자연만큼 진실한 존재가 어디에 있는가? 사람이 자연에 산다고 하는 것은 진실된 삶, 정의로운 행위, 순박한 마음씨를 가지고 있음을 말하는 것이다. 하이덱거는 시인은 성스러움을 부른다고 했다. 예술 활동을 하고, 시를 쓰는 자신이 진실 속으로 파고드는 것이다. 진리는 사고의 내용이며, 정직은 진리의 행동적 의미이다. 사람은 다른 사람에 둘러싸여 있고, 자신 속에 감추어져 있다. 감추어져 있는 자신을 밝히는 것이 삶이고, 자신의 주위에 대해 자신을 알리는 것이다. 이러한 알림의 본질이 정직이다. 예술가가 작품을 표현하는 것은 대상의 본질, 즉 진실을 알리는 것이며, 사람은 그의 생활에서 자신의 정직함을 알리는 것이 가장 아름다운 일이다. 우리가 함께 살아가면서 남과 나와의 차별성은 정직한 행위에 있다. 또한 삶의 질을 매김도 이 정직함에 있다. 정직함 그 자체가 아름다움이다. 하이덱거는 아름다움은 진리가 나타나는 대로의 존재방식이라 했다. 악은 숨어 있는 존재라면 진실은 언제나 열려 있는 존재이다. 정직한 삶은 평화이며 질서이다. 대부분의 예술가들은 가난하게 살아간다. 그래도 불평하지 않고 편안하게 살아가는 것은 신이 창조한 작품 중 가장 고귀한 작품이 정직한 사람이기 때문이다. 예술적 생활은 천진난만한 어린이로 돌아가는 활동이다. 어린이들은 자연스러운 예술적 언어를 사용하여 그러한 언어적 활동에서 진실되게 살고 있기 때문이다. 어린이는 무엇이든지 귀엽고 아름답게 보인다. 그것은 죄의식 없는 자연적 삶이기 때문이며, 의도적이 아닌 순수창조에 의한 삶이기 때문이다.

여섯째, 예술적 삶은 자유로운 삶이다. 신은 처음의 존재이자 자유로운 존재이다. 모든 존재의 이유가 자기에게 있는 것이 신이며, 자유는 신의 본질 중의 하나이다. 신으로부터 생명과 양심을 받은 사람은 자유로울 수밖에 없고, 자유로울 수 있는 방법은 이성에 의해서 결정된다. 칸트는 자유가 도덕률의 존재근거라 했다. 도덕적 행위를 하는 것, 좋은 일을 실천하는 것, 예술을 감상하고 상상적 사유를 하는 것, 예술적 창작활동을 하는 것의 원인은 자유이다. 이 모든 행위는 자기 스스로 의지에 의한 것이다. 따라서 이성을 가진 사람은 누구나 자유의지에 의한 행위의 주체이다. 이성적 행위만이 자유에 대한 존경의 행위를 하며, 자유에 대한 존경으로서의 행위만이 아름다운 행위이고, 참으로 사람다운 행위이다. 자유는 추상적 개념이다. 자유는 시원적 개념이다. 자유는 원인으로서의 개념이기 때문에 결과에 있어서는 그 본질이 없어진다. 자유에 대한 여러 내용과 의미들은 모두 추상적으로 사용될 수밖에 없다. 그래서 칸트는 자유의지란 말을 사용했고, 자유는 도덕률의 존재 근거라 했다. 따라서 자유는 우리의 삶과 분리할 수 없는 존재이다. 그런데 행위는 유한한 것, 시공적인 것, 물리적인 것이기 때문에 함부로 할 수는 없는 것이다. 제한된 범위에서 함부로 하는 행위는 도의적인, 또는 형사적인 책임을 져야 한다. 그렇지만 아무리 제 마음대로 행위해도 제한 받지 않고, 오히려 칭찬하는 행위가 있다. 이런 행위를 자유로운 행위라 하고, 또한 도덕적 행위라 한다. 어른을 공경하고 이웃을 사랑하며, 약속을 지키고, 법률을 준수하고, 의무를 실천하는 행위는 어떠한 제한도 받지 않는다. 이것은 생명에서 우러난 행위이며, 인륜에 근거한 이성적 행위이기 때문이다. 그리고 작가가 자신의 양심과 창조의 영감에 따라 시, 소설, 예술품을 창조하는 행위도 무제한으로 허용되어 있다. 선한 행위는 무제한으로 허용되어 있으며, 악한 행위는 하나라도 허용되어 있지 않은 이치에서 예술가의 창작활동과 윤리적 행위만이 자유로운 행위의 현실태로 주어진다.

모든 사람은 자유롭게 살고자 하는 욕망을 갖고 있다. 자유는 찾는 사람에게 주어지지 않고, 아름다운 생활을 하는 사람에게 주어진다. 도덕적 삶도 아름다운 삶이지만, 창작적 생활이 아름다운 삶이며, 또한 가장 자유로운 삶이다. 공자가 칠십에 종심소욕불유구 즉 내 나이 칠십이 되니 무엇이든지 하고 싶은 욕망을 다 실천해도, 즉 마음 내키는 대로 하여도 사회 규범과 법도 및 질서를 넘어서지 않았다고 하였으니 이것이야말로 자유로운 경지이다. 자유는 무제한 허용된 행위 속에 있으며, 육체적 존재로서는 불가능한 것이지만 선한 행위일 경우 그리고 선의지에 의한 도덕적 행위일 경우에 있는 것이다. 자유에 근거한 행위는 무제한으로 허용된 행위이다. 하는 행위가 법도를 넘지 않는다면 선한 행위, 자유로운 행위며 도덕적 행위인 것이다. 그리고 도덕적 행위는 어떤 조건적 행위가 아니며, 어떤 수단적 행위가 아니기 때문에 무조건적 행위, 시원적 행위, 스스로의 행위, 그리고 마땅히 해야 할 당위적 행위이다. 인격적인 차원에서 본다면 자유는 주체적 행위, 자신의 뜻에 따른 행위이다. 따라서 자유는 모든 사람에게 평등하게 주어져 있지만 자유를 실천할 수 있는 것은 그 사람의 인격과 노력에 의해 얻어지는 보상이다. 싸르뜨르는 사람은 원래부터 정해진 일을 수행하는 것이 아니라 자신 스스로를 만들어 가야 하는 자유로운 존재라 하였다.

만약 신이 만물을 창조하였다고 할 때 다른 무엇으로부터 창조의 명령을 받고 한 것이 아니다. 이러한 신의 창조성이 사람에게 계승된 것이 바로 정신적 활동이며, 감정적 활동으로서 예술적인 창조의 활동이다. 이것이 바로 싸르뜨르가 말하는 실존의 자유인 것이다. 예술가가 창작 활동을 하는 것은 순수하게 개인의 영감에 의한 자유로운 것이지 개인의 욕망에 따른 활동이 아니다. 자유는 추상적 이름으로 부르는 것이 아니라 실제적인 행위에서 검증된다. 그것이 도덕적 행위와 창작적 활동이다. 이러한 정신의 활동이 예술적 활동이다. 따라서 예술의 역사란 자유 실현의 역사이다. 사람은 어떤 본질에 따라 살아가는 것이 아니고, 자신의 자유로운 선택에 의해 항상 새로운 삶을 만들어 가는 존재이다. 삶은 생명을 근거로 한 것이지만 가치 있는 삶은 생명보다는 삶의 질을 우선으로 한다. 성스러운 삶, 아름다운 삶, 창작적 삶은 소질과 영감을 가진 천재적 정서가 요구된다. 그러나 우리는 스스로 일상생활에서 아름다운 삶을 영위하는 생활의 개선자이며, 주체성을 가지고 생활하는 생활인이다.

삶의 종합적 가치는 완성된 인격을 말하는 것이다. 나무는 그 재목과 열매에 의해 평가된다. 꽃은 자연의 아름다움을 표현한 것이다. 하지만 꽃은 식물의 생존을 위한 생식적 기능을 수행할 뿐이다. 우물을 파는 데는 기술과 에너지가 요구되지만, 그 물은 사람의 생존에 관계되는 것이다. 그러나 아름다운 삶은 생존을 위한 것도, 아름다움 그 자체를 위한 것도 아니다. 알랭이 주장한 것처럼 창작은 그의 창작적 행위 이전에는 있을 수 없고, 창작품은 이미 있었던 개성을 표현하는 것이 아니라 자신의 새로운 개성을 표현한 것이다. 자신의 삶을 기존의 틀에서 해방시키고자 하는 것이 곧 창작의 활동이다. 이러한 창작적 행위는 우리를 자연과 구별시키고, 식물이나 동물과 구별시킨다. 우리가 말하는 예술적 영감이란 자신을 기존의 틀에서 해방시키려는 정신적 활동이다. 경험적인 생활인들은 자기도 모르게 활동하고 있는 이러한 영감에 의해 생활이 개선되고 있다. 자신을 창조한다는 의식 중에 자신의 생활이 새롭게 표현되며, 삶의 질이 높아지게 된다. 즉, 창작 속에 삶의 질이 생겨나는 것이다. 낭만적 삶, 봉사적 삶, 유희적 삶, 재물저축형의 삶에도 삶의 질이 있겠지만, 지금 우리가 다루는 삶의 질은 무목적적 삶에서 생겨나는 것이다. 무목적적 삶이란 의욕의 자유로운 삶이다. 정서적 감정의 흐름, 도덕적 의식의 실천 등은 무목적적 행위이며, 자유로운 행위이다. 즉 행위의 결과를 계산하지 않는 행위, 행위의 동기에 결과를 두지 않는 행위가 무목적적 행위이다. 그리고 행위의 동기에만 가치 있는 의미가 부여될 때 자유로운 행위가 되는 것이다. 과거에 있었던 삶의 질에 대해 새로운 삶의 질이 첨가될 수 있고, 과거에 좋았던 삶의 질에 대해 비판과 동시에 변화를 더할 수 있는 것이다. 우리의 삶은 고정되어 있는 것이 아니기 때문에 새롭게 결정할 수 있는 자유를 갖고 있다. 이것이 삶의 자유이고, 삶의 자유에서 삶의 새로운 가치가 생겨나고 있다. 모든 동물과 식물은 창조된 기능과 본능 그리고 전문성에서 고정적으로 살아간다. 그러나 사람은 창조의 의도를 벗어나 있다. 아담과 이브의 원죄가 의미하는 것은 바로 사람은 하나님의 말씀을 거역했기 때문에 진정한 자유를 가졌다고 하는 것이다. 그렇다고 사람은 완전히 자유로운 존재로 태어난 것은 아니다. 자유롭게 결정하고 행위를 할 수 있는 소질을 갖고 태어났다는 것이다. 여기서 결정권을 갖고 스스로 행위할 수 있다고 하는 것이 창의적 행위이다. 창의적 의식은 변증법적 과정을 거친다. 이것을 철학적으로 말하면, 헤겔의 변증법적 정신사관이다. 모든 존재는 미완성인 것으로 주어진다. 우리가 갖고 있는 완성된 이념은 단 한 번에 완성된 현실로 주어질 수 없다. 점차적으로 완성되어가며 부정에서 긍정이 나오고, 이 긍정이 다시 부정에 의해 새로운 긍정으로 되어가는 것이 역사적 과정이며, 또한 삶의 형식이요, 창작의 과정이라 할 때 삶의 질은 자신의 정신적인 성숙과 창작적 의식이 높아짐에 따라 그리고 인격의 성숙도에 따라 높아지는 것이다. 따라서 삶의 질은 자신의 삶의 이념을 꾸준히 실현해 가는 과정에서 현실적 삶의 시행착오에 의한 반성과 개선으로써 좋아지는 것이며, 니이체의 초인의 사상처럼 하루하루의 생활을 극복하고, 어제보다 더 나은 지적인 생활, 어제를 탈출하여 새로운 생활의 세계에서 살려고 하는 의지를 북돋우는 삶이 초인적 삶이요, 창작적 삶이며, 삶의 질을 높여 가는 삶이며, 자유로운 삶인 것이다.

사람은 이성적 사유와 수용적인 감정을 갖고 있기 때문에 비극적 생활을 한다. 가련한 생활, 무서움과 공포에 젖어 있는 생활, 항상 부족함에 싸여 있는 생활, 자신의 연약함을 느끼는 생활 자체가 비극적 삶이다. 사람은 이러한 상황에서 아름다운 데로 가려는 감정을 갖고 있기 때문에, 사람에게는 비극적인 생활에서도 아름다운 삶이 전개되는 것이다. 이것이 고귀한 삶인 것이며 사람에게 주어진 예술적 삶의 정신인 것이다. 사람은 슬픔과 기쁨의 양면성을 가지고 살아간다. 그러나 슬픔과 기쁨은 의식의 흐름이며, 정신활동의 순간적 상황들이다. 슬픔 속에도 고귀한 삶이 담겨 있고, 기쁨 속에도 미움의 대상이 되는 삶이 있는 것이다. 사람에 따라서 기쁨 속의 만족을 느끼면서도 그것이 질 낮은 삶일 때는 싫어하는 사람이 있을 것이고, 슬픔이면서도 삶의 질을 높일 때, 그러한 삶을 수용하는 사람이 있을 것이다. 예술은 정신적 감정의 긴장을 풀어준다. 울적한 정서적 압박을 풀어주고, 위안을 주는 예술적 작용을 한다. 고통과 슬픔이 정화되지 않는 상태에서 다음 단계의 삶으로 넘어갈 수 없다는 사실에서, 정서적 억압의 잠재적 상태에서 살고 있는 사람은 예술적 삶을 통해 삶의 질을 높여갈 수 있는 것이다. 사회는 사람의 욕망만큼 복잡한 요소를 갖고 있다. 이러한 다양한 사회상도 성숙된 삶에 따라 정화되고 정돈되며, 질서 지워진다.

삶의 질을 높이기 위한 동서양의 행복론

삶의 가장 보람 있는 상태를 행복이라 하며 그리고 삶의 일상적 목적을 행복함에 두고 삶의 궁극의 목적을 최고 선에 두는 윤리적 이론을 목적론적 행복주의라고 한다. 한편 행위의 옳고 그름의 판단, 행위의 동기와 행위의 목적 그리고 행위의 존재근거를 행복에 두는 것을 행복주의라고 한다. 이와 같이 행복을 어떻게 해석하느냐에 따라 행위의 방향이 결정된다. 행복하다 함은 일상적 욕망과 욕망대상과의 일치인데 일반적으로 심리적 욕구가 충족된 상태 또는 만족을 느끼는 정신적 상태이다. 심리적 욕구나 정신의 상태가 물질적 가치의 표상에 의해 만족을 느낄 때와 정신적 성취에 의한 만족을 구분할 때 행복의 척도가 정신에 있는지 물질에 있는지의 문제가 제기된다. 따라서 어떤 사람은 행복의 조건을 물질에서 찾기도 하고 정신적인 것에서 찾기도 하는데 이것은 사람이 정신과 육체를 갖고 있는 이중적 존재이기 때문이다.

행복의 의미를 그 어원에서 찾아보면 원래 happiness의 명사는 happen의 동사에서 온 것인데 이 happen의 뜻은 옳은 일이 자기 자신에서 생긴다는 의미이다. 따라서 행복은 내적 행위이든 외적 행위이든 간에 행위의 올바른 성과이고 행복의 원인은 자신의 행위에 달려 있다는 것이다. 이와 같이 행복은 올바른 행위를 할 수 있는 이성적 행위에 의해 얻어질 수 있고 이성적 존재자만이 가질 수 있는 것이다. 그래서 행복을 외부로부터 불러오는 것이 아니고 자신의 지성적 행위에 의해 만들어지는 것이다. 행복은 현실을 떠나 있을 수 없다. 행복함의 주체가 사람이기 때문에 행복은 사고를 떠나 있을 수 없다. 사람은 행복을 욕망하게 되고 행복에의 표상에서 행복을 만들게 되며 또한 결과로서 행복함을 느끼게 된다. 행복함은 우리의 육체와 정신을 초월해 있는 것이 아닌 내재적인 것이다. 즉 행복은 행위의 결과이지 행위의 동기가 될 수 없다.

그런데 행위는 자연과 연결된다. 모든 행위는 시간과 공간의 제약을 받는다. 우리의 내적 행위가 이성적 사유라고 한다면 내적 행위는 시간적 제약을 받게 된다. 즉 사유활동 자체가 시간의 흐름이다. 어떤 내용을 어떻게 사고했는가? 하는 것은 시간으로써 측정될 뿐 공간적 의미를 갖지 않는다. 사유의 내용 자체가 공간에 대한 것이라 하더라도 그것은 공간적 표상에 대한 내적 행위이지 시간의 공간이 아닌 것이다. 사유는 행위의 존재근거이다. 따라서 공간적 행위는 시간의 전제를 두지 않을 수 없다. 보편적 행위와 가치로운 행위는 시간의 지속성이다. 즉 행위의 지속성이 보편적 행위이며 상대적 행위란 시간과 공간의 제약을 받는 것이다. 칸트는 "시간은 모든 직관의 기초에 있는 필연적 표상"이라고 했다. 사실 시간은 일차원이기 때문에 "내감의 형식 즉 우리 자신과 우리의 내적 상태를 직관하는 형식이다." 시간은 일차원적 사유의 형식이며 이성적 사유에 의한 행복의 전제조건이다. 따라서 행복을 일으키게 하는 모든 행위는 시간의 제약을 받기 때문에 행복함은 바로 시간성이다.

행복은 공간의 제약을 받는다. 공간은 모든 경험적 조건을 가능케 하는 조건이다. 공간에 앞서 있는 대상은 있을 수 없기 때문에 우리의 행위도 공간성을 갖는다. 칸트는 우리에게 직관을 주는 감정을 내감과 외감으로 구분하고 앞 것을 시간, 뒷 것을 공간이라 했는데 그에 의하면 "공간을 매개로 해서 우리는 대상을 우리의 외부에 있는 것으로 표상하고 대상들 전부를 공간 중에서 표상한다. 공간 중에서 대상들의 형태, 크기, 그리고 상호관계가 결정되어 있고 혹은 결정될 수 있다." 사실 공간은 장소의 총체적 표상이다. 그리고 모든 외적 대상들은 공간의 제약을 받음으로써 경험적 대상으로 주어진다. 즉 우리는 공간의 선험적 표상에 의해서만 대상을 표상할 수 있다. 우리가 어떤 대상의 크기와 모양, 운동양을 말할 때 공간을 전제하지 않고서는 불가능한 것처럼 우리의 행위를 옳고 그르다, 혹은 착한 행위이다 나쁜 행위이다 말하거나, 행복한 행위이다 불행한 행위라고 말할 때 역시 공간을 전제해야만 한다. 공간은 시간과는 달리 3차원의 세계를 갖고 있다. 어떤 종류의 행위이든 간에 외적 행위는 공간적 행위이다. 그런데 행위에는 부분적 공간의 행위와 보편적 공간의 행위가 있다. 전자는 개인들의 경향성이나 취미에 의한 행위이며 후자는 이성적 행위, 즉 도덕적 행위로서 모든 사람들에게 행복과 선을 보장해 주는 보편적 행위이다. 공간성을 가지면서 부분적이 아닌 전체적 공간에 유용한 행위만이 모든 사람에게 행복을 안겨주는 필연적 행위이다. 마찬가지로 행위의 필연성은 공간의 3차원적 필연성에 일치하고 내적 행위가 공간의 제약을 받았을 때 객관적 행위로 전환되고 공간이 만인의 것인 것처럼 하나의 행위가 만인의 것이 되었을 때 행위의 객관성을 갖는다. 모든 행위는 공간을 전제한다. 주관적 행위나 객관적 행위는 모두 공간성을 갖고 있는데 전자는 좁은 공간의 경험적 행위이고 후자는 공간 일반에 적용되는 보편적 행위이며 의무로서의 행위이다. 따라서 도덕법칙에 의한 실천적 행위는 공간의 선험적 관념성을 알게 하는 계기가 되며 욕망의 실천에서 주관적 공간을 알게 된다.

아리스토텔레스는 칸트와 다른 입장에서 행복론을 주장한다. 모든 사람은 현실적인 생활에서 자신의 행복을 누리려고 하지만 욕구하는 쾌락과 연결된 무한정의 행복이 있을 수 없기 때문에 아리스토텔레스는 그의 윤리학에서 이론적인 행복론을 제시했다. 즉 지적인 활동과 정신적인 삶에서 행복의 근거를 찾았던 것이다. 우리가 행복하다고 할 때 정신적인 기쁨을 제쳐두고 아주 번창하고 권력과 명예를 가진 삶을 말하는 것이지만 아리스토텔레스가 말한 행복은 덕에 일치하는 영혼의 활동이다. 즉 아름다움을 발휘하는 생명의 활동이다. 이러한 활동은 행복한 상태에 있는 것이 아니고 무엇을 향해 가도록 노력하는 것인데 사람으로서 고유한 기능을 충분히 발휘하여 덕의 상태에 도달하게 하는 것이다. 그런데 덕 혹은 탁월한 능력은 성품의 탁월성과 지적인 탁월성이 있는데 도덕성의 발휘란 용기, 관대함, 공명정대함 그리고 행위에서의 중용이고 지적인 탁월함은 정확한 관찰력과 판단력, 합리적 사고 그리고 실천의 지혜를 말하는 것이다. 사람은 사유의 능력인 이성을 갖고 있기에 본능적 만족에 머물러 있지 않고 비교적 만족을 넘어 독점적 만족으로 나아가려고 하는 데서 행복을 찾으려 했다. 물론 일상생활에서 성공한 사람, 지와 덕을 경비한 사람, 권력과 명예를 가진 사람이라고 해서 모두 행복한 사람은 아니기 때문에 아리스토텔레스는 행복이 목적적 존재이지 수단적 존재가 아니라 했다. 그러나 행복함은 취미나 오락적 생활에도 스며 있다. 행복의 질과 양에 있어서 차이가 있겠지마는 현실적 삶의 정서에서의 행복을 무시할 수 없었기 때문에 아리스토텔레스는 목적적인 행복 못지않게 쾌락적 행복론도 강조하였다.

한편 칸트의 행복론은 경험적인 것이며 자연적인 것이다. "행복이란 이 세상에 살고 있는 이성적 존재자가 자기의 존재 전체에 있어서 모든 것을 제 뜻대로 할 수 있는 상태이다. 따라서 행복은 자연(물질)이 사람의 모든 목적에 일치하는 것에 있고 동시에 자연이 이성존재자의 의지의 본질적인 규정근거에 일치하는 것에 의존한다." 이러한 행복의 뜻은 통속적인 것이며 물질과 관계에서 어떠한 욕망도 성취되는 상태를 뜻한다. 그러나 사람의 한계적 능력에서 욕망대로의 성취는 불가능하고 다만 이론적으로 행복함의 가능성을 밝힌 것이다. 칸트는 이러한 행복론을 위해 최고선의 의미를 제시했다. 실천이성에서는 최고선의 개념이 최고의 이념이다. 그런데 칸트의 행복은 모든 물질을 욕구의 대상 속에 포섭시킴으로써 가능하므로 물질의 최정상에 서 있는 상태이다. 즉 물질을 초월해 있는 것이 아니라 모든 물질을 욕구에 따라 제압하는 상태이다. 한편 행복은 도덕적 행위의 이념이기에 도덕법칙에 일치하는 행위이며 행복을 얻기 위해서 도덕법칙을 따르는 것이 아니라 덕의 의욕에서 행복이 나오기 때문에 행복의 실현 자체가 덕의 실천에 있는 것이다. 현실적 생활에서 사람은 누구나 자기 행복의 원리에서 행위하게 된다. 즉 자신의 자연적 소질이나 성격에 따라 생활세계를 펼쳐 가는 것에서 행복을 누린다. 그러므로 칸트에 있어서 행복은 행위의 의무 또는 삶의 의무가 아니다. 행복은 자신을 사랑하는 삶이고 자신이 구상한 삶의 유형을 실천하는 데서 오는 것이기 때문에 생활환경과 밀접한 관계를 갖고 있다. 사실 행복이란 생명의 지속적인 흐름에서 이루어지는 것이기 때문에 관념적인 행복이란 무의미한 것이고 모든 사람에게 요구되는 의무로서 규정할 수 없는 것이다.

행복은 과학과 다른 것이다. 체험의 세계를 과학론으로 풀 수 없기 때문이다. 행복하게 사는 필수조건으로 제일 먼저 주어지는 것이 심리적 욕망의 성취이며 그다음은 도덕적 욕망의 실천이다. 행복을 쾌락과 결부시키는 사람도 있지만 쾌락 자체가 행복이 될 수 없다. 쾌락은 시간과 공간의 제약을 받지만 행복은 시간적, 부분적인 것이 아니고 삶의 영속성에 있다. 즉 쾌락의 총체성이며 지속성이고 이성에 의해 순화된 쾌락적 삶이다. 또한 이성적 사유에 의한 목적적 삶에서 행복이란 말이 성립된다. 동물들도 쾌락과 고통을 느끼고 있지만 쾌락을 느끼는 동물에게 행복한 동물이라고 고통을 느끼는 동물에게 불행한 동물이라 하지 않는다. 따라서 행복은 모든 사람들이 갖고 있는 고유하고 탁월한 능력을 충분히 발휘한 상태이다. 사람은 사람됨에 규정되어 있다. 따라서 사람됨을 갖춘 사람이 행복한 사람이다. 달리 말하면 사람이 마땅히 해야 할 일을 실천하는 것에 행복이 있다. 그리고 행복하다 해서 반드시 즐거운 상태는 아니며 불행하다고 해서 반드시 고통스러운 상태는 아니다.

삶에 있어서 추구되는 기본적 개념은 행복이다. 행복의 개념이 명확하게 규명되지 않은 채 삶의 궁극의 목적을 행복에 두는 것은 잘못된 것이 아닌가? 롤즈는 자신의 삶의 계율을 정해 그것의 실천에 다소간 성공하였을 때 행복하다고 했다. 사람들이 도덕적 행위를 실천할 필요성을 느껴 그것에 가기 위한 노력을 하며 또한 경험적 존재로서 어떤 목적을 삶의 가치로운 방향으로 잡을 것인가? 그리고 삶에 있어서 선, 악이 무엇인지를 알아야 하기에 이러한 도덕적 의식을 끊임없이 실천하는 것에 삶의 의미를 두지 않을 수 없다. 마르크르주의자들은 행복하기 위해 어떤 행위를 해야 하는지를 찾는 것은 추상적인 것이므로 행복한 삶을 방해하는 것들을 없애야 한다는 주장이다. 물론 롤즈처럼 합리적이고 가치로운 자신의 삶의 계획이 차질 없이 실천되고 또한 그러한 계획의 성공이 지속적으로 유지될 것이라고 하는 합당한 근거를 가졌을 때 행복한 삶이라고 한다면 행복은 삶의 환경에서 상황적인 것이다.

사람은 본능에 의한 삶을 넘어 상황을 헤쳐나간다. 본능적 삶은 동물처럼 자연환경에 예속된다. 돌은 생명 없이 던져진 존재이고 식물은 조건변화를 하는 생물이며 동물은 조건반응을 하는 진화적 활동을 한다. 그러나 사람은 삶을 대상화하여 역사적 연속성을 가지면서 변화와 발전을 통해 미래지향적 생활을 한다. 물론 이러한 삶 자체도 본능을 근거로 한 것이며 본능에는 항상 모두 사용할 수 없는 잠재적 능력이 있고 이러한 잠재적 능력을 일상생활에서 생활화할 때 행복의 삶이 펼쳐지게 될 것이다. 사실 사람으로서 갖고 있는 잠재적 능력은 그 사람의 활동력과 지적 욕구에 의해 실현되는데 제일 먼저 표현되는 것이 생명욕이며 다음으로 명예와 권력욕일 것이다. 이러한 욕망들을 한꺼번에 달성할 수 없기에 권력을 앞세우는 사람, 재물을 앞세우는 사람 그리고 자신의 명예가 널리 알려지기를 원하는 사람으로 구분된다. 이러한 자신의 소질에 따라 자신의 욕망을 합리적으로 실현할 수 있는 계획을 세우게 된다. 물론 욕망과 실천의 관계는 필연적인 것이 아니기 때문에 욕망의 좌절에서 불행이 생기는 것도 아니다. 생활세계에서의 행복은 전체적 잠재력의 부분적 실현에서 얻게 된다. 즉 완전한 행복을 얻는 것이 아니고 행복함의 일부를 체험하게 된다.

우리는 영웅, 천재, 현자들의 생활을 부러워하고 모방하려고도 한다. 그들은 자신과 싸워 물질적 욕망을 물리치고 전체를 위한 삶을 위해 봉사하기도 한다. 그들은 자신의 행복된 삶을 추구하는 것이 아니고 평화와 참된 삶의 질을 찾는 것에 일생을 바친다. 평범한 사람들은 성인이나 영웅이 되는 것에 뜻을 두기 앞서 일상생활에서 예의 바른 사람, 정직한 사람, 사회질서에 참여하는 사람 그리고 자기의 행복을 추구하는 사람이 되기를 원한다. 사람들은 다른 사람들과 생활의 체험에서 도움과 협조의 주고 받는 데서 서로의 생활이 향상됨을 알고 있기 때문에 사람과의 관계에서 도덕적 행위의 실천을 욕망하게 된다. 몸을 치장하는 보석들도 서로 조화되고 제 위치를 찾아야만 아름다움과 고귀함을 나타내듯이 우리의 삶에도 삶의 의지와 삶의 실천력이 서로 조화되고 보충되어야 개인에서부터 구성원 전체에 이르기까지 질서정연한 삶과 행복된 삶을 갖게 될 것이다. 사실 다른 사람과 더불어 행복을 추구하는 것은 공리주의 행복론이다. 보다 많은 행복이 보다 많은 사람에게 퍼지게 하는 제도가 이론적으로는 그 존재성이 인정되지만 현실적인 측면에서는 매우 어려운 일이다.

모든 사람들이 정신적 차원에서 행복을 누리고 자신의 생활조건에서 행복을 누리며 또 덕의 실천을 통해 행복을 누릴 수 있다는 것은 개인의 인격과 지혜로운 삶에 달려 있는 것이다. 분배의 정의 실현을 제일의 덕목으로 지칭하고 있는 사회정의론에서는 제도의 공정성을 전제하여 행복의 극대화를 주장하지만 사회제도가 정치권의 권위적 산물인 한에서는 모든 사람들이 순종할 수 있는 정의로운 제도가 불가능하고 또한 각자의 욕망과 개별적 인격과 자유를 갖고 있는 사람에게 획일적인 제도가 강요될 수 없는 것이다. 사람들은 사회제도를 통해 사회행복을 실현하려고 많은 의견을 제시하고 있지만 제도 자체는 시공의 한계를 갖고 있기에 개별적 욕망 실현에 의한 행복 추구의 한계성을 갖는다. 사람에게는 똑같은 행복이 있을 수 없으며 같은 시간과 같은 장소에서 똑같은 행복을 가질 수 없다. 뿐만 아니라 행복의 유형이 몇 가지 제시되지만 그러한 행복은 각자의 생활 유형에 달려 있다. 우리는 자연적 입장에서 공기와 물을 똑같이 공급받고 있는 유기체이다. 그러나 욕망의 세계에 있어서는 개별성의 세계로 몰입한다. 모든 생활의 전개는 개별성의 근거에서 시작된다. 지성, 교양, 인격 및 성향에 따라 자신의 행복과 더불어 다른 사람의 행복을 높일 수도 있고 다른 사람의 욕구와 권리를 고려하지만 자신의 욕망을 실현하기 위한 전제조건으로 삼을 수도 있다. 더 나아가 자신의 행복을 위해 다른 사람의 욕망을 침해하고 평범한 사람들의 생활방식은 공유적인 행복을 독점적 욕망실현의 장으로 이끌어가는 경우가 많다. 다른 사람의 경우를 고려하지 않고 자신의 실리추구에 몰입하는 생활형식이 바로 혼례식과 장례식의 제도이다. 사실 제도란 통제적 역할을 한다. 욕망의 개별성과 다양성의 원리를 악용하는 것에 대한 통제이며 공동의 욕망을 창출하는 장이다. 우리가 사회를 떠나 살 수 없다고 하는 것은 사회를 떠나 행복할 수 없다는 뜻이며 또한 사회는 개인의 행복을 보장하면서 구성원 전체의 행복을 실현하게 하는 장소이다.

삶에 있어서는 지적인 행복, 종교적 행복 그리고 예술적 행복이 있다. 우리들의 행위가 행복을 가져오는 것을 보장할 때 그 행위를 옳은 행위라 한다. 우리는 지적인 행위, 종교적 행위, 예술적 행위를 통해 자신의 행복과 더불어 다른 사람의 행복을 만들어 가게 된다. 개인의 행복은 개별적 생활에서, 사회 공통적 행복은 제도에 의한 질서정연한 사회에서 얻게 된다. 개인의 행복에서 질과 양이 보편화될 수는 없지만 사회적 행복에서는 구성원의 공통적 질서에 의한 행복의 질과 양이 정해질 수 있다. 사람의 생존적 원칙에 따라 개인적 행복의 질과 양이 정해질 수 있다. 사람의 생존적 원칙에 따라 개인적 행복에만 머물러 있을 수도 없고 또한 사회 자체를 위한 행복만을 주장할 수도 없다. 우리의 일상적 삶은 남과의 단순한 비교에서 시작된다. 보다 많은 사람을 알기를 원하며 넓은 사회에서 활동하기를 원하고 다른 사람보다 앞서고 높이 오르기를 원한다. 그리고 자신의 가치로운 업적을 통해 자신의 명예가 사회에 오래 머물기를 원한다. 벤구리온은 시오니즘 운동의 창시자로서 이스라엘 수상이 되었고 그 직위를 떠난 뒤에는 77세의 나이로 네거브 사막을 옥토로 만드는 데 마지막 생명을 바쳤다. 그의 삶은 초라한 집 한 칸이었지만 이스라엘 지도자로서 행복하게 살았다. 그는 자신의 이념을 몸소 실천하였으며 자신의 이념이 이스라엘 민족의 이념임을 잘 알고 있었기 때문에 그 이념의 실천을 자신의 행복으로 삼았던 것이다. 한 사람의 이념적 실천의 행복에서 한 민족의 행복이 실현되는 과정에서 역사의 긍정적 전진이 있음을 알게 된다.

행복한 삶이란 인생을 묘사하는 것이 아니라 삶의 질을 평가하는 것이다. 일생 동안 한결같이 행복하게 산 사람은 거의 없을 것이다. 평생 행복했다 함은 평생 즐겁고 좋은 일만 했다는 것이기 때문이다. 삶의 최선의 방법이 행복한 삶이다. 그래서 행복한 삶과 행복하게 사는 것은 구별될 수밖에 없다. 행복한 삶은 이론적 삶이고 삶의 보편적 목적이다. 문제는 우리가 행복한 삶을 위해 다른 사람의 삶의 유형을 모방할 필요가 없으며 또한 행복한 삶의 유형을 설계하거나 그것에 매달릴 필요가 없다는 것이다. 끊임없이 가치를 창조해 가는 삶이 행복한 삶이다. 즉 행복하게 살겠다는 의도 자체가 자율적인 의지의 표상이기 때문에 행복의 표준이 있을 수 없고 행복의 유형이 있을 수 없다. 삶의 계획에 의해 행복이 결정되는 것이 아니며 계획의 실천이 방해를 받았다는 것이 불행은 아니다. 행복한 삶이란 목적에 도달된 상태가 아니라 목적으로 가는 노력과 목적을 위한 우수한 수단을 만들어 가는 과정에서 느끼는 삶의 진취적 정서를 갖는 것이다. 삶의 질이 향상되고 새로운 삶의 가치가 실현되는 것 그리고 옛날부터 전해오는 가치로운 삶의 이념에 꾸준하게 접근해 가는 변증법적 삶의 단계적 발전에서 행복을 얻게 된다. 사실 행복은 결과로써 평가되는 것이 아니며 삶의 과정을 평가하는 가치개념이다. 우리가 만족이라고 할 때 일방적으로 자신의 뜻이 반영되거나 성취되었다는 것인데 그 의도가 주관적인 욕망에 관한 것이라면 개인적 만족으로 끝나게 되며 그 의도가 공동의 선을 전제로 한 것이라면 사회적 만족이나 행복으로 연결되는 것이다.

목적적 행위를 평가해주는 기준이 행복이라 할 때 윤리적 행복주의가 되는데 벤담과 밀은 행위공리주의자로서 행복주의를 주장한 사람이다.

"최대 다수의 최대 행복"은 개인적 행복을 제도로써 규제하자는 것이다. 그런데 사회나 개인에 있어서 행위의 목적이 행복에 있다면 의지의 표상과 목적 실현의 일치가 항상 성립되는 것이 아니기 때문에 우리의 삶은 미흡한 만족으로 끝날 것이다. 사람은 불행하기 위해 태어난 것이 아니고 불행하게 태어났더라도 생명의 흐름 속에서 행복을 찾으려 노력한다. 사실 행복한 삶은 항상 미래지향적 희망이며 삶의 방향을 제시한다. 삶을 지향하는 것 자체가 행복이다. 한편 행복과는 상관없는 행위를 하기도 하지만 우리는 사람이기 때문에 반드시 사람다운 행위를 해야 한다. 많은 철학자들이 사람다운 행위가 무엇인가를 지적했다. 그 행위가 바로 이성에 근거한 도덕적 행위이다. 사람에 있어서 자연법은 이성에 의해서 세워진 도덕법이다. 이 법칙에 따른 행위가 도덕적 행위이며 도덕적 행위는 행복을 얻기 위한 수단적 행위가 아니다. 그러나 행복한 사람이 되기 위해서는 유덕한 생활을 해야 한다. 행복한 행위에 도덕적 행위가 반드시 들어 있는 것은 아니지만 도덕적 행위에 행복이 들어 있다면 사람이 실천하고자 하는 최고선이다. 행복만을 위한 삶은 삶의 질을 높이는 것이 아니라 향락적 삶으로 빠질 수 있다. 그리고 행복을 추구하는 삶 자체는 항상 결핍과 불행 속에 있는 삶이다. 행복만을 위한 인생을 사는 사람은 자신만을 생각하는 사람이기 때문에 자신마저도 될 자격이 없는 사람이다. 나쁜 버릇을 고치고 더 사람다운 사람으로 나아가려고 하는 생활태도에서 그리고 다른 사람의 행복을 선택해 주는 생활에서 행복을 알게 된다. 우리는 욕망을 채워가는 행복과 행복을 찾아가는 생활에서 벗어나 가치로운 삶, 도덕적인 삶, 창의적인 행위에서 행복을 찾아야 한다. 선한 것들 중의 하나가 행복이다. 사람은 완전한 만족에 도달할 수 없기 때문에 작은 행복에서 만족을 느낄 줄 알아야 한다.

그런데 동양과 서양은 세계관과 인생관에 있어서 많은 차이점이 있다. 서양철학이 자연을 고찰하고 진리를 탐구하는 것에 치중하였다면 동양은 도를 체득하고 실천하며 인성을 탐구하는 것에 학문의 목표를 두었다. 탈레스가 로고스로써 사람과 자연을 구별함으로써 자연 중심의 철학이 연구되었으며 플라톤이 지혜를 제1덕목으로 제창하고 아리스토텔레스가 『모든 과학의 예비학으로서 논리학』을 저술한 이후 서양철학은 객관적이고 분석적이며 합리적이고 논리정연한 구체적인 과학이 제시된 데 반해 동양에서는 직관적이고 종합적이며 신비적인 성인 및 진인의 상을 갈구하는 천인합일의 사상을 학문의 목표로 삼았다.

종교적 입장에서는 그리스도의 사상에 따라 모든 사람은 신에 의해 창조된 존재로서 신으로부터 똑같은 거리에 있는 평등한 신분을 갖고 있다면 동양에서는 모든 사람은 공통된 도덕심을 갖고 있다는 점에서 사람에 대한 자유와 평등함을 주장해왔다. 따라서 사람의 평등함의 기준을 동양에서는 사람의 천부적 인성에 두었고 서양에서는 신으로부터 창조되었음에 두었다. 동양에서는 공자의 인 사상을 중심으로 한 유가 사상이 삶의 행복을 위한 단서를 제공하였다. 공자가 살았던 춘추전국시대의 복잡한 사회상은 요순시대에서 펼쳐졌던 태평성대의 정치제도를 이상주의 사상으로 갈망했으며 행복함의 구체적 내용은 사람을 중심으로 한 인성론적 행복론을 제시하였다. 달리 말하면 자신의 인간성을 철저히 관리하고 모든 덕성이 자기로부터 나오게 하도록 수신하여 먼저 가정을 이끌고 나라를 다스려 태평의 사회를 펼쳐 가는 군자의 자질을 갖추는 것이 바로 행복한 생활이다. 공자가 주장한 군자는 이상화된 사람의 모습으로서 무한한 노력을 요구하는 지향적 개념이다. 즉 명을 바르게 알고 예를 바로 알며 말을 바르게 알아 행하는 사람이다. 이러한 유가사상이 동양의 전통사상으로 정착되어 서양의 사상이 동진하기 전에는 사회의 기강과 예로서 법률적 역할을 하였으며 특히 생활경제를 농경사회에 근거를 둔 우리나라에서도 사람을 다스리는 근본원리로 삼았다.

플라톤과 아리스토텔레스는 수학과 과학의 기초 위에서 진리의 세계를 고찰했고 신국을 꿈꾸던 중세시대를 거쳐 코페르니쿠스의 지동설에 의해 근대과학의 기초가 형성되면서 16, 7세기에는 과학의 혁명시대가 되었다. 그리고 18, 9세기의 산업혁명을 거치면서 첨단기술의 발달에 따라 20세기에는 2000년의 과학을 집대성하면서 생명공학과 정보화 시대를 거쳐 디지털 시대에 이르게 되었다. 한편 서양에서는 그리스도 사상에 연유된 사회중심 및 시민정신으로서의 개인주의가 발달되어 개인중심의 행복론이 대두되었고 시장경제의 원리에 따른 상업주의가 형성되어 자본주의 사회를 이끌어 왔다. 이러한 개인주의와 상업주의 사상 그리고 실용적인 과학적 사상이 동진하면서 동양의 인리학 즉 사람의 이성을 중심으로 한 모든 사회적 사상이 자연과학과 인간학으로 발전하면서 동양의 전통사상과 관습이 허물어지게 되었다. 동양사회는 계급사회의 구성에 따른 위계질서 본위의 덕목이 중요시되어 충, 효, 예, 우애, 신의 등의 생활계율이 사회를 이끌어가는 덕목이며 군자의 자질을 갖추어 이러한 덕목을 실천하는 것에 최대의 행복이 있다는 것이다. 전통적으로 내려오는 동양의 가치와 행복론은 물질에 근거한 것이 아니라 인과 예에 근거한 것으로서 사람을 사랑하고 사람을 수용하는 인본주의 또는 자연적인 온정주의를 실천하는 것에 행복이 있다고 할 것이다.

이러한 행복론이 정착된 동양의 사회에는 서양의 물질문명이 흘려옴에 따라 20세기에 접어들면서 새로운 에토스(Ethos, 풍습)가 정착되었다. 즉 동양의 인륜성을 파괴하면서까지 서양의 합리주의 사상을 받아들였으나 올바르게 수용하지 못해 기형적인 사회제도가 정착하게 되었다. 그러한 사상의 현실태가 동양과 서양의 사상을 보완하는 지향적 에

토스가 되어야 함에도 불구하고 이기적인 가족주의, 지역주의, 집단주의, 사적인 온정주의, 직위의 편의를 도모하고 위계질서에 근거한 물질 시대의 관료주의가 등장하게 되었다. 그리고 사회 속에서의 자신을 내세워야 할 것인데도 자신 속에서 사회를 내세우는 자기 본위의 개인주의가 사회질서를 주도하게 되니 경험적이고 충동적인 생활상이 깊어가고 있다. 오늘의 물질 사회에 있어서 삶의 질을 높이기 위한 행복주의는 분배적 정의가 개인에 있을 때는 윤리적 덕목이지만 국가의 제도에 있을 때는 정치학으로서, 이 모두가 오늘의 사회문제로 등장하고 있는 것이다.

현대사회의 특징은 개인의 무한경쟁 시대이다. 경쟁의 목적이 자기 성취에 있는 것이 아니라 다른 사람과의 경쟁에서 이기는 투쟁이며 다른 사람과 비교의식에서 재산을 보다 많이 갖는 것, 권력과 명예를 더 갖는 것, 건강한 육체로서 보다 오래 사는 것, 심지어는 죽음의 세계에서도 남보다 우의를 차지하려는 경쟁심을 갖고 있다. 물론 저간의 것들을 누리려고 하는 것은 자기 성취의 욕망에서 과소비와 지나친 사치, 낭비를 생활욕망의 대상으로 삼으려는 심리적 경향을 갖고 있다. 사실 정보화 사회와 대량생산의 산업사회에서 삶의 양식은 다양한 상품의 구매충동에 의한 다양한 가치와 일시적인 가치추구에 몰입하는 삶이다. 또한 다양한 정보에 의한 새로운 변화의 삶의 유형에 이끌려 가는 정착성 없는 생활유형을 갖는다. 그리고 의식주의 해결에 의한 평등적 삶과 정치적 민주화에 의한 자유로운 삶으로 계층 간의 차별은 어느 정도 허물었고 대중문화의 영향에서 어느 정도의 삶의 질을 향유하게 되었지만 오히려 대량 생산에 의한 물질의 풍요에 예속되면서 인륜적 삶에서 멀어지게 되었다.

이러한 상황에서 사람과 사람의 관계의식은 인성적, 인격적, 예절적,

서열적 의식의 흐름이 아닌 물류적 흐름의 관계이고 친구 간에는 우정의 의식이 아닌 예속적, 과시적, 우월적 의식으로 또한 타산적 관계가 유지되고 있다. 사람은 자연의 계열 속에 있으면서 자연을 초월한 이성적 존재이고 인과적 관계를 떠나 인륜적 삶을 누리다 죽어야 할 숙명 속에 있으면서 살려고 하는 강한 의지를 갖고 있는 것처럼 물질 지향적 삶과 동시에 물질 배향적 삶을 갖는다. 포스트 산업사회에 접어들면서 사람들은 이데올로기로부터 벗어나 자신의 주인의식을 상품 구매 충동으로 전환시키면서 계급의 노예의식에서 물질의 노예의식으로 떨어지고 있다. 에리히 프롬은 오늘의 사회적 성격을 수용적, 착취적, 저축적, 시장적, 자기 본위적 성격으로 진단하고 있다. 이것은 남들이 자기 대신 해주기를 바라는 성향, 힘과 책략으로 남의 것을 빼앗으려는 생활태도, 사람의 가치를 시장의 상품처럼 교환가치로 보는 경향 그리고 항상 자기 목소리를 앞세우는 경향들이다.

사람의 이러한 사회적 관계를 원자적 관계라 하며 여기에서 삶의 고독과 삶의 무기력을 느끼는 현대적 병을 얻게 된다. 즉 변태성욕을 대변하는 매조키즘과 새디즘적인 병이 있는데 전자는 자기의 위치, 능력, 자질이 빈약하기 때문에 폭력사회와 맹목적인 종교사회처럼 권력과 강자에 무조건 복종하고 시종을 듦으로써 자기 위치를 정립하려는, 소위 말하는 이성으로부터 학대를 받음으로써 성적 쾌감을 느끼는 자학적 병이고, 후자는 다른 사람으로 하여금 자신에게 복종하게 하고 다른 사람을 괴롭게 함으로써 심리적 만족을 갖는 것인데 독선적 정치인, 소영웅주의 과대망상증에 걸려 있는 권력자, 약한 나라를 침략하려는 군인 정신에서 이러한 사상을 볼 수 있다. 이것은 성적으로 이성을 무조건 학대함으로써 성적 쾌감을 갖는 변태성욕과 같은 것으로서 현대 사회에는 이러한 삶의 유형이 생기고 있다는 것이다. 프롬이 지적한 사회적 병은 오늘의 사람들이 자유로운 삶을 거절하고 주체적 삶을 포기할 때 생기는 것이며 자신을 남에게 맡김으로써 오히려 안도감을 느끼고 권력과 금력을 가진 사람은 약한 사람을 학대함으로써 쾌감을 느끼는 심리적 현상이다. 사실 이러한 행위는 변태적 삶의 여러 형태이며 물질의 흐름과 방향을 같이하는 삶이다.

사람은 이성의 힘을 발전시킴으로써 원시적 삶으로부터 벗어나게 되었고 자연을 지배하고 개발하기 위해 이성의 무기를 사용했다. 종교적 활동을 교리로부터 분리하고 사람의 평등과 인격적 삶을 위해 이성의 능력이 동원되지 않을 수 없었다. 결국 신앙, 지식, 과학은 합리적 생활과 신앙적 생활, 문화적 생활을 위한 도구로 사용되었는데 오늘에 와서는 이성 자체가 순수한 인륜적 삶을 도외시하고 사람을 지배하고 인격을 이용하는 도구로 바뀌니 문명이 사람을 지배하게 되고 과학이 삶을 공포에 몰아넣게 된다. 이러한 상황에서 하버마스의 비판 이론이 나오게 되었다. 생활수준의 평준화, 의무교육의 연장으로 개성적 삶이 확대되고 과학만능주의가 정보의 홍수와 정보의 세계화를 불러일으킴으로서 정신문화보다는 물질문명의 사회구조가 형성되었다. 또한 남녀동등권의 확대와 여성의 사회참여 기회가 늘어감에 따라 남녀의 구별이 없는 중성적 인간형이 양산되고 있는 실정이다. 요즘은 남녀노소 할 것 없이 금욕 자체가 악덕처럼 여겨지고 인격적 낭만주의나 자연에 일치하는 순수한 삶의 유형이 없어지고 있으니 사람이 갖고 있는 원초적 욕망만을 유감없이 발휘하고자 하는 이기적 본능이 사회구조에 채워지고 있는 실정이다.

니이체는 삶의 가치를 재정립하면서 종교적 비극을 역설했다. 우리의 사회제도는 종교문화와 밀접한 관계를 갖고 있다. 소외계층을 극소화하고 지식층으로 하여금 사회에 봉사케 하며 가진 자로 하여금 분배정의를 실현하게 하는 역할을 하고 있지만 종교의 역기능도 헤아릴 수 없다. 종교가 가정의 분열과 다른 종교와의 대립에서 삶의 정서를 파괴시키며 사회발전을 둔화시키고 있다. 넓게는 민족의 분열과 세계평화에 가장 큰 장애가 되고 있다. 사랑에서 미움이, 평등에서 차별이, 평화에서 전쟁이, 화합에서 갈등이 종교에 의해 일어나고 있다. 사찰과 교회는 화려하게 꾸며지고 종교행사는 세력과시의 표본으로 치닫고 있다. 이 땅의 종교 역사가 오래되면 될수록 종교적 소외현상이 생기게 되고 종교 휴머니즘이 새로 생겨 오늘의 사회가 요구하는 인본주의 사상에 도전하고 있다. 성직자의 권위주의가 파벌을 형성했고 종교재벌을 조성시켰다. 종교지도자들은 재산을 모으기 위해 일체의 노력을 하지 않았지만 엄청난 재정적 힘을 갖게 되고 물질에 대한 많은 관심을 갖고 있다. 물질에 대한 관심은 사랑, 자비, 의무가 아니다. 럿셀의 주장처럼 신앙과 사랑은 다른 것이다. 즉 신앙은 믿는 자에 한한 것이지만 사랑은 만인의 것이다. 사실 믿는 자의 사랑은 믿음의 보호에서 시작된다. 이러한 상황에서 종교이기주의가 생기게 되고 종교의 분열로 인해 국력이 헛되게 소모되고 있으며 개인적 종교문제로 인해 생활의 갈등이 생겨 행복된 삶이 흩어지고 있다.

오늘의 사회는 물량적 극대화를 위한 사회구조로 되어 있을 뿐 삶의 행복을 위한 구조로서는 부족한 점이 많다. 따라서 우리는 먼저 행복을 위한 조건을 가정에서부터 찾아야 할 것이다. 가정은 삶의 기본적 형태이고 가족은 혈연을 지속시키는 곳이며 행복된 삶을 사랑으로써 창조하는 곳이다. 물론 가정은 농경사회와 산업사회로 넘어오면서 그 의미가 변화되고 있기에 가족 윤리의 정립은 달라지고 있다. 수직적 명령계통의 복종의 윤리에서 합리적 사고에 의한 개성존중의 가정윤리로 바뀌기도 한다. 그러나 노동력의 상품가치와 시장경제 원리에 따른 가정운

영에 의해 가족에 있어서도 능력분류의 서열이 매겨지는 현상이다. 사람은 본질적으로 이기주의 심성을 갖고 있지만 슬픔을 같이하는 눈물, 기쁨을 같이하는 웃음, 손익을 함께 하려는 정의감, 악을 멀리하고 선을 행하려는 양심 또한 사람답게 살려고 하는 도덕성을 갖고 있다. 이러한 기능을 충분히 발휘하게 하여 행복하게 살도록 주선하는 곳이 일차적으로 가정이다. 왜냐하면 사람답게 됨의 씨앗이 가정에서 움트게 되고 가정교육에 의해서 바르게 훈련되기 때문이다. 가정의 행복은 가족 서로 간의 행복이며 가정의 행복이 넓어졌을 때 사회행복이 성숙되는 것이다.

사실 행복은 개인이나 국가에 있어서 교육에 의해 조성된다. 특히 가정의 기초교육은 평생의 행복을 위한 밑거름이 된다. 오늘의 가정교육에선 전통적 유교사상을 강조하고 있지만 이것은 교육대상의 하나이지 가정교육의 이념이나 목표가 아니다. 농경시대의 가정은 소집단의 위계질서가 요구되었기에 장남 본위의 가부장제도가 있었고, 족벌의 질서를 유지하기 위해 그에 알맞은 규범이 요구되었다. 농업 자체가 기술을 필요로 하는 것보다 협동과 노력이 요구되었기 때문에 인성을 전제로 한 인의예지의 전통규범이 제정된 것이다. 산업사회는 기술과 능력, 지식의 사회이기 때문에 이것들을 인륜성에 기여하도록 하는 덕목이 나와야 할 것이고 물질적 생활에 의한 소유개념이 분명해야 하기 때문에 사회질서를 유지하기 위한 새로운 규범이 제기되어야 한다. 이러한 덕목을 움트게 하는 가정교육에서 그에 알맞은 교육의 지표가 세워져야 한다. 가정교육의 첫 단계는 합리성에 바탕을 둔 공동의식을 길러야 하며 거짓 교육이 아닌 진실성을 가르쳐야 한다. 지식을 전달하는 학교교육이 아닌 사람의 본성을 능률적으로 사용할 수 있도록 교육시켜야 하며 모든 것을 능동적으로 처리할 수 있는 의식을 심어주어야 한다. 특히 다른 사람과 관계되는 사회생활에서 자기의 행복을 높임과 동시에 다른 사람의 행복에도 기여하는 의무감에서 정당성에 의한 정의감을 발휘하고 더불어 삶에 기여하는 양보의식을 실천할 수 있도록 어릴 적부터 교육시켜야 할 것이다. 행복은 어느 날 갑자기 이루어지는 것이 아니다. 예나 지금이나 사람으로서 갖추어야 할 사람됨이 있어야 행복하게 된다. 이러한 사람다움을 맹자는 인, 의, 예, 지라 했고 플라톤은 지혜, 용기, 절제, 정의라 했는데 전자는 자기의 덕목을 천부적인 것이라 하였으며, 후자는 인성의 3분법에 따른 장치라 했다. 하지만 오늘날 사람에 대한 정의는 그때와는 달리 경제적 동물이라고도 하고 역사학자인 호이징가는 사람을 유희적 동물이라 했다. 한편 다니엘 벨은 사회적 의식 구조와 생활상이 공업사회로부터 벗어나 아주 높은 지식사회로 접어드는 시기라 했다. 우리는 다른 사람의 생명과 인권을 자신의 삶의 수단으로 삼고 있다. 특히 자본이 될 만한 것이 있으면 무엇이든 수단과 방법을 가리지 않고 훼손하고 있는 동시에 정력에 좋다는 동식물이 있다면 잔인성과 수치심을 유감없이 발휘한다. 또한 모든 미디어들은 청소년들의 정감을 자극하여 퇴폐와 향락적 오락에 빠지게 했다. 사실 우리는 변태적 과소비생활에서 행복을 찾으려 한다. 즉 향락과 행복을 혼동하고 있으며 물질문화와 놀이문화 그리고 소비문화로써 행복을 찾으려 했다. 이러한 생활 자체가 자기관리의 구조적 부패를 조장하고 있는 것이다. 이러한 사회에서는 개인의 향락은 있을지언정 개인이나 전체의 행복은 있을 수 없다. 그리고 정치 관료와 재벌의 밀착된 구조적 부패에서 금전만능주의가 삶의 가치관으로 부각되고 신앙과 종교의 세계마저도 물질적 행복주의에 매료되어 가고 있다. 순수한 생존경쟁은 승부의 욕망으로, 공동적 삶의 방식은 타산적 삶의 방식으로, 도덕심은 이기심으로 바꾸어 가는 사회의식의 흐름에서 행복의 구조를 찾을 수 없다.

이러한 상황에서 우선 개인적인 행복의 조건을 찾아야 할 것이다. 그 제일 조건은 자신의 삶을 공개하는 것이다. 자신의 인생관과 생활관을 생활세계의 질서와 정의에 일치시키는 것이다. 사실 우리의 삶은 사회 환경과 생활세계의 관계이며 조화이다. 삶의 주체가 가치로운 생활환경을 만들어 가야 한다. 우리는 종교 유무에 관계없이 물성주의 껍질 속에 숨어살고 있다. 특히 도시생활의 구조는 이웃 간에 도덕적 행위로써 접촉할 필요성을 전혀 느끼지 않고 있다. 도시는 사람과 물질로 구성되어 있는 조직체이기 때문에 도덕심과 질서의식이 뒷받침되어야 함에도 불구하고 수단적 합리성과 물질만이 있을 뿐 공동선의 의식이 없는 실정이다. 우리는 물질화된 도시생활에서도 행복을 찾아야 한다. 그 지름길이 바로 다른 사람이 자신을 평가할 수 있도록 개방하는 것이다. 자신의 열려있는 삶이란 이성적 삶이며 물질적 삶이란 다른 사람의 개방적 삶을 방해하는 것이다. 그리고 자기 고집이나 편파적 지식에 얽매여 있는 삶 역시 자기 개방을 방해하는 삶이다. 가령 행복하기 위한 도덕적 삶을 주장할 때마다 삼강오륜의 덕목을 들먹이고 있는데 오늘의 도시사회 구조는 이러한 덕목을 요구하지 않는 자기 삶이므로 개인적 행복에 도움이 되지 않는다. 사실 이성적 삶이란 자유로운 삶, 능동적 삶, 주체적 삶, 그리고 개방적 삶인데 다른 사람과 더불어 살아가는 삶이다. 모든 사람은 더불어 살아가야 할 형식 속에 있으면서 이것을 부인하는데에 불행이 있는 것이다. 행복함을 느끼는 것은 개별자이지만 행복하게 되는 조건은 다른 사람과의 삶의 관계 속에 있는 것이다.

오늘과 같은 가치다양화 사회, 개성화의 시대, 소비 중심의 생활세계에서 요구되는 덕목은 다양하게 되는데 덕목이 많을수록 행복의 조건이 까다로워진다. 그러면 모든 사람이 다함께 행복할 수 있는 행위는 어떤 것인가? 롤즈는 정의를 사회제도의 제일 덕목이라 했다. 이것은 사회의 기본질서가 정의이며 사회제도의 공정성을 의미한다. 사람들은 현실적 삶에서 권리와 의무, 이익과 손해, 지위와 직책에 대한 민감한 반응을 일으킨다. 이러한 기본 가치들이 공정한 제도에 의해 어떻게 공평하게 분배되느냐에 따라 사람들의 합리적 행위를 요구한다. 그러나 모든 사람에게 합리적 행위만 요구하게 되면 법률적 행위를 강요하게 되며 삶의 유연성이나 정서적 자유로움에 저해될 것이다. 사실 이치나 법에 알맞은 행위란 윤리적 행위와는 다소 거리가 있는 것이다. 우리에게는 합리적인 자혜와 동정, 양보, 겸손, 예절, 인격존중의 덕목들이 요구된다. 이러한 가치들은 합리성만을 요구하는 것이 아니고 주관의 순수의지에 의한 합당한 행위를 요구한다. 합당한 행위란 윤리적 당위와 사회정의를 함께 실천한 행위로서 행복함의 제일 조건이다. 합리주의가 공정한 분배를 전제로 한 행위의 공정성이라면 합당주의는 순수의지에 근거한 윤리적 제일 덕목이다. 따라서 모든 사람은 자신의 합당한 행위에 의해서 자신의 행복을 보장받게 된다. 노동자의 합당한 행위란 노동의 역할과 노동의 창의성을 충분히 발휘하는 성실성이며 공직자의 제일 덕목은 사회제도를 공정하게 이끌어가는 정의로운 직무수행이며 자영업자의 행복함의 조건은 모든 사람들의 생명과 인권을 전제로 한 이익의 창출이다. 따라서 모든 사람들이 행복하게 되는 행위는 모든 사람들이 유용하게 받아들일 수 있는 행위공리주의이며 사람들이 마땅히 해야 함을 실천함으로써 즐거움을 느끼는 행위이다. 그리고 합당한 행위란 자신의 욕망을 실천하는 동시에 다른 사람의 욕망을 선택해주는 행위이며 누구나 이 행위를 뛰어넘어 다른 행위를 하는 그 자체가 무의미한 것으로 만드는 이성적 존재자의 기본적 행위이다. 합당한 행위란 개인이나 공직자 입장에서 직무를 수행할 때 그 상황에서 그 행위 이외의 다른 행위가 있을 수 없고 그 행위만이 그 상황을 가장 정당하게 처리한 것이며 다른 사람이 그러한 상황에 부딪혔을 때도 그렇게밖에 할 수 없는 행위이다. 즉 가장 보편적인 가치와 당위에 일치하는 자유로운 행위이다. 따라서 합당한 행위는 도덕적 의식의 원초적 행위이다.

칸트는 행복을 우리들의 모든 애욕을 만족시켜주는 것이라 했다. 사람마다 자신의 욕망을 지속적으로 성취해 가는 것이 행복이다. 그런데 사람들이 자기행복만을 추구하려고 한다면 행복을 위한 동기만을 찾을 것이고 모든 사람과 더불어 행복을 누리고자 한다면 행복할 만한 가치에 근거한 동기를 찾을 것이다. 우리가 영리하게 산다고 하는 것은 자신의 경험에 따라 자신의 삶의 방식을 결정한다는 것인데 이러한 삶의 동기와 목적은 권력과 명예욕 그리고 재력을 성취하는 데에 있다. 이것은 삶의 훈계나 교훈은 될지언정 삶의 법칙은 아니다. 사실 우리가 추구하는 행복은 나의 행복의 동기가 동시에 언제나 다른 사람의 행복의 동기가 되어야 한다. 즉 나의 욕망충동에 의한 욕망의 성취가 다른 사람의 욕망도 충족시켜 주는 것에 두어야 한다. 가령 질서가 요구되는 곳에서는 질서를 지키는 것, 공동의 작업에 있어서는 공정으로서의 정의에 따른 행위를 해야 한다는 것이다. 직분이나 직위에 따른 일의 처리는 공적으로서의 도덕적 의식에 따라 해야 할 것이다. 경쟁적 삶 속에서는 어느 전문분야에서든 간에 사람들은 항상 피라미드의 꼭대기가 되려고만 한다. 이러한 유형적 삶은 항상 인류적 문제를 저버리게 한다.

오늘의 사회에서는 개인적 행복은 있어도 사회적 행복은 없다. 심지어 가족의 행복도 가족구성원에 의해 허물어지고 있는 형편이다. 교통질서를 위시해서 많은 사회제도가 있지만 모두가 사회와 대중을 위해 지키는 것이 아니라 자기를 위해 지키고 있을 따름이다. 대부분의 사람들은 정치, 행정, 사법, 입법제도의 운영에 대하여 만족을 느끼지 못하고 있으며 서로가 서로의 불신에 사로잡혀 건전한 상식마저 허물어지고 있다. 다수의 횡포와 소수의 폭력이 우리 모두의 공동행복을 파괴하고 있으며 없는 자의 지나치게 무례한 행위와 있는 자의 방자하고 교만한 행위가 함께 어우러져 인격을 수단으로 삼는 공격적 행위가 심화되고 있다. 또한 행위의 초점을 비석적 삶에 두고 있다. 즉 공로는 없으면서 업적만 내세우는 사람, 능력은 없으면서 관직만 노리는 사람, 나도 어떤 고관직을 했노라고 자랑하는 사람들에 의해 정치와 공적사회가 부패사회를 더 가속시키고 있다. 얼마나 많은 사람들이 그들이 만든 명성 속에서 살아가고 있는가를 살펴보면 그 사회의 생활상을 알 수 있을 것이다. 또한 우리의 현실은 명예롭게 산 사람은 없어도 묘지의 비석들은 즐비하게 서 있다. 이러한 삶들이 우리들의 행복에 얼마나 기여를 하였을까 의구심을 느끼면서 개인의 행복과 사회적 행복을 위해 새로운 길이 모색되어야 할 것이다.

이러한 길을 물질과 명성에서 찾게 되면 개인 생활로 되돌아가기 때문에 앞에서 밝힌 합당주의 생활에서 길을 찾아야 할 것이다.